孤独是一朵
莲花

郁达夫 著

远一程，再远一程

003	归航	104	二十二年的旅行
011	还乡记	107	屯溪夜泊记
033	故都的秋	112	花坞
037	苏州烟雨记	115	扬州旧梦寄语堂
048	过富春江	122	西溪的晴雨
051	小春天气	125	江南的冬景
060	南行杂记	129	上海的茶楼
070	感伤的行旅	133	玉皇山
089	钓台的春昼	137	北平的四季
097	移家琐记	143	饮食男女在福州
102	杭州的八月	151	日本的文化生活

在回忆里

159	打听诗人的消息
163	志摩在回忆里
169	雕刻家刘开渠
172	记曾孟朴先生
176	怀四十岁的志摩
179	回忆鲁迅
201	记广洽法师
202	为郭沫若氏祝五十诞辰

说食色与欲

207	艺术与国家
213	牢骚五种
219	如何的救度中国的电影
222	在热波里喘息
224	说食色与欲
227	炉边独语
231	说春游
233	清新的小品文字
236	山水及自然景物的欣赏
242	秋阴蕞记
245	谈结婚
247	苍蝇脚上的毫毛
251	小说与好奇的心理
253	我所喜欢的文艺读物
254	日记文学
261	日本的娼妇与文士
264	獭祭的功用
266	写作闲谈
269	关于戏剧演出时之接吻问题

逆流的诗

273	诗人的末路	328	覆车小记
275	海上通信	332	在警报声里
282	零余者	337	水样的春愁（自传之四）
289	给沫若	344	孤独者（自传之六）
295	一个人在途上	349	海上（自传之八）
302	故事	355	雪夜（自传之一章）
305	灯蛾埋葬之夜	360	致孙荃
311	寂寞的春朝	362	致王映霞
313	春愁	364	致王映霞
315	惜掌之歌	366	致王映霞
319	住所的话	368	村居日记（1927年1月1日至31日）
323	记风雨茅庐	398	断篇日记二（1927年8月1日至11月8日）
326	郁达夫启事	411	遗嘱
327	郁达夫启事		

十年久住的这海东的岛国，
把我那同玫瑰露似的青春消磨了的这异乡的天地，
我虽受了她的凌辱不少，
我虽不愿第二次再使她来吻我的脚底，
但是因为这厌恶的情太深了，
到了将离的时候，
我倒反而生起一种不忍与她诀别的心来。

若周围保住了绝对的安静,

什么声响,

什么行动都没有的时候,

那在这假寐的一刻中,

十几年间的事情,

就会很明细的,

很快的,

在一瞬间开展开来。

至于乱梦,

那更是多了,

多得连叙也叙述不清。

《灯蛾埋葬之夜》

《雪夜》

"沉索性沉到底罢！不入地狱，那见佛性，
人生原是一个复杂的迷宫。"

《零余者》

我想放大了喉咙,啊的大叫一声,
但是把嘴张了好几次,喉头终放不出音来。

《故都的秋》

远一程，再远一程

你且把我的身体，搬到世界尽处去，搬入虚无之境去，一生一世，不要停止。

归航

  微寒刺骨的初冬晚上，若在清冷同中世似的故乡小市镇中，吃了晚饭，于未敲二更之先，便与家中的老幼上了楼，将你的身体躺入温暖的被里，呆呆的隔着帐子，注视着你的低小的木桌上的灯光，你必要因听了窗外冷清的街上过路人的歌音和足声而泪落。你因了这灰暗的街上的行人，必要追想到你孩提时候的景象上去。这微寒静寂的晚间的空气，这幽闲落寞的夜行者的哀歌，与你儿童时代所经历的一样，但是睡在楼上薄棉被里，听这哀歌的人的变化却如何了？一想到这里谁能不生起伤感的情来呢？——但是我此言，是为像我一样的无能力的将近中年的人而说的——

  我在日本的郊外夕阳晼晚的山野田间散步的时候，也忽而起了一种同这情怀相像的怀乡的悲感，看看几个日夕谈心的朋友，一个一个的减少下去的时候，我也想把我的迷游生活（wandering life）结束了。

  十年久住的这海东的岛国，把我那同玫瑰露似的青春消磨了的这异乡的天地，我虽受了她的凌辱不少，我虽不愿第二次再使她来吻我的脚底，但是因为这厌恶的情太深了，到了将离的时候，我倒反而生起一种不忍与她诀别的心来。啊啊，这柔情一脉，便是千古的伤心种子，人生的悲剧，可能是发芽在此地的么？

我于未去日本之先，我的高等学校时代的生活背景，也想再去探看一回。我于永久离开这强暴的小国之先，我的迭次失败了的浪漫史（romance）的血迹，也想再去揩拭一回。

"轻薄淫荡的异姓者呀，你们用了种种柔术想把来弄杀了的他，现在已经化作了仙人，想回到他的须弥故国去了。请你们尽在这里试用你们的手段罢，他将要骑了白鹤，回到他的母亲怀里去了。他回去之后，定将拥挟了霓裳仙子，舞几夜通宵的歌舞，他是再也不来向你们乞怜的了。"

我也想用了微笑，代替了这一段言语，向那些愚弄过我的妇人，告个长别，用以泄泄我的一段幽恨。为了这种种琐碎的原因，我的回国期日竟一天一天的延长了。

从家里寄来的款也到了，几个留在东京过夏的朋友为我饯行的席也设了，想去的地方，也差不多去过了，几册爱读的书也买好了，但是要上船的第一天（七月的十五）我又忽而跑上日本邮船公司去，把我的船票改迟了一班，我虽知道在黄海的这面有几个——我只说几个——与我意气相合的朋友在那里等我，但是我这莫名其妙的离情，我这像将死时一样的哀感，究竟教我如何处置呢？我到七月十九的晚上，喝醉了酒，才上了东京的火车，上神户去趁翌日出发的船去。

二十的早晨从车上走下来的时候，赤色的太阳光线已经将神户市的一大半房屋烧热了。神户市的附近，须磨是风光明媚的海滨村，是三伏中地上避暑的乐园，当前年须磨寺大祭的晚上，是我与一个不相识的妇人共宿的地方。依我目下的情怀说来，是不得不再去留一宵宿，叹几声别的，但是回故国的轮船将于午前十点钟开行，我只能在海上与她遥别了。

"妇人呀妇人，但愿你健在，但愿你荣华，我今天是不能来看你了。再会——不……不……永别了……"

须磨的西边是明石，紫式部的同画卷似的文章，蓝苍的海浪，洁白的沙滨，参差雅淡的别庄，别庄内的美人，美人的幽梦，……

"明石呀明石！我只能在游仙枕上，远梦到你的青松影里，再来和你的儿女谈多情的事了。"

八点半钟上了船，照管行李，整理舱位，足足忙了两个钟头；船的前后铁索响的时候，铜锣报知将开船的时候，我的十年中积下来的对日本的愤恨的悲哀，不由得化作了数行冰冷的清泪，把海湾一带的风景，染成了模糊的梦里江山。

"啊啊，日本呀！世界一等强国的日本呀！国民比我们矮小，野心比我们强烈的日本呀！我去之后，你的海岸大约依旧是风光明媚，你的儿女大约依旧是荒淫无忌的过去的。天色的苍茫，海洋的浩荡，大约总不至因我之去而稍生变更的。我的同胞的青年，大约仍旧要上你这里来，继续了我的运命，受你的欺辱的。但是我的青春，我的在你这无情的地上花费了的青春！啊啊，枯死的青春呀，你大约总再也不能回复到我的身上来了！"

二十一日的早晨，我还在三等舱里做梦的时候，同舱的鲁君就跳到我的枕边上来说："到了到了！到门司了！你起来同我们上门司去罢！"

我乘的这只船，是经过门司不经过长崎的，所以门司，便是中途停泊的最后的海港，我的从昨日酝酿成的那种伤感的情怀，听了门司两字，又在我的胸中复活了起来。一只手擦着眼睛，一只手捏了牙刷，我就跟了鲁君走出舱来。淡蓝的天色，已经被赤热的太阳光线笼罩了东方半角。平静无波的海上，贯流着一种夏天早晨特有的清新的空气。船的左右岸有几堆同青螺似的小岛，受了朝阳的照耀，映出了一种浓润的绿色。前面去左船舷不远的地方有一条翠绿的横山，山上有两株无线电报的电杆，突出在碧落的背景里，这电杆下就是门司市了。船又行进了三五十分钟，回到那横山正面的时候，我只见无数的人家，无数的工厂烟囱，无数的船舶和桅杆，纵横错落的浮映在天水中间的太阳光线里，船已经到了门司了。

门司是此次我的脚所践踏的最后的日本土地，上海虽然有日本的居民，天津、汉口、杭州虽然有日本租界，但是日本的本土，怕今后与我便无缘分了。因为日本是我所最厌恶的土地，所以今后大约我总不至再来。因为我是无产阶级的一介分子，所以将来大约我总不至坐在赴美国的船上，再向神户横滨来泊船的。所以我可以说门司便是此次我的脚所践踏的最后的日本土地了。

我因为想深深的尝一尝这最后的伤感的离情，所以衣服也不换，面也不洗，等船一停下，便一个人跳上了一只来迎德国人的小汽船，跑上岸上去了。小汽船的速力，在海上振动了那清新的空气，我立在船头上觉得一种微风同妇人的气息似的吹上我的面来。蓝碧的海面上，被那小汽船冲起了一层波浪，汽船过处，现出了一片银白的浪花，在那里返射着朝日。

在门司海关码头上岸之后，我觉得射在灰白干燥的陆地路上的阳光，几乎使我头晕；在海上不感得的一种闷人的热气，一步一步的逼上我的面来，我觉得我的鼻上有几颗真珠似的汗珠生出来了；我穿过了门司车站的前庭，便走进狭小的锦町街上去。我想永久将去日本之先，不得不买一点什么东西，作作纪念，所以在街上走了一回，我就踏进一家书店去。新刊的杂志有许多陈列在那里，我因为不想买日本诸作家的作品，来培养我的创作能力，所以便走近里面的洋书架去。小泉八云Lafcadio Hearn的著作，Modern Library的丛书占了书架的一大部分，我细细的看了一遍，觉得与我这时候的心境最适合的书还是去年新出版的John Paris的那本*Kimono*（日本衣服之名）。

我将要去日本了，我在沦亡的故国山中，万一同老人追怀及少年时代的情人一般，有追思到日本的风物的时候，那时候我就可拿出几本描写日本的风俗人情的书来赏玩。这书若是日本人所著，他的描写，必至过于真确，那时候我的追寻远地的梦幻心境，倒反要被那真实粗暴的形相所打破。我在那时候若要在沙上建筑蜃楼，若要从梦里寻生活，非要读朦胧奇巧，有异国情调的，那些描写月下的江山，追怀远地的情事的书类不可；从此看来，这*Kimono*便是与这境状最适合的书了，我心里想了一遍，就把*Kimono*买了。从书店出来又在狭小的街上的暑热的太阳光里走了一段，我就忍了热从锦町三丁目走上幸町的通里山的街上去。幸町是三弦酒肉的巢窟，是红粉胭脂的堆栈，今天正好像是大扫除的日子，那些调和性欲，忠诚于她们天职的妓女，都裸了雪样的洁白，风样的柔嫩的身体，在那里打扫，啊啊，这日本的最美的春景，我今天看后，怕也不能多见了。

我在一家姓安东的妓家门前站了一忽，同饥狼似的饱看了一回烂熟的肉体，便又走下幸町的街路，折回港口来。路上的灰尘和太阳的光线，逼迫我的身体，致我不得不向咖啡店去休息一场；我在去码头不远的一家下等的酒店坐下的时候，觉得疲劳极了。

喝了一大瓶啤酒，吃了几碗日本固有的菜，我觉得我的消沉的心里，也生了一点兴致出来，便想尽我所有的金钱，去上妓家去瞎闹一场；但拿出表来一看，已经过十二点了。船是午后二点钟就要拔锚的。

我出了酒店，手里拿了一本Kimono，在街上走了两步，就把游荡的邪心改过，到浴场去洗澡去了。

上船的时候，已经是午后一点半了。三十分后开船的时候，我和许多去日本的中国人和日本人立在三等舱外甲板上的太阳影里看最后的日本的陆地。门司的人家远去了，工场的烟囱也看不清楚了，近海岸的无人绿岛也一个一个的少下去了，我正在出神的时候，忽听一等舱的船楼上有清脆的妇人声在那里说话；我抬起头来一看，见有一个年约十八九的中西杂种的少女，立在船楼的栏杆边上，在那里和一个红脸肥胖的西洋人说话。那少女皮肤带着浅黑色，眼睛凹在鼻梁的两边，鼻尖高得很，瞳人带些微黄，但仍是黑色；头发用烙铁烫过，有一圈真珠，戴在蓬蓬的发下。她穿的是黄白薄绸的一件西洋的夏天女服，袖短得很，她若把手与肩胛平张起来，你从袖口能看得出她腋下的黑影，和胸前的乳头来。她的颈项下的前后又裸着两块可爱的黄黑色的肥肉。下面穿的是一条短短的围裙，她的瘦长的两条脚露出在鱼白的湖绉裙下。从玄色的丝袜里蒸发出来的她的下体的香味，我好像闻得出来的样子。看看她那微笑的短短的面貌，和一排洁白的牙齿，我恨不得拿出一把手枪来，把那同禽兽似的西洋人击杀了。

"年轻的少女呀，我的半同胞呀！你母亲已经为他们异类的禽兽玷污了，你切不可再与他们接近才好呢！我并不想你，我并不在这里贪你的姿色；但是，但是像你这样的美人，万一被他们同野兽一样的西洋人蹂躏了去，教我如何能堪呢！你那柔软黄黑的肉体被那肥胖和雄猪似的洋人压着的光景，我便在想像的时候，也觉得眼睛里要喷出火来。少女呀少女！我并不要你爱我，我并不要你和我同梦。我只求你别把你的身体送给异类的外人去享乐就对了。我们中国也有美男子，我们中国也有同黑人一样强壮的伟男子，我们中国也有几千万几万万家财的富翁，你何必要接近外国人呢！啊啊，中国可亡，但是中国的女子是不可被他们外国人强奸去的。少女呀少女！你听了我的这哀愿罢！"

我的眼睛呆呆的在那里看守她那颧骨微突嘴巴狭小的面貌，我的心里同跪在圣女马琍亚像前面的旧教徒一样，尽在那里念这些祈祷。感伤的情怀，一时征服了我的全体，我觉得眼睛里酸热起来，她的面貌，就好像有一层veil罩着的样子，也渐渐的朦胧起来了。

海上的景物也变了。近处的小岛一个一个的少了下去，空旷的海面上，映着了夕照，远远里浮出了几处同眉黛似的青山；我在甲板上立得不耐烦起来，就一声也不响，低了头，回到舱里来了。

太阳在西方海面上沉没了下去，灰黑的夜阴从大海的四角里聚集了拢来，我吃完了晚饭，仍复回到甲板上来，立在那少女立过的楼底直下。我仰起头来看看她立过的地方，心里就觉得悲哀起来，前次的纯洁的心情，早已不复在了，我心里只暗暗的想：

"我的头上那一块板，就是她曾经立过的地方。啊啊，要是她能爱我，就教我用舌尖去呼吸她的最不洁处，我也愿意的。啊啊，所罗门当日的荣华，比到纯洁的少女的爱情，只值得什么？事也不难，她立在我头上板上的时候，我只须用一点奇术，把我的头一寸一寸的伸长起来，钻过船板去就对了。"

想到了这里，我倒感着了一种滑稽的快感；但看看船外灰黑的夜阴，我觉得我的心境也同白日的光明一样，一点一点被黑暗腐食了。

我今后的黑暗的前程，也想起来了。我的先辈回国之后，受了故国社会的虐待，投海自尽的一段哀史，我也想起来了。

"我在那无情的岛国上，受了十几年的苦，若回到故国之后，仍不得不受社会的虐待，教我如何是好呢！日本的少女轻侮我，欺骗我时，我还可以说'我是为人在客'，若故国的少女，也同日本妇人一样的欺辱我的时候，我更有什么话说呢！你看那Euroasian（黄白杂色人）不是已在那里轻侮我了么？她不是已经不承认我的存在了么？唉，唉，唉，唉，我错了，我错了。我是不该回国来的。一样的被人虐待，与其受故国同胞的欺辱，倒还不如受他国人的欺辱更好自家宽慰些。"

我走近船舷，向后面我所别来的国土一看，只见得一条黑线，隐隐的浮在东方的苍茫夜色里。我心里只叫着说：

"日本呀日本，我去了。我死了也不再回到你这里来了。但是，但是我受了故国社会的压迫，不得不自杀的时候，最后浮上我的脑子里来的，怕就是你这岛国哩！Ave Japon！我的前途正黑暗得很呢！"

一九二二年七月二十六日，上海

原载1924年2月28日《创造季刊》第2卷第2期

据《达夫全集》第3卷《过去集》

还乡记

一

　　大约是午前四五点钟的样子，我的过敏的神经忽而颤动了起来。张开了半只眼，从枕上举起非常沉重的头，半醒半觉的向窗外一望，我只见一层灰白色的云丛，密布在微明的空际，房里的角上桌下，还有些暗夜的黑影流荡着，满屋沉沉，只充满了睡声，窗外也没有群动的声息。

　　"还早哩！"

　　我的半年来睡眠不足的昏乱的脑经，这样的忖度了一下，我的有些昏痛的头颅仍复投上了草枕，睡着了。

　　第二次醒来，急急的跳出了床，跑到窗前去看跑马厅的大自鸣钟的时候，我的心里忽而起了一阵狂跳。我的模糊的睡眼，虽看不清那大自鸣钟的时刻，然而我的第六官却已感得了时间的迟暮，八点钟的快车大约总赶不到了。

　　天气不晴也不雨，天上只浮满了些不透明的白云，黄梅时节将过的时候，像这样的天气原是很多的。

　　我一边跑下楼去匆匆的梳洗，一边催听差的起来，问他是什么时候。因为我的一个镶金的钢表,在东京换了酒吃,一个新买的爱而近,去年在北京又被人偷了去,所以现在我只落得和桃花源里的乡老一样,要知道时刻,只能问问外来的捕鱼者"今是何世"。

听说是七点三刻了,我忽而衔了牙刷,莫名其妙的跑上楼跑下楼的跑了几次,不消说心中是在懊恼的。忙乱了一阵,后来又仔细想了一想,觉得终究是赶不上八点的早车了,我心地倒渐渐的平静下去。慢慢的洗完了脸,换了衣服,我就叫听差的去雇了一乘人力车来,送我上火车站去。

我的故乡在富春山中,正当清冷的钱塘江的曲处。车到杭州,还要在清流的江上坐两点钟的轮船。这轮船有午前午后两班,午前八点,午后二点,各有一只同小孩的玩具似的轮船由江干开往桐庐去的。若在上海乘早车动身,则午后四五点钟,当午睡初醒的时候,我便可到家,与闺中的儿女相见,但是今天已经是不行了。(是阴历的六月初二。)

不能即日回家,我就不得不在杭州过夜,但是羞涩的阮囊,连买半斤黄酒的余钱也没有的我的境遇,教我那里能忍此奢侈。我心里又发起恼来了。可恶的我的朋友,你们既知道我今天早晨要走,昨夜就不该谈到这样的时候才回去的。可恶的是我自己,我已决定于今天早晨走,就不该拉住了他们谈那些无聊的闲话的。这些也不知是从那里来的话?这些话也不知有什么兴趣?但是我们几个人愁眉蹙额的聚首的时候,起先总是默默,后来一句两句,话题一开,便倦也忘了,愁也丢了,眼睛就放起怖人的光来,有时高笑,有时痛哭,讲来讲去,去岁今年,还是这几句话:

"世界真是奇怪,像这样轻薄的人,也居然能成中国的偶像的。"

"正唯其轻薄，所以能享盛名。"

"他的著作是什么东西呀！连抄人家的著书还要抄错！"

"唉唉！"

"还有××呢！比××更卑鄙，更不通，而他享的名誉反而更大！"

"今天在车上看见的那个犹太女子真好哩！"

"她的屁股正大得爱人。"

"她的臂膊！"

"啊啊！"

"恩斯来的那本《彭思生里参拜记》，你念到什么地方了？"

"三个东部的野人，

三个方正的男子，

他们起了崇高的心愿，

想去看看什，泻，奥夫，欧耳。"

"你真记得牢！"

像这样的毫无系统，漫无头绪的谈话，我们不谈则已，一谈起头，非要谈到傀儡消尽，悲愤泄完的时候不止。唉，可怜的有识无产者，这些清谈，这些不平，与你们的脆弱的身体，高抗的精神，究有何补？罢了罢了，还是回头到正路上去，理点生产罢！

昨天晚上有几位朋友，也在我这里，谈了些这样的闲话，我入睡迟了，所以弄得今天赶车不及，不得不在西子湖边，住宿一宵，我坐在人力车上，孤冷冷的看着上海的清淡的早市，心里只在怨恨朋友，要使我多破费几个旅费。

二

人力车到了北站,站上人物萧条。大约是正在快车开出之后,慢车未发之先,所以现出这沉静的状态。我得了闲空,心里倒生出了一点余裕来,就以北站构内,闲走了一回,因为我此番归去,本来想去看看故乡的景状,能不能容我这零余者回家高卧,所以我所带的,只有两袖清风,一只空袋,和填在鞋底里的几张钞票——这是我的脾气,有钱的时候,老把它们填在鞋子底里。一则可以防止扒手,二则因为我受足了金钱的迫害,借此也可以满足我对金钱复仇的心思,有时候我真有用了全身的气力,拼死蹂践它们的举动——而已,身边没有行李,在车站上跑来跑去是非常自由的。

天上的同棉花似的浮云,一块一块的消散开来,有几处竟现出青苍的笑靥来了。灰黄无力的阳光,也有几处看得出来。虽有霏微的海风,一阵阵夹了灰土煤烟,吹到这灰色的车站中间,但是伏天的暑热,已悄悄的在人的腋下腰间送信来了。啊啊!三伏的暑热,你们不要来缠扰我这消瘦的行路病者!你们且上富家的深闺里去,钻到那些丰肥红白的腿间乳下去,把她们的香液蒸发些出来罢!我只有这一件半旧的夏衣长衫,若被汗水流污了,明天就没得更换的呀!

在车站上踏来踏去的走了几遍,站上的行人,渐渐的多起来了。男的女的,行者送者,面上都堆着满贮希望的形容,在那里左旋右转。但是我——单只是我一个人——也无朋友亲戚来送我的行,更无爱人女弟,来作我的伴,我的脆弱的心中,又无端的起了万千的哀感:

"论才论貌,在中国的二万万男子中间,我也不一定说是最下流的人,何以我会变成这样的孤苦的呢!我前世犯了什么罪来?我生在什么星的底下?我难道真没有享受快乐的资格的么?我不能信的,我不能信的。"

这样的一想,我就跑上车站的旁边入口处去,好像是看见了我认识的一位美妙的女郎来送我回家的样子。刚走到门口,果真见了几个穿时样的白衣裙的女子,刚从人力车下来。其中有一个十七八岁的,戴白色运动软帽的女学生,手里提了三个很重的小皮箧。走近了我身边。我不知不觉的伸出了一只手去,想为她代拿一个皮箧,她站住了脚,放开了黑晶晶的两只大眼很诧异的对我看了一眼。

"啊啊!我错了,我昏了,好妹妹,请你不要动怒,我不是坏人,我不是车站上的小窃,不过我的想像力太强,我把你当作了我的想像中的人物,所以得罪了你。恕我恕我,对不起,对不起,你的两眼的责罚,是我所甘受的,你即用了你那只柔软的小手,批我一颊,我也是甘受的,我错了,我昏了。"

我被她的两眼一看,就同将睡的人受了电击一样,立时涨红了脸,发出了一身冷汗,心里作了一遍谢罪之辞,缩回了手,低下了头,匆匆的逃走了。

啊啊!这不是衣锦的还乡,这不是罗皮康(Rubicon)的南渡,有谁来送我的行,有谁来作我的伴呢!我的空想也未免太不自量了,我避开了那个女学生,逃到了车站大门口的边上人丛中躲藏的时候,心里还在跳跃不住。凝神屏气的立了一会,向四边偷看了几眼,一种不可捉摸的感情,笼罩上了我的全身,我就不得不把我的夏布长衫的小襟拖上面去了。

三

"已经是八点四十五分了。我在这里躲藏也躲藏不过去的，索性快点去买一张票来上车去罢！但是不行不行，两边买票的人这样的多，也许她是在内的，我还是上口头的那近大门的窗口去买罢！这里买票的人正少得很！"

这样的打定了主意，我就东探西望的走上那玻璃窗口，去买了一张车票。伏倒了头，气喘吁吁的跑进了月台，我方晓得刚才买的是一张二等票，想想我脚下的余钱，又想想今晚在杭州不得不付的膳宿费，我心里忽而清了一清。经济与恋爱是不能两立的，刚才那女学生的事情，也渐渐的被我忘了。

浙江虽是我的父母之邦，但是浙江的知识阶级的腐败，一班教育家政治家对军人的谄媚、对平民的压制，以及小政客的婢妾的行为、无厌的贪婪，平时想起就要使我作呕。所以我每次回浙江去，总抱了一腔羞嫌的恶怀，障扇而过杭州，不愿在西子湖头作半日的勾留。只有这一回到了山穷水尽，我委委颓颓的逃返家中，仍想我所嫌恶的故土去求一个息壤，投林的倦鸟、返蛰的衰狐，当没有我这样的懊丧落胆的。啊啊！浪子的还家，只求老父慈兄，不责备我就对了，那里还有批评故乡，憎嫌故乡的心思，我一想到这一次的卑微的心境，竟不觉泫泫的落下泪来了。

我孤零丁的坐在车里，看看外面月台上跑来跑去的旅人，和穿黄色制服的挑夫，觉得模糊零乱，他们与我的中间，有一道冰山隔住的样子。一面看看车站附近各工厂的高高的烟囱，又觉得我的头上身边，都被一层灰色的烟雾包围在那里。我深深的吸了一口气，把车窗打开来看梅雨晴时的空际。天上虽还不能说是晴朗，但一斛晴云，和几道光线，是在那里安慰旅人说：

"雨是不会下了，晴不晴开来，却看你们的运气罢！"

不多一忽，火车慢慢儿的开了。北站附近的贫民窟，同坟墓似的江北人的船室，污泥的水猪，晒在坍败的晒台上的女人的小衣，秒布，劳动者的破烂的衣衫等，一幅一幅的呈到我的眼前来，好像是老天故意把人生的疾苦，编成了这一部有系统的记录，来安慰我的样子。

啊啊，载人离别的你这怪兽！你不终不息的前进，不休不止的前进罢！你且把我的身体，搬到世界尽处去，搬入虚无之境去，一生一世，不要停止，尽是行行，行到世界万物都化作青烟，你我的存在都变成乌有的时候，那我就感激你不尽了。

由现代的物质文明产生出来的贫苦之景，渐渐的被大自然掩盖了下去，贫民窟过了，大都会附近之小镇（Vorstadt）过了，路线的两岸，只有平绿的田畴，美丽的别业，洁净的野路，和壮健的农夫。在这调和的盛夏的野景中间，就是在路上行走的那一乘黄色人力车夫，也带有些浪漫的色彩。他好像是童话里的人物，并不是因为衣食的原因，却是为了自家的快乐，拉了车在那里行走的样子。若要在这大自然的微笑中间，指出一件令人不快的事物来，那就是野草中间横躺着的棺冢了。穷人的享乐，只有陶醉在大自然怀里的一刹那。在这一刹那中间，他能把现实的痛苦，忘记得干干净净，与悠久的天空，广漠的大地，化而为一。这是何等的残虐，何等的恶毒呢！当这样的地方，这样的时候，把人生的运命，赤裸裸的指给他看！

我是主张把中国的坟冢，把野外的枯骨，都掘起来付之一炬，或投入汪洋的大海里去的。

四

　　过了徐家汇，梵王渡，火车一程一程的进去，车窗外的绿色也一程一程的浓润起来。啊啊，我自失业以来，同鼠子蚊虫，蛰居在上海的自由牢狱里，已经有半年多了。我想不到野外的自然，竟长得如此的清新，郊原的空气，会酿得如此的爽健的。啊啊，自然呀，大地呀，生生不息的万物呀，我错了，我不应该离开了你们，到那秽浊的人海中间去觅食去的。

　　车过了莘庄，天完全变晴了。两旁的绿树枝头，蝉声犹如雨降。我侧耳听听，回想我少年时的景象不置。悠悠的碧落，只留着几条云影，在空际作霓裳的雅舞。一道阳光，偏洒在浓绿的树叶、匀称的稻秧，和柔软的青草上面。被黄梅雨盛满的小溪、奇形的野桥、水车的茅亭、高低的土堆，与红墙的古庙、洁净的农场，一幅一幅同电影似的尽在那里更换。我以车窗作了镜框，把这些天然的图画看得迷醉了，直等火车到松江停住的时候止，我的眼睛竟瞬息也没有移动。唉，良辰美景奈何天，我在这样的大自然里怕已没有生存的资格了罢，因为我的腕力，我的精神，都被现代的文明撒下了毒药，恶化成零，我那里还有执了锄耜，去和农夫耕作的能力呢！

　　正直的农夫吓，你们是世界的养育者，是世界的主人公，我情愿为你们作牛作马，代你们的劳，你们能分一杯麦饭给我么？

　　车过了松江，风景又添了一味和平的景色。弯了背在田里工作的农夫，草原上散放着的羊群，平桥浅渚，野寺村场，都好像在那里作会心的微笑。火车飞过一处乡村的时候，一家泥墙草舍里忽有几声鸡唱声音，传了出来。草舍的门口有一个赤膊的农夫，吸着烟站在那里对火车呆看。我看了这些纯朴的村景，就不知不觉的叫了起来：

"啊啊！这和平的村落，这和平的村落，我几年不与你相接了。"

大约是叫得太响了，我的前后的同车者，都对我放起惊异的眼光来。幸而这是慢车，坐二等车的人不多，否则我只能半途跳下车去，去躲避这一次的羞耻了。我被他们看得不耐烦，并且肚里也觉得有些饥了，用手向鞋底里摸了一摸，迟疑了一会，便叫过茶房来，命他为我搬一客番菜来吃。我动身的时候，脚底下只藏着两张钞票。火车票买后，左脚下的一张钞票已变成了一块多的找头，依理而论是不该在车上大吃的。然而愈有钱愈想节省，愈贫穷愈要瞎花，是一般的心理，我此时也起了自暴自弃的念头：

"横竖是不够的，节省这个钱，有什么意思，还是吃罢！"

一个欲望满足了的时候，第二个欲望马上要起来的，我喝了汤，吃了一块面包之后，喉咙觉得干渴起来，便又起了一种自暴自弃的念头，率性叫茶房把啤酒汽水拿两瓶来。啊啊，危险危险，我右脚下的一张钞票，已有半张被茶房撕去了。

一边饮食，一边我仍在赏玩窗外的水光云影。在几个小车站上停了几次，轰轰的过了几处铁桥，等我中餐吃完的时候，火车已经过嘉兴驿了。吃了个饱满，并且带了三分醉意，我心里虽然时时想到今晚在杭州的膳宿费，和明天上富阳去的轮船票，不免有些忧郁，但是以全体的气概讲来，这时候我却是非常快乐，非常满足的：

"人生是现在一刻的连续，现在能够满足，不就好了么？一刻之后的事情，又何必去想它，明天明年的事情，更可丢在脑后了。一刻之后，谁能保得火车不出轨！谁能保得我不死？罢了罢了，我是满足得很！哈哈哈哈……"

我心里这样的很满足的在那里想，我的脚就慢慢的走上车后的眺望台去。因为我坐的这挂车是最后的一挂，所以站在眺望台上，既可细看野景，又可听听鸣蝉，接受些天风。我站在台上，一手捏住铁栏，一手用了半枝火柴在剔牙齿。凉风一阵阵的吹来，野景一幅幅的过去，我真觉得太幸福了。

五

我平生感得幸福的时间，总不能长久。一时觉得非常满足之后，其后必有绝大的悲怀相继而起。我站在车台上，正在快乐的时候，忽而在万绿丛中看见了一幅美满的家庭团叙图。一个年约三十一二壮健的农夫，两手擎了一个周岁的小孩，在桑树影下笑乐。一个穿青布衫的与农夫年纪相仿的农妇，笑微微的站在旁边守着他们。在他们上面晒着的阳光树影，更把他们的美满的意情表现得明显。地上摊着一只饭箩，一瓶茶，几只菜饭碗。这一定是那农妇送来餧她男人的，啊啊，桑间陌上，夫唱妇随，更有你两个爱情的结晶，在中间作姻缘的缔带，你们是何等幸福呀！然而我呢！啊啊我啊？我是一个有妻不能爱，有子不能抚的无能力者，在人生战斗场上的惨败者，现在是在逃亡的途中的行路病者，啊！农夫吓农夫，愿你与你的女人和好终身，愿你的小孩聪明强健，愿你的田谷丰多，愿你幸福！你们的灾殃，你们的不幸，全交给了我，凡地上一切的苦恼、悲哀、患难，索性由我一人负担了去罢！

我心里虽这样的在替他祝福，我的眼泪却连连续续的落了下来。

半年以来，因为失业的原因，在上海流离的苦处，我想起来了。三个月前头，我的女人和小孩，孤苦零仃的由这条铁路上经过，萧萧索索的回家去的情状，我也想出来了。啊啊，农家夫妇的幸福，读书阶级的飘零！我女人经过的悲哀的足迹，现在更由我一步步的践踏过去！若是有情，争得不哭呢！

四围的景色，忽而变了，一刻前那样丰润华丽的自然的美景，都好像在那里嘲笑我的样子：

"你回来了么？你在外国住了十几年，学了些什么回来？你的能力怎么不拿些出来让我们看看？现在你有养老婆儿子的本领么？哈哈！你读书学术，到头来还是归到乡间去啃你祖宗的积聚！"

我俯首看看飞行车轮，看看车轮下的两条白闪闪的铁轨和枕木卵石，忽而感得了一种强烈的死的诱惑。我的两脚抖了起来，踉跄前进了几步，又呆呆的俯视了一忽，两手捏住了铁栏，我闭着眼睛，咬紧牙齿，在脚尖上用了一道死力，便把身体轻轻的抬跳起来了。

六

啊啊，死的胜利吓！我当时若志气坚强一点，就早脱离了这烦恼悲苦的世界，此刻好坐在天神Beatrice的脚下拈花作微笑了。但是我那一跳，气力没有用足。我打开眼睛来看时，大地高天，稻田草地，依旧在火车的四周驰骋，车轮的辗声，依旧在我的耳里雷鸣，我的身体却坐在栏杆的上面，绝似病了的鹦鹉，被锁住在铁条上待毙的样子。我看看两旁的美景，觉得半点钟以前的称颂自然美的心境，怎么也回复不过来。我以泪眼与硖石的灵山相对，觉得硖西公园后石山上在太阳光下游玩的几个男女青年，都是挤我出世界外去的魔鬼。车到了临平，我再也不能细赏那荷花世界柳丝乡的风味。我只觉得青翠的临平山，将要变成我的埋骨之乡。笕桥过了，艮山门过了。灵秀的宝叔山，奇兀的北高峰，清泰门外贯流着的清浅的溪流，溪流上摇映着的萧疏的杨柳，野田中交叉的窄路，窄路上的行人，前朝的最大遗物，参差婉绕的城墙，都不能唤起我的兴致来。车到了杭州城站，我只同死刑囚上刑场似的下了月台。一出站内，在青天皎日的底下，看看我儿时所习见的红墙旅舍，酒馆茶楼，和年轻气锐的生长在都会中的妙年人士，我心里只是怦怦的乱跳，仰不起头来。这种幻灭的心理，若硬要把它写出来的时候，我只好用一个譬喻。譬如当青春的年少，我遇着了一位绝世的佳人，她对我本是初恋，我对她也是第一次的破题儿。两人相携相挽，同睡同行，春花秋月的过了几十个良宵。后来我的金钱用尽，女人也另外有了心爱的人儿，她就学了樊素，同春去了。我只得和悲哀孤独，贫困恼羞，结成伴侣。几年在各地流浪之余，我年纪也大了，身体也衰了，披了一身破褴的衣服，仍复回到当时我两人并肩携手的故地来。山川草木，星月云霓，仍不改其美观。我独坐湖滨，正在临流自吊的时候，忽在水面看见了那弃我而去的她的影像。她容貌同几年前一样的娇柔，衣服同几年前一样的华丽，项下挂着的一串珍珠，比从前更加添了一层光彩，额上戴着的一圈玛瑙，比曩时更红艳得多了。且更有难堪者，回头来一看，看见了一位文秀闲雅的美少年，站在她的背后，用了两手在那里摸弄她的腰背。

啊啊！这一种譬喻，值得什么？我当时一下车站，对杭州的天地感得的那一种羞惭懊丧，若以言语可以形容的时候，我当时的夏布衫袖，就不会被泪汗湿透了，因为说得出譬喻得出的悲怀，还不是世上最伤心的事情呀。我慢慢俯了首，离开了刚下车的人群与争揽客人的车夫和旅馆的招待者，独行踽踽的进了一家旅馆，我的心里好像有千斤重的一块铅石垂在那里的样子。

开了一个单房间，洗了一个脸，茶房拿了一张纸来，要我填写姓名、年岁、籍贯、职业。我对他呆呆的看了一忽，他好像是疑我不曾出过门，不懂这规矩的样子，所以又仔仔细细的解说了一遍。啊啊，我那里是不懂规矩，我实在是没有写的勇气哟，我的无名的姓氏，我的故乡的籍贯，我的职业！啊啊！叫我写出什么来？

被他催迫不过，我就提起笔来写了一个假名，填上了异乡人的三字，在职业栏下写了一个无字。不知不觉我的眼泪竟濮嗒濮嗒的滴了两滴在那张纸上。茶房也看得奇怪，向纸上看了一看，又问我说：

"先生府上是那里，请你写上了罢，职业也要写的。"

我没有方法，就把异乡人三字圈了，写上朝鲜两字，在职业之下也圈了一圈，填了"浮浪"两字进去。茶房出去之后，我就关上了房门，倒在床上尽情的暗泣起来了。

七

伏在床上暗泣了一阵，半日来旅行的疲倦，征服了我的心身。在朦胧半觉的中间，我听见了几声咯咯的叩门声。糊糊涂涂的起来开了门，我看见祖母，不言不语的站在门外。天色好像晚了，房里只是灰黑的辨不清方向。但是奇怪得很，在这灰黑的空气里，祖母面上的表情，我却看得清清楚楚。这表情不是悲哀，当然也不是愉乐，只是一种压人的庄严的沉默。我们默默的对坐了几分钟，她才移动了她那皱纹很多的嘴说：

"达！你太难了，你何以要这样的孤洁呢！你看看窗外看！"

我向她指着的方向一望，只见窗下街上黑暗嘈杂的人丛里有两个大火把在那里燃烧，再仔细一看，火把中间坐着一位木偶。但是奇极怪极，这木偶的面貌，竟完全与我的一个朋友的面貌一样。依这情景看来，大约是赛会了，我回转头来正想和祖母说话，房内的电灯拍的响了一声，放起光来了，茶房站在我的床前，问我晚饭如何？我只呆呆的不答，因为祖母是今年二月里刚死的，我正在追想梦里的音容，那里还有心思回茶房的话哩？

遣茶房走了，我洗了一个面，就默默的走出旅馆来。夕阳的残照，在路旁的层楼屋脊上还看得出来。店头的灯火，也星星的上了。日暮的空气，带着微凉，拂上面来。我在羊市街头走了几转，穿过车站的庭前，踏上清泰门前的草地上去。沉静的这杭州故郡，自我去国以来，也受了不少的文明的侵害，各处的旧迹，一天一天的被拆毁了。我走到清泰门前，就起了一种怀古之情，走上将拆而犹在的城楼上去。城外一带杨柳桑树上的鸣蝉，叫得可怜。它们的哀吟，一声声沁入了我的心脾，我如同海上的浮尸，把我的情感，全部付托了蝉声，尽做梦似的站在丛残的城堞上，看那西北的浮云和暮天的急情，一种淡淡的悲哀，把我的全身溶化了。这时候若有几声古寺的钟声，当当的一下一下，或缓或徐的飞传过来，怕我就要不自觉的从城墙上跳入城濠，把我灵魂和入晚烟之中，去笼罩着这故都的城市。然而南屏还远，curfew今晚上是不会鸣了。我独自一个冷清清的立了许久，看西天只剩了一线红云，把日暮的悲哀尝了个饱满，才慢慢的走下城来。这时候天已黑了，我下城来在路上的乱石上钩了几脚，心里倒起了一种莫名其妙的恐怖。我想想白天在火车上谋自杀的心思和此时的恐怖心一比，就不觉微笑起来，啊啊，自负为灵长的两足动物哟，你的感情思想，原只是矛盾的连续呀！说什么理性？讲什么哲学？

走下了城，踏上清冷的长街，暮色已经弥漫在市上了。各家的稀淡的灯光，比数刻前增加了一倍势力。清泰门直街上的行人的影子，一个一个从散射在街上的电灯光里闪过，现出一种日暮的情调来。天气虽还不曾大热，然而有几家却早把小桌子摆在门前，露天的在那里吃晚饭了。我真成了一个孤独的异乡人，光了两眼，尽在这日暮的长街上行行前进。

我在杭州并非没有朋友，但是他们或当科长，或任参谋，现在正是非常得意的时候，我若飘然去会，怕我自家的心里比他们见我之后憎嫌我的心思更要难受。我在沪上，半年来已经饱受了这种冷眼，到了现在，万一家里容我，便可回家永住，万一情状不佳，便拟自决的时候，我再也犯不着去讨这些没趣了。我一边默想，一边看看两旁的店家在电灯下围桌晚饭的景象，不知不觉两脚便走入了石牌楼的某中学所在的地方。啊啊，桑田沧海的杭州，旗营改变了，湖滨添了些邪恶的中西人的别墅，但是这一条街，只有这一条街，依旧清清冷冷，和十几年前我初到杭州考中学的时候一样。物质文明的幸福，些微也享受不着，现代经济组织的流毒，却受得很多的我，到了这条黑暗的街上，好像是已经回到了故乡的样子，心里忽感得了一种安泰，大约是兴致来了，我就踏进了一家巷口的小酒店里去买醉去。

八

在灰黑的电灯底下，面朝了街心，靠着一张粗黑的棹子，坐下喝了几杯高粱，我终觉得醉不成功。我的头脑，愈喝酒愈加明晰，对于我现在的境遇反而愈加自觉起来了。我放下酒杯，两手托着了头，呆呆的向灰暗的空中凝视了一会，忽而有一种沉郁的哀音夹在黑暗的空气里，渐渐的从远处传了过来。这哀音有使人一步一步在感情中沉没下去的魔力，可说是中国管弦乐的代表了。过了几分钟，这哀音的发动者渐渐的走近我的身边，我才辨出了一种胡琴与砰击磁器的谐音来。啊啊！你们原来是流浪的声乐家，在这半开化的杭州城里想卖艺糊口的可怜虫！

他们二三人的瘦长的清影，和后面跟着看的几个小孩，在酒馆前头掠过了。那一种凄楚的谐音，也一步一步的幽咽了，听不见了。我心里忽起了一种绝大的渴念，想追上他们，去饱尝一回哀音的美味。付清了酒账，我就走出店来，在黑暗中追赶上去。但是他们的几个人，不知走上了什么方向，我拼死的追寻，终究寻他们不着。唉，这昙花的一现，难道是我的幻觉么？难道是上帝显示给我的未来的预言么？但是那悠扬沉郁的弦音和磁盘砰击的声响，还缭绕在我的心中。我在行人稀少的黑暗的街上东奔西走的追寻了一会，没有方法，就只好从丰乐桥直街走到了湖边上去。

湖上没有月华，湖滨的几家茶楼旅馆，也只有几点清冷的电灯，在那里放淡薄的微光，宽阔的马路上，行人也寥落得很。我横过了湖塍马路，在湖边上立了许久。湖的三面，只有沉沉的山影，山腰山脚的别庄里，有几点微明的灯火，要静看才看得出来。几颗淡淡的星光,倒映在湖里,微风吹来,湖里起了几声豁豁的浪声。四边静极了。我把一枝吸尽的纸烟头丢入湖里,啾的响了一声,纸烟的火就熄了。我被这一种静寂的空气压迫不过,就放大了喉咙,对湖心噢噢的发了一声长啸,我的胸中觉得舒畅了许多。沿湖向西走了一段,我忽在树阴下椅子上,发现了一对青年男女。他和她的态度太无忌惮了,我心里便忽起了一种不快之感,把刚才长啸之后的畅怀消尽了。

啊啊!青年的男女哟!享受青春,原是你们的特权,也是我平时的主张。但是,但是你们在不幸的孤独者前头,总应该谦逊一点,方能完全你们的爱情的美处。你们且牢牢记着罢!对了贫儿,切不要把你们的珍珠宝物显给他看,因为贫儿看了,愈要觉得他自家的贫困的呀!

我从人家睡尽的街上,走回城站附近的旅馆里来的时候,已经是深夜了。解衣上床,躺了一会,终觉得睡不着。我就点上一枝纸烟,一边吸着,一边在看帐顶。在沉闷的旅舍夜半的空气里,我忽而听见了一阵清脆的女人声音,和门外的茶房,在那里说话。

"来哉来哉!噢哟,等得诺(你)半业(日)嗒哉!"

这是轻佻的茶房的声音。

"是那一位叫的?"

啊啊!这一定是土娼了!

"仰(念)三号里!"

"你同我去呵!"

"噢哟,根(今)朝诺(你)个(的)面孔真白嗒!"

茶房领了她从我门口走过,开入到间壁念三号房里。

"好哉,好哉!活菩萨来哉!"

茶房领到之后,就关上门走下楼去了。

"请坐。"

"不要客气！先生府上是那里？"

"阿拉（我）宁波。"

"是到杭州来耍子儿的么？"

"来宵（烧）香个。"

"一个人么？"

"阿拉邑个宁（人）。京（今）教（朝）体（天）气轧业（热），查拉（为什么）勿赤膊？"

"舍话语！"

"诺（你）勿脱，阿拉要不（替）诺脱哉。"

"不要动手，不要动手！"

"回（还）朴（怕）倒霉索啦？"

"不要动手，不要动手，我自家来解罢。"

"阿拉要摸一摸！"

吃吃的窃笑声，床壁的震动声。

啊啊！本来是神经衰弱的我，即在极安静的地方，尚且有时睡不着觉，那里还经得起这样淫荡的吵闹呢！北京的浙江大老诸君呀，听说杭州有人倡设公娼的时候，你们竭力的反对，你们难道还不晓得你们的子女姊妹在干这种营业，而在扰乱及贫苦的旅人么？盘踞在当道，只知敲剥百姓的浙江的长官呀！你们若只知聚敛，不知济贫，怕你们的妻妾，也要为快乐的原因，学她们的妙技了。唉唉！"邑有流亡愧俸钱"，你们曾听人说过这句诗否！

九

我睡在床上，被间壁的淫声挑拨得不能合眼，没有方法，只得起来上街去闲步。这时候大约是后半夜的一二点钟的样子，上海的夜车早已到着，羊市街福缘巷的旅店，都已关门睡了。街上除了几乘散乱停住的人力车外，只有几个敞衣凶貌的罪恶的子孙在灰色的空气里阔步。我一边走一边想起了留学时代在异国的首都里每晚每晚的夜行，把当时的情状与现在在这中国的死灭的都会里这样的流离的状态一对照，觉得我的青春，我的希望，我的生活，都已成了过去的云烟，现在的我和将来的我只剩得极微细的一些儿现实味，我觉得自家实际上已经成了一个幽灵了。我用手向身上摸了一摸，觉得指头触着了一种极粗的夏布材料，又向脸上用了力摘了一把，神经感得了一种痛苦。

"还好还好，我还活在这里，我还不是幽灵，我还有知觉哩！"

这样的一想，我立时把一刻前的思想打消，却好脚也正走到了拐角头的一家饭馆前了。在四邻已经睡寂的这深更夜半，只有这一家店同睡相不好的人的嘴似的空空洞洞的开在那里。我晚上不曾吃过什么，一见了这家店里的锅子炉灶，便觉得饥饿起来，所以就马上踏了进去。

喝了半斤黄酒，吃了一碗面，到付钱的时候，我又痛悔起来了。我从上海出发的时候，本来只有五元钱的两张钞票。坐二等车已经是不该的了，况又在车上大吃了一场。此时除付过了酒面钱外，只剩得一元几角余钱，明天付过旅馆宿费，付过早饭账，付过从城站到江干的黄包车钱，那里还有钱购买轮船票呢？我急得没有方法，就在静寂黑暗的街巷里乱跑了一阵，我的身体，不知不觉又被两脚搬到了西湖边上。湖上的静默的空气，比前半夜，更增加了一层神秘的严肃。游戏场也已经散了，马路上除了拐角头边上的没有看见车夫的几乘人力车外，生动的物事一个也没有。我走上了环湖马路，在一家往时也曾投宿过的大旅馆的窗下立了许久。看看四边没有人影，我心里忽然来了一种恶魔的诱惑。

"破窗进去罢，去撮取几个钱来罢！"

我用了心里的手，把那扇半掩的窗门轻轻的推开，把窗门外的铁杆，细心的拆去了二三枝，从墙上一踏，我就进了那间屋子。我的心眼，看见床前白帐子下摆着一双白花缎的女鞋，衣架上挂着一件纤巧的白华丝纱衫，和一条黑纱裙。我把洗面台的抽斗轻轻抽开，里边在一个小小儿的粉盒和一把白象牙骨折扇的旁边，横躺着一个沿口有光亮的钻珠绽着的女人用的口袋。我向床上看了几次，便把那口袋拿了，走到窗前，心里起了一种怜惜羞悔的心思，又走回去，把口袋放归原处。站了一忽，看看那狭长的女鞋，心里忽又起了一种异想，就伏倒去把一只鞋子拿在手里。我把这女鞋闻了一回，玩了一回，最后又起了一种惨忍的决心，索性把口袋鞋子一齐拿了，跳出窗来。我幻想到了这里，忽而回复了我的意识，面上就立时变得绯红，额上也钻出了许多汗珠。我眼睛眩晕了一阵，我就急急的跑回城站的旅馆来了。

十

奔回到旅馆里，打开了门，在床上静静的躺了一忽，我的兴奋，渐渐的镇静了下去。间壁的两位幸福者也好像各已倦了，只有几声短促的鼾声和时时从半睡状态里漏出来的一声二声的低幽的梦话，击动

作家榜

★ 经典文库 ★

经典是天上的星光，照亮你我每个良辰

来自作家榜®的礼物

"读经典名著,认准作家榜版"

亲爱的读者,感谢您选择作家榜出品的经典名著。

畅销全国的"作家榜经典文库™",只选取经典中的经典,只签约顶级诗人作家,只为您和您的家人,提供具有反复阅读价值和极具收藏价值的高品质图书。

自 2017 年问世以来,作家榜经典凭借非凡品质,迅速在中国高端读者中口碑相传,好评如潮,创造出一本又一本的畅销奇迹好书,不断荣获奖项,成为经典名著的明星品牌。

为带给您更好的服务,我们还重磅推出全球首款真正永久免费的电子书阅读平台"作家榜阅读 APP",方便您随时随地开启阅读,汲取古今中外智慧。

下载作家榜 APP
随时随地读经典

如您有任何建议或希望与我们合作,欢迎致电作家榜:021-60839180

一生不可不读的外国经典名著

 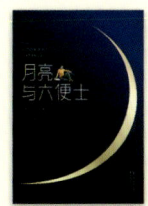 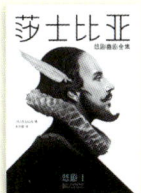 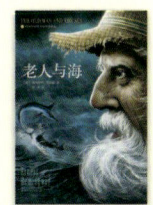

   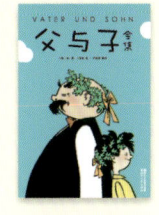

 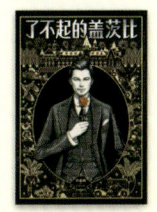 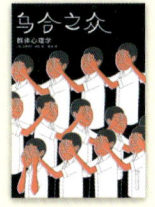 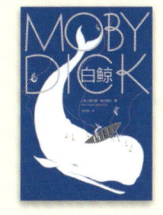

  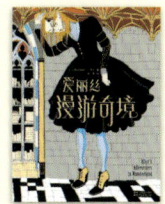 

一生不可不读的中国经典名著

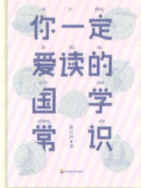

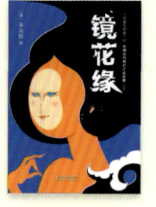

作家榜经典
当当旗舰店

作家榜经典
京东旗舰店

我的耳膜。我经了这一番心里的冒险,神经也已倦竭,不多一会,两只眼包皮就也沉沉的盖下来了。

一睡醒来,我没有下床,便放大了喉咙,高叫茶房,问他是什么时候。

"十点钟哉,鲜散(先生)!"

啊啊!我记得接到我祖母的病电的时候,心里还没有听见这一句回话时的恼乱!即趁早班轮船回去,我的经济,已难应付,那里还禁得在杭州再留半日呢?况且下午二点钟开的轮船是快班,价钱比早班要贵一倍。我没有方法,把脚在床上蹬踢了一回,只得悻悻的起来洗面。用了许多愤激之辞,对茶房发了一回脾气,我就付了宿费,出了旅馆从羊市街慢慢的走出城来。这时候我所有的财产全部,除了一个瘦黄的身体之外,就是一件半旧的夏布长衫,一套白洋纱的小衫裤,一双线袜,两只半破的白皮鞋和八角小洋。

太阳已经升上了中天,光线直射在我的背上。大约是因为我的身体不好,走不上半里路,全身的枯汗竟流得比平时更多一倍。我看看街上的行人,和两旁的住屋中的男女,觉得他们都很满足的在那里享乐他们的生活,好像不晓得忧愁是何物的样子。背后忽而起了一阵铃响,来了一乘包车,车夫向我骂了几句,跑过去了,我只看见了一个坐在车上穿白纱长衫的少年绅士的背形,和车夫的在那里跑的两只光腿。我慢慢的走了一段,背后又起了一阵车夫的威胁声,我让开了路,回转头来一看,看见了三部人力车,载着三个很纯朴的女学生,两腿中间各夹着些白皮箱铺盖之类,在那里向我冲来。她们大约是放了暑假赶回家去的,我此时心里起了一种悲愤,把平时祝福善人的心地忘了,却用了憎恶的眼睛,狠狠的对那些威胁我的人力车夫看了几眼。啊啊，我外面的态度虽则如此凶恶，但一边我却在默默的原谅他们的呀！

"你们这些可怜的走兽，可怜你们平时也和我一样，不能和那些年轻的女性接触。这也难怪你们的，难怪你们这样的乱冲，这样的兴高采烈的。这几个女性的身体岂不是载在你们的车上的么？她们的白嫩的肉体上岂不是有一种电气传到你们的身上来的么？虽则原因不同，动机卑微，但是你们的汗，岂不是为了这几个女性的肉体而流的么？啊啊，我若有气力，也愿跟了你们去典一乘车来，专拉这样的如花少女。我更愿意拼死的驰驱，消尽我的精力。我更愿意不受她们的金钱酬报。"

走出了凤山门，站住了脚，默默的回头来看了一眼，我的眼角又忽然涌出了两颗珠露来！

"珍重珍重，杭州的城市！我此番回家，若不马上出来，大约总要在故乡永住了，我们的再见，知在何日？万一情状不佳，故乡父老不容我在乡间终老，我也许到严子陵的钓石矶头，去寻我的归宿的，我这一瞥，或将成了你我的最后的诀别。我到此刻，才知道我胸际实在痛爱你的明媚的湖山，不过盘踞在你的地上的那些野心狼子，不得不使我怨你恨你而已。啊啊，珍重珍重，杭州的城市！我若在波中淹没的时候，最后映到我的心眼上来的，也许是我儿时亲睦的你的媚秀的湖山罢！"

一九二三年七月三十日

原载1923年7月23日至8月2日上海《中华新报·创造日》第2期
据《达夫全集》第2卷《鸡肋集》

故都的秋

秋天，无论在什么地方的秋天，总是好的；可是啊，北国的秋，却特别的来得清，来得静，来得悲凉。我的不远千里，要从杭州赶上青岛，更要从青岛赶上北平来的理由，也不过想饱尝一尝这"秋"，这故都的秋味。

江南，秋当然也是有的；但草木凋得慢，空气来得润，天的颜色显得淡，并且又时常多雨而少风；一个人夹在苏州上海杭州，或厦门香港广州的市民中间，浑浑沌沌的过去，只能感到一点点清凉，秋的味，秋的色，秋的意境与姿态，总看不饱，尝不透，赏玩不到十足。秋并不是名花，也并不是美酒，那一种半开、半醉的状态，在领略秋的过程上，是不合式的。

不逢北国之秋，已将近十余年了。在南方每年到了秋天，总要想起陶然亭的芦花，钓鱼台的柳影，西山的虫唱，玉泉的夜月，潭柘寺的钟声。在北平即使不出门去罢，就是在皇城人海之中，租人家一椽破屋来住着，早晨起来，泡一碗浓茶，向院子一坐，你也能看得到很高很高的碧绿的天色，听得到青天下驯鸽的飞声。从槐树叶底，朝东细数着一丝一丝漏下来的日光，或在破壁腰中，静对着像喇叭似的牵牛花（朝荣）的蓝朵，自然而然的也能够感觉到十分的秋意。说到了牵牛花，我以为以蓝色或白色者为佳，紫黑色次之，淡红色最下。最好，还要在牵牛花底，教长着几根疏疏落落的尖细且长的秋草，使作陪衬。

北国的槐树，也是一种能使人联想起秋来的点缀。像花而又不是花的那一种落蕊，早晨起来，会铺得满地。脚踏上去，声音也没有，气味也没有，只能感出一点点极微细极柔软的触觉。扫街的在树影下一阵扫后，灰土上留下来的一条条扫帚的丝纹，看起来既觉得细腻，又觉得清闲，潜意识下并且还觉得有点儿落寞，古人所说的梧桐一叶而天下知秋的遥想，大约也就在这些深沉的地方。

秋蝉的衰弱的残声，更是北国的特产；因为北平处处全长着树，屋子又低，所以无论在什么地方，都听得见它们的啼唱。在南方是非要上郊外或山上去才听得到的。这秋蝉的嘶叫，在北平可和蟋蟀耗子一样，简直像是家家户户都养在家里的家虫。

还有秋雨哩，北方的秋雨，也似乎比南方的下得奇，下得有味，下得更像样。

在灰沉沉的天底下，忽而来一阵凉风，便息列索落的下起雨来了。一层雨过，云渐渐的卷向了西去，天又青了，太阳又露出脸来了；着着很厚的青布单衣或夹袄的都市闲人，咬着烟管，在雨后的斜桥影里，上桥头树底下去一立，遇见熟人，便会用了缓慢悠闲的声调，微叹着互答着的说：

"唉，天可真凉了——"（这"了"字念得很高，拖得很长。）

"可不是么？一层秋雨一层凉啦！"

北方人念"阵"字，总老像是"层"字，平平仄仄起来，这念错的歧韵，倒来得正好。

北方的果树，到秋来，也是一种奇景。第一是枣子树；屋角，墙头，茅房边上，灶房门口，它都会一株株的长大起来。像橄榄又像鸽蛋似的这枣子颗儿，在小椭圆形的细叶中间，显出淡绿微黄的颜色的时候，正是秋的全盛时期；等枣树叶落，枣子红完，西北风就要起来了，北方便是尘沙灰土的世界，只有这枣子，柿子，葡萄，成熟到八九分的七八月之交，是北国的清秋的佳日，是一年之中最好也没有的golden days。

有些批评家说，中国的文人学士，尤其是诗人，都带着很浓厚的颓废色彩，所以中国的诗文里，颂赞秋的文字特别的多。但外国的诗人，又何尝不然？我虽则外国诗文念得不多，也不想开出账来，做一篇秋的诗歌散文钞，但你若去一翻英德法意等诗人的集子，或各国的诗文的anthology来，总能够看到许多关于秋的歌颂与悲啼。各著名的大诗人的长篇田园诗或四季诗里，也总以关于秋的部分，写得最出色而最有味。足见有感觉的动物，有情趣的人类，对于秋，总是一样的能特别引起深沉、幽远、严厉、萧索的感触来的。不单是诗人，就是被关闭在牢狱里的囚犯，到了秋天，我想也一定会感到一种不能自已的深情；秋之于人，何尝有国别，更何尝有人种阶级的区别呢？不过在中国，文字里有一个"秋士"的成语，读本里又有着很普遍的欧阳子的《秋声》与苏东坡的《赤壁赋》等，就觉得中国的文人，与秋的关系特别深了。可是这秋的深味，尤其是中国的秋的深味，非要在北方，才感受得到底。

南国之秋，当然是也有它的特异的地方的，譬如廿四桥的明月、钱塘江的秋潮、普陀山的凉雾、荔枝湾的残荷等等，可是色彩不浓，回味不永。比起北国的秋来，正像是黄酒之与白干，稀饭之与馍馍，鲈鱼之与大蟹，黄犬之与骆驼。

秋天，这北国的秋天，若留得住的话，我愿意把寿命的三分之二折去，换得一个三分之一的零头。

一九三八年八月，在北平

原载1934年9月1日天津《当代文学》月刊第1卷第3期

据《闲书》

苏州烟雨记

一

悠悠的碧落,一天一天的高远起来。清凉的早晚,觉得天寒袖薄,要缝件夹衣,更换单衫。楼头思妇,见了鹅黄的柳色,牵情望远,在绸衾的梦里,每欲奔赴玉门关外去。当这时候,我们若走出户外天空下去,老觉得好像有一件什么重大的物事,被我们忘了似的。可不是么?三伏的暑热,被我们忘掉了哟!

在都市的沉浊的空气中栖息的裸虫!在利欲的争场上吸血的战士!年年岁岁,不知四季的变迁,同鼹鼠似的埋伏在软红尘里的男男女女!你们想发现你们的灵性不想?你们有没有向上更新的念头?你们若欲上空旷的地方,去呼一口自由的空气,一则可以醒醒你们醉生梦死的头脑,二则可以看看那些就快凋谢的青枝绿叶,豫藏一个来春再见之机,那么请你们跟了我来,Und ich, ich Schnuere Den Sack and wandere,我要去寻访伍子胥吹箫吃食之乡,展拜秦始皇求剑凿穿之墓,并想看看那有名的姑苏台苑哩!

"象以齿毙,膏用明煎",为人切不可有所专好,因为一有了嗜癖,就不得不为所累。我闲居沪上,半年来既无职业,也无忙事,本来只须有几个买路钱，便是天南地北，也可以悠然独往的，然而实际上却是不然。因为自去年同几个同趣味的朋友，弄了几种我们所爱的文艺刊物出来之后，愚蠢的我们，就不得不天天服海儿克儿斯（Hercules）的苦役了，所以九月三日的早晨，决定和友人沈君，乘车上苏州去的时候，我还因有一篇文字没有交出之故，心里只在怦怦的跳动。

那一天（九月三日）也算是一天清秋的好天气。天上虽没有太阳，然而几块淡青的空处，和西洋女子的碧眼一般，在白云浮荡的中间，常在向我们地上的可怜虫密送秋波。不是雨天，不是晴日，若硬要把这一天的天气分出类来，我不管气象台的先生们笑我不笑我，姑且把它叫风云飞舞，阴晴交让的初秋的一日罢。

这一天的早晨，同乡的沈君，跑上我的寓所来说：

"今天我要上苏州去。"

我从我的屋顶下的房里，看看窗外的天空，听听市上的杂噪，忽而也起了一种怀慕远处之情（Sehnsucht nach der Ferne）。九点四十分的时候，我和沈君就摇来摇去的站在三等车中，被机关车搬向苏州去了。

"仙侣同舟！"古人每当行旅的时候，老在心中窃望着这一种艳福。我想人既是动物，无论男女，欲念总不能除，而我既是男人，女人当然是爱的。这一回我和沈君匆促上车，初不料的车上的人是那样拥挤的，后来从后面走上了前面，忽在人丛中听出了一种清脆的笑声来。"明眸皓齿的你们这几位女青年，你们可是上苏州去的么？"我见了她们的那一种活泼的样子，真想开口问她们一声，但是三千年的道德观，和见人就生恐惧的我的自卑狂，只使我红了脸，默默的站在她们身边，不过暗暗的闻吸闻吸从她们发上身上口中蒸发出来的香气罢了。我把她们偷看了几眼，心里又长叹了一声：

"啊啊！容颜要美，年纪要轻，更要有钱！"

二

我们同车的几个"仙侣"，好像是什么女学校的学生。她们的活泼的样子——使恶魔讲起来就是轻佻——丰肥的肉体——使恶魔讲起来就是多淫——和烂熟的青春，都是神仙应有的条件，但是只有一件，只有一件事情，使我无论如何也不能把她们当作神仙的眷属看。非但如此，为这一件事情的原故，我简直不能把她们当作我的同胞看。这是什么呢，这便是她们故意想出风头而用的英文的谈话。假使我是不懂英文的人，那末从她们的绯红的嘴唇里滚出来的叽哩咕噜，正可以当作天女的灵言听了，倒能够对她们更加一层敬意。假使我是崇拜英文的人，那末听了她们的话，也可以感得几分亲热。但是我偏偏是一个程度与她们相仿的半通英文而又轻视英文的人，所以我的对她们的热意，被她们的谈话一吹几乎吹得冰冷了。世界上的人类，抱着功利主义，受利欲的催眠最深的，我想没有过于英美民族的了。但我们的这几位女同胞，不用《西厢》《牡丹亭》上的说白来表现她们的思想，不把《红楼梦》上言文一致的文字来代替她们的说话，偏偏要选了商人用的这一种有金钱臭味的英语来卖弄风情，是多么杀风景的事情啊！你们即使要用外国文，也应选择那神韵悠扬的法国语，或者更适当一点的就该用半清半俗，薄爱民语（**La langue des**

Bohemiens），何以要用这卑俗英语呢？啊啊，当现在崇拜黄金的世界，也无怪某某女学等卒业出来的学生，不愿为正当的中国人的糟糠之室，而愿意自荐枕席于那些犹太种的英美的下流商人的。我的朋友有一次说，"我们中国亡了，倒没有什么可惜，我们中国的女性亡了，却是很可惜的。现在在洋场上作寓公的有钱有势的中国的人物，尤其是外交商界政界的人物，他们的妻女，差不多没有一个不失身于外国的下流流氓的，你看这事伤心不伤心哩！"我是两性问题上的一个国粹保存主义者，最不忍见我国的娇美的女同胞，被那些外国流氓去足践。我的在外国留学时代的游荡，也是本于这主义的一种复仇的心思。我现在若有黄金千万，还想去买些白奴来，供我们中国的黄包车夫苦力小工享乐啦！

唉唉！风吹水皱，干侬底事，她们在那里贱卖血肉，于我何尤。我且探头出去看车窗外的茂茂的原田，青青的草地，和清溪茅舍，丛林旷地罢！

"啊啊，那一道隐隐的飞帆，这大约是苏州河罢！"

我看了那一条深碧的长河，长河彼岸的粘天的短树，和河内的帆船，就叫着问我的同行者沈君，他还没有回答我之先，立在我背后的一位老先生却回答说：

"是的，那是苏州河，你看隐约的中间，不是有一条长堤看得见么！没有这一条堤，风势很大，是不便行舟的。"

我注目一看，果真在河中看出了一条隐约的长堤来。这时候，在东面车窗下坐着的旅客，都纷纷站起来望向窗外去。我把头朝转来一望，也看见了一个汪洋的湖面，起了无数的清波，在那里汹涌。天上黑云遮满了，所以湖面也只似用淡墨涂成的样子。湖的东岸，也有一排矮树，同凸出的雕刻似的，以阴沉灰黑的天空作了背景，在那里作苦闷之状。我不晓是什么理由，硬想把这一排沿湖的列树，断定是白杨之林。

三

车过了阳澄湖，同车的旅客，大家不向车的左右看而注意到车的前面去，我知道苏州就不远了。等苏州城内的一枝尖塔看得出来的时候，几位女学生，也停住了她们的黄金色的英语，说了几句中国话。

"苏州到了！"

"可惜我们不能下去！"

"But we will come in the winter."

她们操的并不是柔媚的苏州音，大约是南京的学生吧？也许是上北京去的，但是我知道了她们不能同我一道下车，心里却起了一种微微的失望。

"女学生诸君，愿你们自重，愿你们能得着几位金龟佳婿，我要下车去了。"

心里这样的讲了几句，我等着车停之后，就顺着了下车的人流，也被他们推来推去的推下了车。

出了车站，马路上站了一忽，我只觉得许多穿长衫的人，路的两旁停着的黄包车、马车、车夫和驴马，都在灰色的空气里混战。跑来跑去的人的叫唤，一个钱两个钱的争执，萧条的道旁的杨柳，黄黄的马路，和在远处看得出来的一道长而且矮的土墙，便是我下车在苏州得着的最初的印象。

湿云低垂下来了。在上海动身时候看得见的几块青淡的天空也被灰色的层云埋没煞了。我仰起头来向天空一望，脸上早接受了两三点冰冷的雨点。

"危险危险，今天的一场冒险，怕要失败。"

我对在旁边站着的沈君这样讲了一句，就急忙招了几个马车夫来问他们的价钱。

我的脚踏苏州的土地，这原是第一次。沈君虽已来过一二回，但是那还是前清太平时节的故事，他的记忆也很模糊了。并且我这一回来，本来是随人热闹，偶尔发作的一种变态旅行，既无作用，又无目的的，所以马夫问我"上那里去？"的时候，我想了半天，只回答了一句，"到苏州去？"究竟沈君是深于世故的人，看了我的不知所措的样子，就不慌不忙的问马车夫说：

"到府门去多少钱？"

好像是老熟的样子。马车夫倒也很公平，第一声只要了三块大洋。我们说太贵，他们就马上让了一块，我们又说太贵，他们又让了五角。我们又试了试说太贵，他们却不让了，所以就在一乘开口马车里坐了进去。

起初看不见的微雨，愈下愈大了，我和沈君坐在马车里，尽在野外的一条马路上横斜的前进。青色的草原，疏淡的树林，蜿蜒的城墙，浅浅的城河，变成这样，变成那样的在我们面前交换。醒人的凉风，休休的吹上我的微热的面上，和嗒嗒的马蹄声，在那里合奏交响乐。我一时忘记了秋雨，忘记了在上海剩下的未了的工作，并且忘记了半年来失业困穷的我，心里只想在马车上作独脚的跳舞，嘴里就不知不觉的念出了几句独脚跳舞的歌来：

秋在何处，秋在何处？
在蟋蟀的床边，在怨妇楼头的砧杵，
你若要寻秋，你只须去落寞的荒郊行旅，
刺骨的凉风，吹消残暑，
漫漫的田野，刚结成禾黍，
一番雨过，野路牛迹里贮着些儿浅渚，
悠悠的碧落，反映在这浅渚里容与，
月光下，树林里，萧萧落叶的声音，便是秋的私语。

我把这几句词不像词，新诗不像新诗的东西唱了一回，又向四边看了一回，只见左右都是荒郊，前面只是一条没有尽头的长路，所以心里就害怕起来，怕马夫要把我们两个人搬到杳无人迹的地方去杀害。探头出去，大声的喝了一声：

"会！你把我们拖上什么地方去？"

那狡猾的马夫，突然吃了一惊，噗的从那坐凳上跌下来，他的马一时也惊跳了一阵，幸而他虽跌倒在地下，他的马缰绳，还牢捏着不放，所以马没有跳跑。他一边爬起来，一边对我们说：

"先生！老实说，府门是送不到的，我只能送你们上洋关过去的密度桥上。从密度桥到府门，只有几步路。"

他说的是没有丈夫气的苏州话，我被他这几句柔软的话声一说，心已早放下了，并且看看他那五十来岁的面貌，也不像杀人犯的样子，所以点了一点头，就由他去了。

马车到了密度（？）桥，我们就在微雨里走了下来，上沈君的友人寄寓在那里的荸门内的严衙前去。

四

进了封建时代的古城，经过了几条狭小的街巷，更越过了许多环桥，才寻到了沈君的友人施君的寓所。进了荸门以后，在那些清冷的街上，所得着的印象，我怎么也形容不出来。上海的市场，若说是二十世纪的市场，那末这苏州的一隅，只可以说是十八世纪的古都了。上海的杂乱和情形，若说是一个 busy port，那么苏州只可以说是一个 sleepy town 了。总之阊门外的繁华，我未曾见到，专就我于这荸门里一隅的状况看来，我觉得苏州城，竟还是一个浪漫的古都，街上的石块，和人家的建筑，处处的环桥河水和狭小的街衢：没有一件不在那里夸示过去的中国民族的悠悠的态度。这一种美，若硬要用近代语来表现的时候，我想没有比"颓废美"的三字更适当的了。况且那时候天上又飞满了灰黑的湿云，秋雨又在微微的落下。

施君幸而还没有出去，我们一到他住的地方，他就迎了出来。沈君为我们介绍的时候，施君就慢慢的说：

"原来就是郁君么？难得难得，你做的那篇……我已经拜读了，失意人谁能不同声一哭！"

原来施君是我们的同乡，我被他说得有些羞愧了，想把话头转一个方向，所以就问他说：

"施君，你没有事么？我们一同去吃饭罢。"

实际上我那时候，肚里也觉得非常饥饿了。

严衙前附近，都是钟鸣鼎食之家，所以找不出一家菜馆来。没有方法，我们只好进一家名锦帆榭的茶馆，托茶博士去为我们弄些酒菜来吃。因为那时候微雨未止，我们的肚里却响得厉害，想想饿着肚在微雨里奔跑，也不值得，所以就进了那家茶馆———则也因为这家茶馆的名字不俗——打算坐它一二个钟头，再作第二步计划。

古语说得好，"有志者事竟成！"我们在锦帆榭的清淡的中厅桌上，喝喝酒，说说闲话，一天微雨，竟被我们的意志力，催阻住了。

初到一个名胜的地方，谁也同小孩子一样，不愿意悠悠的坐着的，我一见雨止，就促施君沈君，一同出了茶馆，打算上各处去逛去。从清冷修整狭小的卧龙街一直跑将下去，拐了一个弯，又走了几步，觉得街上的人和两旁的店，渐渐儿的多起来，繁盛起来，苏州城里最多的卖古书，旧货的店铺，一家一家的少了下去，卖近代的商品的店家，逐渐惹起我的注意来了。施君说：

"玄妙观就要到了，这就是观前街。"

到了玄妙观内，把四面的情形一看，我觉得玄妙观今日的繁华，与我空想中的境状大异。讲热闹赶不上上海午前的小菜场，讲怪异还远不及上海城内的城隍庙，走尽了玄妙观的前后，在我脑里深深印入的印象，只有二个，一个是三五个女青年在观前街的一家箫琴铺里买箫，我站到她们身边去对她们呆看了许久，她们也回了我几眼。一个是玄妙观门口的一家书馆里，有一位很年轻的学生在那里买我和我朋友共编的杂志。除这两个深刻的印象外，我只觉得玄妙观里的许多茶馆，是苏州人的风雅的趣味的表现。

早晨一早起来，就跑上茶馆去。在那里有天天遇见的熟脸。对于这些熟脸，有妻子的人，觉得比妻子还亲而不狎，没有妻子的人，当然可把茶馆当作家庭，把这些同类当作兄弟了。大热的时候，坐在茶馆里，身上发出来的一阵阵的汗水，可以以口中咽下去的一口口的茶去填补。茶馆内虽则不通空气，但也没有火热的太阳，并且张三李四的家庭内幕和东洋中国的国际闲谈，都可以消去逼人的盛暑。天冷的时候，坐在茶馆里，第一个好处，就是现成的热茶。除茶喝多了，小便的时候要起冷茎之外吞下几碗刚滚的热茶到肚里，一时却能消渴消寒。贫苦一点的人，更可以借此熬饥。若茶馆主人开通一点，请几位奇形怪状的说书者来说书，风雅的茶客的兴趣，当然更要增加。有几家茶馆里有几个茶客，听说从十几岁的时候坐起，坐到五六十岁死时候止，坐的老是同一个座位，天天上茶馆来一分也不迟，一分也不早，老是在同一个时间。非但如此，有几个人，他自家死的时候，还要把这一个座位写在遗嘱里，要他的儿子天天去坐他那一个遗座。近来百货店的组织法应用到茶业上，茶馆的前头，除香气烹人的"火烧""锅贴""包子""烤山芋"之外，并且有酒有菜，足可使茶馆一天不出外而不感得什么缺憾。像上海的青莲阁，非但饮食俱全，并且人肉也在贱卖，中国的这样文明的茶馆，我想该是二十世纪的世界之光了。所以盲目的外国人，你们若要来调查中国的事情，你们只须上茶馆去调查就是，你们要想来管理中国，也须先去征得各茶馆里的茶客的同意，因为中国的国会所代表的，是中国人的劣根性无耻与贪婪，这些茶客所代表的倒是真真的民意哩！

五

出了玄妙观,我们又走了许多路,去逛遂园。遂园在苏州,同我在上海一样,有许多人还不晓得它的存在。从很狭很小的一个坍败的门口,曲曲折折走尽了几条小弄,我们才到了遂园的中心。苏州的建筑,以我这半日的经验讲来,进门的地方,都是狭窄芜废,走过几条曲巷,才有轩敞华丽的屋宇。我不知这一种方式,还是法国大革命前的民家一样,为避税而想出来的呢?还是为唤醒观者的观听起见,用修辞学上的欲扬先抑的笔法,使能得着一个对称的效力而想出来的?

遂园是一个中国式的庭园,有假山有池水有亭阁,有小桥也有几枝树木。不过各处的坍败的形迹和水上开残的荷花荷叶,同黯淡的天气合作一起,使我感到了一种秋意,使我看出了中国的将来和我自家的凋零的结果。啊!遂园吓遂园,我爱你这一种颓唐的情调!

在荷花池上的一个亭子里,喝了一碗茶,走出来的时候,我们在正厅上却遇着了许多穿轻绸绣缎的绅士淑女,静静的坐在那里喝茶咬瓜子,等说书者的到来。我在前面说过的中国人的悠悠的态度,和中国的亡国的悲壮美,在此地也能看得出来。啊啊,可怜我为人在客,否则我也挨到那些皮肤嫩白的太太小姐们的边上去静坐了。

出了遂园,我们因为时间不早,就劝施君回寓。我与沈君在狭长的街上飘流了一会,就决定到虎丘去。

(此稿执笔者因病中止)

原载1923年9月19日至26日上海《中华新报·创造日》第57期至第64期

据《达夫全集》第4卷《奇零集》

过富春江

前两天增嘏和他的妹妹，以及英国军官晏子少校（Major Edward Ainger）来杭州，我们于醉谈游步之余，还定下了一个上富春江去的计划。

这一位少校，实在有趣；在东方驻扎得久了。他非但生活习惯，都染了中国风，连他的容貌态度，也十足带着了中国气，他的身材本不十分高大，但背脊伛偻，同我们中国的中年人比较起来，向背后望去，简直是辨不出谁黄谁白；一般军人所特有的那一种挺胸突肚、傲岸的气象，在他身上，是丝毫也不具的。他的两脚又像日本人似的向外弓曲，立起正来，中间会露出一条小缝，这当然因为他是骑兵，在马背上过日子过得多的缘故。

他虽则会开飞机、开汽车、划船、骑马，但不会走路；所以他说，他不喜欢山，却喜欢水！在西湖里荡了两日舟，他问起近边更还有什么好的地方没有，我们就决定了再陪他上富春江去的计划；好在汽车是他自己会开，有半日的工夫，就可以往返的。

驶过六和塔下，走上江边一带波形的道上的时候，他果然喜欢极了，他说这地方有点像日本的濑户内海。江潮落了，江水绿得迷人；而那一天午后，又是淡云微日的暮秋天，在太阳底下走起路来，还要出一点潮汗。过了梵村，驰上四面是小山，满望是稻田的杭富交界的平原里，景象又变了一变，他说只有美国东部的乡村里，有这一种干草黄时的和平村景，他倒又想起在美国时候的事情来了。

由富阳站里，沿了新开的那条环城马路，把车开到了鹳山脚下，一步登天，爬上春江第一楼头眺望的时候，他才吃了一惊，说这山水真像是摩西的魔术。因为车由凌家桥转弯，跑在杭富道上，所见的只是些青山平谷，茅舍枫林；到得富阳，沿了那座弓也似的舒姑屏山脚，驶入站里，也只能看到些错落的人家，与一排人家南岸的高山；就是到了东城脚下，在很狭的新筑马路上走下车来的一刻，没有到过富阳的人，也决不会想到登山几步，就可以看见这一幅山重水复的黄子久的画图的。

我们在山头那株樟树下的石栏上坐了好久，增碬并且还指着山下的一块汉高士严子陵先生垂钓处的石碑，将范文正公的祠堂记，以及上面七里泷边东台西台的故事，译给了这一位少校听。他听到了谢皋羽的西台恸哭的一幕，却兴奋起来了，说："为什么不拿这个故事来做一本戏剧？像雪勒的《威廉退儿》一样，这地方倒也很可以起一座谢氏的祠堂。"

回来的时候，天色已经晚了；他一面开着车，眼睛呆呆看着远处，一边却幽幽的告诉我和增皈说："我若要选择第二国籍的话，那我情愿来做个中国人。"

车过分境岭后，他跳下车来，去看了一番建筑在近边山上的碉堡；我留在车里，陪伴着一位小姐，一位太太，从车窗里看见了他的那个向前微俯的背影，以及两脚蹒跚在斜阳衰草的山道上的缓步，我却突然间想起了一篇哈代的短篇，题名叫作"忧郁的骑兵"的小说。

联想一活动，并且又想起刚才在鹳山上所谈的那一段话来了，皱鼻一哼，就哼出了这样的二十八字：

　　三分天下二分亡，四海何人吊国殇，
　　偶向西台台畔过，苔痕犹似泪淋浪。

双十节近在目前，我想讲这几句狗屁诗来应景，把它当作国庆日的哀词，倒也使得。

二十四年十月九日

原载 1935 年 10 月 10 日杭州《东南日报·沙发》第 2472 期
据《郁达夫全集》

小春天气

一

与笔砚疏远以后，好像是经过了不少日数的样子。我近来对于时间的观念，一点儿也没有了。总之案头堆着的从南边来的两三封问我何以老不写信的家信，可以作我久疏笔砚的明证。所以从头计算起来，大约自我发表最后一篇整个儿的文字到现在，总已有一年以上，而自我的右手五指，抛离纸笔以来，至少也得有两三个月的光景。以天地之悠悠，而来较量这一年或三个月的时间，大约总不过似骆驼身上的半截毫毛，但是由先天不足，后天亏损——这是我们中国医生常说的话，我这样的用在这里，请大家不要笑我——的我说来，渺焉一身，寄住在这北风凉冷的皇城人海中间，受尽了种种欺凌侮辱。竟能安然无事的经过这么长的一段时间，却是一种摩西以后的最大奇迹。

回想起来，这一年的岁月，实在是悠长得很呀！绵绵钟鼓初长的秋夜，我当众人睡尽的中宵，一个人在六尺方的卧房里踏来踏去，想想我的女人，想想我的朋友，想想我的黯淡的前途。曾经熏烧了多少枝的短长烟卷？睡不着的时候，我一个人拿了蜡烛，幽脚幽手的跑上厨房去烧些风鸡糟鸭来下酒的事情，也不止三次五次。而由现在回顾当时,那时候初到北京后的这种不安焦躁的神情,却只似儿时的一场恶梦,相去好像已经有十几年的样子,你说这一年的岁月对我是长也不长?

这分外的觉得岁月悠长的事情,不仅是意识上的问题,实际上这一年来我的肉体精神两方面都印上了这人家以为很短而在我却是很长的时间的烙印。去年十月在黄浦江头送我上船的几位可怜的朋友,若在今年此刻,和我相遇于途中,大约他们看见了我,总只是轻轻的送我一瞥,必定会仍复不改常态的向前走去。(虽则我的心里在私心默祷,使我遇见了他们,不要也不认识他们!)

这一年的中间,我的衰老的气象,实在是太急速的侵袭到了,急速的,真真是很急速的。"白发三千丈"一流的夸张的比喻,我们暂且不去用它,就减之又减的打一个折扣来说罢,我在这一年中间,至少也的的确确的长了十岁年纪。牙齿也掉了,记忆力也消退了,对镜子剃削胡髭的早晨,每天都要很惊异的往后看一看,以为镜子里反映出来的,是别一个站在我后面的没有到四十岁的半老人。腰间的皮带,尽是一个窟窿一个窟窿的往里缩,后来现成的孔儿不够,却不得不重用钻子来新开,现在已经开到第二个了。最使我伤心的,是当人家欺凌我侮辱我的时节,往日很容易起来的那一种愤激之情,现在怎么也鼓励不起来。非但如此,当我觉得受了最大的侮辱的时候,不晓从何处来的一种滑稽的感想,老要使我作会心的微笑。不消说年青时候的种种妄想,早已消磨得干干净净,现在我连自家的女人小孩的生存,和家中老母的健否等问题都想不起来;有时候上街去雇得着车,坐在车上,只想车夫走往向阳的地方去——因为我现在忽而怕起冷来了——慢一点儿走,好使我饱看些街上来往的行人,和组成现代的大同世界的形形色色。看倦了，走倦了，跑回家来，只思弄一点美味的东西吃吃，并且一边吃，一边还要想出如何能够使这些美味的东西吃下去不会饱胀的方法来，因为我的牙齿不好，消化不良，美味的东西，老怕不能一天到晚不间断的吃过去。

二

现在我们这里所享有的，是一年中间最好不过的十月。江北江南，正是小春的时候。况且世界又是大同，东洋车、牛车、马车上，一闪一闪的在微风里飘荡的，都是些除五色旗外的世界各国的旗子。天色苍苍，又高又远，不但我们大家酣歌笑舞的声音，达不到天听，就是我们的哀号狂泣，也和耶和华的耳朵，隔着蓬山几千万叠。生逢这样的太平盛世，依理我也应该向长安的落日，遥进一杯祝颂南山的寿酒，但不晓怎么的，我自昨天以来，明镜似的心里，又忽而起了一层翳障。

仰起头来看看青天，空气澄清得怖人；各处散射在那里的阳光，又好像要对我说一句什么可怕的话，但是因为爱我怜我的缘故，不敢马上说出来的样子。脚底下铺着扫不尽的落叶，忽而索落索落的响了一声，待我低下头来，向发出声音来的地方望去，又看不出什么动静来了，这大约是我们庭后的那一棵大槐树，又摆脱了一叶负担了罢。正是午前十点钟的光景，家里的人都出去了，我因为孤零丁一个人在屋里坐不住，所以才踱到院子里来的，然而在院子里站了一忽，也觉得没有什么意思，昨晚来的那一点小小的忧郁仍复笼罩在我的心上。

当半年前，每天只是忧郁的连续的时候，倒反而有一种余裕来享乐这一种忧郁，现在连快乐也享受不了的我的脆弱的身心，忽而沾染了这一层虽则是很淡很淡，但也好像是很深的隐忧，只觉得坐立都是不安。没有方法，我就把香烟连续的吸了好几枝。

是神明的摄理呢？还是我的星命的佳会？正在这无可奈何的时候，门铃儿响了。小朋友G君，背了水彩画具画架进来说：

"达夫，我想去郊外写生，你也同我去郊外走走吧！"

G君年纪不满二十，是一位很活泼的青年画家，因为我也很喜欢看画，所以他老上我这里来和我讲些关于作画的事情。据他说："今天天气太好，坐在家里，太对大自然不起，还是出去走走的好。"我换了衣服，一边和他走出门来，一边告诉门房"中饭不来吃，叫大家不要等我"的时候，心里所感得的喜悦，怎么也形容不出来。

三

本来是没有一定目的地的我们，到了路上，自然而然的走向西去，出了平则门。阳光不问城里城外，一例的很丰富的洒在那里。城门附近的小摊儿上，在那里摊开花生来的小贩，大约是因为他穿着的那件宽大的夹袄的原因罢，觉得也反映着一味秋气。茶馆里的茶客，和路上来往的行人，在这样和煦的太阳光里，面上总脱不了一副贫陋的颜色；我看看这些人的样子，心里又有点不舒服起来，所以就叫G君避开城外的大街沿城折往北去。夏天常来的这城下长堤上，今天来往的大车特别的少。道旁的杨柳，颜色也变了，影子也疏了。城河里的浅水，依旧映着晴空，返射着日光，实际上和夏天并没有什么区别，但我觉得总有一种寂寥的感觉，浮在水面。抬头看看对岸，远近一排半凋的林木，纵横交错的列在空中。大地的颜色，也不似夏日的芜葱，地上的浅草都已枯尽，带起浅黄色来了。法国教堂的屋顶，也好像失了势力似的，在半凋的树林中孤立在那里。与夏天一样的，只有一排西山连亘的峰峦。大约是今天空气格外澄鲜的缘故吧，这排明褐色的屏障，觉得是近得多了，的确比平时近得多了。此外弥漫在空际的，只有明蓝澄洁的空气，悠久广大的天空和饱满的阳光，和暖的阳光。隔岸堤上，忽而走出了两个着灰色制服的兵来。他们拖了两个斜短的影子，默默的在向南的行走。我见了他们，想起了前几天平则门外的抢劫的事情，所以就对G君说：

"我看这里太辽阔，取不下景来，我们还是进城去吧！上小馆子去吃了午饭再说。"

G君踏来踏去的看了一会，对我笑着说：

"近来不晓怎么的，有一种莫名其妙的神秘的灵感，常常闪现在我的脑里。今天是不成了，没有带颜料和油画的家伙来。"

他说着用手向远处教堂一指，同时又接着说：

"几时我想画画教堂里的宗教画看。"

"那好得很啊！"

猫猫虎虎的这样回答了一句，我就转换方向，慢慢的走回到城里来了。落后了几步，他也背着画具，慢慢的跟我走来。

四

喝了两斤黄酒,吃得满满的一腹。我和G君坐洋车上,被拉往陶然亭去的时候,太阳已经打斜了。本来是有点醉意,又被午后的阳光一烘,我坐在车上,眼睛觉得渐渐的朦胧起来。洋车走尽了粉房琉璃街,过了几处高低不平的新开地,走入南下洼旷野的时候,我向右边一望,只见几列鳞鳞的屋瓦,半隐半现的在西边一带的疏林里跳跃。天色依旧是苍苍无底,旷野里的杂粮,也已割尽,四面望去,只是洪水似的午后的阳光,和远远躺在阳光里的矮小的坛殿城池。我张了一张睡眼,向周围望了一圈,忽笑向G君说:

"'秋气满天地,胡为君远行',这两句唐诗真有意思,要是今天是你去法国的日子,我在这里饯你的行,那么再比这两句诗适当的句子怕是没有了,哈哈……"

只喝了半小杯酒,脸上已涨得潮红的G君也笑着对我说:

"唐诗不是这样的两句,你记错了吧!"

两人在车上笑说着,洋车已经走入了陶然亭近旁的芦花丛里,一片灰白的毫芒,无风也自己在那里作浪。西边天际有几点青山隐隐,好像在那里笑着对我们点头。下车的时候,我觉得支持不住了,就对G君说:

"我想上陶然亭去睡一觉,你在这里画吧!现在总不过两点多钟,我睡醒了再来找你。"

五

  陶然亭的听差的来摇我醒来的时候,西窗上已经射满了红色的残阳。我洗了手脸,喝了二碗清茶,从东面的台阶上下来,看见陶然亭的黑影,已经越过了东边的道路,遮满了一大块道路东面的芦花水地。往北走去,只见前后左右,尽是茫茫一片的白色芦花。西北抱冰堂一角,扩张着阴影,西侧面的高处,满挂了夕阳最后的余光,在那里催促农民的息作。穿过了香冢鹦鹉冢的土堆的东面,在一条浅水和墓地的中间,我远远认出了G君的侧面朝着斜阳的影子。从芦花铺满的野路上将走近G君背后的时候,我忽而气也吐不出来,向西边的瞪目呆住了。这样伟大的,这样迷人的落日的远景,我却从来没有看见过。太阳离山,大约不过盈尺的光景,点点的遥山,淡得比初春的嫩草,还要虚无缥缈。监狱里的一架高亭,突出在许多有谐调的树林的枝干高头。芦根的浅水,满浮着芦花的绒穗,也不像积绒,也不像银河。芦萍开处,忽映出一道细狭而金赤的阳光,高冲牛斗。同是在这返光里飞堕的几簇芦绒,半边是红,半边是白。我向西呆看了几分钟,又回头向东南北三面环眺了几分钟,忽而把什么都忘掉了,连我自家的身体都忘掉了。

  上前走了几步,在灰暗中我看见G君的两手,正在忙动。我叫了一声,G君头也不朝转来,很急促的对我说:

  "你来,你来,来看我的杰作!"

  我走近前去一看,他画架上,悬在那里,正在上色的,并不是夕阳,也不是芦花,画的中间,向右斜曲的,却是一条颜色很沉滞的大道。道旁是一处阴森的墓地,墓地的背后,有许多灰黑凋残的古木横叉在空间。枯木林中，半弯下弦的残月，刚升起来，冰冷的月光，模糊隐约的照出了一只停在墓地树枝上的猫头鹰的半身。颜色虽则还没有上全，然而一道逼人的冷气，却从这幅未完的画面直向观者的脸上喷来。我簇紧了眉峰，对这画面静看了几分钟，抬起头来正想说话的时候，觉得太阳已经完全下山了，四面的薄暮的光景也比一刻前促迫了。尤其使我惊恐的，是我抬起头来的时候，在我们的西北的墓地里，也有一个很淡很淡的黑影，动了一动。我默默的停了一会，惊心定后，再朝转头来看东边天上的时候，却见了一痕初五六的新月悬挂在空中。又停了一会，把惊恐之心，按捺了下去，我才慢慢的对G君说：

"这张小画，的确是你的杰作，未完的杰作。太晚了，快快起来，我们走罢，我觉得冷得很。"我话没有讲完，又对他那张画看了一眼，打了一个冷痉，忽而觉得毛发都竦竖了起来；同时自昨天来在我胸中盘踞着的那种莫名其妙的忧郁，又笼罩上我的心来了。

G君含了满足的微笑，尽在那里闭了一只眼睛——这是他的脾气——细看他那未完的杰作。我催了他好几次，他才起来收拾画具。我们二人慢慢的走回家来的时候，他也好像倦了，不愿意讲话，我也为那种忧郁所侵袭，不想开口。两人默默的走到灯火荧荧的民房很多的地方，G君方开口问说：

"这一张画的题目，我想叫它'残秋的日暮'，你说好不好？"

"画上的表现，岂不是半夜的景象么？何以叫日暮呢？"

他听我这句话，又含了神秘的微笑说：

"这就是今天早晨我和你谈的神秘的灵感哟！我画的画，老喜欢依画画时候的情感节季来命题，画面和画题合不合，我是不管的。"

"那么,'残秋的日暮'也觉得太衰飒了,况且现在已经入了十月,十月小阳春,那里是什么残秋呢?"

"那么我这张画就叫作'小春'吧!"

这时候我们已经走进了一条热闹的横街,两人各雇着洋车,分手回来的时候,上弦的新月,也已经起来得很高了。我一个人摇来摇去的被拉回家来,路上经过了许多无人来往的乌黑的僻巷。僻巷的空地道上,纵横倒在那里的,只是些房屋和电杆的黑影。从灯火辉煌的大街,忽而转入这样僻静的地方的时候,谁也会发生一种奇怪的感觉出来,我在这初月微明的天盖下,苍茫四顾,也忽而好像是遇见了什么似的,心里的那一种莫名其妙的忧郁,更深起来了。

(一九二四)十三年旧历十月初七日

原载 1924 年 11 月 11 日至 14 日《晨报副携》

据《达夫全集》第 1 卷《寒灰集》

南行杂记

一

上船的第二日,海里起了风浪,饭也不能吃,僵卧在舱里,自家倒得了一个反省的机会。

这时候,大约船在舟山岛外的海洋里,窗外又凄其的下雨了。半年来的变化、病状、绝望、和一个女人的不名誉的纠葛、母亲的不了解我的恶骂、在上海的几个月的游荡,一幕一幕的过去的痕迹,很杂乱的尽在眼前交错。

上船前的几天,虽则是心里很牢落,然而实际上仍是一件事情也没有干妥。闲下来在船舱里这么的一想,竟想了许多琐杂的事情来:

"那一笔钱,不晓几时才拿得出来?"

"分配的方法,不晓有没有对C君说清?"

"一包火腿和茶叶,不知究竟要什么时候才能送到北京?"

"啊!一封信又忘了!忘了!"

像这样的乱想了一阵,不知不觉,又昏昏的睡去,一直到了午后的三点多钟。在半醒半觉的昏睡余波里沈浸了一回,听见同舱的K和W在说话,并且话题逼近到自家的身上来了:

"D不晓得怎么样?"K的问话。

"叫他一声吧!"W答。

"喂,D!醒了吧?"K又放大了声音,向我叫。

"乌乌……乌……醒了,什么时候?"

"舱里空气不好,我们上'突克'去换一换空气罢!"

K的提议,大家赞成了,自家也忙忙的起了床。风停了,雨也已经休止,"突克"上散坐着几个船客。海面的天空,有许多灰色的黑云在那里低徊。一阵一阵的大风渣沫,还时时吹上面来。湿空气里,只听见那几位同船者的杂话声。因为是粤音,所以辨不出什么话来,而实际上我也没有听取人家的说话的意思和准备。

三人在铁栏杆上靠了一会,K和W在笑谈什么话,我只呆呆的凝视着黯淡的海和天,动也不愿意动,话也不愿意说。

正在这一个失神的当儿,背后忽儿听见了一种清脆的女人的声音。回头来一看,却是昨天上船的时候看见过一眼的那个广东姑娘。她大约只有十七八岁年纪,衣服的材料虽则十分朴素,然而剪裁的式样,却很时髦。她的微突的两只近视眼,狭长的脸子,曲而且小且薄的嘴唇,梳的一条垂及腰际的辫发,不高不大的身材,并不白洁的皮肤,以及一举一动的姿势,简直和北京的银弟一样。昨天早晨,在匆忙杂乱的中间,看见了一眼,已经觉得奇怪了,今天在这一个短距离里,又深深的视察了一番,更觉得她和银弟的中间,确有一道相通的气质。在两三年前,或者又要弄出许多把戏来搅扰这一位可怜的姑娘的心意;但当精力消疲的此刻,竟和大病的人看见了丰美的盛馔一样,心里只起了一种怨恨,并不想有什么动作。

她手里抱着一个周岁内外的小孩,这小孩尽在吵着,仿佛要她抱上什么地方去的样子。她想想没法，也只好走近了我们的近边，把海浪指给那小孩看。我很自然的和她说了两句话，把小孩的一只肥手捏了一回。小孩还是吵着不已，她又只好把他抱回舱里去。我因为感着了微寒，也不愿意在"突克"上久立，过了几分钟，也就匆匆的跑回了船室。

吃完了较早的晚饭，和大家谈了些杂天，电灯上火的时候，窗外又凄凄的起了风雨。大家睡熟了，我因为白天三四个钟头的甜睡，这时候竟合不拢眼来。拿出了一本小说来读，读不上几行，又觉得毫无趣味。丢了书，直躺在被里，想来想去想了半天，觉得在这一个时候对于自家的情味最投合的，还是因那个广东女子而惹起的银弟的回忆。

计算起来，在北京的三年乱杂的生活里，比较得有一点前后的脉络，比较得值得回忆的，还是和银弟的一段恶姻缘。

人生是什么？恋爱又是什么？年纪已经到了三十，相貌又奇丑，毅力也不足，名誉、金钱都说不上的这一个可怜的生物，有谁来和你讲恋爱？在这一种绝望的状态里，醉闷的中间，真想不到会遇着这一个一样飘零的银弟！

我曾经对什么人都声明过，"银弟并不美。也没有什么特别可爱的地方。"若硬要说出一点好处来，那只有她的娇小的年纪和她的尚不十分腐化的童心。

酒后的一次访问，竟种下了恶根，在前年的岁暮，前后两三个月里，弄得我心力耗尽，一直到此刻还没有恢复过来，全身只剩了一层瘦黄的薄皮包着的一副残骨。

这当然说不上是什么恋爱，然而和平常的人肉买卖，仿佛也有点分别。啊啊，你们若要笑我的蠢，笑我的无聊，也只好由你们笑，实际上银弟的身世是有点可同情的地方在那里。

她父亲是乡下的裁缝，没出息的裁缝，本来是苏州塘口的一个恶少年；因为姘识了她的娘，他们俩就逃到了上海，在浙江路的荣安里开设了一间裁缝摊。当然是一间裁缝摊，并不是铺子。在这苦中带乐的生涯里，银弟生下了地。过了几时，父亲又在上海拐了一笔钱和一个女子，大小四人就又从上海逃到了北京。拐来的那个女子，后来当然只好去当娼妓，银弟的娘也因为男人的不德，饮上了酒，渐渐的变成了班子里的龟婆。罪恶贯盈，她父亲竟于一天严寒的晚上在雪窠里醉死了。她的娘以节蓄下来的四五百块恶钱，包了一个姑娘，勉强维持她的生活。像这样的日子，过了几年，银弟也长大了。在这中间，她的娘自然不能安分守寡，和一个年轻的琴师又结成了夫妇。循环报应，并不是天理，大约是人事当然的结果；前年春天，银弟也从"度嫁"的身分进了一步，去上捐当作了娼女。而我这前世作孽的冤鬼，也同她前后同时的浮荡在北京城里。

第一次去访问之后，她已经把我的名姓记住。第二天晚上十一点前后醉了回家，家里的老妈子就告诉我说："有一位姓董的，已经打了好几次电话来了。"我当初摸不着头脑，按了老妈子告诉我的号码就打了一个回电。及听到接电话的人说是蘼香馆，我才想起了前一晚的事情，所以并没有教他去叫银弟讲话，马上就把接话机挂上了。

记得这是前年九、十月中的事情，此后天气一天寒似一天，国内的经济界也因为政局的不安一天衰落一天，胡同里车马的稀少，也是当然的结果。这中间我虽则经济并不宽裕，然而东挪西借，一直到年底止，为银弟开销的账目，总结起来，也有几百块钱的样子。在阔人很多的北京城里，这几百块钱，当然算不得什么一回事，可是由相貌不扬、衣饰不富、经验不足的银弟看来，我已经是她的恩客了。此外还有一件事情，说出来是谁也不相信的，使她更加把我当作了一个不是平常的客人看。

一天北风刮得很利害，寒空里黑云飞满，仿佛就要下雪的日暮，我和几个朋友，在游艺园看完戏之后，上小有天去吃夜饭去。这时候房间和散座，都被人占去了，我们只得在门前小坐，候人家的空位。过了一忽，银弟和一个四十左右的绅士，从里面一间小房间里出来了。当她经过我面前的时候，一位和我去过她那里的朋友，很冒失的叫了她一声，她抬头一看，才注意到我的身上，窑子在游戏场同时遇见两个客人本来是常有的事情，但她仿佛是很难为情的丢下了那个客人来和我招呼。我一点也不变脸色，仍复是平平和和的对她说了几句话，叫她快些出去，免得那个客人要起疑心。她起初还以为我在吃醋，后来看出了我的真心，才很快活的走了。

好容易等到了一间空屋，又因为和银弟讲了几句话的结果，被人家先占了去，我们等了二十几分钟，才得一间空座进去坐了。吃菜吃到第二碗，伙计在外边嚷，说有电话，要请一位姓×的先生说话。我起初还不很注意，后来听伙计叫的的确是和我一样的姓，心里想或者是家里打来的，因为他们知道我在游艺园，而小有天又是我常去吃晚饭的地方。猫猫虎虎到电话口去一听，就听出了银弟的声音。她要我马上去她那里，她说刚才那个客人本来要请她听戏，但她拒绝了。我本来是不想去的，但吃完晚饭，出游艺园的时候，时间还早，朋友们不愿意就此分散，大家你一句我一句，就决定要我上银弟那里去问她的罪。

在她房里坐了一个多钟头，接着又打了四圈牌，吃完了酒，想马上回家，而银弟和同去的朋友，都要我在那里留宿。他们出去之后，并且把房门带上，在外面上了锁。

那时候已经是一点多钟了，妓院里特有的那一种艳乱的杂音，早已停歇，窗外的风声，倒反而加起劲来。银弟拉我到火炉旁边去坐下，问我何以不愿意在她那里宿。我只是对她笑笑，吸着烟，不和她说话。她呆了一会，就把头搁在我的肩上，哭了起来。妓女的眼泪，本来是不值钱的，尤其是那时候我和她的交情并不深，自从头一次访问之后，拢总还不过去了三四次，所以我看了她这一种样子，心里倒觉得很不快活，以为她在那里用手段。哭了半天，我只好抱她上床，和她横靠在叠好的被条上面。她止住眼泪之后，又沉默了好久，才慢慢的举起头来说：

"耐格人啊，真姆拨良心！……"

又停了几分钟，感伤的话，一齐的发出来了：

"平常日甲末，耐总勿肯来，来仔末，总设两句鬼话啦，就跑脱哉。打电话末，总教老妈子回复，设'勿拉屋里！'真朝碰着仔，要耐来拉给搭，耐回想跑回起。叫人家格面子阿过得起？……数数看，像哦给当人，实在勿配做耐格朋友……"

说到了这里，她又重新哭了起来，我的心也被她哭软了。拿出手帕来替她擦干了眼泪，我不由自主的吻了她好半天。换了衣服，洗了身，和她在被里睡好，桌上的摆钟，正敲了四下。这时候她的余哀未去，我也很起了一种悲感，所以两人虽抱在一起，心里却并没有失掉互相尊敬的心思。第二天一直睡到午前的十点钟起来，两人间也不曾有一点猥亵的行为。起床之后，洗完脸，要去叫早点心的时候，她问我吃荤的呢还是吃素的，我对她笑了一笑，她才跑过来捏了我一把，轻轻的骂我说：

"耐拉取笑娥呢，回是勒拉取笑耐自家？"

我也轻轻的回答她说：

"我益格沫事，已经割脱着！"

这一晚的事情，说出来大家总不肯相信，但从此之后，她对我的感情，的确是剧变了。因此我也更加觉得她的可怜，所以自那时候起到年底止的两三个月中间，我竟为她付了几百块钱的账。当她身子不净的时候，也接连在她那里留了好几夜宿。

去年正月，因为一位朋友要我去帮他的忙，不得不在兵荒燎乱之际，离开北京，西车站的她的一场大哭，又给了我一个很深的印象。

躺在船舱里的棉被上，把银弟和我中间的一场一场的悲喜剧，回想起来之后，神经愈觉得兴奋，愈是睡不着了。不得已只好起来，拿了烟罐火柴，想上食堂去吸烟去。跳下了床，开门出来，在门外的通路上，却巧又遇见了那位很像银弟的广东姑娘。我因为正在回忆之后，突然见了她的形象，照耀在电灯光里，心里忽而起了一种奇妙的感觉，竟瞪了两眼，呆呆的站住了。她看了我的奇怪的样子，也好像很诧异似的站住了脚。这时候幸亏同船者都已睡尽，没有人看见，而我也于一分钟之内，回复了意识，便不慌不忙的走过她的身边，对她问了一声"还没有睡么？"就上食堂去吸烟去。

二

从上海出发之后第四天的早晨，听说是已经过了汕头，也许今天晚上可以进虎门的。船客的脸上，都现出一种希望的表情来，天也放晴，"突克"上的人声也嘈杂起来了。

这一次的航海，总算还好，风浪不十分大，路上也没有遇着强盗，而今天所走的地方，已经是安全地带了。在"突克"的左旁，一位广东的老商人，一边拿了望远镜在望海边的岛屿，一边很努力的用了普通话对我说了一段话。

太阳忽隐忽现，海风还是微微的拂上面来，我们究竟向南走了几千里路，原是谁也说不清楚，可是纬度的变迁的证明，从我们的换了夹衣之后，还觉得闷热的事实上找得出来，所以我也不知不觉的对那老商人说：

"老先生，我们已经接触了南国的风光了！"

吃了早午饭，又在"突克"上和那老商人站立了一回，看看远处的岛屿海岸，也没有什么不同的变化，我就回到了舱里去享受午睡。大约是几天来运动不足，消化不良的缘故，头一搁上枕，就作了许多乱梦。梦见了去年在北京德国病院里死的一位朋友，梦见了两月前头，在故乡和我要好的那个女人，又梦见了几回哥哥和我吵闹的情形，最后又梦见我自家在一家酒店门口发怔，因为这酒家柜上，一盘一盘陈列着在卖的尽是煮熟了的人头和人的上半身。

午后三点多钟，睡醒之后，又上"突克"去看了一次，四面的景色，还是和午前一样，问问同伴，说要明天午后，才得到广州。幸而这时候那广东姑娘出来了，和她不即不离的说了几句极普通的话，觉得旅愁又减少了一点。这一晚和前几晚一样，看了几页小说，吸了几支烟，想了些前后错杂的事情，就不知不觉的睡着了。

船到虎门外，等领港的到来，慢慢的驶进珠江，是在开船后第五天的午后三点多钟，天空黯淡，细雨丝丝在下，四面的小岛、远近的渔村、水边的绿树，使一般船客都中心不定的跑来跑去在"突克"和舱室的中间行走、南方的风物，煞是离奇，煞是可爱！

若在北方，这时候只是一片黄沙瘠土，空林里总认不出一串青枝绿叶来，而这南乡的二月，水边山上，苍翠欲滴的树叶，不消再说，江岸附近的水田里，仿佛是已经在忙分秧稻的样子。珠江江口，叉港又多，小岛更夥，望南望北，看得出来的，不是嫩绿浓阴的高树，便是方圆整洁的农园。树阴下有依水傍山的瓦屋，园场里排列着荔枝龙眼的长行，中间且有粗枝大干，红似相思的木棉花树，这是梦境呢还是实际？我在船头上竟看得发呆了。

"美啊！这不是和日本长崎口外的风景一样么？"同舱的K叫着说。

"美啊！这简直是江南五月的清和景！"同舱的W亦受了感动。

"可惜今天的天气不好，把这一幅好景致染上了忧郁的色彩。"我也附和他们说。

船慢慢的进了珠江，两岸的水乡人家的春联和门楣上的横额，都看得清清楚楚。前面老远，在空濛的烟雨里，有两座小小的宝塔看见了。

"那是广州城！"

"那是黄埔！"

像这样的惊喜的叫唤，时时可以听见，而细雨还是不止，天色竟阴阴的晚了。

吃过晚饭，再走出舱来的时候，四面已经是夜景了。远近的湾港里，时有几盏明灭的渔灯看得出来，岸上人家的墙壁，还依稀可以辨认。广州城的灯火，看得很清，可是问问船员，说到白鹅潭还有二十多里。立在黄昏的细雨里,尽把脖子伸长,向黑暗中瞭望,也没有什么意思,又想回到食堂里去吸烟,但W和K却不愿意离开"突克"。

不知经过了几久,轮船的轮机声停止了。"突克"上充满了压人的寂静,几个喜欢说话的人,也受了这寂静的威胁,不敢作声,忽而船停住了,跑来跑去有几个水手呼唤的声音。轮船下舢板中的男女的声音,也听得出来了,四面的灯火人家,也增加了数目。舱里的茶房,不知道什么时候出来的,这时候也站在我们的身旁,对我们说:

"船已经到了,你们还是回舱去照料东西罢!广东地方可不是好地方。"

我们问他可不可以上岸去,他说晚上雇舢板危险,还不如明天早上上去的好。这一晚总算到了广州,而仍在船上宿了一宵。

在白鹅潭的一宿,也算是这次南行的一个纪念,总算又和那广东姑娘同在一只船上多睡了一晚。第二天早晨,天一亮,不及和那姑娘话别,我们就雇了小艇,冒雨冲上岸来了。

十五年四月十二日

原载 1926 年 5 月 16 日《创造月刊》第 1 卷第 3 期

据《达夫全集》第 3 卷《过去集》

感伤的行旅

一

犹太人的漂泊，听说是上帝制定的惩罚。中欧一带的"寄泊栖"的游行，仿佛是这一种印度支尼族浪漫的天性。大约是这两种意味都完备在我身上的缘故罢，在一处沉滞得久了，只想把包裹雨伞背起，到绝无人迹的地方去吐一口郁气。更况且节季又是霜叶红时的秋晚，天色又是同碧海似的天天晴朗的青天，我为什么不走？我为什么不走呢？

可是说话容易，实践艰难，入秋以后，想走想走的心愿，却起了好久了，而天时人事，到了临行的时节，总有许多阻障出来。八个瓶儿七个盖，凑来凑去凑不周全的，尤其是几个买舟借宿的金钱。我不会吹箫，我当然不能乞食，况且此去，也许在吴头，也许向楚尾，也许在中途被捉，被投交有砂米饭吃有红衣服着的笼中，所以踏上火车之先，我总想多带一点财物在身边，免得为人家看出，看出我是一个无产无职的游民。

旅行之始，还是先到上海，向各处去交涉了半天。等到几个版税拿到在手里，向大街上买就了些旅行杂品的时候，我的灵魂已经飞到了空中。

"Over the hills and far away！"

坐在黄包车上的身体，好像在腾云驾雾，扶摇上九万里外去了。头一晚，就在上海的大旅馆里借了一宵宿。

是月暗星繁的秋夜，高楼上看出去，能够看见的，只是些黄苍颓荡的电灯光。当然空中还有许多同蜂衙里出了火似的同胞的杂噪声，和许多有钱的人在大街上驶过的汽车声溶合在一处，在合奏着大都会之夜的"新魔丰腻"，但最触动我这感伤的行旅者的哀思的，却是在同一家旅舍之内，从前后左右的宏壮的房间里发出来的娇艳的肉声，及伴奏着的悲凉的弦索之音。屋顶上飞下来的一阵两阵的比西班牙舞乐里的皮鼓铜琶更野噪的锣鼓响乐，也未始不足以打断打断我这愁人秋夜的客中孤独，可是同败落头人家的喜事一样，这一种绝望的喧阗，这一种勉强的干兴，终觉得是肺病患者的脸上的红潮，静听起来，仿佛是有四万万的受难的人民，在这野声里啜泣似的，"如此烽烟如此（乐），老夫怀抱若为开"呢？

不得已就只好在灯下拿出一本德国人的游记来躺在床沿上胡乱的翻读……

一七七六，九月四日，来干思堡，侵晨。

早晨三点，我轻轻的偷逃出了卡儿斯罢特，因为否则他们怕将不让我走。那一群将很亲热的为我做八月廿八的生日的朋友们，原也有扣留住我的权利；可是此地却不可再事淹留下去了。……

这样的跟这一位美貌多才的主人公看山看水，一直的到了月下行车,将从勃伦纳到物洛那(Vom Brenner bis Verona)的时候,我也就在悲凉的弦索声、杂噪的锣鼓声,和怕人的汽车声中昏沉睡着了。

不知是在什么地方,我自身却立在黑沉沉的天盖下俯看海水,立脚处仿佛是危岩巉屼的一座石山。我的左壁,就是一块身比人高的直立在那里的大石。忽而海潮一涨,只见黑黝黝的涡旋,在灰黄的海水里鼓荡,潮头渐长渐高,逼到脚下来了,我苦闷了一阵,却也终于无路可逃,带粘性的潮水,就毫无踌躇的浸上了我的两脚,浸上了我的腿部,腰部,终至于将及胸部而停止了。一霎时水又下退,我的左右又变了石山的陆地,而我身上的一件青袍,却为水浸湿了。在惊怖和懊恼的中间,梦神离去了我,手支着枕头,举起上半身来看看外边的样子,似乎那些毫无目的,毫无意识,只在大街上闲逛、瞎挤、乱骂、高叫的同胞们都已归笼去了,马路上只剩了几声清淡的汽车警笛之声,前后左右的娇艳的肉声和弦索声也减少了,幽幽寂寂,仿佛从极远处传来似的,只有间隔得很远的竹背牙牌互击的操搭的声音,大约夜也阑了,大家的游兴也倦了罢,这时候我的肚里却也咕噜噜感到了一点饥饿。

披上绵袍,向里间浴室的磁盆里放了一盆热水,漱了一漱口,擦了一把脸,再回到床前安乐椅上坐下,呆看住电灯擦起火柴来吸烟的时候,我不知怎么的斗然间却感到了一种异样的孤独。这也许是大都会中的深夜的悲哀,这也许是中年易动的人生的感觉,但无论如何,我觉得这样的再在旅舍里枯坐是耐不住的了,所以就立起身来,开门出去,想去找一家长夜开炉的菜馆,去试一回小吃。

开门出去,在静寂粉白和病院里的廊子一样的长巷中走了一段,将要从右角转入另一条长廊去的时候,在角上的那间房里,忽而走出了一位二十左右，面色洁白妖艳，一头黑发松长披在肩上，全身像裸着似的只罩着一件金黄长毛丝绒的negligee的妇人来。这一回的出其不意的在这一个深夜的时间里忽儿和我这样的一个潦倒的中年男子的相遇，大约也使她感到了一种惊异，她起始只张大了两只黑晶晶的大眼，怀疑惊问似的对我看了一眼，继而脸上涨起了红霞。似羞缩的将头俯伏了下去，终于大着胆子向我的身边走过，走到另一间房间里去了。我一个人发了一脸微笑，走转了弯，轻轻的在走向升降机去的中间，耳朵里还听见了一声她关闭房门的声音，眼睛里还保留着她那丰白的圆肩的曲线，和从宽散的她的寝衣中透露出来的胸前的那块倒三角形的雪嫩的白肌肤。

司升降机的工人和在廊子的一角呆坐着的几位茶役，都也睡态朦胧了，但我从高处的六层楼下来，一到了底下出大门去的那条路上，却不料竟会遇见这许多暗夜之子在谈笑取乐的。他们的中间，有的是跟妓女来的龟头鸨母，有的是司汽车的机器工人，有的是身上还披着绒毯的住宅包车夫，有的大约是专等到了这一个时候，夹入到这些人的中间来骗取一枝两枝香烟，谈谈笑笑借此过夜的闲人罢，这一个大门道上的小社会里，这时候似乎还正在热闹的黄昏时候一样，而等我走出大门，向东边角上的一家茶馆里坐定，朝壁上的挂钟细细看了一眼时，却已经是午夜的三点钟前了。

吃取了一点酒菜回来，在路上向天空注看了许多回。西边天上，正挂着一钩同镰刀似的下弦残月，东北南三面，从高屋顶的电火中间窥探出去，也还见得到一颗两颗的暗淡的秋星，大约明朝不会下雨这一件事情总可以决定的了。我长啸了一声，心里却感到了一点满足，想这一次的出发也还算不坏，就再从升降机上来，回房脱去了袍袄，沉酣的睡着了四五个钟头。

二

几个钟头的酣睡，已把我长年不离身心的疲倦医好了一半了，况且赶到车站的时候，正还是上行特别快车将发未动的九点之前，买了车票，挤入了车座，浩浩荡荡，火车头在晨风朝日之中，将我的身体搬向北去的中间，老是自伤命薄，对人对世总觉不满的我这时代落伍者，倒也感到了一心的快乐。"旅行果然是好的，"我斜倚着车窗，目视着两旁的躺息在太阳和风里的大地，心里却在这样的想，"旅行果然是不错，以后就决定在船窗马背里过它半生生活罢！"

江南的风景，处处可爱，江南的人事，事事堪哀，你看，在这一个秋尽冬来的寒月里，四边的草木，岂不还是青葱红润的么？运河小港里，岂不依旧是白帆如织满在行驶的么？还有小小的水车亭子，疏疏的槐柳树林。平桥瓦屋，只在大空里吐和平之气，一堆一堆的干草堆儿，是老百姓在这过去的几个月中间力耕苦作之后的黄金成绩，而车辚辚，马萧萧，这十余年中间，军阀对他们的征收剥夺，虏掠奸淫，从头细算起来，那里还算得明白？江南原说是鱼米之乡，但可怜的老百姓们，也一并的作了那些武装同志们的鱼米了。逝者如斯，将来者且更不堪设想，你们且看看政府中什么局长什么局长的任命，一般物价的同潮也似的怒升，和印花税地税杂税等名目的增设等，就也可以知其大概了。啊啊，圣明天子的朝廷大事，你这贱民那有左右容喙的权利，你这无智的牛马，你还是守着古圣昔贤的大训，明哲以保其身，且细赏赏这车窗外面的迷人秋景罢！人家瓦上的浓霜去管它作甚？

车窗外的秋色，已经到了烂熟将残的时候了。而将这秋色秋风的颓废末级，最明显的表现出来的，要算浅水滩头的芦花丛薮，和沿流在摇映着的柳色的鹅黄。当然杞树、枫树、柏树的红叶，也一例的在透露残秋的消息，可是绿叶层中的红霞一抹，即在春天的二月，只教你向树林里去栽几株一丈红花，也就可以酿成此景的。至于西方莲的殷红，则不问是寒冬或是炎夏，只教你培养得宜，那就随时随地都可以将其他树叶的碧色去衬它的朱红，所以我说，表现这大江南岸的残秋的颜色，不是枫林的红艳和残叶的青葱，却是芦花的丰白与岸柳的髡黄。

秋的颜色，也管不得许多，我也不想来品评红白，裁答一重公案，总之对这些大自然的四时烟景，毫末也不曾留意的我们那火车机头，现在却早已冲过了长桥几架，抄过了洋澄湖岸的一角，一程一程的在逼近姑苏台下去了。

苏州本来是我依旧游之地，"一帆冷雨过娄门"的情趣，闲雅的古人，似乎都在称道。不过细雨骑驴，延着了七里山塘，缓缓的去奠拜真娘之墓的那种逸致，实在也尽值得我们的怀忆的。还有日斜的午后，或者上小吴轩去泡一碗清茶，凭栏细数数城里人家的烟灶，或者在冷红阁上，开开它朝西一带的明窗，静静儿的守着夕阳的晼晚西沉，也是尘俗都消的一种游法。我的此来，本来是无遮无碍的放浪的闲行，依理是应该在吴门下榻，离沪的第一晚是应该去听听寒山寺里的夜半清钟的，可是重阳过后，这近边又有了几次农工暴动的风声，军警们提心吊胆，日日在搜查旅客，骚扰居民，像这样的暴风雨将到未来的恐怖期间，我也不想再去多劳一次军警先生的驾了，所以车停的片刻时候,我只在车里跑上先跑落后的看了一回虎丘的山色,想看看这本来是不高不厚的地皮,究竟有没有被那些要人们刮尽。但是还好,那一堆小小的土山,依旧还在那里点缀苏州的景致。不过塔影萧条,似乎新来瘦了,它不会病酒,它不会悲秋,这影瘦的原因,大约总是因为日脚行到了天中的缘故罢。拿出表来一看,果然已经是十一点多钟,将近中午的时刻了。

　　火车离去苏州之后,路线的两边,耸出了几条绀碧的山峰来。在平淡的上海住惯的人,或者本来是从山水中间出来,但为生活所迫,就不得不在看不见山看不见水的上海久住的人们,大约到此总不免要生出异样的感觉来的罢。同车的有几位从上海来的旅客,一样的因看见了那西南一带的连山而在作点头的微笑。啊啊,人类本来就是大自然的一部分细胞,只教天性不灭,决没有一个会对了这自然的和平清景而不想赞美的,所以那些卑污贪暴的军阀委员要人们,大约总已经把人性灭尽了的缘故罢,他们只知道要打仗,他们只知道要杀人,他们只知道如何的去敛钱争势夺权利用,他们只知道如何的来破坏农工大众的这一个自然给与我们的伊甸园。啊吓,不对,本来是在说看山的,多嘴的小子,却又破口牵涉起大人先生们的狼心狗计来了,不说罢,还是不说罢。将近十二点了,我还是去炒盘芥莉鸡丁弄瓶"苦配"啤酒来浇浇魂磊的好。

三

　　正吞完最后的一杯苦酒的时候,火车过了一个小站,听说是无锡就在眼前了。

天下第二泉水的甘味，倒也没有什么可以使人留恋的地方。但震泽湖边的芦花秋草，当这一个肃杀的年时，在理想上当然是可以引人入胜的，因为七十二山峰的峰下，处处应该有低浅的水滩，三万六千顷的周匝，少算算也应该有千余顷的浅渚，以这一个统计来计算太湖湖上的芦花，那起码要比扬子江河身的沙渚上的芦田多些。我是曾在太平府以上九江以下的扬子江头看过伟大的芦花秋景的，所以这一回很想上太湖去试试运气看，看我这一次的臆测究竟有没有和事实相合的地方。这样的决定在无锡下车之后，倒觉得前面相去只几英里地的路程特别的长了起来，特别快车的速度也似乎特别慢起来了。

无锡究竟是出大政客的实业中心地，火车一停，下来的人竟占了全车的十分之三四。我因为行李无多，所以一时对那些争夺人体的黄包车夫们都失了敬，一个人踏出站来，在荒地上立了一会，看了一出猴子戴面具的把戏，想等大伙的行客散了，再去叫黄包车直上太湖边去。这一个战略，本是我在旅行的时候常用常效的方法，因为车刚到站，黄包车价总要比平时贵涨几倍，等大家散尽，车夫看看不得不等第二班车了，那他的价钱就会低让一点，可以让到比平时只贵两成三成的地步。况且从车站到湖滨，随便走那一条路，总要走半个钟头才能走到，你若急切的去叫车，那客气一点的车夫，会索价一块大洋，不客气的或者竟会说两块三块都不定的。所以夹在无锡的市民中间，上车站前头的那块荒地上去看一出猴犬两明星合演的拿手好戏，也是一件有意义的事情，因为我在看把戏的中间就在摆布对车夫的战略吓。殊不知这一次的作战，我却大大的失败了。

原来上行特别快车到站是正午十二点的光景，这一班车过后，则下行特快的到来要在下午的一点半过,车夫若送我到湖边去呢,那下半日的他的买卖就没有了,要不是有特别的好处,大家是不愿意去的。况且时刻又来得不好,正是大家要去吃饭缴车的时候,所以等我从人丛中挤攒出来,想再回到车站前头去叫车的当儿,空洞的卵石马路上,只剩了些太阳的影子,黄包车夫却一个也看不见了。

没有办法,只好唱着"背转身,只埋怨,自己做差"而慢慢的踱过桥去,在无锡饭店的门口,反出了一个更贵的价目,才叫着了一乘黄包车拖我到了迎龙桥下。从迎龙桥起,前面是宽广的汽车道了,两公司的驶往梅园的公共汽车,隔十分就有一乘开行,并且就是不坐汽车,从迎龙桥起再坐小照会的黄包车去,也是十分舒适的。到了此地,又是我的世界了,而实际上从此地起,不但有各种便利的车子可乘,就是叫一只湖船,叫它直摇出去,到太湖边上去摇它一晚,也是极容易办到的事情,所以在一家新的公共汽车行的候车的长凳上坐下的时候,我心里觉得是已经到了太湖边上的样子。

开原乡一带,实在是住家避世的最好的地方。九龙山脉,横亘在北边,锡山一塔,障得住东来的烟灰煤气,西南望去,不是龙山山脉的蜿蜒的余波,便是太湖湖面的镜光的返照。到处有桑麻的肥地,到处有起屋的良材,耕地的整齐,道路的修广,和一种和平气象的横溢,是在江浙各农区中所找不出第二个来的好地。可惜我没有去做官,可惜我不曾积下些钱来,否则我将不买阳羡之田,而来这开原乡里置它的三十顷地。营五亩之居,筑一亩之室。竹篱之内,树之以桑,树之以麻,养些鸡豚羊犬,好供岁时伏腊置酒高会之资;酒醉饭饱,在屋前的太阳光中一躺,更可以叫稚子开一开留声机器,听听克拉衣斯勒的提琴的慢调或卡儿骚的高亢的悲歌。若喜欢看点新书,那火车一搭，只教有半日工夫，就可以到上海的璧恒别发，去买些最近出版的优美的书来。这一点卑卑的愿望，啊啊，这一点在大人先生的眼里看起来，简直是等于矮子的一个小脚趾头般大的奢望，我究竟要在何年何月，才享受得到呢？罢罢，这样的在公共汽车里坐着，这样的看看两岸的疾驰过去的桑田，这样的注视注视龙山的秋景，这样的吸收吸收不用钱买的日色湖光，也就可以了，很可以了，我还是不要作那样的妄想，且念首清诗，聊作个过屠门的大嚼罢！

Mine be a cot beside the hill;
A bee-hive's hum shall soothe my ear;
A willowy brook that turns a mill,
With many a fall shall linger near.

The swal'ow, oft, beneath my thatch
Shall twitter from her clay-built nest;
Oft shall the pilgrim lift the latch,
And share my meal, a welcome guest.

Around my ivied porcd shall spring
Each fragrant flower that drinks the dew;
And Lucy, at her wheel, shall sing
In russet-gown and apron blue.

The village-church among the trees,

Where first our marriage-vows were given,
With merry peals shall swell the breeze
And point with taper spire to Heaven.

这样的在车窗口同诗里的蜜蜂似的哼着念着，我们的那乘公共汽车，已经驶过了张巷荣巷，驶过了一支小山的腰岭，到了梅园的门口了。

四

梅园是无锡的大实业家荣氏的私园，系筑在去太湖不远的一支小山上的别业，我的在公共汽车里想起的那个愿望，他早已大规模的为我实现造好在这里了；所不同者，我所想的是一间小小的茅篷，而他的却是红砖的高大的洋房，我是要缓步以当车，徒步在那些桑麻的野道上闲走的，而他却因为时间是黄金就非坐汽车来往不可的这些违异。然而人同此心，心同此理，看将起来，有钱的人的心理，原也同我们这些无钱无业的闲人的心理是一样的，我在此地要感谢荣氏的竟能把我的空想去实现而造成这一个梅园，我更要感谢他既造成之后而能把它开放，并且非但把它开放，而又能在梅园里割出一席地来租给人家，去开设一个接待来游者的公共膳宿之场。因为这一晚我是决定在梅园里的太湖饭店内借宿的。

大约到过无锡的人总该知道，这附近的别墅的位置，除了刚才汽车通过的那支横山上的一个别庄之外，要算这梅园的位置算顶好了。这一条小小的东山，当然也是龙山西下的波脉里的一条，南去太湖，约只有小三里不足的路程,而在这梅园的高处,如招鹤坪前,太湖饭店的二楼之上,或再高处那荣氏的别墅楼头,南窗开了,眼下就见得到太湖的一角,波光容与,时时与独山、管社山的山色相掩映。至于园里的瘦梅千树、小榭数间,和曲折的路径、高而不美的假山之类,不过尽了一点点缀的余功,并不足以语园林营造的匠心之所在的。所以梅园之胜,在它的位置,在它的与太湖的接而又离,离而又接的妙处,我的不远数十里的奔波,定要上此地来借它一宿的原因,也只想利用利用这一点特点而已。

在太湖饭店的二楼上把房间开好,喝了几杯既甜且苦的惠泉山酒之后,太阳已有点打斜了,但拿出表来一看,时间还只是午后的两点多钟。我的此来,原想看一看一位朋友所写过的太湖的落日,原想看看那落日与芦花相映的风情的;若现在就赶往湖滨,那未免去得太早,后来怕要生出久候无聊的感想来。所以走出梅园,我就先叫了一乘车子,再回到惠山寺去,打算从那里再由别道绕至湖滨,好去赶上看湖边的落日。但是锡山一停,惠山一转,遇见了些无聊的俗物在惠山泉水旁的大嚼豪游,及许多武装同志们的沿路的放肆高笑,我心里就感到了一心的不快,正同被强人按住在脚下,被他强塞了些灰土尘污到肚里边去的样子,我的脾气又发起来了,我只想登到无人来得的高山之上去尽情吐泻一番,好把肚皮里的抑郁灰尘都吐吐干净。穿过了惠山的后殿,一步一登,朝着只有斜阳和衰草在弄情调戏的濯濯的空山,不晓走了多少时候,我竟走到了龙山第一峰的头茅篷外了。

目的总算达到了,惠山锡山寺里的那些俗物,都已踏踢在我的脚下。四大皆空,头上身边,只剩了一片蓝苍的天色和清淡的山岚。在此地我可以高啸,我可以俯视无锡城里的几十万为金钱名誉而在苦斗的苍生，我可以任我放开大口来骂一阵无论那一个凡为我所疾恶者，骂之不足，还可以吐他的面，吐面不足，还可以以小便来浇上他的身头。我可以痛哭，我可以狂歌，我等爬山的急喘回复了一点之后，在那块头茅篷前的山峰头上竟一个人演了半日的狂态，直到喉咙干哑，汗水横流，太阳也倾斜到了很低很低的时候为止。

气竭力嘶，狂歌高叫的声音停后，我的两只本来是为我自己的噪聒弄得昏昏的耳里，忽而沁的钻入了一层寂静。风也无声，日也无声，天地草木都仿佛在一击之下变得死寂了。沉默，沉默，沉默，空处都只是沉默。我被这一种深山里的静寂压得怕起来了，头脑里却起了一种很可笑的后悔。"不要这世界完全被我骂得陆沉了哩？"我想，"不要山鬼之类听了我的啸声来将我接受了去，接到了他们的死灭的国里去了哩？"我又想，"我在这里踏着的不要不是龙山山顶，不要是阴间的滑油山之类哩？"我再想。于是我就注意看了看四边的景物，想证一证实我这身体究竟还是仍旧活在这卑污满地的阳世呢，还是已经闯入了那个鬼也在想革命而谋做阎王的阴间。

朝东望去，远散在锡山塔后的，依旧是千万的无锡城内的民家和几个工厂的高高的烟突，不过太阳斜低了，比起午前的光景来，似乎加添了一点倦意。俯视下去，在东南的角里，桑麻的林影，还是很浓很密的，并且在那条白线似的大道上，还有行动的车类的影子在那里前进呢，那么至少至少，四周都只是死灭的这一个观念总可以打破了。我宽了一宽心，更掉头朝向了西南，太阳落下了，西南全面，只是眩目的湖光，远处银蓝蒙涐，当是湖中间的峰面的暮霭，西面各小山的面影，也都变成了紫色了。因为看见了斜阳，看见了斜阳影里的太湖，我的已经闯入了死界的念头虽则立时打消，但是日暮途穷，只一个人远处在荒山顶上的一种实感,却油然的代之而起。我就伸长了脖子拼命的查看起四面的路来,这时候我实在只想找出一条近而且坦的便道,好遵此便道而赶回家去。因为现在我所立着的,是龙山北脉在头茅篷下折向南去的一条支岭的高头,东西南三面只是岩石和泥沙,没有一条走路的。若再回至头茅篷前,重沿了来时的那条石级,再下至惠山,则无缘无故便白白的不得不多走许多的回头曲路,大丈夫是不走回头路的,我一边心里虽在这样的同小孩子似的想着,但实在我的脚力也有点虚竭了。"啊啊,要是这儿有一所庵庙的话,那我就可以不必这样的着急了。"我一边尽在看四面的地势,一边心里还在作这样的打算,"这地点多么好啊,东面可以看无锡全市,西面可以见太湖的夕阳,后面是头茅篷的高顶,前面是朝正南的开原乡一带的村落,这里比起那头茅篷来,形势不晓要好几十倍。无锡人真没有眼睛,怎么会将这一块龙山南面的平坦的山岭这样的弃置着,而不来造一所庵庙的呢?唉唉,或者他们是将这一个好地方留着,留待我来筑室幽居的罢?或者几十年后将有人来,因我今天的在此一哭而为我起一个痛哭之台而与我那故乡的谢氏西台来对立的罢?哈哈,哈哈。不错,很不错。"末后想到了这一个夸大妄想狂者的想头之后,我的精神也抖擞起来了,于是拔起脚跟,不管它有路没路,只是往前向那条朝南斜拖下去的山坡下乱走。结果在乱石上滑坐了几次,被荆棘钩破了一块小襟和一双线袜,跳过了几块岩石,不到三十分钟,我也居然走到了那支荒山脚下的坟堆里了。

到了平地的坟树林里来一看,西天低处太阳还没有完全落尽,走到了离坟不远的一个小村子的时候,我看了看表,已经是五点多了。村里的人家,也已经在预备晚餐,门前晒在那里的干草豆萁,都已收拾得好好，老农老妇，都在将暗未暗的天空下，在和他们的孙儿孙女游耍。我走近前去，向他们很恭敬的问了问到梅园的路径，难得他们竟有这样的热心，居然把我领到了通汽车的那条大道之上。等我雇好了一乘黄包车坐上，回头来向他们道谢的时候，我的眼角上却又扑簌簌的滚下了两粒感激的大泪来。

五

　　山居清寂，梅园的晚上，实在是太冷静不过。吃过了晚饭，向庭前去一走，只觉得四面都是茫茫的夜雾和每每的荒田，人家也看不出来，更何况乎灯烛辉煌的夜市。绕出园门，正想拖了两只倦脚走向南面野田里去的时候，在黄昏的灰暗里我却在门边看见了一张有几个大字写在那里的白纸。摸近前去一看，原来是中华艺大的旅行写生团的通告。在这中华艺大里，我本有一位认识的画家C君在那里当主任的，急忙走回饭店，教茶房去一请，C君果然来了。我们在灯下谈了一会，又出去在园中的高亭上站立了许多时候。这一位不趋时尚，只在自己精进自己的技艺的画家，平时总老是讷讷不愿多说话的，然而今天和我的这他乡的一遇，仿佛把他的习惯改过来了，我们谈了些以艺术作了招牌，拼命的在运动做官做委员的艺术家的行为。我们又谈到了些设了很好听的名目，而实际上只在骗取青年学子的学费的艺术教育家的心迹。我们谈到了艺术的真髓，谈到了中国的艺术的将来，谈到了革命的意义，谈到了社会上的险恶的人心，到了叹声连发，不忍再谈下去的时候，高亭外的天色也完全黑了。两人伸头出去，默默的只看了一回天上的几颗早见的明星。我们约定了下次到上海时,再去江湾访他的画室的日期,就各自在黑暗里分手走了。

  大约是一天跑路跑得太多了的缘故罢,回旅馆来一睡,居然身也不翻一个,好好儿的睡着了。约莫到了残宵二三点钟的光景,槛外的不知那一个庙里来的钟声,尽是当当当当的在那里慢击。我起初梦醒,以为附近报火的钟声,但披衣起来,到室外廊前去一看,不但火光看不出来,就是火烧场中老有的那一种叫嗓的人号狗吠之声也一些儿听它不出。庭外如云如雾,静浸着一庭残月的清光。满屋沉沉,只充满着一种遥夜酣眠的呼吸。我为这钟声所诱,不知不觉,竟扣上了衣裳,步出了庭前,将我的孤零的一身,浸入了仿佛是要粘上衣来的月光海里。夜雾从太湖里蒸发起来了,附近的空中,只是白茫茫的一片。叉桠的梅树林中,望过去仿佛是有人立在那里的样子。我又慢慢的从饭店的后门,步上了那个梅园最高处的招鹤坪上。南望太湖,也辨不出什么形状来,不过只觉得那面的一块空阔的地方,仿佛是由千千万万的银丝织就似的,有月光下照的清辉,有湖波返射的银箭,还有如无却有,似薄还浓,一半透明,一半粘湿的湖雾湖烟,假如你把身子用力的朝南一跳,那这一层透明的白网,必能悠扬的牵举你起来,把你举送到王母娘娘的后宫深处去似的。这是我当初看了那湖天一角的景象的时候的感想。但当万籁无声的这一个月明的深夜,幽幽的慢慢的,被那远寺的钟声,当嗡,当嗡的接连着几回有韵律似的催告,我的知觉幻想,竟觉得渐渐的渐渐的麻木下去了,终至于什么也不想,什么也不干,两只脚柔软的跪坐了下去,眼睛也只同呆了似的钉视住了那悲哀的残月不能动了。宗教的神秘,人性的幽幻,大约是指这样的时候的这一种心理状态而说的罢,我像这样的和耶稣教会的以马内利的圣像似的，被那幽婉的钟声，不知魔伏了许多时，直到钟声停住，木鱼声发，和尚——也许是尼姑——的念经念咒的声音幽幽传到我耳边的时候，方才挺身立起，回到了那旅馆的居室里来，这时候大约去天明总也已经不远了罢？

回房不知又睡着了几个钟头，等第二次醒来的时候，前窗的帷幕缝中却漏入了几行太阳的光线来。大约时候总也已不早了，急忙起来预备了一下，吃了一点点心，我就出发到太湖湖上去。天上虽各处飞散着云层，但晴空的缺处，看起来仍可以看得到底的，所以我知道天气总还有几日好晴。不过太阳光太猛了一点，空气里似乎有多量的水蒸气含着，若要登高处去望远景，那像这一种天气是不行的，因为晴而下爽，你不能从厚层的空气里辨出远处的寒鸦林树来，可是只要看看湖上的风光，那像这样的晴天，也已经是尽够的了。并且昨晚上的落日没有看成，我今天却打算牺牲它一天的时日，来试试太湖里的远征，去找出些前人所未见的岛中僻景来，这是当走出园门，打杨庄的后门经过，向南走入野田，在走上太湖边上去的时候的决意。

太阳升高了，整洁的野田里已有早起的农夫在辟土了。行经过一块桑园地的时候，我且看见了两位很修媚的姑娘，头上罩了一块白布，在用了一根竹杆，打下树上的已经黄枯了的桑叶来。听她们说这也是蚕妇的每年秋季的一种工作，因为枯叶在树上悬久了，那老树的养分不免要为枯叶吸几分去，所以打它们下来是很要紧的，并且黄叶干了，还可以拿去生火当柴烧，也是一举两得的事情。

在野田里的那条通至湖滨的泥路，上面铺着的尽是些细碎的介虫壳儿，所以阳光照射下来，有几处虽只放着明亮的白光，但有几处简直是在发虹霓似的彩色。

像这样的有朝阳晒着的野道，像这样的有林树小山围绕着的空间，况且头上又是青色的天，脚底下并且是五彩的地，饱吸着健康的空气，摆行着不急的脚步，朝南的走向太湖边去，真是多么美满的一幅清秋行乐图呀！但是风云莫测，急变就起来了，因为我走到了管社山脚，正要沿了那条山脚下新辟的步道走向太湖旁的一小湾，俗名五里湖滨的时候，在山道上朝着东面的五里湖心却有两位着武装背皮带的同志和一位穿长袍马褂的先生立在那里看湖面的扁舟。太阳光直射在他们的身上，皮带上的镀镍的金属，在放异样的闪光。我毫不留意的走近前去，而听了我的脚步声将头掉转来的他们中间的武装者的一位，突然叫了我一声，吃了一惊，我张开了大眼向他一看，原来是一位当我在某地教书的时候的从前的学生。

他在学校里的时候本来就是很会出风头的，这几年来际会风云，已经步步高升成了党国的要人了，他的名字我也曾在报上看见过几多次的，现在突然的在这一个地方被他那么的一叫，我真骇得颜面都变成了土色了。因为两三年来，流落江湖，不敢出头露面的结果，我每遇见一个熟人的时候，心里总要怦怦的惊跳。尤其是在最近被几位满含恶意的新闻记者大书了一阵我的叛党叛国的记载以后，我更是不敢向朋友亲戚那里去走动了。而今天的这一位同志，却是党国的要人，现任的中央机关里的党务委员，若论起罪来，是要从他的手中发落的，冤家路窄，这一关叫我如何的偷逃过去呢？我先发了一阵抖，立住了脚呆木了一下，既而一想，横竖逃也逃不脱了，还是大着胆子迎上去罢，于是就立定主意保持着若无其事的态度，前进了几步，和他握了握手。

"呵！怎么你也会在这里！"我很惊喜似的装着笑脸问他。

"真想不到在这里会见到先生的，近来身体怎么样？脸色很不好哩！"他也是很欢喜的问我。看了他这态度，我的胆子放大了，于是就造了一篇很圆满的历史出来报告给他听。

我说因为身体不好，到太湖边上来养病已经有二年多了，自从去年夏天起，并且因为闲空不过，就在这里聚拢了几个小学生来在教他们的书，今天是礼拜，所以才出来走走，但吃中饭的时候却非要回去不可的，书房是在城外××桥××巷的第××号，我并且要请他上书房去坐坐，好细谈谈别后的闲天。我这大胆的谎语原也已经听见了他这一番来锡的任务之后才敢说的，因为他说他是来查勘一件重大党务的，在这太湖边上一转，午后还要上苏州去，等下次再有来无锡的机会的时候再来拜访，这是他的遁辞。

他为我介绍了那另外的两位同志，我们就一同的上了万顷堂，上了管社山，我等不到一碗清茶泡淡的时候，就设辞和他们告别了。这样的我在惊恐和疑惧里，总算访过了太湖，游尽了无锡，因为中午十二点的时候我已同逃狱囚似的伏在上行车的一角里在喝压惊的"苦配"啤酒了。这一次游无锡的回味，实在也同这啤酒的味儿差仿不多。

一九二八年十一月，作者在途中记

原载1929年1月1日《北新》半月刊第3卷第1号
据《达夫全集》第6卷《薇蕨集》

钓台的春昼

因为近在咫尺，以为什么时候要去就可以去，我们对于本乡本土的名区胜景，反而往往没有机会去玩，或不容易下一个决心去玩的。正唯其是如此，我对于富春江上的严陵，二十年来，心里虽每在记着，但脚却从没有向这一方面走过。一九三一，岁在辛未，暮春三月，春服未成，而中央党帝，似乎又想玩一个秦始皇所玩过的把戏了，我接到了警告，就仓皇离去了寓居。先在江浙附近的穷乡里，游息了几天，偶尔看见了一家扫墓的行舟，乡愁一动，就定下了归计。绕了一个大弯，赶到故乡，却正好还在清明寒食的节前。和家人等去上了几处坟，与许久不曾见过面的亲戚朋友，来往热闹了几天，一种乡居的倦怠，忽而袭上心来了，于是乎我就决心上钓台去访一访严子陵的幽居。

钓台去桐庐县城二十余里，桐庐去富阳县治九十里不足，自富阳溯江而上，坐小火轮三小时可达桐庐，再上则须坐帆船了。

我去的那一天，记得是阴晴欲雨的养花天，并且系坐晚班轮去的，船到桐庐，已经是灯火微明的黄昏时候了，不得已就只得在码头近边的一家旅馆的高楼上借了一宵宿。

桐庐县城，大约有三里路长，三千多烟灶，一二万居民，地在富春江西北岸，从前是皖浙交通的要道，现在杭江铁路一开，似乎没有一二十年前的繁华热闹了。尤其要使旅客感到萧条的，却是桐君山脚下的那一队花船的失去了踪影。说起桐君山，原是桐庐县的一个接近城市的灵山胜地，山虽不高，但因有仙，自然是灵了。以形势来论，这桐君山，也的确是可以产生出许多口音生硬、别具风韵的桐严嫂来的生龙活脉；地处在桐溪东岸，正当桐溪和富春江合流之所，依依一水，西岸便瞰视着桐庐县市的人家烟村。南面对江，便是十里长洲；唐诗人方干的故居，就在这十里桐洲九里花的花田深处。向西越过桐庐县城，更遥遥对着一排高低不定的青峦，这就是富春山的山子山孙了。东北面山下，是一片桑麻沃地，有一条长蛇似的官道，隐而复现，出没盘曲在桃花杨柳洋槐榆树的中间；绕过一支小岭，便是富阳县的境界，大约去程明道的墓地程坟，总也不过一二十里地的间隔。我的去拜谒桐君，瞻仰道观，就在那一天到桐庐的晚上，是淡云微月，正在作雨的时候。

　　鱼梁渡头，因为夜渡无人，渡船停在东岸的桐君山下。我从旅馆踱了出来，先在离轮埠不远的渡口停立了几分钟。后来向一位来渡口洗夜饭米的年轻少妇，弓身请问了一回，才得到了渡江的秘诀。她说："你只须高喊两三声，船自会来的。"先谢了她教我的好意，然后以两手围成了播音的喇叭，"喂，喂，船渡请摇过来！"地纵声一喊，果然在半江的黑影当中，船身摇动了。渐摇渐近，五分钟后，我在渡口，却终于听出了咿呀柔橹的声音。时间似乎已经入了酉时的下刻，小市里的群动，这时候都已经静息；自从渡口的那位少妇，在微茫的夜色里，藏去了她那张白团团的面影之后，我独立在江边，不知不觉心里头却兀自感到了一种他乡日暮的悲哀。渡船到岸，船头上起了几声微微的水浪清音，又铜东的一响，我早已跳上了船，渡船也已经掉过头来了。坐在黑影沉沉的舱里，我起先只在静听着柔橹划水的声音，然后却在黑影里看出了一星船家在吸着的长烟管头上的烟火，最后因为沉默压迫不过，我只好开口说话了："船家！你这样的渡我过去，该给你几个船钱？"我问。"随你先生把几个就是。"船家说话冗慢幽长，似乎已经带着些睡意了，我就向袋里摸出了两角钱来。"这两角钱，就算是我的渡船钱，请你候我一会，上去烧一次夜香，我是依旧要渡过江来的。"船家的回答，只是恩恩乌乌，幽幽同牛叫似的一种鼻音，然而从继这鼻音而起的两三声轻快的喀声听来，他却已经在感到满足了，因为我也知道，乡间的义渡，船钱最多也不过是两三枚铜子而已。

到了桐君山下，在山影和树影交掩着的崎岖道上，我上岸走不上几步，就被一块乱石拌倒，滑跌了一次。船家似乎也动了恻隐之心了，一句话也不发，跑将上来，他却突然交给了我一盒火柴。我于感谢了一番他的盛意之后，重整步武，再摸上山去，先是必须点一枝火柴走三五步路的，但到得半山，路既就了规律，而微云堆里的半规月色，也朦胧的现出一痕银线来了，所以手里还存着的半盒火柴，就被我藏入了袋里。路是从山的西北，盘曲而上；渐走渐高，半山一到，天也开朗了一点，桐庐县市上的灯火，也星星可数了。更纵目向江心望去，富春江两岸的船上和桐溪合流口停泊着的船尾船头，也看得出一点一点的火来。走过半山，桐君观里的晚祷钟鼓，似乎还没有息尽，耳朵里仿佛听见了几丝木鱼钲钹的残声。走上山顶，先在半途遇着了一道道观外围的女墙，这女墙的栅门，却已经掩上了。在栅门外徘徊了一刻，觉得已经到了此门而不进去，终于是不能满足我这一次暗夜冒险的好奇怪僻的。所以细想了几次，还是决心进去，非进去不可，轻轻用手往里面一推，栅门却呀的一声，早已退向了后方开开了，这门原来是虚掩在那里的。进了栅门，踏着为淡月所映照的石砌平路，向东向南的前走了五六十步，居然走到了道观的大门之外，这两扇朱红漆的大门，不消说是紧闭在那里的。到了此地，我却不想再破门进去了，因为这大门是朝南向着大江开的。门外头是一条一丈来宽的石砌步道，步道的一旁是道观的墙，一旁便是山坡，靠山坡的一面，并且还有一道二尺来高的石墙筑在那里，大约是代替栏杆，防人倾跌下山去的用意；石墙之上，铺的是二三尺宽的青石，在这似石栏又似石凳的墙上，尽可以坐卧游息，饱看桐江和对岸的风景，就是在这里坐它一晚，也很可以，我又何必去打开门来，惊起那些老道的恶梦呢？

空旷的天空里，流涨着的只是些灰白的云，云层缺处，原也看得出半角的天，和一点两点的星，但看起来最饶风趣的，却仍是欲藏还露，将见仍无的那半规月影。这时候江面上似乎起了风，云脚的迁移，更来得迅速了，而低头向江心一看，几多散乱着的船里的灯光，也忽明忽灭的变换了一变换位置。

这道观大门外的景色，真神奇极了。我当十几年前，在放浪的游程里，曾向瓜州京口一带，消磨过不少的时日；那时觉得果然名不虚传的，确是甘露寺外的江山，而现在到了桐庐，昏夜上这桐君山来一看，又觉得这江山之秀而且静，风景的整而不散，却非那天下第一江山的北固山所可与比拟的了。真也难怪得严子陵，难怪得戴徵士，倘使我若能在这样的地方结屋读书，以养天年，那还要什么的高官厚禄，还要什么的浮名虚誉哩？一个人在这桐君观前的石凳上，看看山，看看水，看看城中的灯火和天上的星云，更做做浩无边际的无聊的幻梦。我竟忘记了时刻，忘记了自身，直等到隔江的击柝声传来，向西一看，忽而觉得城中的灯影微茫的减了，才跑也似的走下了山来，渡江奔回了客舍。

第二日侵晨，觉得昨天在桐君观前做过的残梦正还没有续完的时候，窗外面忽而传来了一阵吹角的声音。好梦虽被打破，但因这同吹觱篥似的商音哀咽，却很含着些荒凉的古意，并且晓风残月，杨柳岸边，也正好候船待发，上严陵去；所以心里纵怀着了些儿怨恨，但脸上却只现出了一痕微笑，起来梳洗更衣，叫茶房去雇船去。雇好了一只双桨的渔舟，买就了些酒菜鱼米，就在旅馆前面的码头上上了船，轻轻向江心摇出去的时候，东方的云幕中间，已现出了几丝红韵，有八点多钟了；舟师急得厉害，只在埋怨旅馆的茶房，为什么昨晚上不预先告诉，好早一点出发。因为此去就是七里滩头，无风七里，有风七十里，上钓台去玩一趟回来，路程虽则有限，但这几日风雨无常，说不定要走夜路，才回来得了的。

过了桐庐，江心狭窄，浅滩果然多起来了。路上遇着的来往的行舟，数目也是很少，因为早晨吹的角，就是往建德去的快班船的信号，快班船一开，来往于两埠之间的船就不十分多了。两岸全是青青的山，中间是一条清浅的水，有时候过一个沙洲。洲上的桃花菜花，还有许多不晓得名字的白色的花，正在喧闹着春暮，吸引着蜂蝶。我在船头上一口一口的喝着严东关的药酒，指东话西的问着船家，这是甚么山？那是甚么港？惊叹了半天，称颂了半天，人也觉得倦了，不晓得什么时候，身子却走上了一家水边的酒楼，在和数年不见的几位已经做了党官的朋友高谈阔论。谈论之余，还背诵了一首两三年前曾在同一的情形之下做成的歪诗：

> 不是尊前爱惜身，伴狂难免假成真，
> 曾因酒醉鞭名马，生怕情多累美人。
> 劫数东南天作孽，鸡鸣风雨海扬尘，
> 悲歌痛哭终何补，义士纷纷说帝秦。

直到盛筵将散，我酒也不想再喝了，和几位朋友闹得心里各自难堪，连对旁边坐着的两位陪酒的名花都不愿意开口。正在这上下不得的苦闷关头，船家却大声的叫了起来说：

"先生，罗芷过了，钓台就在前面，你醒醒罢，好上山去烧饭吃去。"

擦擦眼睛，整了一整衣服，抬起头来一看，四面的水光山色又忽而变了样子了。清清的一条浅水，比前又窄了几分，四围的山包得格外的紧了，仿佛是前无去路的样子。并且山容峻削，看去觉得格外的瘦格外的高。向天上地下四围看看，只寂寂的看不见一个人类。双桨的摇响，到此似乎也不敢放肆了，钩的一声过后，要好半天才来一个幽幽的口响，静，静，静，身边水上，山下岩头，只沉浸着太古的静，死灭的静，山峡里连飞鸟的影子也看不见半只。前面的所谓钓台山上，只看得见两个大石垒，一间歪斜的亭子，许多纵横芜杂的草木。山腰里的那坐祠堂，也只露着些废垣残瓦，屋上面连炊烟都没有一丝半缕，像是好久好久没人住了的样子。并且天气又来得阴森，早晨曾经露一露脸过的太阳，这时候早已深藏在云堆里了，余下来的只是时有时无从侧面吹来的阴飕飕的半箭儿山风。船靠了山脚，跟着前面背着酒菜鱼米的船夫，走上严先生祠堂去的时候，我心里真有点害怕，怕在这荒山里要遇见一个干枯苍老得同丝瓜筋似的严先生的鬼魂。

在祠堂西院的客厅里坐定，和严先生的不知第几代的裔孙谈了几句关于年岁水旱的话后，我的心跳，也渐渐儿的镇静下去了，嘱托了他以煮饭烧菜的杂务，我和船家就从断碑乱石中间爬上了钓台。

东西两石垒，高各有二三百尺，离江面约两里来远，东西台相去只有一二百步，但其间却夹着一条深谷。立在东台，可以看得出罗芷的人家，回头展望来路，风景似乎散漫一点，而一上谢氏的西台，向西望去，则幽谷里的清景，却绝对的不像是在人间了。我虽则没有到过瑞士，但到了西台，朝西一看，立时就想起了曾在照片上看见过的威廉退儿的祠堂。这四山的幽静，这江水的青蓝，简直同在画片上的珂罗版色彩，一色也没有两样；所不同的，就是在这儿的变化更多一点，周围的环境更芜杂不整齐一点而已，但这却是好处，这正是足以代表东方民族性的颓废荒凉的美。

从钓台下来，回到严先生的祠堂——记得这是洪杨以后严州知府戴槃重建的祠堂——西院里饱啖了一顿酒肉，我觉得有点酩酊微醉了。手拿着以火柴柄制成的牙签，走到东面供着严先生神像的龛前，向四面的破壁上一看，翠墨淋漓，题在那里的，竟多是些俗而不雅的过路高官的手笔。最后到了南面的一块白墙头上，在离屋檐不远的一角高处，却看到了我们的一位新近去世的同乡夏灵峰先生的四句似邵尧夫而又略带感慨的诗句。夏灵峰先生虽则只知崇古，不善处今，但是五十年来，像他那样的顽固自尊的亡清遗老，也的确是没有第二个人。比较起现在的那些官迷财迷的南满尚书和东洋宦婢来，他的经术言行，姑且不必去论它，就是以骨头来称称，我想也要比什么罗三郎郑太郎辈，重到好几百倍。慕贤的心一动,醺人的臭技自然是难熬了,堆起了几张桌椅,借得了一枝破笔,我也在高墙上在夏灵峰先生的脚后放上了一个陈屁,就是在船舱的梦里,也曾微吟过的那一首歪诗。

从墙头上跳将下来,又向龛前天井去走了一圈,觉得酒后的喉咙,有点渴痒了,所以就又走回到了西院,静坐着喝了两碗清茶。在这四大无声,只听见我自己的啾啾喝水的舌音冲击到那座破院的败壁上去的寂静中间,同惊雷似的一响,院后的竹园里却忽而飞出了一声闲长而又有节奏似的鸡啼的声来。同时在门外面歇着的船家,也走进了院门,高声的对我说:

"先生,我们回去罢,已经是吃点心的时候了,你不听见那只鸡在后山啼么?我们回去罢!"

一九三二年八月,在上海写

原载 1932 年 9 月 16 日《论语》半月刊第 1 期
据《郁达夫全集》

移家琐记

一

"流水不腐",这是中国人的俗话,stagnant pond,这是外国人形容固定的颓毁状态的一个名词。在一处羁住久了,精神上习惯上,自然会生出许多霉烂的斑点来。更何况洋场米贵,狭巷人多,以我这一个穷汉,夹杂在三百六十万上海市民的中间,非但汽车、洋房、跳舞、美酒等文明的洪福享受不到,就连吸一口新鲜空气,也得走十几里路。移家的心愿,早就有了;这一回却因朋友之介,偶尔在杭城东隅租着一所适当的闲房,筹谋计算,也张罗拢了二三百块洋钱,于是这很不容易成就的戈戈私愿,竟也猫猫虎虎的实现了。小人无大志,蜗角亦乾坤,触蛮鼎定,先让我来谢天谢地。

搬来的那一天,是春雨霏微的星期二的早上,为计时日的正确,只好把一段日记抄在下面:

一九三三年四月廿五(阴历四月初一),星期二,晨五点起床,窗外下着蒙蒙的时雨,料理行装等件,赶赴北站,衣帽尽湿。携女人儿子及一仆妇登车,在不断的雨丝中,向西进发。野景正妍，除白桃花、菜花、棋盘花外，田野里只一片嫩绿，浅淡尚带鹅黄。此番因自上海移居杭州，故行李较多，视孟东野稍为富有，沿途上落，被无产同胞的搬运夫，敲刮去了不少。午后一点到杭州城站，雨势正盛，在车上蒸干之衣帽，又涔涔湿矣。

新居在浙江图书馆侧面的一堆土山旁边，虽只东倒西斜的三间旧屋，但比起上海的一楼一底的弄堂洋房来，究竟宽敞得多了，所以一到寓居，就开始做室内装饰的工作。沙发是没有的，镜屏是没有的，红木器具，壁画纱灯，一概没有。几张板桌，一架旧书，在上海时，塞来塞去，只觉得没地方塞的这些铜烂铁，一到了杭州，向三间连通的矮厅上一摆，看起来竟空空洞洞，像煞是沧海中间的几颗粟米了。最后装上壁去的，却是上海八云装饰设计公司送我的一块石膏圆面。塑制者是江山徐葆蓝氏，面上刻出的是《圣经》里马利马格大伦的故事。看来看去，在我这间黝暗矮阔的大厅陈设之中，觉得有一点生气的，就只是这一块同深山白雪似的小小的石膏。

二

向晚雨歇，电灯来了。灯光灰暗不明，问先搬来此地住的王母以"何不用个亮一点的灯球？"方才知道朝市而今虽不是秦，但杭州一隅，也决不是世外的桃源，这样要捐，那样要税，居民的负担，简直比世界那一国的首都，都加重了；即以电灯一项来说，每一个字，在最近也无法的加上了好几成的特捐。"烽火满天殍满地，儒生何处可逃秦？"这是几年前做过的叠秦韵的两句山歌，我听了这些话后，嘴上虽则不念出来，但心里却也私私的转想了好几次。腹诽若要加刑，则我这一篇琐记，已是自己招认的供状了，罪过罪过。

三更人静，门外的巷里，忽传来了些笃笃笃的敲小竹梆的哀音。问是什么？说是卖馄饨圆子的小贩营生。往年这些担头很少，现在却冷街僻巷，都有人来卖到天明了，百业的凋敝，城市的萧条，这总也是民不聊生的一点点的实证罢？

新居落寞，第一晚睡在床上，翻来覆去，总睡不着觉。夜半挑灯，就只好拿出一本新出版的《两地书》来细读。有一位批评家说，作者的私记，我们没有阅读的义务。当时我对这话，倒也佩服得五体投地，所以书店来要我出书简集的时候，我就坚决的谢绝了，并且还想将一本为无钱过活之故而拿去出卖的日记都教他们毁版，以为这些东西，是只好于死后，让他人来替我印行的；但这次将鲁迅先生和密斯许的书简集来一读，则非但对那位批评家的信念完全失掉，并且还在这一部两人的私记里，看出了许多许多平时不容易看到的社会黑暗面来。至如鲁迅先生的诙谐愤俗的气概，许女士的诚实庄严的风度，还是在长书短简里自然流露的余音，由我们熟悉他们的人看来，当然更是味中有味，言外有情，可以不必提起，我想就是绝对不认识他们的人，读了这书，至少也可以得到几多的教训，私记私记，义务云乎哉？

从夜半读到天明，将这《两地书》读完之后，神经觉得愈兴奋了，六点敲过，就率性走到楼下去洗了一洗手脸，换了一身衣服，踏出大门，打算去把这杭城东隅的侵晨朝景，看它一个明白。

三

　　夜来的雨，是完全止住了，可是外貌像马加弹姆式的沙石马路上，还满涨着淤泥，天上也还浮罩着一层明灰的云幕。路上行人稀少，老远老远，只看得见一部慢慢在向前拖走的人力车的后形。从狭巷里转出东街，两旁的店家，也只开了一半，连挑了菜在沿街赶早市的农民，都像是没有灌气的橡皮玩具。四周一看，萧条复萧条，衰落又衰落，中国的农村，果然是破产了，但没有实业生产机关，没有和平保障的像杭州一样的小都市，又何尝不在破产的威胁下战栗着待毙呢？中国目下的情形，大抵总是农村及小都市的有产者，集中到大都会去。在大都会的帝国主义保护之下变成殖民地的新资本家，或变成军阀官僚的附属品的少数者，总算是找着了出路。他们的货财，会愈积而愈多，同时为他们所牺牲的同胞，当然也要加速度的倍加起来。结果就变成这样的一个公式：农村中的有产者集中小都市，小都市的有产者集中大都会，等到资产化尽，而生财无道的时候，则这些素有恒产的候鸟就又得倒转来从大都会而小都市而仍返农村去作贫民。转转循环，丝毫不爽，这情形已经继续了二三十年了，再过五年十年之后的社会状态，自然可以不卜而知了啦，社会的症结究在那里？唯一的出路究在那里？难道大家还不明白么？空喊着抗日抗日，又有什么用处？

　　一个人在大街上踱着想着，我的脚步却于不知不觉的中间，开了倒车，几个弯儿一绕，竟又将我自己的身体，搬到了大学近旁的一条路上来了。向前面看过去，又是一堆土山。山下是平平的泥路和浅浅的池搪。这附近一带，我儿时原也来过的。二十几年前头，我有一位亲戚曾在报国寺里当过军官，更有一位哥哥，曾在陆军小学堂里当过学生。既然已经回到了寓居的附近，那就爬上山去看它一看吧，好在一晚没有睡觉，头脑还有点儿糊涂，登高望望四境，也未始不是一帖清凉的妙药。

天气也渐渐开朗起来了，东南半角，居然已经露出了几点青天和一丝白日。土山虽则不高，但眺望倒也不坏。湖上的群山，环绕的西北的一带，再北是空间，更北是湖州境内的发样的青山了。东面迢迢，看得见的，是临平山、皋亭山、黄鹤山之类的连峰叠嶂。再偏东北行，大约是唐栖镇上的超山山影，看去虽则不远，但走走怕也有半日好走哩。在土山上环视了一周，由远及近，用大量观察法来一算，我才明白了这附近的地理。原来我那新寓，是在军装局的北方，而三面的土山，系遥接着城墙，围绕在军装局的匡外的。怪不得今天破晓的时候，还听见了一阵喇叭的吹唱，怪不得走出新寓的时候，还看见了一名荷枪直立的守卫士兵。

"好得很！好得很！……"我心里在想，"前有图书，后有武库，文武之道，备于此矣！"我心里虽在这样的自作有趣，但一种没落的感觉，一种不能再在大都会里插足的哀思，竟渐渐的渐渐的溶浸了我的全身。

原载1933年5月4日至6日《申报·自由谈》

据《达夫全集》第7卷《断残集》

杭州的八月

杭州的废历八月,也是一个极热闹的月份。自七月半起,就有桂花栗子上市了,一入八月,栗子更多,而满觉陇南高峰翁家山一带的桂花,更开得来香气醉人。八月之名桂月,要身入到满觉陇去过一次后,才领会得到这名字的相称。

除了这八月里的桂花,和中国一般的八月半的中秋佳节之外,在杭州还有一个八月十八的钱塘江的潮汛。

钱塘的秋潮,老早就有名了,传说就以为是吴王夫差杀伍子胥沉之于江,子胥不平,鬼在作怪之故。《论衡》里有一段文章,驳斥这事,说得很有理由:"儒书言,'吴王夫差杀伍子胥,煮之于镬,盛于囊,投之于江,子胥恚恨,临水为涛,溺杀人。'夫言吴王杀伍子胥,投之于江,实也,言其恨恚,临水为涛者,虚也。且卫菹子路,而汉烹彭越,子胥勇猛,不过子路彭越,然二子不能发怒于鼎镬之中,子胥亦然,自先入鼎镬,后乃入江,在镬之时其神岂怯而勇于江水哉?何其怒气前后不相副也?"可是《论衡》的理由虽则充足,但传说的力量,究竟十分伟大,至今不但是钱塘江头,就是庐州城内淝河岸边,以及江苏福建等滨海傍湖之处,仍旧还看得见塑着白马素车的伍大夫庙。

钱塘江的潮,在古代一定比现时还要来得大。这从高僧传唐灵隐寺释宝达，诵咒咒之，江潮方不至激射湖上诸山的一点，以及南宋高宗看潮，只在江干候潮门外搭高台的一点看来，就可以明白。现在则非要东去海宁，或五堡八堡，才看得见银海潮头一线来了。这事情从阮元的《揅经室集·浙江图考》里，也可以看得到一些理由，而江身沙涨，总之是潮不远上的一个最大原因。

还有梁开平四年，钱武肃王为筑捍海塘，而命强弩数百射涛头，也只在候潮通江门外。至今海宁江边一带的铁牛镇铸，显然是师武肃王的遗意，后人造作的东西。（我记得铁牛铸成的年份，是在清顺治年间，牛身上印在那里的文字，还隐约辨得出来。）

沧桑的变革，实在厉害得很，可是杭州的住民，直到现在，在靠这一次秋潮而发点小财，做些买卖的，为数却还不少哩！

原载1933年9月27日《申报·自由谈》

二十二年的旅行

编者出的这一个题目，范围实在大得很。先自室内旅行起，以至世界旅行、星球、月球旅行等，在实际上，在空想上，二十二年中，大约总有许多人试过的无疑。编者把这题目来分给我，想来是因为我在二十二年秋天，上浙东去旅行过一次的缘故；但这一次旅行的结果，已经为杭江铁路局写了两篇旅行记——一名《杭江小历纪程》，一名《浙东景物纪略》——随时在各报上杂志上发表过一次，现在已被收入到该局发行的旅行指南里去了。迫不得已，我只好写点关于旅行一般的空话，以及还有许多在浙东得来的零星印象，来缴卷塞责。

旅行，实在是有闲有钱有健康的人的最好的娱乐。从前中国人视出门为畏途，离家百里，就先要祷告祖宗，辞别亲友，像煞是不容易回来的样子，现在则空有飞机，水有轮船，陆有火车汽车，千里万里，都可以转瞬而至了；所以从前的人所最怕的这旅行，现在的人却可以把它当作娱乐来看。有几个有钱好事的闲人，并且还把它当作了一种学问。

我想旅行的快乐，第一当然是在精神的解放；一个人生在世上，少不得总有种种纠纷和关系缠绕在身边的，富人有富人的忧虑，穷人有穷人的苦恼；一上征途，则同进了病院和监狱一样，什么事情都可以暂时搁起,不管她妈了;——以入病院和进监狱为譬喻,或者是有点语病,但我所注重的,是在对于人世的杂务一方面的话,入了病院,工总可以不做了,到了监狱,债总可以不还了,是这一个意思。

第二,旅行的快乐,大约是在好奇心的满足;有非常美丽的太太随侍在侧的男子,会同臃肿粗大的寝室女仆去亲嘴抱腰的心理,想起来大约也同这旅行者之心一样的在好奇思异。本来有高大的洋房作住宅的先生们,到了乡下,看见一所茅草盖顶、柳树当门的厕所,会得喜欢叫绝的,也就是这一个caprice在那里作怪。

还有些人,觉得平时的生活太舒适了,只想去不会丧命的冒些小险,不会损身的吃些小苦,以打破打破那一条生命之流的单条平滑,旅行却也是最适当的一针吗啡。

唯其是如此,所以中国也有了同Thos.Cook and Son一样的一个旅行社,萧伯纳也坐飞机飞过了长城,独身者的夺柯勃辣想在北平市里破一破独身之戒。但我的这一次的旅行浙东,原因可有点不同,虽在旅行,实际上却是在替路局办公,是一个行旅的灵魂叫卖者的身分。

浙东一带,所给予我的混合印象,是在山的秀里带雄,水的清能见底,与沿途处处,柏树红叶的美似春花。百姓都很勤俭,所以乡下人家,家家都整洁堂皇,比起杭嘉湖的乡村的坍败衰落来,实在相差得很远。地势极高,山峰绵亘,斜坡上、谷底里,竹树最多,间有几棵纤纤的枫树,经霜之后,叶尽红了,微风一动,更能显出万绿丛中红一点的迷人的诗意。中国铁路的两大干线,平汉与津浦,我跑得次数最多,其他的支线若广九,若北宁,若京绥等,也曾去过几次,但以景色的变化多奇,山水的淡浓相称来说,我觉得没有一处,能比得上这杭江铁路三百余里的一段风光;虽则正太铁路如何,我是没有去过,还不敢说。

　　说到人物,则金华附近的女人,皮色都是很白,相貌也都秀丽,有平湖苏州的女人的美处,而健康高大,则又像是条顿民族的乡间的农妇。

　　至于物产呢,浙东居民当然是以造纸种田为正业的,间有煤矿铁矿,汤溪也有温泉,但无人开发,富源还睡在地里。因为多山,所以木材也多,居民之从事于烧炭烧窑者,为数也着实不少。其余若畜牧的养猪、养鸭、养牛,种植的细蔗、荞麦、黍稷,以及柏子玉蜀黍之类,若能改良照科学的方法做去,则金衢一带的百姓,更可以增加富庶;可惜世乱纷纭,为政者现在还顾不到此。

　　我的这一次的旅行浙东,主要原因固然是因受了杭江路局之嘱托,但暗地里却也有一点去散散郁闷的下意识在的。上杭州来蛰居了半年,文章也不做,见客也少见,小心翼翼,默学金人,唯恐祸从口出,要惹是生非。但这半年的谨慎的结果,想不到竟引起了几位杭州的文学青年的怨恨,说我架子太大,说我思想落伍,在九月秋高的那一个月里,连接到了几篇痛骂的文章,一封匿名的私信。我虽则还没有自大狂到想比拟卢骚,但途穷日暮,到得前无去所、后无退路的时候,自家想想,却真有点儿和不得不发疯自杀的这位可怜的蒋·捷克相去无几了。当时我正在打算再上上海或北平去过放浪的生活,确好是杭江路局的这一回事情来了,心想不是落水遇救,天无绝人之路么?这一段却是不足为外人道的我侬的私语,附写在此,好做一个egotistic, megalomaniac的epilogue,以代牢骚。

一九三三年十二月

原载1934年1月1日《十日谈》旬刊"新年特辑"

屯溪夜泊记

屯溪是安徽休宁县属的一个市镇，虽然居民不多，——人口大约最多也不过一二万，——工厂也没有，物产也并不丰富，但因为地处在婺源、祁门、黟县、休宁等县的众水汇聚之乡，下流成新安江，从前陆路交通不便的时候，徽州府西北几县的物产，全要从这屯溪出去，所以这个小镇居然也成了一个皖南的大码头，所以它也就有了"小上海"的别名。"生意兴隆通四海，财源茂盛达三江"，这一副最普通的联语，若拿来赠给屯溪，倒也很可以指示出它的所以得繁盛的原委。

我们的漂泊到屯溪去，是因为东南五省交通周览会的邀请，打算去白岳、黄山看一看风景；而又蒙从前的徽州府，现在的歙县县长的不弃，替我们介绍了一家徽州府里有名的，实在是龌龊得不堪的宿夜店，觉得在徽州是怎么也不能够过夜了，所以才夜半开车，向西闯入了这小上海的屯溪市里。

虽则是小上海，可究竟和大上海有点不同，第一，这小上海所有的旅馆，就只有大上海的五万分之一。我们在半夜的混沌里，冲到了此地，投各家旅馆，自然是都已经客满了，没有办法，就只好去投奔公安局，——这公安局却是直系于省会的一个独立机关，是屯溪市上,最大并且也是唯一的行政司法以及维持治安的公署,所以尽抵得过清朝的一个州县——请他们来救济,我们提出的办法,是要他们去为我们租借一只大船来权当宿舍。

这交涉办到了午前一点,才兹办妥,行李等件,搬上船后,舱铺清洁,空气通畅,大家高兴了起来,就交口称赞语堂林氏的有发明的天才,因为大家搬上船上去宿的这一件事情,是语堂的提议,大约他总也是受了天随子陆龟蒙或八旗名士宗室宝竹坡的影响无疑。

浮家泛宅,大家联床接脚,在篾篷底下,洋油灯前,谈着笑着,悠悠入睡的那一种风情,倒的确是时代倒错的中世纪的诗人的行径。那一晚,因为上船得迟了,所以说废话说不上几刻钟,一船里就呼呼的充满了睡声。

第二天,天下天雨;在船上听雨,在水边看雨的风味,又是一种别样的情趣。因为下雨,旅行当然是不行,并且林潘全叶的四位,目的是只在看看徽州,与自杭州至徽州的一段公路的,白岳、黄山,自然是不想去的了,只教天一放晴,他们就打算回去,于是乎我们就有了一天悠闲的屯溪船上的休息。

屯溪的街市,是沿水的两条里外的直街,至西面而尽于屯浦,屯浦之上是一条大桥,过桥又是一条街,系上西乡去的大路。是在这屯浦桥附近的几条街上,由他们屯溪人看来,觉得是完全毛色不同的我们这一群丧家之犬,尽在那里走来走去的走。其实呢,我们的泊船之处,就在离桥不远的东南一箭之地,而寄住在船上,却都有两件大事,非上岸去办不可,即一,吃饭;二,大便。

况且,人又是好奇的动物,除了吃饭排泄睡眠以外,少不得也要使用使用那两条腿,于必要的事情之上,更去做些不必要的事情;于是乎在江边的那家饭馆延旭楼即紫云馆，和那座公坑所，当然是可以不必说，就是一处贩卖破铜烂铁的旧货铺，以及就开在饭馆旁边的那家假古董店，也突然的增加了许多顾客。我在旧货铺里，买了一部歙县吴殿麟的《紫石泉山房集》，语堂在那家假古董店里，买了些核桃船、翡翠、琥珀，以及许多碎了的白瓷。大家回到船上研究将起来，当以两毛钱买的那些点点的瓷片，为最有价值，因为一只纤纤的玉手，捏着的是一条粗而且长，头如松菌的东西，另外的一条三角形的尖棕而带着微有曲线的白柄者，一定是国货的小脚；这些碎瓷，若不是康熙，总也是乾隆，说不定，恐怕还是前朝内府坤宁宫里的小玩意儿。仔细研究到了后来，你一言，我一语，想入非非，笑成一片，致使这一个水上小共和国里的百姓们，一个个都成了群居终日，专为不善的小团人。

早午饭吃后，光旦、秋原等又坐了车上徽州去了，语堂、增嘏，歪身倒在床上看书打瞌睡，只有被鬼附着似的神经质的我，在船里觉得总是坐立都不能安，于是乎只好着了雨鞋，张着雨伞，再上岸去，去游屯溪的街市。

雨里的屯溪，市面也着实萧条。从东南有一块枪毙红丸犯处的木牌立着的地方起，一直到西尽头的屯浦桥附近为止，来回走了两遍，路上遇着的行人，数目并不很多，比到大上海的中心城市，先施永安下那块地方的人海人山，这小上海简直是乡村角落里了。无聊之极，我就爬上了市后面的那一排小山之上，打算对屯溪全市，作一个包罗万象的高空鸟瞰。

市后的小山，断断续续，一连倒也有四五个山峰。自东而西，俯瞰了屯溪市上的几千家人家，以及人家外围，贯流在那里的三四条溪水之后，我的两足，忽而走到了一处西南离桥不远的化山的平顶。顶上的石柱、石礅、石梁，原依然还在，然而一堆瓦砾，寸草不生，几只飞鸟，只在乱石堆头慢声长叹。我一个人看看前面天主堂界内的杂树人家，和隔岸的那条同金字塔样的狮子（俗称扁担）石山，觉得阴森森毛发都有点直竖起来了，不得已就只好一口气的跳下了这座在屯溪市是地点风景最好也没有的化山。后来上桥头的酒店里去坐下，向酒保仔细一探听，才晓得民国十八年的春天，朱老五带领了人马，曾将这屯溪市的店铺民房，施行了一次火洗，那座化山顶上的化山大寺，也就是于这个时候被焚化了的。那时候未被烧去而仅存者，只延旭楼的一间三层的高阁和天主堂内的几间平房而已。

在酒店里，和他们谈谈说说，我只吃了一碟炒四件，一斤杂有泥沙的绍兴酒，算起账来，竟被敲去了两块大洋，问："何以会这么的贵？"回答说："本地人喝的都是歙酒，绍兴酒本来是很贵的。"这小上海的商家，别的上海样子倒还没有学好，只有这一个欺生敲诈的门径，却学得来青胜于蓝了，也无怪有人告诉我说，屯溪市上，无论那一家大商店，都有讨价还价，就连一盒火柴，一封香烟，都有生人熟面的市价不同。

傍晚四五点的时候，去徽州的大批人马回来了，一同上延旭楼去吃过晚饭，我和秋原、增嘏、成章四人，在江岸的东头走走，恰巧遇见了一位自上海来此的像白相人那么的汽车小商人。他于陪我们上游艺场去逛了一遍之余，又领我们到了一家他的旧识的乐户人家。姑娘的名字，现在记不起来了，仿佛是"翠华"的两字，穿着一件黑绒的夹袄，镶着一个金牙齿，相貌倒也不坏，听了几句徽州戏，喝了一杯祁门茶后，出到了街上，不意斗头又遇见了三位装饰时髦到了极顶，身材也窈窕可观的摩登美妇人。那一位引导者,和她们也似乎是旧相识,大家招呼了一下走散之后,他就告诉了我们以她们的身世。她们的前身,本来是上海来游艺场献技的坤角,后来各有了主顾,唱戏就不唱了。不到一年,各主顾忽又有了新恋,她们便这么的一变,变作了街头的神女。这一段短短的历史,简单原也简单得很,但可惜我们中间的那位江州司马没有同来,否则倒又有一篇《琵琶行》好做了。在细雨黄昏的街上走着,他还告诉了我们这里有几家头等公娼,几家二等花茶馆,几家三等无名窟,和诨名"屯溪女王"的一家半开门。

　　回到了残灯无焰的船舱之内,向几位没有同去的诗人们报告了一番消息,余事只好躺下去睡觉了,但青衫憔悴的才子,既遇着了红粉飘零的美女,虽然没有后花园赠金,妓堂前碰壁的两幕情事,一首诗是少不得的;斜依着枕头,合着船篷上的雨韵,哼哼唧唧,我就在朦胧的梦里念成了一首"新安江水碧悠悠,两岸人家散若舟。几夜屯溪桥下梦,断肠春色似扬州"的七言绝句。这么一来,既有了佳人,又有了才子,煞尾并且还有着这一个有诗为证大团圆,一出屯溪夜泊的传奇新剧,岂不就完全成立了么?

一九三四年五月

原载1934年6月1日《文艺风景》创刊号

花坞

"花坞"这一个名字,大约是到过杭州,或在杭州住上几年的人,没有一个不晓得的;尤其是游西溪的人,平常总要一到花坞。二三十年前,汽车不通,公路未筑,要去游一次,真不容易;所以明明知道这花坞的幽深清绝,但脚力不健,非好游如好色的诗人,不大会去。现在可不同了,从湖滨向北向西的坐汽车去,不消半个钟头,就能到花坞口外。而花坞的住民,每到了春秋佳日的放假日期,也会成群结队,在花坞口的那座凉亭里鹄候,预备来做一个临时导游的脚色,好轻轻快快的赚取游客的两毛小洋;现在的花坞,可真成了第二云栖,或第三九溪十八涧了。

花坞的好处,是在它的三面环山,一谷直下的地理位置,石人坞不及它的深,龙归坞没有它的秀。而竹木萧疏,清溪蜿绕,庵堂错落,尼媪翩翩,更是花坞独有的迷人风韵。将人来比花坞,就像浔阳商妇,老抱琵琶;将花来比花坞,更像碧桃开谢,未死春心;将菜来比花坞,只好说冬菇烧豆腐,汤清而味隽了。

我的第一次去花坞,是在松木场放马山背后养病的时候,记得是一天日和风定的清秋的下午,坐了黄包车,过古荡,过东岳,看了伴凤居,访过风木庵(是钱塘丁氏的别业),感到了口渴,就问车夫,这附近可有清静的乞茶之处？他就把我拉到了花坞的中间。

伴凤居虽则结构堂皇，可是里面却也坍败得可以；至于杨家牌楼附近的风木庵哩，丁氏的手迹尚新，茅庵的木架也在，但不晓怎么，一走进去，就感到了一种扑人的霉灰冷气。当时大厅上停在那里的两口丁氏的棺材，想是这一种冷气的发源之处，但泥墙倾圮，蛛网绕梁，与壁上挂在那里的字画屏条一对比，极自然的令人生出了"俯仰之间，已成陈迹"的感想。因为刚刚在看了这两处衰落的别墅之后，所以一到花坞，就觉清新安逸，像世外桃源的样子了。

自北高峰后，向北直下的这一条坞里，没有洋楼，也没有伟大的建筑，而从竹叶杂树中间透露出来的屋檐半角，女墙一围，看将过去却又显得异常的整洁，异常的清丽。英文字典里有cottage的这一个名字；而形容这些茅屋田庄的安闲小洁的字眼，又有着许多像tiny、dainty、snug的绝妙佳词，我虽则还没有到过英国的乡间，但到了花坞，看了这些小庵却不能自已的便想起了这种只在小说里读过的英文字母。我手指着那些在林间散点着的小小的茅庵，回头来就问车夫："我们可能进去？"车夫说："自然是可以的。"于是就在一曲溪旁，走上了山路高一段的地方，到了静掩在那里的，双黑板的墙门之外。

车夫使劲敲了几下，庵里的木鱼声停了，接着门里头就有一位女人的声音，问外面谁在敲门。车夫说明了来意，铁门闩一响，半边的门开了，出来迎接我们的，却是一位白发盈头、皱纹很少的老婆婆。

庵里面的洁净，一间一间小房间的布置的清华，以及庭前屋后树木的参差掩映，和厅上佛座下经卷的纵横，你若看了之后，仍不起皈依弃世之心的，我敢断定你就是没有感觉的木石。

那位带发修行的老比丘尼去为我们烧茶煮水的中间，我远远听见了几声从谷底传来的鹊噪的声音；大约天时向暮，乌鹊来归巢了，谷里的静，反因这几声的急噪，而加深了一层。

我们静坐着，喝干了两壶极清极酽的茶后，该回去了，迟疑了一会，我就拿出了一张纸币，当作茶钱，那一位老比丘尼却笑起来了，并且婉慢的说：

"先生！这可以不必；我们是清修的庵，茶水是不用钱买的。"

推让了半天，她不得已就将这一元纸币交给了车夫，说："这给你做个外快罢！"

这老尼的风度，和这一次逛花坞的情趣，我在十余年后的现在，还在津津的感到回味。所以前一礼拜的星期日，和新来杭州住的几位朋友遇见之后，他们问我"上那里去玩？"我就立时提出了花坞，他们是有一乘自备汽车的，经松木场，过古荡东岳而去花坞，只须二十分钟，就可以到。

十余年来的变革，在花坞里也留下了痕迹。竹木的清幽，山溪的静妙，虽则还同太古时一样，但房屋加多了，地价当然也增高了几百倍；而最令人感到不快的，却是这花坞的住民的变作了狡猾的商人。庵里的尼媪，和退院的老僧，也不像从前的恬淡了，建筑物和器具之类，并且处处还受着了欧洲的下劣趣味的恶化。

同去的几位，因为没有见到十余年前花坞的处女时期，所以仍旧感觉得非常满意，以为九溪十八涧、云栖决没有这样的清幽深邃；但在我的内心，却想起了一位素朴天真，沉静幽娴的少女，忽被有钱有势的人奸了以后又被弃的状态。

一九三五年三月二十四日

据1936年3月上海文学创造社初版《达夫游记》

扬州旧梦寄语堂

语堂兄：

> 乱掷黄金买阿娇，穷来吴市再吹箫。
> 箫声远渡江淮去，吹到扬州廿四桥。

这是我在六七年前——记得是一九二八年的秋天，写那篇《感伤的行旅》时瞎唱出来的歪诗；那时候的计划，本想从上海出发，先在苏州下车，然后去无锡，游太湖，过常州，达镇江，渡瓜步，再上扬州去的。但一则因为苏州在戒严，再则因在太湖边上受了一点虚惊，故而中途变计，当离无锡的那一天晚上，就直到了扬州城里。旅途不带诗韵，所以这一首打油诗的韵脚，是姜白石的那一首"小红唱曲我吹箫"的老调，系凭着了车窗，看看斜阳衰草，残柳芦苇，哼出来的莫名其妙的山歌。

我去扬州，这时候还是第一次；梦想着扬州的两字，在声调上，在历史的意义上，真是如何的艳丽，如何的够使人魂销而魄荡！

竹西歌吹，应是玉树后庭花的遗音；萤苑迷楼，当更是临春结绮等沉檀香阁的进一步的建筑。此外的锦帆十里，殿脚三千，后土祠琼花万朵,玉钩斜青冢双行,计算起来,扬州的古迹、名区,以及山水佳丽的地方,总要有三年零六个月才逛得遍。唐宋文人的倾倒于扬州,想来一定是有一种特别见解的;小杜的"青山隐隐水迢迢",与"十年一觉扬州梦",还不过是略带感伤的诗句而已,至如"君王忍把平陈业,只换雷塘数亩田","人生只合扬州死,禅智山光好墓田",那简直是说扬州可以使你的国亡,可以使你的身死,而也决无后悔的样子了,这还了得!

在我梦想中的扬州,实在太有诗意,太富于六朝的金粉气了,所以那一次从无锡上车之后,就是到了我所最爱的北固山下,亦没有心思停留半刻,便匆匆的渡过了江去。

长江北岸,是有一条公共汽车路筑在那里的;一落渡船,就可以向北直驶,直达到扬州南门的福运门边。再过一条城河,便进扬州城了,就是一千四五百年以来,为我们历代的诗人骚客所赞叹不置的扬州城,也就是你家黛玉的爸爸,在此撒下了孤儿升天成佛去的扬州城!

但我在到扬州的一路上,所见的风景,都平坦萧杀,没有一点令人可以留恋的地方,因而想起了晁无咎的《赴广陵道中》的诗句:

  醉卧符离太守亭,别都弦管记曾称。
  淮山杨柳春千里,尚有多情忆小胜①。

  急鼓冬冬下泗州,却瞻金塔在中流。
  帆开朝日初生处,船转春山欲尽头。

---

① 小胜,劝酒女鬟也。——作者原注

杨柳青青欲哺乌，一春风雨暗隋渠。

落帆未觉扬州远，已喜淮阴见白鱼。

才晓得他自安徽北部下泗州，经符离（现在的宿县）由水道而去的，所以得见到许多景致，至少至少，也可以看到两岸的垂杨和江中的浮屠鱼类。而我去的一路呢，却只见了些道路树的洋槐，和秋收已过的沙田万顷，别的风趣，简直没有。连绿杨城廓是扬州的本地风光，就是自隋朝以来的堤柳，也看见得很少。

到了福运门外，一见了那一座新修的城楼，以及写在那洋灰壁上的三个"福运门"的红字，更觉得兴趣索然了；在这一种城门之内的亭台园囿，或楚馆秦楼，那里会有诗意呢？

进了城去，果然只见到了些狭窄的街道，和低矮的市廛，在一家新开的绿杨大旅社里住定之后，我的扬州好梦，已经醒了一半了。入睡之前，我原也去逛了一下街市，但是灯烛辉煌，歌喉宛转的太平景象，竟一点儿也没有。"扬州的好处，或者是在风景，明天去逛瘦西湖，平山堂，大约总特别的会使我满足，今天且好好儿的睡它一晚，先养养我的脚力罢！"这是我自己替自己解闷的想头，一半也是真心诚意，想驱逐驱逐宿娼的邪念的一道符咒。

第二天一早起来，先坐了黄包车出天宁门去游平山堂。天宁门外的天宁寺，天宁寺后的重宁寺，建筑的确伟大，庙貌也十分的壮丽；可是不知为了什么，寺里不见一个和尚，极好的黄松材料，都断的断，拆的拆了，像许久不经修理的样子。时间正是暮秋，那一天的天气又是阴天，我身到了这大伽蓝里，四面不见人影，仰头向御碑佛像以及屋顶一看，满身出了一身冷汗，毛发都倒竖起来了，这一种阴戚戚的冷气，叫我用什么文字来形容呢？

回想起二百年前，高宗南幸，自天宁门到蜀冈，七八里路，尽用白石铺成，上面雕栏曲槛，有一道像颐和园昆明湖上似的长廊甬道，直达至平山堂下，黄旗紫盖、翠辇金轮、妃嫔成队、侍从如云的盛况，和现在的这一条黄沙曲路，只见衰草牛羊的萧条野景来一比，实在是差得太远了。当然颓井废垣，也有一种令人发思古之幽情的美感，所以鲍明远会作出那篇《芜城赋》来；但我去的时候的扬州北郭，实在太荒凉了，荒凉得连感慨都教人抒发不出。

到了平山堂东面的功得山观音寺里，吃了一碗清茶，和寺僧谈起这些景象，才晓得这几年来，兵去则匪至，匪去则兵来，住的都是城外的寺院。寺的坍败，原是应该，和尚的逃散，也是不得已的。就是蜀冈的一带，三峰十余个名刹，现在有人住的，只剩下了这一个观音寺了，连正中峰有平山堂在的法净寺里，此刻也没有了住持的人。

平山堂一带的建筑、点缀、园囿，都还留着有一个旧日的轮廓；像平远楼的三层高阁，依然还在，可是门窗却没有了；西园的池水以及第五泉的泉路，都还看得出来，但水却干涸了；从前的树木、花草、假山、叠石，并其他的精舍亭园，现在只剩了许多痕迹，有的简直连遗址都无寻处。

我在平山堂上，瞻仰了一番欧阳公的石刻像后，只能屁也不放一个，悄悄的又回到了城里。午后想坐船了，去逛的是瘦西湖小金山五亭桥的一角。

在这一角清淡的小天地里，我却看到了扬州的好处。因为地近城区，所以荒废也并不十分厉害；小金山这面的临水之处，并且还有一位军阀的别墅（徐园）建筑在那里，结构尚新，大约总还是近年来的新筑。从这一块地方,看向五亭桥法海塔去的一面风景,真是典丽裔皇,完全像北平中南海的气象。至于近旁的寺院之类,却又因为年久失修,谈不上了。

瘦西湖的好处,全在水树的交映,与游程的曲折;秋柳影下,有红蓼青蘋,散浮在水面,扁舟擦过,还听得见水草的鸣声,似在暗泣。而几个弯儿一绕,水面阔了,猛然间闯入眼来的,就是那一座有五个整齐金碧的亭子排立着的白石平桥,比金鳌玉蝀,虽则短些,可是东方建筑的古典趣味,却完全荟萃在这一座桥,这五个亭上。

还有船娘的姿势,也很优美;用以撑船的,是一根竹竿,使劲一撑,竹竿一弯,同时身体靠上去着力,臂部腰部的曲线,和竹竿的线条,配合得异常匀称,异常复杂。若当暮雨潇潇的春日,雇一个容颜姣好的船娘,携酒与茶,来瘦西湖上回游半日,倒也是一种赏心的乐事。

船回到了天宁门外的码头,我对那位船娘,却也有点儿依依难舍的神情,所以就出了一个题目,要她在岸上再陪我一程。我问她:"这近边还有好玩的地方没有?"她说:"还有天宁寺、平山堂。"我说:"都已经去过了。"她说:"还有史公祠。"于是就由她带路,抄过了天宁门,向东的走到了梅花岭下。瓦屋数间,荒坟一座,有的人还说坟里面葬着的只是史阁部的衣冠,看也原没有什么好看;但是一部《廿四史》掉尾的这一位大忠臣的战绩,是读过明史的人,无不为之泪下的;况且经过《桃花扇》作者的一描,更觉得史公的忠肝义胆,活跃在纸上了;我在祠墓的中间立着想着;穿来穿去的走着;竟耽搁了那一位船娘不少的时间。本来是阴沉短促的晚秋天,到此竟垂垂欲暮了,更向东踏上了梅花岭的斜坡,我的唱山歌的老病又发作了,就顺口唱出了这么的二十八字:

三百年来土一丘，史公遗爱满扬州。

二分明月千行泪，并作梅花岭下秋。

写到这里，本来是可以搁笔了，以一首诗起，更以一首诗终，岂不很合鸳鸯蝴蝶的体裁么，但我还想加上一个总结，以醒醒你的骑鹤上扬州的迷梦。

总之，自大业初开邗沟入江渠以来，这扬州一郡，就成了中国南北交通的要道；自唐历宋，直到清朝，商业集中于此，冠盖也云屯在这里。既有了有产及有势的阶级，则依附这阶级而生存的奴隶阶级，自然也不得不产生。贫民的儿女，就被他们强迫作婢妾，于是乎就有了杜牧之的青楼薄幸之名。所谓"春风十里扬州路"者，盖指此。有了有钱的老爷，和美貌的名娼，则饮食起居（园亭）、衣饰犬马、名歌艳曲、才士雅人（帮闲食客），自然不得不随之而俱兴，所以要腰缠十万贯，才能逛扬州者，以此。但是铁路开后，扬州就一落千丈，萧条到了极点。从前的运使、河督之类，现在也已经驻上了别处；殷实商户，巨富乡绅，自然也分迁到了上海或天津等洋大人的保护之区，故而目下的扬州只剩了一个历史上的剥制的虚壳，内容便什么也没有了。

扬州之美，美在各种的名字，如绿杨村、廿四桥、杏花村舍、邗上农桑、尺五楼、一粟庵等；可是你若辛辛苦苦，寻到了这些最风雅也没有的名称的地方，也许只有一条断石，或半间泥房，或者简直连一条断石、半间泥房都没有的。张陶庵有一册书，叫作"西湖梦寻"，是说往日的西湖如何可爱，现在却不对了，可是你若到扬州去寻梦，那恐怕要比现在的西湖还更不如。

你既不敢游杭，我劝你也不必游扬，还是在上海梦里想像想像欧阳公的平山堂、王阮亭的红桥、《桃花扇》里的史阁部、《红楼梦》里的林如海，以及盐商的别墅、乡宦的妖姬，倒来得好些。枕上的卢生，若长不醒，岂非快事。一遇现实，那里还有Dichtung呢！

一九三五年五月

语堂附记：吾脚腿甚坏，却时时想训练一下。虎丘之梦既破，扬州之梦未醒，故一年来即有约友同游扬州之想。日前约大杰、达夫同去，忽来此一长函，知是去不成了。不知是未凑足稿费，还是映霞不许。然我仍是要去，不管此去得何罪名，在我总是书上太常看见的地名，必想到一到。怎样是邗江，怎样是瓜州，怎样是廿四桥，怎样是五亭桥，以后读书时心中才有个大略山川形势。即使平山堂已是一楹一牖，也必见识见识。

原载1935年5月20日《人间世》半月刊第28期

据《郁达夫全集》

西溪的晴雨

西北风未起,蟹也不曾肥,我原晓得芦花总还没有白,前两星期,源宁来看了西湖,说他倒觉得有点失望,因为湖光山色,太整齐,太小巧,不够味儿,他开来的一张节目上,原有西溪的一项;恰巧第二天又下了微雨,秋原和我就主张微雨里下西溪,好教源宁去尝一尝这西湖近旁的野趣。

天色是阴阴漠漠的一层,湿风吹来,有点儿冷,也有点儿香,香的是野草花的气息。车过方井旁边,自然又下车来,去看了一下那座天主圣教修士们的古墓。从墓门望进去,只是黑沉沉、冷冰冰的一个大洞,什么也看不见,鼻子里却闻吸到了一种霉灰的阴气。

把鼻子掀了两掀,耸了一耸肩膀,大家都说,可惜忘记带了电筒,但在下意识里,自然也有一种恐怖、不安,和畏缩的心意,在那里作恶,直到了花坞的溪旁,走进窗明几净的静莲庵(?)堂去坐下,喝了两碗清茶,这一些鬼胎,方才洗涤了个空空脱脱。

游西溪,本来是以松木场下船,带了酒盒行厨,慢慢儿的向西摇去为正宗。像我们那么高坐了汽车,飞鸣而过古荡、东岳,一个钟头要走百来里路的旅客,终于是难度的俗物,但是俗物也有俗益,你若坐在汽车座里,引颈而向西向北一望,直到湖州,只见一派空明,遥盖在淡绿成阴的斜平海上；这中间不见水，不见山，当然也不见人，只是渺渺茫茫，青青绿绿，远无岸，近亦无田园村落的一个大斜坡，过秦亭山后，一直到留下为止的那一条沿山大道上的景色，好处就在这里，尤其是当微雨朦胧，江南草长的春或秋的半中间。

从留下下船，回环曲折，一路向西向北，只在芦花浅水里打圈圈；圆桥茅舍，桑树蓼花，是本地的风光，还不足道；最古怪的，是剩在背后的一带湖上的青山，不知不觉，忽而又会得移上你的面前来，和你点一点头，又匆匆的别了。

摇船的少女，也总好算是西溪的一景；一个站在船尾把摇橹，一个坐在船头上使桨，身体一伸一俯，一往一来，和橹声的咿呀、水波的起落，凑合成一大又圆又曲的进行软调；游人到此，自然会想起瘦西湖边，竹西歌吹的闲情，而源宁昨天在漪园月下老人祠里求得的那枝灵签，仿佛是完全的应了，签诗的语文，是《鄘风·桑中》章末后的三句，叫作"期我乎桑中，要我乎上宫，送我乎淇之上矣"。

此后便到了交芦庵，上了弹指楼，因为是在雨里，带水拖泥，终于也感不到什么的大趣，但这一天向晚回来，在湖滨酒楼上放谈之下，源宁却一本正经的说："今天的西溪，却比昨日的西湖，要好三倍。"

前天星期假日，日暖风和，并且在报上也曾看到了芦花怒放的消息；午后日斜，老龙夫妇，又来约去西溪，去的时候，太晚了一点，所以只在秋雪庵的弹指楼上，消磨了半日之半。一片斜阳，反照在芦花浅渚的高头，花也并未怒放，树叶也不曾凋落，原不见秋，更不见雪，只是一味的晴明浩荡，飘飘然，浑浑然，洞贯了我们的肠腑。老僧无相，烧了面，泡了茶，更送来了酒，末后还拿出了纸和墨，我们看看日影下的北高峰，看看庵旁边的芦花荡，就问无相，花要几时才能全白？老僧操着缓慢的楚国口音，微笑着说："总要到阴历十月的中间；若有月亮，更为出色。"说后，还提出了一个交换的条件，要我们到那时候，再去一玩，他当预备些精馔相待，聊当作润笔，可是今天的字，却非写不可。老龙写了"一剑横飞破六合，万家憔悴哭三吴"的十四个字，我也附和着抄了一副不知在那里见过的联语："春梦有时来枕畔，夕阳依旧上帘钩。"

喝得酒醉醺醺，走下楼来，小河里起了晚烟，船中间满载了黑暗，龙妇又逸兴遄飞，不知上那里去摸出了一枝洞箫来吹着。"其声呜呜然，如怨如慕，如泣如诉，余音袅袅，不绝如缕"，倒真有点像是七月既望，和东坡在赤壁的夜游。

一九三五年十月二十二日

原载1935年10月24日杭州《东南日报·沙发》第2485期
据《郁达夫全集》

江南的冬景

凡在北国过过冬天的人，总都道围炉煮茗，或吃煊羊肉，剥花生米，饮白干的滋味。而有地炉、暖炕等设备的人家，不管它门外面是雪深几尺，或风大若雷，而躲在屋里过活的两三个月的生活，却是一年之中最有劲的一段蛰居异境；老年人不必说，就是顶喜欢活动的小孩子们，总也是个个在怀恋的，因为当这中间，有的是萝卜、雅儿梨等水果的闲食，还有大年夜、正月初一、元宵等热闹的节期。

但在江南，可又不同；冬至过后，大江以南的树叶，也不至于脱尽。寒风——西北风——间或吹来，至多也不过冷了一日两日。到得灰云扫尽，落叶满街，晨霜白得像黑女脸上的脂粉似的清早，太阳一上屋檐，鸟雀便又在吱叫，泥地里便又放出水蒸气来，老翁小孩就又可以上门前的隙地里去坐着曝背谈天，营屋外的生涯了；这一种江南的冬景，岂不也可爱得很么？

我生长江南，儿时所受的江南冬日的印象，铭刻特深；虽则渐入中年，又爱上了晚秋，以为秋天正是读读书，写写字的人的最惠节季，但对于江南的冬景，总觉得是可以抵得过北方夏夜的一种特殊情调，说得摩登些，便是一种明朗的情调。

我也曾到过闽粤，在那里过冬天，和暖原极和暖，有时候到了阴历的年边，说不定还不得不拿出纱衫来着；走过野人的篱落，更还看得见许多杂七杂八的秋花！一番阵雨雷鸣过后，凉冷一点；至多也只好换上一件夹衣，在闽粤之间，皮袍棉袄是绝对用不着的；这一种极南的气候异状，并不是我所说的江南的冬景，只能叫它作南国的长春，是春或秋的延长。

　　江南的地质丰腴而润泽，所以含得住热气，养得住植物；因而长江一带，芦花可以到冬至而不败，红叶也有时候会保持得三个月以上的生命。像钱塘江两岸的乌桕树，则红叶落后，还有雪白的柏子着在枝头，一点一丛，用照相机照将出来，可以乱梅花之真。草色顶多成了赭色，根边总带点绿意，非但野火烧不尽，就是寒风也吹不倒的。若遇到风和日暖的午后，你一个人肯上冬郊去走走，则青天碧落之下，你不但感不到岁时的肃杀，并且还可以饱觉着一种莫名其妙的含蓄在那里的生气；"若是冬天来了，春天也总马会来"的诗人的名句，只有在江南的山野里，最容易体会得出。

　　说起了寒郊的散步，实在是江南的冬日，所给与江南居住者的一种特异的恩惠；在北方的冰天雪地里生长的人，是终他的一生，也决不会有享受这一种清福的机会的。我不知道德国的冬天，比起我们江浙来如何，但从许多作家的喜欢以Spaziergang一字来做他们的创作题目的一点看来，大约是德国南部地方，四季的变迁，总也和我们的江南差仿不多。譬如说十九世纪的那位乡土诗人洛在格（Peter Rosegger 1843—1918）罢，他用这一个"散步"做题目的文章尤其写得多，而所写的情形，却又是大半可以拿到中国江浙的山区地方来适用的。

　　江南河港交流，且又地滨大海，湖沼特多，故空气里时含水分；到得冬天，不时也会下着微雨，而这微雨寒村里的冬霖景象，又是一种说不出的悠闲境界。你试想想，秋收过后，河流边三五家人家会聚在一道的一个小村子里，门对长桥，窗临远阜，这中间又多是树枝杈桠的杂木树林；在这一幅冬日农村的图上，再洒上一层细得同粉也似的白雨，加上一层淡得几不成墨的背景，你说还够不够悠闲？若再要点景致进去，则门前可以泊一只乌篷小船，茅屋里可以添几个喧哗的酒客，天垂暮了，还可以加一味红黄，在茅屋窗中画上一圈暗示着灯光的月晕。人到了这一个境界，自然会得胸襟洒脱起来，终至于得失俱亡，死生不同了；我们总该还记得唐朝那位诗人做的"暮雨潇潇江上村"的一首绝句罢？诗人到此，连对绿林豪客都客气起来了，这不是江南冬景的迷人又是什么？

一提到雨，也就必然的要想到雪："晚来天欲雪，能饮一杯无"，自然是江南日暮的雪景。"寒沙梅影路，微雪酒香村"，则雪月梅的冬宵三友，会合在一道，在调戏酒姑娘了。"柴门村犬吠，风雪夜归人"，是江南雪夜，更深人静后的景况。"前树深雪里，昨夜一枝开"，又到了第二天的早晨，和狗一样喜欢弄雪的村童来报告村景了。诗人的诗句，也许不尽是在江南所写，而做这几句诗的诗人，也许不尽是江南人，但假了这几句诗来描写江南的雪景，岂不直截了当，比我这一枝愚劣的笔所写的散文更美丽得多？

有几年，在江南也许会没有雨没有雪的过一个冬，到了春间阴历的正月底或二月初再冷一冷下一点春雪的；去年（一九三四）的冬天是如此，今年的冬天恐怕也不得不然，以节气推算起来，大约太冷的日子，将在一九三六年的二月尽头，最多也总不过是七八天的样子。像这样的冬天，乡下人叫作旱冬，对于麦的收成或者好些，但是人口却要受到损伤；旱得久了，白喉、流行性感冒等疾病自然容易上身，可是想恣意享受江南的冬景的人，在这一种冬天，倒只会得到快活一点，因为晴和的日子多了，上郊外去闲步逍遥的机会自然也多；日本人叫作hiking，德国人叫作Spaziergang狂者，所最欢迎的也就是这样的冬天。

窗外的天气晴朗得像晚秋一样；晴空的高爽，日光的洋溢，引诱得使你在房间里坐不住，空言不如实践，这一种无聊的杂文，我也不再想写下去了，还是拿起手杖，搁下纸笔，上湖上散散步罢！

一九三五年十二月一日

原载1936年1月1日《文字》月刊第6卷第1号

据《闲书》

上海的茶楼

茶，当然是中国的产品。《尔雅》释"槚"为"苦荼"，早采为茶，晚采为茗。《茶经》分门别类，一曰茶，二曰槚，三曰蔎，四曰茗，五曰荈。《神农食经》，说茗茶宜久服，令人有力悦志。华佗《食论》，也说"苦茶久食，益意思"。因此中国人，差不多人人爱吃茶，天天要吃茶；柴米油盐酱醋茶，至将茶列入了开门七件事之一，为每人每日所不能缺的东西。

外国人的茶，最初当然也系由中国输入的奢侈品，所谓梯、泰（tea，the）等音，说不定还是闽粤一带土人呼茶的字眼。日记大家Pepys头一次吃到茶的时候，还娓娓说到它的滋味性质，大书特书，记在他那部可宝贵的日记里。外国人尚且推崇得如此，也难怪在出产地的中国，遍地都是卢仝、陆羽的信徒了。

茶店的始祖，不知是那个人，但古时集社，想来总也少不了茶茗的供设；风传到了晋代，嗜茶者愈多，该是茶楼酒馆的极盛时期。以后一直下来，大约世界越乱，国民经济越不充裕的时候，茶馆店的生意也一定越好。何以见得？因为价廉物美，只消几个钱，就可以在茶楼住半日，见到许多友人，发些牢骚，谈些闲天的缘故。

上面所说的，是关于茶及茶楼的一般的话；上海的茶楼，情形却有点儿不同，这原也像人口过多，五方杂处的大都会中常有的现象，不过在上海，这一种畸形的发达更要使人觉得奇怪而已。

上海的水陆码头、交通要道，以及人口密聚的地方的茶楼，顾客大抵是帮里的人。上茶馆里去解决的事情，第一是是非的公断，即所谓吃讲茶；第二是拐带的商量，女人的跟人逃走，大半是借茶楼为出发地的；第三，才是一般好事的人去消磨时间。所以上海的茶楼，若没有这一批人的支持，营业是维持不下去的；而全上海的茶楼总数之中，以专营业这一种营业的茶店居五分之四；其余的一分，像城隍庙里的几家，像小菜场附近的有些，才是名副其实，供人以饮料的茶店。

譬如有某先生的一批徒弟，在某处做了一宗生意，其后更有某先生的同辈的徒弟们出来干涉了，或想分一点肥，或是牺牲者请出来的调人，或者竟系在当场因两不接头而起冲突的诸事件发生之后，大家要开谈判了，就约定时间，约定伙伴，一家上茶馆里去。这时候，参集的人，自然是愈多愈好，文讲讲不下来，改日也许再去武讲的；比他们长一辈的先生们，当然要等到最后不能解决的时候，才来上场。这些帮里的人，也有着便衣的巡捕，也有穿私服的暗探，上面没有公事下来，或牺牲者未进呈子之先，他们当然都是那一票生意经的股东。这是吃讲茶的一般情形，结果大抵由理屈者方面惠茶钞，也许更上饭馆子去吃一次饭都说不定。至于赎票、私奔，或拐带等事情的谈判，表面上的当事人人数自然还要减少；但周围上下，目光炯炯，侧耳探头，装作毫不相干的神气，或坐或立的埋伏在四面的人，为数却也决不会少，不过紧急事情不发生，他们就可以不必出来罢了。从前的日升楼，现在的一乐天、全羽居、四海升平楼等大茶馆，家家虽则都有禁吃讲茶的牌子挂在那里，但实际上顾客要吃起讲茶来，你又那里禁止得他们住。

除了这一批有正经任务的短帮茶客之外，日日于一定的时间来一定的地方作顾客的，才是真正的卢仝陆羽们。他们大抵是既有闲又有钱的上海中产的住民；吃过午饭，或者早晨一早，他们的两只脚，自然走熟的地方走。看报也在那里，吃点点心也在那里，与日日见面的几个熟人谈推背图的实现，说东洋人的打仗，报告邻右一家小户人家的公鸡的生蛋也就在那里。

物以类聚，地借人传，像在跑马厅的附近，城隍庙的境内的许多茶店，多半是或系弄古玩，或系养鸟儿，或者也有专喜欢听说书的专家茶客的集会之所。像湖心亭、春风得意楼等处，虽则并无专门的副作用留存着在，可是有时候，却也会集茶客的大成，坐得济济一堂，把各色有专门嗜好的茶人尽吸在一处的。

至如有女招待的吃茶处，以及游戏场的露天茶棚之类，内容不同，顾客的性质与种类自然又各别了。

上海的茶店业，既然发达到了如此的极盛，自然，随茶店而起的副业，也要必然的滋生出来。第一，卖烧饼、油包，以及小吃品的摊贩，当然是等于眉毛之于眼睛一样，一定是家家茶店门口或近处都有的。第二，是卖假古董小玩意的商人了；你只教在热闹市场里的茶楼坐他一两个钟头，像这一种小商人起码可以遇到十人以上。第三，是算命、测字、看相的人。第四，这总算是最新的一种营养者，而数目却也最多，就是航空奖券的推销员。至如卖小报、拾香烟蒂头，以及糖果香烟的叫卖人等，都是这一游戏场中所共有的附属物，还算不得上海茶楼的一种特点。

还有茶楼的夜市，也是上海地方最著名的一种色彩。小时候在乡下，每听见去过上海的人，谈到四马路青莲阁四海升平楼的人肉市场，同在听天方夜谭一样，往往不能够相信。现在因国民经济破产，人口集中都市的结果，这一种肉阵的排列和拉撕的悲喜剧，都不必限于茶楼，也不必限于四马路一角才看得见了，所以不谈。

原载1935年12月《良友》第112期

据《郁达夫全集》

玉皇山

杭州西湖的周围,第一多若是蚊子的话,那第二多当然可以说是寺院里的和尚尼姑等世外之人了。若五台、普陀各佛地灵场,本来为出家人所独占的共和国,情形自然又当别论;可是你若上湖滨去散一回步,注意着试数它一数,大约平均隔五分钟总可以见到一位缁衣秃顶的佛门子弟,漫然阔步在许多摩登士女的中间;这,说是湖山的点缀,当然也可以。

杭州的和尚尼姑,虽则多到了如此,但道士可并不见得比别处更加令人触目,换句话说,就是数目并不比别处特别的多。建炎南渡,推崇道教,甚至官位之中,也有宫观提举的一目;而上皇、太后、宫妃、藩主等退隐之所,大抵都是道观,一脉相沿,按理而讲,杭州是应该成为道教的中心区域的,但事实上却又不然。《西湖游览志》里所说的那些城内外的胜迹道院,现在大都只变了一个地名,院且不存,更那里来的道士?

西湖边上,住道士的大寺观,为一般人所知道而且有时也去去的,北山只有一个黄龙洞,南山当然要推玉皇山了。

玉皇山屹立在西湖与钱塘江之间,地势和南北高峰堪称鼎足;登高一望,西北看得尽西湖的烟波云影,与夫围绕在湖上的一带山峰;

西南是之江，叶叶风帆，有招之即来，挥之便去之势；向东展望海门，一点巽峰，两派潮路，气象更加雄伟；至于隔岸的越山，江边的巨塔，因为是据高临下的关系，俯视下去，倒觉得卑卑不足道了。像这样的一座玉皇山，而又近在城南尺五之间，阖城的人，全湖的眼，天天在看它，照常识来判断，当然应该成为湖上第一个名区的，可是香火却终于没有灵隐三竺那么的兴旺，我在私下，实在有点儿为它抱不平。

细想想，玉皇山的所以不能和灵隐三竺一样的兴盛，理由自然是有的，就是因为它的高，它的孤峰独立，不和其他的低峦浅阜联结在一道。特立独行之士，孤高傲物之辈，大抵不为世谅，终不免饮恨而终的事例，就可以以这玉皇山的冷落来做证明。

唯其太高，唯其太孤独了，所以玉皇山上自古迄今，终于只有一个冷落的道观；既没有名人雅士的题咏名篇，也没有豪绅富室的捐输施舍，致弄得千余年来，这一座襟长江而带西湖的玉柱高峰，志书也没有一部。光绪年间，听说曾经有一位监院的道士——不知是否月中子？——托人编撰过一册薄薄的《玉皇山志》的，但它的目的，只在搜集公文案牍而已，记兴革，述山川的文字是没有的，与其称它作志，倒还不如说它是契据的好。

我闲时上山去，于登眺之余，每想让出几个月的工夫来，为这一座山，为这一座山上的寺观，抄集些像志书材料的东西；可是蓄志多年，看书也看得不少，但所得的结果，也仅仅二三则而已。这山唐时为玉柱峰，建有玉龙道院；宋时为玉龙山，或单称龙山，以与东面的凤凰山相对，使符郭璞"龙飞凤舞到钱塘"之句；入明无为宗师，创建福星观，供奉玉皇上帝，始有玉皇山的这一个名字。清康熙年间，两浙总督李敏达公，信堪舆之说，以为离龙回首，所以城中火患频仍，就在山头开了日月两池，山腰造了七只铁缸，以像北斗七星之象，合之紫阳山上的坎卦石和北城的水星阁，作了一个大大的镇火灾的迷阵，于是玉皇山上的七星缸也就著名了。洪杨时毁后，又由杨昌浚总督重修了一次，现在的道观，却是最近的监院紫东李道士的中兴工业，听说已经花去了十余万金钱，还没有完工哩。这是玉皇山寺观兴废的大略，系道士向我述说的历史；而田汝成的《游览志》里之所记，却又有点不同，他说："龙山一名卧龙山，又名龙华山，与上下石龙相接。山北有鸿雁池，其东为白塔岭。上有天真禅寺，梁龙德中钱王建寺，今唯一庵存焉。山腰为登云台，又名拜郊台，盖钱王僭郊天地之所也。宋籍田在山麓天龙寺下，中阜规圆，环以沟塍，作八卦状，俗称九宫八卦田，至今不紊。山旁有宋郊坛。"

关于玉皇山的历史，大约尽于此了，至于八卦田外的九连塘（或作九莲塘），以及慈云（东面）丁婆（西面）两岭的建筑物古迹等，当然要另外去考；而俗传东面山头的百花公主点将台和海宁陈阁老的祖坟在八卦田下等神话，却又是无稽之谈了。

玉皇山的坏处，实在也就是它的好处。因为平常不大有人去，因为山高难以攀登，所以你若想去一游，不会遇到成千成万的下级游人，如吴山的五狼八豹之类。并且紫来洞新开，东面由长桥而去的一条登山大道新辟，你只教有兴致，有走三里山路的脚力，上去花它一整天的工夫，看看长江，看看湖面，便可以把一切的世俗烦恼，一例都消得干干净净。我平时爱上吴山，可以借登高的远望而消胸中的魂垒，可是魂垒大了，几杯薄酒和小小的吴山，还消它不得的时候，就只好上玉皇山去。去年秋天，记得曾和增嘏他们去过一次，大家都惊叹为杭州的新发现；今年也复去过两回，每次总能够发现一点新的好处，所以我说，玉皇山在杭州，倒像是我的一部秘藏之书；东坡食蚝，还有私意，我在这里倒真吐露了我的肺腑衷情。

廿四年十一月

原载1936年1月《文学时代》第1卷第3期
据《闲书》

北平的四季

对于一个已经化为异物的故人，追怀起来，总要先想到他或她的好处；随后再慢慢的想想，则觉得当时所感到的一切坏处，也会变作很可寻味的一些纪念，在回忆里开花。关于一个曾经住过的旧地，觉得此生再也不会第二次去长住了，身处入了远离的一角，向这方向的云天遥望一下，回想起来的，自然也同样的只是它的好处。

中国的大都会，我前半生住过的地方，原也不在少数；可是当一个人静下来回想起从前，上海的闹热、南京的辽阔、广州的乌烟瘴气、汉口武昌的杂乱无章，甚至于青岛的清幽、福州的秀丽，以及杭州的沉着，总归都还比不上北京——我住在那里的时候，当然还是北京——的典丽堂皇，幽闲清妙。

先说人的分子罢，在当时的北京——民国十一二年前后——上自军财阀政客名优起，中经学者名人，文士美女教育家，下而至于负贩拉车铺小摊的人，都可以谈谈，都有一艺之长，而无憎人之貌；就是由荐头店荐来的老妈子，除上坑者是当然以外，也总是衣冠楚楚，看起来不觉得会令人讨嫌。

其次说到北京物质的供给哩，又是山珍海错，洋广杂货，以及萝卜白菜等本地产品，无一不备，无一不好的地方。所以在北京住上两三年的人，每一遇到要走的时候，总只感到北京的空气太沉闷，灰沙太暗淡，生活太无变化；一鞭出走，出前门便觉胸舒，过芦沟方知天晓，仿佛一出都门，就上了新生活开始的坦道似的；但是一年半载，在北京以外的各地——除了在自己幼年的故乡以外——去一住，谁也会得重想起北京，再希望回去，隐隐的对北京害起剧烈的怀乡病来。这一种经验，原是住过北京的人，个个都有，而在我自己，却感觉得格外的浓，格外的切。最大的原因或许是为了我那长子之骨，现在也还埋在郊外广谊园的坟山，而几位极要好的知己，又是在那里同时毙命的受难者的一群。

　　北平的人事品物，原是无一不可爱的，就是大家觉得最要不得的北平的天候，和地理联合上一起，在我也觉得是中国各大都会中所寻不出几处来的好地。为叙述的便利起见，想分成四季来约略的说说。

　　北平自入旧历的十月之后，就是灰沙满地，寒风刺骨的节季了，所以北平的冬天，是一般人所最怕过的日子。但是要想认识一个地方的特异之处，我以为顶好是当这特异处表现得最圆满的时候去领略；故而夏天去热带，寒天去北极，是我一向所持的哲理。北平的冬天，冷虽则比南方要冷得多，但是北方生活的伟大幽闲，也只有在冬季，使人感受得最彻底。

　　先说房屋的防寒装置罢，北方的住屋，并不同南方的摩登都市一样，用的是钢骨水泥，冷热气管；一般的北方人家，总只是矮矮的一所四合房，四面是很厚的泥墙；上面花厅内都有一张暖坑，一所回廊；廊子上是一带明窗，窗眼里糊着薄纸，薄纸内又装上风门，另外就没有什么了。在这样简陋的房屋之内，你只教把炉子一生，电灯一点，棉门帘一挂上，在屋里住着，却一辈子总是暖炖炖像是春三四月里的样子。尤其会得使你感觉到屋内的温软堪恋的，是屋外窗外面乌乌在叫啸的西北风。天色老是灰沉沉的，路上面也老是灰的围障，而从风尘灰土中下车，一踏进屋里，就觉得一团春气，包围在你的左右四周，使你马上就忘记了屋外的一切寒冬的苦楚。若是喜欢吃吃酒，烧烧羊肉锅的人，那冬天的北方生活，就更加不能够割舍；酒已经是御寒的妙药了，再加上以大蒜与羊肉酱油合煮的香味，简直可以使一室之内，涨满了白蒙蒙的水蒸温气。玻璃窗内，前半夜，会流下一条条的清汗，后半夜就变成了花色奇异的冰纹。

到了下雪的时候哩，景象当然又要一变。早晨从厚棉被里张开眼来，一室的清光，会使你的眼睛眩晕。在阳光照耀之下，雪也一粒一粒的放起光来了，蛰伏得很久的小鸟，在这时候会飞出来觅食振翎，谈天说地，吱吱的叫个不休。数日来的灰暗天空，愁云一扫，忽然变得澄清见底，翳障全无；于是年轻的北方住民，就可以营屋外的生活了，溜冰，做雪人，赶冰车雪车，就在这一种日子里最有劲儿。

我曾于这一种大雪时晴的傍晚，和几位朋友，跨上跛驴，出西直门上骆驼庄去过一夜。北平郊外的一片大雪地，无数枯树林，以及西山隐隐现现的不少白峰头，和时时吹来的几阵雪样的西北风，所给与人的印象，实在是深刻、伟大、神秘到了不可以言语来形容。直到了十余年后的现在，我一想起当时的情景，还会得打一个寒颤而吐一口清气，如同在钓鱼台溪旁立着的一瞬间一样。

北平的冬宵，更是一个特别适合于看书、写信、追思过去，与作闲谈说废话的绝妙时间。记得当时我们兄弟三人，都住在北京，每到了冬天的晚上，总不远千里的走拢来聚在一道，会谈少年时候在故乡所遇所见的事事物物。小孩们上床去了，佣人们也都去睡觉了，我们弟兄三个，还会得再加一次煤再加一次煤的长谈下去。有几宵因为屋外面风紧天寒之故，到了后半夜的一二点钟的时候，便不约而同的会说出索性坐坐到天亮的话来。像这一种可宝贵的记忆，像这一种最深沉的情调，本来也就是一生中不能够多享受几次的昙花佳境，可是若不是在北平的冬天的夜里，那趣味也一定不会得像如此的悠长。

总而言之，北平的冬季，是想赏识赏识北方异味者之唯一的机会；这一季里的好处，这一季里的琐事杂忆，若要详细的写起来，总也有一部《帝京景物略》那么大的书好做；我只记下了一点点自身的经历，就觉得过长了，下面只能再来略写一点春和夏以及秋季的感怀梦境，聊作我的对这日就沦亡的故国的哀歌。

春与秋，本来是在什么地方都属可爱的时节，但在北平，却与别的地方也有点儿两样。北国的春，来得较迟，所以时间也比较得短。西北风停后，积雪渐渐的消了，赶牲口的车夫身上，看不见那件光板老羊皮的大袄的时候，你就得预备着游春的服饰与金钱；因为春来也无信，春去也无踪，眼睛一眨，在北平市内，春光就会得同飞马似的溜过。屋内的炉子，刚拆去不久，说不定你就马上得去叫盖凉棚的才行。

而北方春天的最值得记忆的痕迹，是城厢内外的那一层新绿，同洪水似的新绿。北京城，本来就是一个只见树木不见屋顶的绿色的都会，一踏出九城的门户，四面的黄土坡上，更是杂树丛生的森林地了；在日光里颤抖着的嫩绿的波浪，油光光，亮晶晶，若是神经系统不十分健全的人，骤然间身入到这一个淡绿色的海洋涛浪里去一看，包管你要张不开眼，立不住脚，而昏蹶过去。

北京市内外的新绿，琼岛春阴，西山抱翠诸景里的新绿，真是一幅何等奇伟的外光派的妙画！但是这画的框子，或者简直说这画的画布，现在却已经完全掌握在一只满长着黑毛的巨魔的手里了！北望中原，究竟要到那一日才能够重见得到天日呢？

　　从地势纬度上讲来，北方的夏天，当然要比南方的夏天来得凉爽。在北平城里过夏，实在是并没有上北戴河或西山去避暑的必要。一天到晚，最热的时候，只有中午到午后三四点钟的几个钟头，晚上太阳一下山，总没有一处不是凉阴阴要穿单衫才能过去的；半夜以后，更是非盖薄棉被不可了。而北平的天然冰的便宜耐久，又是夏天住过北平的人所忘不了的一件恩惠。

　　我在北平，曾经过过三个夏天；像什刹海、菱角沟、二闸等暑天游耍的地方，当然是都到过的；但是在三伏的当中，不问是白天或是晚上，你只教有一张藤榻，搬到院子里的葡萄架下或藤花阴处去躺着，吃吃冰茶雪藕，听听盲人的鼓词与树上的蝉鸣，也可以一点儿也感不到炎热与薰蒸。而夏天最热的时候，在北平顶多总不过九十四五度，这一种大热的天气，全夏顶多顶多又不过十日的样子。

　　在北平，春夏秋的三季，是连成一片；一年之中，仿佛只有一段寒冷的时期，和一段比较得温暖的时期相对立。由春到夏，是短短的一瞬间，自夏到秋，也只觉得是过了一次午睡，就有点儿凉冷起来了。因此，北方的秋季也特别的觉得长，而秋天的回味，也更觉得比别处来得浓厚。前两年，因去北戴河回来，我曾在北平过过一个秋，在那时候，已经写过一篇《故都的秋》，对这北平的秋季颂赞过了一道了，所以在这里不想再来重复；可是北平近郊的秋色，实在也正像是一册百读不厌的奇书，使你愈翻愈会感到兴趣。

　　秋高气爽，风日晴和的早晨，你且骑着一匹驴子，上西山八大处或玉泉山碧云寺去走走看；山上的红柿，远处的烟树人家，郊野里的芦苇黍稷，以及在驴背上驮着生果进城来卖的农户佃家，包管你看一个月也不会看厌。春秋两季，本来是到处都好的，但是北方的秋空，看起来似乎更高一点，北方的空气，吸起来似乎更干燥健全一点。而那一种草木摇落，金风肃杀之感，在北方似乎也更觉得要严肃、凄凉、沉静得多。你若不信，你且去西山脚下，农民的家里或古寺的殿前，自阴历八月至十月下旬，去住它三个月看看。古人的"悲哉秋之为气"以及"胡笳互动，牧马悲鸣"的那一种哀感，在南方是不大感觉得到的，但在北平，尤其是在郊外，你真会得感至极而涕零，思千里兮命驾。所以我说，北平的秋，才是真正的秋；南方的秋天，不过是英国话里所说的Indian summer或叫作小春天气而已。

统观北平的四季，每季每节，都有它的特别的好处；冬天是室内饮食奄息的时期，秋天是郊外走马调鹰的日子，春天好看新绿，夏天饱受清凉。至于各节各季，正当移换中的一段时间哩，又是别一种情趣，是一种两不相连，而又两都相合的中间风味，如雍和宫的打鬼、净业庵的放灯、丰台的看芍药、万牲园的寻梅花之类。

五六百年来文化所聚萃的北平，一年四季无一月不好的北平，我在遥忆，我也在深祝，祝她的平安进展，永久的为我们黄帝子孙所保有的旧都城！

一九三六年五月廿七日

原载1936年7月1日《宇宙风》半月刊第20期

饮食男女在福州

福州的食品，向来就很为外省人所赏识；前十余年在北平，说起私家的厨子，我们总同声一致的赞成刘崧生先生和林宗孟先生家里的蔬菜的可口。当时宣武门外的忠信堂正在流行，而这忠信堂的主人，就系旧日刘家的厨子，曾经做过清室的御厨房的。上海的小有天以及现在早已歇业了的消闲别墅，在粤菜还没有征服上海之先，也曾盛行过一时。面食里的伊府面，听说还是汀州伊墨卿太守的创作；太守住扬州日久，与袁子才也时相往来，可惜他没有像随园老人那么的好事，留下一本食谱来，教给我们以烹调之法；否则，这一个福建萨伐郎（Savarin）的荣誉，也早就可以驰名海外了。

福建菜的所以会这样著名，而实际上却也实在是丰盛不过的原因，第一、当然是由于天然物产的富足。福建全省，东南并海，西北多山，所以山珍海味，一例的都贱如泥沙。听说沿海的居民，不必忧虑饥饿，大海潮回，只消上海滨去走走，就可以拾一篮海货来充作食品。又加以地气温暖，土质腴厚，森林蔬菜，随处都可以培植，随时都可以采撷。一年四季，笋类菜类，常是不断；野菜的味道，吃起来又比别处的来得鲜甜。福建既有了这样丰富的天产，再加上以在外省各地游宦营商者的数目的众多，作料采从本地，烹制学自外方，五味调和，百珍并列，于是乎闽菜之名，就喧传在饕餮家的口上了。清初周亮工著的《闽小纪》两卷，记述食品处独多，按理原也是应该的。

福州海味，在春三二月间，最流行而最肥美的，要算来自长乐的蚌肉，与海滨一带多有的蛎房。《闽小纪》里所说的西施舌，不知是否指蚌肉而言；色白而腴，味脆且鲜，以鸡汤煮得适宜，长圆的蚌肉，实在是色香味俱佳的神品。听说从前有一位海军当局者，老母病剧，颇思乡味；远在千里外，欲得一蚌肉，以解死前一刻的渴慕，部长纯孝，就以飞机运蚌肉至都。从这一件轶事看来，也可想见这蚌肉的风味了；我这一回赶上福州，正及蚌肉上市的时候，所以红烧白煮，吃尽了几百个蚌，总算也是此生的豪举，特笔记此，聊志口福。

蛎房并不是福州独有的特产，但福建的蛎房，却比江浙沿海一带所产的，特别的肥嫩清洁。正二三月间，沿路的摊头店里，到处都堆满着这淡蓝色的水包肉；价钱的廉，味道的鲜，比到东坡在岭南所贪食的蚝，当然只会得超过。可惜苏公不曾到闽海去谪居，否则，阳羡之田，可以不买，苏氏子孙，或将永寓在三山二塔之下，也说不定。福州人叫蛎房作"地衣"，略带"挨"字的尾声，写起字来，我想只有"蚔"字，可以当得。

在清初的时候，江瑶柱似乎还没有现在那么的通行，所以周亮工再三的称道，誉为逸品。在目下的福州，江瑶柱却并没有人提起了，鱼翅席上，缺少不得的，倒是一种类似宁波横脚蟹的蟳蟹，福州人叫作"新恩"，《闽小纪》里所说的虎蟳，大约就是此物。据福州人说，蟳肉最滋补，也最容易消化，所以产妇病人以及体弱的人，往往爱吃。但由对蟹类素无好感的我看来，却仍赞成周亮工之言，终觉得质粗味劣，远不及蚌与蛎房或香螺的来得干脆。

福州海味的种类，除上述的三种以外，原也很多很多；但是别地方也有，我们平常在上海也常常吃得到的东西，记下来也没有什么价值，所以不说。至于与海错相对的山珍哩，却更是可以干制，可以输出的东西，益发的没有记述的必要了，所以在这里只想说一说叫作肉燕的那一种奇异的包皮。

初到福州，打从大街小巷里走过，看见好些店家，都有一个大砧头摆在店中；一两位壮强的男子，拿了木锥，只在对着砧上的一大块猪肉，一下一下的死劲的敲。把猪肉这样的乱敲乱打，究竟算什么回事？我每次看见，总觉得奇怪；后来向福州的朋友一打听，才知道这就是制肉燕的原料了。所谓肉燕者，就是将猪肉打得粉烂，和入面粉，然后再制成皮子，如包馄饨的外皮一样，用以来包制菜蔬的东西。听说这物事在福建，也只是福州独有的特产。

福州食品的味道，大抵重糖；有几家真正福州馆子里烧出来的鸡鸭四件，简直是同蜜饯的罐头一样，不杂入一粒盐花。因此福州人的牙齿，十人九坏。有一次去看三赛乐的闽剧，看见台上演戏的人，个个都是满口金黄；回头更向左右的观众一看，妇女子的嘴里也大半镶着全副的金色牙齿。于是天黄黄，地黄黄，弄得我这一向就痛恨金牙齿的偏执狂者，几乎想放声大哭，以为福州人故意在和我捣乱。

将这些脱嫌糖重的食味除起，若论到酒，则福州的那一种土黄酒，也还勉强可以喝得。周亮工所记的玉带春、梨花白、蓝家酒、碧霞酒、莲须白、河清、双夹、西施红、状元红等，我都不曾喝过，所以不敢品评。只有会城各处在卖的鸡老（酪）酒，颜色却和绍酒一样的红似琥珀，味道略苦，喝多了觉得头痛。听说这是以一生鸡，悬之酒中，等鸡肉鸡骨都化了后，然后开坛饮用的酒，自然也是越陈越好。福州酒店外面，都写酒库两字，发卖叫发扛，也是新奇得很的名称。以红糟酿的甜酒，味道有点像上海的甜白酒，不过颜色桃红，当是西施红等名目出处的由来。莆田的荔枝酒，颜色深红带黑，味甘甜如西班牙的宝德红葡萄，虽则名贵，但我却终不喜欢。福州一般宴客，喝的总还是绍兴花雕，价钱极贵，斤量又不足，而酒味也淡似沪杭各地，我觉得建庄终究不及京庄。

福州的水果花木，终年不断；橙柑、福橘、佛手、荔枝、龙眼、甘蔗、香蕉，以及茉莉、兰花、橄榄等等，都是全国闻名的品物；好事者且各有谱谍之著，我在这里，自然可以不说。

闽茶半出武夷，就是不是武夷之产，也往往借这名山为号召。铁罗汉、铁观音的两种，为茶中柳下惠，非红非绿，略带赭色；酒醉之后，喝它三杯两盏，头脑倒真能清醒一下。其他若龙团玉乳，大约名目总也不少，我不恋茶娇，终是俗客，深恐品评失当，贻笑大方，在这里只好轻轻放过。

从《闽小纪》中的记载看来，番薯似乎还是福建人开始从南洋运来的代食品；其后因种植的便利，食味的甘美，就流传到内地去了；这植物传播到中国来的时代，只在三百年前，是明末清初的时候，因亮工所记如此，不晓得究竟是否确实。不过福建的米麦，向来就说不足，现在也须仰给于外省或台湾，但田稻倒又可以一年两植。而福州正式的酒席，大抵总不吃饭散场，因为菜太丰盛了，吃到后来，总已个个饱满，用不着再以饭颗来充腹之故。

饮食处的有名处所，城内为树春园、南轩、河上酒家、可然亭等。味和小吃，亦佳且廉；仓前的鸭面，南门兜的素菜与牛肉馆，鼓楼西的水饺子铺，都是各有长处的小吃处；久吃了自然不对，偶尔去一试，倒也别有风味。城外在南台的西菜馆，有嘉宾、西宴台、法大、西来，以及前临闽江，内设戏台的广聚楼等。洪山桥畔的义心楼，以吃形同比目鱼的贴沙鱼著名；仓前山的快乐林，以吃小盘西洋菜见称，这些当然又是菜馆中的别调。至如我所寄寓的青年会食堂，地方精洁宽广，中西菜也可以吃吃，只是不同耶稣的飨宴十二门徒一样，不许顾客醉饮葡萄酒浆，所以正式请客，大感不便。

此外则福建特有的温泉浴场，如汤门外的百合、福龙泉，飞机场的乐天泉等，也备有饮馔供客；浴客往往在这些浴场里可以鬼混一天，不必出外去买酒买食，却也便利。从前听说更可以在个人池内男女同浴，则饮食男女，就不必分求，一举竟可以两得了。

要说福州的女子，先得说一说福建的人种。大约福建土著的最初老百姓，为南洋近边的海岛人种；所以面貌习俗，与日本的九州一带，有点相像。其后汉族南下，与这些土人杂婚，就成了无诸种族，系在春秋战国，吴越争霸之后。到得唐朝，大兵入境；相传当时曾杀尽了福建的男子，只留下女人，以配光身的兵士；故而直至现在，福州人还呼丈夫为"唐晡人"，晡者系日暮袭来的意思，同时女人的"诸娘仔"之名，也出来了。还有现在东门外北门外的许多工女农妇，头上仍戴着三把银刀似的簪为发饰，俗称他们作三把刀，据说犹是当时的遗制。因为她们的父亲丈夫儿子，都被外来的征服者杀了；她们誓死不肯从敌，故而时时带着三把刀在身边，预备复仇。只今台湾的福建籍妓女，听说也是一样；亡国到了现在，也已经有好多年了，而她们却仍不肯与日本的嫖客同宿。若有人破此旧习，而与日本嫖客同宿一宵者，同人中就视作禽兽，耻不与伍，这又是多么悲壮的一幕惨剧！谁说犹唱后庭花处，商女都不知家国的兴亡哩！试看汉奸到处卖国，而妓女乃不肯辱身，其间相去，又岂只泾渭的不同？这一种古代的人种，与唐人杂婚之后，一部分不完全唐化，仍保留着他们固有的生活习惯、宗教仪式的，就是现在仍旧退居在北门外万山深处的畲民。此外的一族，以水上为家，明清以后，一向被视为贱民，不时受汉人的蹂躏的，相传其祖先系蒙古人。自元亡后，遂贬为疍户，俗呼科蹄。科蹄实为曲蹄之别音，因他们常常曲膝盘坐在船舱之内，两脚弯曲，故有此称。串通倭寇，骚扰沿海一带的居民，古时在泉州叫作泉郎的，就是这一种人种的旁支。

因为福州人种的血统，有这种种的沿革，所以福建人的面貌，和一般中原的汉族，有点两样。大致广颡深眼，鼻子与颧骨高突，两颊深陷成窝，下额部也稍稍尖凸向前。这一种面相，生在男人的身上，倒也并不觉得特别；但一生在女人的身上，高突部为嫩白的皮肉所调和，看起来却个个都是线条刻划分明，像是希腊古代的雕塑人形了。福州女子的另一特点，是在她们的皮色的细白。生长在深闺中的宦家小姐，不见天日，白腻原也应该；最奇怪的，却是那些住在城外的工农佣妇，也一例的有着那种嫩白微红，像刚施过脂粉似的皮肤。大约日夕灌溉的温泉浴是一种关系，吃的闽江江水，总也是一种关系。

我们从前没有居住过福建，心目中总只以为福建人种，是一种蛮族。后来到了那里，和他们的文化一接触，才晓得他们虽则开化得较迟，但进步得却很快；又因为东南是海港的关系，中西文化的交流，也比中原僻地为频繁，所以闽南的有些都市，简直繁华摩登得可以同上海来争甲乙。及至观察稍深，一移目到了福州的女性，更觉得她们的美的水准，比苏杭的女子要高好几倍；而装饰的入时，身体的康健，比到苏州的小型女子，又得高强数倍都不止。

"天生丽质难自弃",表露欲,装饰欲,原是女性的特嗜;而福州女子所有的这一种显示本能,似乎比什么地方的人还要强一点。因而天晴气爽,或岁时伏腊,有迎神赛会的关头,南大街、仓前山一带,完全是美妇人披露的画廊。眼睛个个是灵敏深黑的,鼻梁个个是细长高突的,皮肤个个是柔嫩雪白的;此外还要加上以最摩登的衣饰,与来自巴黎纽约的化装品的香雾与红霞,你说这幅福州晴天午后的全景,美丽不美丽?迷人不迷人?

亦唯因此之故,所以也影响到了社会,影响到了风俗。国民经济破产,是全国到处都一样的事实;而这些妇女子们,又大半是不生产的中流以下的阶级。衣食不足,礼义廉耻之凋伤,原是自然的结果,故而在福州住不上几月,就时时有暗娼流行的风说,传到耳边上来。都市集中人口以后,这实在也是一种不可避免而急待解决的社会大问题。

说及了娼妓,自然不得不说一说福州的官娼。从前邵武诗人张亨甫,曾著过一部《南浦秋波录》,是专记南台一带的烟花韵事的;现在世业凋零,景气全落,这些乐户人家,完全没有旧日的豪奢影子了。福州最上流的官娼,叫作白面处,是同上海的长三一样的款式。听几位久住福州的朋友说,白面处近来门可罗雀,早已掉在没落的深渊里了;其次还勉强在维持市面的,是以卖嘴不卖身为标榜的清唱堂,无论何人,只须花三元法币,就能进去听三出戏。就是这一时号称极盛的清唱堂,现在也一家一家的废了业,只剩了田墩的三五家人家。自此以下,则完全是惨无人道的下等娼妓,与野鸡款式的无名密贩了,数目之多,求售之切,到了骇人听闻的地步。至于城内的暗娼、包月妇、零售处之类,只听见公安维持者等谈起过几次,报纸上见到过许多回,内容虽则无从调查,但演绎起来,旁证以社会的萧条，产业的不振，国步的艰难，与夫人口的过剩，总也不难举一反三，晓得她们的大概。

总之，福州的饮食男女，虽比别处稍觉得奢侈，而福州的社会状态，比别处也并不见得十分的堕落。说到两性的纵弛，人欲的横流，则与风土气候有关，次热带的境内，自然要比温带寒带为剧烈。而食品的丰富，女子一般姣美与健康，却是我们不曾到过福建的人所意想不到的发现。

一九三六年六月二日

原载1936年7月《逸经》半月刊第9期

日本的文化生活

无论那一个中国人，初到日本的几个月中间，最感觉到苦痛的，当是饮食起居的不便。

房子是那么矮小的，睡觉是在铺地的席子上睡的，摆在四脚高盘里的菜蔬，不是一块烧鱼，就是几块同木片似的牛蒡。这是二三十年前，我们初去日本念书时的大概情形；大地震以后，都市西洋化了，建筑物当然改了旧观，饮食起居，和从前自然也是两样，可是在饮食浪费过度的中国人的眼里，总觉得日本的一般国民生活，远没有中国那么的舒适。

但是住得再久长一点，把初步的那些困难克服了以后，感觉就马上会大变起来；在中国社会里无论到什么地方去也得不到的那一种安稳之感，会使你把现实的物质上的痛苦忘掉，精神抖擞，心气和平，拼命的只想去搜求些足使智识开展的食粮。

若再在日本久住下去，滞留年限，到了三五年以上，则这岛国的粗茶淡饭，变得件件都足怀恋；生活的刻苦，山水的秀丽，精神的饱满，秩序的整然。回想起来，真觉得在那儿过的，是一段蓬莱岛上的仙境里的生涯，中国的社会，简直是一种乱杂无章，盲目的土拨鼠式的社会。

记得有一年在上海生病，忽而想起了学生时代在日本吃过的早餐酱汤的风味；教医院厨子去做来吃，做了几次，总做不像，后来终于上一位日本友人的家里去要了些来，从此胃口就日渐开了；这虽是我个人的生活的一端，但也可以看出日本的那一种简易生活的耐人寻味的地方。

而且正因为日本一般的国民生活是这么刻苦的结果，所以上下民众，都只向振作的一方面去精进。明治维新，到现在不过七八十年，而整个国家的进步，却尽可以和有千余年文化在后的英法德意比比；生于忧患，死于逸乐，这话确是中日两国一盛一衰的病源脉案。

刻苦精进，原是日本一般国民生活的倾向，但是另一面哩，大和民族，却也并不是不晓得享乐的野蛮原人。不过他们的享乐，他们的文化生活，不喜铺张，无伤大体，能在清淡中出奇趣，简易里寓深意，春花秋月，近水遥山，得天地自然之气独多，这，一半虽则也是奇山异水很多的日本地势使然，但一大半却也可以说是他们那些岛国民族的天性。

先以他们的文学来说罢，最精粹最特殊的古代文学，当然是三十一字母的和歌。写男女的恋情，写思妇怨男的哀慕，或写家国的兴亡、人生的流转，以及世事的无常、风花雪月的迷人等等，只有清清淡淡、疏疏落落的几句，就把乾坤今古的一切情感都包括得纤屑不遗了。至于后来兴起的俳句哩，又专以情韵取长，字句更少——只十七字母——而余韵余情，却似空中的柳浪，池上的微波，不知所自始，也不知其所终，飘飘忽忽，袅袅婷婷；短短的一句，你若细嚼反刍起来，会经年累月的使你如吃橄榄，越吃越有回味。最近有一位俳谐师高滨虚子，曾去欧洲试了一次俳句的行脚，从他的记行文字看来，到处只以和服草履作横行的这一位俳人，在异国的大都会，如伦敦、柏林等处，却也遇见了不少的热心作俳句的欧洲男女。他回国之后，且更闻有西欧数处在计划着出俳句的杂志。

其次，且看看他们的舞乐看！乐器的简单，会使你回想到中国从前唱"南风之薰矣"的上古时代去。一棹七弦或三弦琴，拨起来声音也并不响亮；再配上一个小鼓——是专配三弦琴的，如能乐、歌舞伎、净琉璃等演出的时候——同凤阳花鼓似的一个小鼓，敲起来，也只是冬冬的一种单调的鸣声。但是当能乐演到半酣，或净琉璃唱到吃紧，歌舞伎舞至极顶的关头，你眼看着台上面那种舒徐缓慢的舞态——日本舞的动作并不复杂，并无急调——耳神经听到几声琤琤琤与冬冬笃拍的声音，却自然而然的会得精神振作，全身被乐剧场面的情节吸引过去。以单纯取长，以清淡制胜的原理，你只教到日本的上等能乐舞台或歌舞伎座去一看，就可以体会得到。将这些来和西班牙舞的铜琶铁板，或中国戏的响鼓十番一比，觉得同是精神的娱乐，又何苦嘈嘈杂杂，闹得人头脑昏沉才能得到醍醐灌顶的妙味呢？

还有秦楼楚馆的清歌，和着三味线太鼓的哀音，你若当灯影阑珊的残夜，一个人独卧在"水晶帘卷近秋河"的楼上，远风吹过，听到它一声两声，真像是猿啼雁叫，会动荡你的心腑，不由你不扑簌簌的落下几点泪来；这一种悲凉的情调，也只有在日本，也只有从日本的简单乐器和歌曲里，才感味得到。

此外，还有一种合着琵琶来唱的歌；其源当然出于中国，但悲壮激昂，一经日本人的粗喉来一喝，却觉得中国的黑头二面，决没有那么的威武，与"春雨楼头尺八箫"的尺八，正足以代表两种不同的心境；因为尺八音脆且纤，如怨如慕，如泣如诉，迹近女性的缘故。

日本人一般的好作野外嬉游，也是为我们中国人所不及的地方。春过彼岸，樱花开作红云；京都的岚山丸山，东京的飞鸟上野，以及吉野等处，全国的津津曲曲，道路上差不多全是游春的男女。"家家扶得醉人归"的《春社》之诗，仿佛是为日本人而咏的样子。而祇园的夜樱与都踊，更可以使人魂销魄荡，把一春的尘土，刷落得点滴无余。秋天的枫叶红时，景状也是一样。此外则岁时伏腊，即景言游，凡潮汐干时，蕨薇生日，草菌簇起，以及萤火虫出现的晚上，大家出狩，可以谑浪笑傲，脱去形骸；至于元日的门松、端阳的张鲤祭雏、七夕的拜星、中元的盆踊，以及重九的栗糕等等，所奉行的虽系中国的年中行事，但一到日本，却也变成了很有意义的国民节会，盛大无伦。

日本人的庭园建筑，佛舍浮屠，又是一种精微简洁，能在单纯里装点出趣味来的妙艺。甚至家家户户的厕所旁边，都能装置出一方池水，几树楠天，洗涤得窗明宇洁，使你闻觉不到秽浊的熏蒸。

在日本习俗里最有趣味的一种幽闲雅事，是叫作茶道的那一番礼节；各人长跪在一堂，制茶者用了精致的茶具，规定而熟练的动作，将末茶冲入碗内，顺次递下，各喝取三口又半，直到最后，恰好喝完。进退有节，出入如仪，融融泄泄，真令人会想起唐宋以前，太平盛世的民风。

还有"生花"的插置，在日本也是一种有派别师承的妙技；一只瓦盆，或一个净瓶之内，插上几枝红绿不等的花枝松干，更加以些泥沙岩石的点缀，小小的一穿围里，可以使你看出无穷尽的多样一致的配合来。所费不多，而能使满室生春，这又是何等经济而又美观的家庭装饰！

日本人的和服，穿在男人的身上，倒也并不十分雅观；可是女性的长袖,以及腋下袖口露出来的七色的虹纹,与束腰带的颜色来一辉映,却又似万花缭乱中的蝴蝶的化身了。《蝴蝶夫人》这一出歌剧,能够耸动欧洲人的视听,一直到现在,也还不衰的原因,就在这里。

日本国民的注重清洁,也是值得我们钦佩的一件美德。无论上下中等的男女老幼,大抵总要每天洗一次澡;住在温泉区域以内的人,浴水火热,自地底涌出,不必烧煮,洗澡自然更觉简便;就是没有温泉水脉的通都大邑的居民,因为设备简洁,浴价便宜之故,大家都以洗澡为一天工作完了后的乐事。国民一般轻而易举的享受,第一要算这种价廉物美的公共浴场了,这些地方,中国人真要学学他们才行。

凡上面所说的各点,都是日本固有的文化生活的一小部分。自从欧洲文化输入以后,各都会都摩登化了,跳舞场、酒吧间、西乐会、电影院等等文化设备,几乎欧化到了不能再欧,现在连男女的服装,旧剧的布景说白,都带上了牛酪奶油的气味;银座大街的商店,门面改换了洋楼,名称也唤作了欧语,譬如水果饮食店的叫作 Fruits Parlour,旗亭的叫作 Café Vienna 或 Barcelona 之类,到处都是;这一种摩登文化生活,我想叫上海人说来,也约略可以说得,并不是日本独有的东西,所以此地从略。

末了,还有日本的学校生活、医院生活、图书馆生活、以及海滨的避暑、山间的避寒、公园古迹胜地等处的闲游漫步生活,或日本阿尔泊斯与富士山的攀登,两国大力士的相扑等等,要说着实还可以说说,但天热头昏,挥汗执笔,终于不能详尽,只能等到下次有机会的时候,再来写了。

一九三六年八月,在福州

原载 1936 年 9 月 16 日《宇宙风》半月刊第 25 期

在回忆里

我记得一个人在走回寓舍来的路上,因回忆着他的那一句,满面还带着了笑容。

打听诗人的消息

死了的人，总是好人；死者的遗稿，总是杰作。近来上海有许多人，在介绍白采的生平和他的诗歌小说，我也很抱同感，因为白采的死，的确是可怜得很，是值得同情的。同时北京也有许多人，在吊刘梦苇，忆刘梦苇，怀刘梦苇，我也为他伤心，因为他死得太年轻，若是不死，将来的成就，或者是很大很大，可以敌过西欧的许多诗人的。这两位诗人，死是的确死了，哭他们的人，也是无泪不洒了。现在只有一位天台诗人王以仁，出家已及半载，生死未卜，而吊他怀他，打听他消息的人，只有一个许杰。以仁大约是交游不广，习气太深，所以他出门六七个月，社会上仿佛是已经可以不再要他来充四万万数目里边的一个的样子。我与他，本来有一面之识，并且和他的两位朋友许杰和陈震也很熟悉，所以在此地，很想怀一怀他，来打听他一个下落。

据他自己说来，他对于我的文章，颇有嗜痂之癖，现在我这里写文章纪念他，追怀他，由神经过敏的人看来，不免要疑我在自吹自捧，然而实际上，我对于我自家的作品，最不满意。对于模仿我的文章的人，我心里虽是爱护他们，但实际上对于他们的作品，或者比对于自家的，更要不满意一点。这一层心理，请大家翻开英国小说杂论家H. G. Wells——这一位先生的作品，我是不欢喜的——序G. Gissing的崇拜者Frank Swinnerton的小说 *Nocturne* 的一段短文来看的时候，就可以明白。Wells的作品，我虽则不喜欢，但他做的那一篇序文，却赤裸裸的把老作家导引新进作家的心理写出，当时我读了很觉得感佩。区区小子当然不敢以老作家自居，以年龄和成就的工作说来，我们都还是在门外的学习者，而以仁也不必要我来推荐，他的真价，早已有人认识了，可是在互吹互捧很流行的现在中国文坛上，这一点也不得不预先留意，特地申明。

废话说完了，再来说正经的事情。王以仁的和我相见，是在去年的春季——或者以前也已经见过，但记不清了——他的面孔黄瘦，像一张营养不良的菜叶。头发大约有好几个月不剪了，蓬蓬的乱覆在额前。穿的是一件青洋布半新大褂，样子很落拓，但态度很骄傲。当时我也不晓得他对我有没有敌意，不过一种affectation的气焰，却盛不可当。我平时对人，老有一种自卑狂，心里总在怦怦跳着，所以看了他这一副样子，一时竟面红耳赤，说不出话来。后来谈了半点钟天，他告辞走了，我送他到门前，一看天色灰暗，仿佛将要下雨的样子，心里倒为他担忧不少。在此地，我又要申明一句，长虹在《狂飙》上仿佛在说我，说我外恭内倨，这实在是他的偏见。因为我久惯疏懒，见了人之后，每容易忘掉，但在对面的时候，却还有满腔的热情在胸中沸涌，可以肝胆相照，可以忘年忘体，不过这一种热情，在一二日之后，就要消失，所以有许多见过我几次的小朋友，都说我第一个印象很好，以后便愈见愈糟。那一天我送以仁出去，看了暗沉沉的天色，的确为他担忧不少，可是过了几天之后，我老实说，也完全把他丢在脑后，把他忘了。

暑假中，我又因南行之便，在上海住了几天，这时候就遇见了许杰，他把以仁一个月前头，因为失业失恋的结果，穿了一件夏布长衫，拿了两块洋钱，出家匿迹的事情，告诉了我。并且托我到广州以后，也为他留意，打听打听他的消息。我到广州以后，不意中遇见了陈震，他说以仁的确是死了。

这一回回到上海来，又遇见了许杰，并且看见了他在一个小周刊上探访以仁的下落的很sentimental的广告，我一时也觉得心动，颇想帮许杰找找这一位生死未卜的诗人。我记得在北京的时候，曾经在报上看见过一个寻人的广告，词句很短，但很有效力，原文是："三弟！你回来！事情已经解决，娘在哭你。兄某某启。"这一个广告，登了两天，就不见了，所以我猜想这一位三弟，一定是见了这广告而回到他的老的娘身边去了。我想到了这里，就想教许杰到《申报》或《新闻报》去同样的登登广告看，可是事情已经过去了半年，或者以仁不至于天天在看报，并且我和许杰，都是很穷，不能为他出这一笔广告费，所以末了又只好暂且搁起。

现在上海发生了空前的大虐杀，有许多人在路上行走，无缘无故的会被军人一刀劈死。甚而至于三四岁的小孩，因为在街上抢看了一张传单，就会杀头，剪发的女子，一走到中国地界，她们的脖子部会被大刀剪掉。所以报上，又有许多寻人的广告出现了。我看了这些寻人的广告，就又想起了以仁。他的生死，虽则未卜，虽则有人证据确凿的在说他死了，但我们总还想寻寻他看，就譬如有许多住在上海界限的老母贤妻，亲朋戚友，在盼望他们的很柔和而从来没有犯过法的儿子男人朋友的回来一样。听说这一次在上海无故被军人虐杀的二百多平和的市民，都是身首分离，不能分辨的。可是以仁并不在上海，即使是死了，也应该有人认得他出来，若有人能够把他的行动或死所，详细的报告报告我，我纵没有几百块的酬金给他，但我想至少至少，有他老母的两滴眼泪和我与许杰的一回很热烈的感谢，可以献给这位报告我们的先生，以后永远和他结为朋友。或者以仁，你自家看见了这篇文章的时候，也请你写信来，好教大家放心。你的诗《落花曲》，我在此地为你发表了，你若还没有死，我以后还要请你做稿子哩！

一九二七年二月廿日

原载1927年2月26日《洪水》半月刊第3卷第27期

志摩在回忆里

新诗传宇宙，竟尔乘风归去，同学同庚，老友如君先宿草。
华表托精灵，何当化鹤重来，一生一死，深闺有妇赋招魂。

这是我托杭州陈紫荷先生代作代写的一副挽志摩的挽联。陈先生当时问我和志摩的关系，我只说他是我自小的同学，又是同年，此外便是他这一回的很适合他身分的死。

做挽联我是不会做的，尤其是文言的对句。而陈先生也想了许多成句，如"高处不胜寒"，"犹是深闺梦里人"之类，但似乎都寻不出适当的对句，所以只成了上举的一联。这挽联的好坏如何，我也不晓得，不过我觉得文句做得太好，对仗对得太工，是不大适合于哀挽的本意的。悲哀的最大的表示，是自然的目瞪口呆，僵若木鸡的那一种样子，这我在小曼夫人当初次接到志摩的凶耗的时候曾经亲眼见到过。其次是抚棺的一哭，这我在万国殡仪馆中，当日来吊的许多志摩的亲友之间曾经看到过。至于哀挽诗词的工与不工，那却是次而又次的问题了。我不想说志摩是如何如何的伟大，我不想说他是如何如何的可爱，我也不想说我因他之死而感到怎么怎么的悲哀，我只想把在记忆里的志摩来重描一遍，因而再可以想见一次他那副凡见过他一面的人谁都不容易忘去的面貌与音容。

大约是在宣统二年（一九一○）的春季，我离开故乡的小市，去转入当时的杭府中学读书，——上一学期似乎是在嘉兴府中读的，终因路远之故而转入了杭府——那时候府中的监督，记得是邵伯炯先生，寄宿舍是大方伯的图书馆对面。

当时的我，是初出茅庐的一个十四岁未满的乡下少年，突然间闯入了省府的中心，周围万事看起来都觉得新异怕人。所以在宿舍里，在课堂上，我只是诚惶诚恐，战战兢兢，同蜗牛似的蜷伏着，连头都不敢伸一伸出壳来。但是同我的这一种畏缩态度正相反的，在同一级同一宿舍里，却有两位奇人在跳跃活动。

一个是身体生得很小，而脸面却是很长，头也生得特别大的小孩子。我当时自己当然总也还是一个孩子，然而看见了他，心里却老是在想，"这顽皮小孩，样子真生得奇怪"，仿佛我自己已经是一个大孩似的。还有一个日夜和他在一块，最爱做种种淘气的把戏，为同学中间的爱戴集中点的，是一个身材长得相当的高大，面上也已经满示着成年的男子的表情，由我那时候的心里猜来，仿佛是年纪总该在三十岁以上的大人，——其实呢，他也不过和我们上下年纪而已。

他们俩，无论在课堂上或在宿舍里，总在交头接耳的密谈着，高笑着，跳来跳去，和这个那个闹闹，结果却终于会出其不意的做出一件很轻快很可笑很奇特的事情来吸收大家的注意的。

而尤其使我惊异的，是那个头大尾巴小，戴着金边近视眼镜的顽皮小孩，平时那样的不用功，那样的爱看小说——他平时拿在手里的总是一卷在有光纸上印着石印细字的小本子——而考起来或作起文来却总是分数得得最多的一个。

像这样的和他们同住了半年宿舍，除了有一次两次也上了他们一点小当之外，我和他们终究没有发生什么密切一点的关系；后来似乎我的宿舍也换了，除了在课堂上相聚在一块之外，见面的机会更加少了。年假之后第二年的春天，我不晓为了什么，突然离去了府中，改入了一个现在似乎也还没有关门的教会学校。从此之后，一别十余年，我和这两位奇人——一个小孩，一个大人——终于没有遇到的机会。虽则在异乡漂泊的途中，也时常想起当日的旧事，但是终因为周围环境的迁移激变，对这微风似的少年时候的回忆，也没有多大的留恋。

民国十三四年——一九二三、四年——之交，我混迹在北京的软红尘里；有一天风定日斜的午后，我忽而在石虎胡同的松坡图书馆里遇见了志摩。仔细一看，他的头，他的脸，还是同中学时候一样发育得分外的大，而那矮小的身材却不同了，非常之长大了，和他并立起来，简直要比我高一二寸的样子。

他的那种轻快磊落的态度，还是和孩时一样，不过因为历尽了欧美的游程之故，无形中已经锻练成了一个长于社交的人了。笑起来的时候，可还是同十几年前的那个顽皮小孩一色无二。

从这年后，和他就时时往来，差不多每礼拜要见好几次面。他的善于座谈、敏于交际、长于吟诗的种种美德，自然而然的使他成了一个社交的中心。当时的文人学者，达官丽姝，以及中学时候的倒霉同学，不论长幼，不分贵贱，都在他的客座上可以看得到。不管你是如何心神不快的时候，只教经他用了他那种浊中带清的洪亮的声音，"喂，老×，今天怎么样？什么什么怎么样了？"的一问，你就自然会把一切的心事丢开，被他的那种快乐的光耀同化了过去。

正在这前后，和他一次谈起了中学时候的事情，他却突然的呆了

一呆,张大了眼睛惊问我说:

"老李你还记得起记不起?他是死了哩!"

这所谓老李者,就是我在头上写过的那位顽皮大人,和他一道进中学的他的表哥哥。

其后他又去欧洲,去印度,交游之广,从中国的社交中心扩大而成为国际的。于是美丽宏博的诗句和清新绝俗的散文,也一年年的积多了起来。一九二七年的革命之后,北京变了北平,当时的许多中间阶级者就四散成了秋后的落叶。有些飞上了天去,成了要人,再也没有见到的机会了;有些也竟安然的在牖下死到了黄泉;更有些不死不生,仍复在歧路上徘徊着,苦闷着,而终于寻不到出路。是在这一种状态之下,有一天在上海的街头,我又忽而遇见了志摩。

"喂,这几年来你躲在什么地方?"

兜头的一喝,听起来仍旧是他那一种洪亮快活的声气。在路上略谈了片刻,一同到了他的寓里坐了一会,他就拉我一道到了大赉公司的轮船码头。因为午前他刚接到了无线电报,诗人太果尔回印度的船系定在午后五时左右靠岸,他是要上船去看看这老诗人的病状的。

当船还没有靠岸,岸上的人和船上的人还不能够交谈的时候,他在码头上的寒风里立着——这时候似乎已经是秋季了——静静的呆呆的对我说:

"诗人老去,又遭了新时代的摈斥,他老人家的悲哀,正是孔子的悲哀。"

因为太果尔这一回是新从美国日本去讲演回来,在日本在美国都受了一部分新人的排斥,所以心里是不十分快活的;并且又因年老之故,在路上更染了一场重病。志摩对我说这几句话的时候,双眼呆看着远处，脸色变得青灰，声音也特别的低。我和志摩来往了这许多年，在他脸上看出悲哀的表情来的事情，这实在是最初也便是最后的一次。

从这一回之后，两人又同在北京的时候一样，时时来往了。可是一则因为我的疏懒无聊，二则因为他跑来跑去的教书忙，这一两年间，和他聚谈的时候也并不多。今年的暑假后，他于去北平之先曾大宴了三日客。头一日喝酒的时候，我和董任坚先生都在那里。董先生也是当时杭府中学的旧同学之一，席间我们也曾谈到了当时的杭州。在他遇难之前，从北平飞回来的第二天晚上，我也偶然的，真真是偶然的，闯到了他的寓里。

那一天晚上，因为有许多朋友会聚在那里的缘故，谈谈说说，竟说到了十二点过。临走的时候，还约好了第二天晚上的后会才兹分散。但第二天我没有去，于是就永久失去了见他的机会了，因为他的灵柩到上海的时候是已经殓好了来的。

文人之中，有两种人最可以羡慕。一种是像高尔基一样，活到了六七十岁，而能写许多有声有色的回忆文的老寿星，其他的一种是如叶赛宁一样的光芒还没有吐尽的天才夭折者。前者可以写许多文学史上所不载的文坛起伏的经历，他个人就是一部纵的文学史。后者则可以要求每个同时代的文人都写一篇吊他哀他或评他赞他的文字，而成一部横的放大的文苑传。

现在志摩是死了，但是他的诗文是不死的，他的音容状貌可也是不死的，除非要等到认识他的人老老少少一个个都死完的时候为止。

一九三一年十二月十一日

附记

上面的一篇回忆写完之后,我想想,想想,又在陈先生代做的挽联里加入了一点事实,缀成了下面的四十二字:

两卷新诗,廿年旧友,相逢同是天涯,只为佳人难再得。
一声河满,九点齐烟,化鹤重归华表,应愁高处不胜寒。

一九三一年十二月十九日

原载1932年1月1日《新月》第4卷第1期"志摩纪念号"

雕刻家刘开渠

我的同刘开渠认识，是在十三四年前头，大约总当民国十一二年的中间。那时候，我初从日本回来，办杂志也办不好，军阀专政，社会黑暗到了百分之百，到处碰壁的结果，自然只好到北京去教书。

在我兼课的学校之中，有一个是京畿道的美术专门学校；这学校仿佛是刚在换校长闹风潮的大难之余，所以上课的时候，学生并不多，而教室里也穷得连煤炉子都生不起。同事中间，有一位法国画家，一位齐老先生，是很负盛名的；此外则已故的陈晓江氏，教美术史的邓叔存以及教日文的钱稻孙氏，比较得和我熟识，往来得也密一点。我们在平时往来的谈话中间，有一次忽而谈到了学生们的勤惰，而刘开渠的埋头苦干、边幅不修的种种情节，却是大家所公认的事实。我因为是风潮之后，新进去教书的人，所以当时还不能指出那一个是刘开渠来。

过得不久，有一位云南的女学生以及一位四川的青年，同一位身体长得很高、满头长发、脸骨很曲折有点像北方人似的青年来访问我了；介绍之下，我才晓得这一位像北方人似的青年就是刘开渠。

他说话呐呐不大畅达，面上常漾着苦闷的表情，而从他的衣衫的褴褛、面色的青黄上看去，一眼就可以看出他的埋头苦干、边幅不修的精神来。初次见面的时候，我只记得他说的话一共还不上十句。

后来熟了，见面的机会自然也多了起来，我私自猜度猜度他的个性，估量估量他的体格，觉得像他那样的人，学洋画还不如去学雕刻；若教他提锥运凿，大刀阔斧的运用起他的全身体力和脑力来，成就一定还要比捏了彩笔，在画布上涂涂，来得更大。我的这一种茫然的预感，现在却终于成了事实了。

民国十二年以后，我去武昌，回上海，又下广东，与北京就断了缘分。七八年来，东奔西走，在政治局面混乱变更的当中，我一直没和他见面，并且也没有听到他的消息。前年五月，迁来杭州，将近年底的时候，福熙因为生了女儿，在湖滨的一家菜馆，大开汤饼之会；于这一个席上，我又突然遇见了他，才晓得他在西湖的艺专里教雕刻。

他的苦闷的表情，高大的身体，和呐呐不大会说话的特征，还是和十年前初见面时一样，但经了一番巴黎的洗练，衣服修饰，却完美成一个很有身分的绅士了；满头的长发上，不消说是加上了最摩登的保马特。自从这一次见面之后，我因为离群索居，枯守在杭州的缘故，空下来时常去找他；他也因为独身在工房里作工的孤独难耐，有时候也常常来看我。往来两年间的闲谈，使我晓得他跟法国的那位老大家详蒲奢（Jean Boucher）学习雕刻时的苦心孤诣，使我晓得了他对于中国一般艺术政治家的堕落现状所坚持的特立独行。我们谈到了罗丹，谈到了色尚，更谈到了左拉的那册以色尚为主人公的小说 *L'Oeuvre*，他自己虽则不说，但我们在深谈之下，自然也看出了他的同那篇小说里的主人公似的抱负。

他的雕刻，完全是他的整个人格的再现；力量是充足的，线条是遒劲的，表情是苦闷的；若硬要指出他的不足之处来，或者是欠缺一点生动罢？但是立体的雕刻和画面不同，德国守旧派的美术批评家所常说的"静中之动，动中之静（Bewegung in Ruhe，Ruhe in Bewegung）"等套话，在批评雕刻的时候，却不能够直抄的。

他的雕刻的遒劲、猛实、粗枝大叶的趣味，尤其在他的Designs里，可以看得出来；疏疏落落的几笔之中，真孕育着多少的力量，多少的生意！

新近，他为八十八师阵亡将士们造的纪念铜像铸成了，比起那些卖野人头的雕塑师的滑技来，相差得实在太远，远得几乎不能以言语来形容。一个是有良心的艺术品，一个是骗小孩子们的糖菩萨。这并非是我故意为他捧场的私心话，成绩都在那里，是大家日日看见的东西。铜像下的四块浮雕，又是何等富于实感的杰作！

刘开渠的年纪还正轻着（今年只二十九岁），当然将来还有绝大的进步。他虽则在说："我在中国住，远不如在法国替详蒲奢做助手时的快活。"可是重重被压迫的中国民众对于表现苦闷的艺术品，对于富有生气和力量的艺术品，也未始不急急在要求。中国或许会亡，但中国的艺术，中国的民众，以及由这些民众之中喊出来的呼声民气，是永不会亡的，刘氏此后，应该常常想到这一点才对。

一九三五年一月廿四日

原载1935年4月1日《漫画漫语》创刊号

据《达夫散文集》

记曾孟朴先生

当孟朴先生作故的时候，《东南日报》的记者黄萍荪先生，曾来访问过我，已经将先生的身世，约略讲过一遍了；后来看见邵洵美先生在《人言》上，郑君平先生在《新小说》上，各做过一篇关于曾先生的文字；现在在林语堂、陶亢德两先生合编的《宇宙风》上，并且还登载了哲嗣虚白先生自己编撰的一部很详尽的孟朴先生的年谱，要想知道曾先生的一生经过，和著作学问以及任事履历的人，但须去翻读第二三四期的《宇宙风》就对，这里我只想写一点先生和我个人的交谊。

当我迁上杭州来住之先，因为时势与环境的关系，不得不在洋场的上海寄寓，前后计算起来，自民国十五年年底起，一直到二十一年春天止，一共也整整住上了七八年的光景。这一段时间，是中国新书出版业的黄金时代；上海的新书店开得特别的多，而一般爱文学、写稿子的人，也会聚在上海的租界上。本来是商业中心的这一角海港，居然变成了中国新文化的中心地。

洵美他们的金屋书店，开幕了不久，后来又听见说，曾先生父子，也拉集了几多股子，开起真美善书店来了；我当时因为在生病，所以他们开幕的时候请客，终于没有去成。那时候洵美的老家，还在金屋书店对门的花园里；我们空下来，要想找几个人谈谈天，只须上洵美的书斋就对，因为他那里是座上客常满，樽中酒不空的。在洵美他们的座上，我方才认识了围绕在老曾先生左右的一群少壮文学者，像傅彦长、张若谷诸先生。从他们的口里，我于听到了些曾先生的日常起居，与他的老而益壮的从事创作精神之余，还接到了一个口头招请，说曾老先生也很想和我谈谈，教我有空，务必上他家里去走走。这时候，他住在法界的马斯南路，我住在静安寺的近旁，心里虽则也时常在向往，但终因懒惰不过，容易发不起上法界去的心，所以当真美善开后的一年之中，还没有和他见一面的缘分。

后来，书业衰落了，金屋书店因蚀本而关了门。真美善也岌岌乎有不可终日之势，老曾先生把家迁移了，迁住到了离我的寓舍不远的静安寺路犹太花园对面的一处松寿里中。

记得是一天初冬的晚上，天气很寒冷，洵美他们在我们家里吃饭。吃过饭后，没地方去走，洵美就提出了去看曾先生的建议。上了洵美的车一拐弯，不到三分钟的时光，就到了曾先生的住宅了，他们还正在那里吃晚饭。

孟朴先生的风度，实在清丽得可爱；虽则年龄和我相差二十多岁，虽则嘴上的一排胡子也有点灰了，但谈话的精神的矍铄，目光神采的奕奕，躯干的高而不曲，真令我这一个未老先衰的中年小子，感到了满面的羞惭。先生的体格，原是清癯的，那时候据说还在害胃病，但是他的那一种丰采，却毫没有一点病后的衰容。

我们有时躺着，有时坐起，一面谈，一面也抽烟，吃水果，喝酽茶。从法国浪漫主义各作家谈起，谈到了《孽海花》的本事，谈到了先生少年时候的放浪的经历，谈到了陈季同将军，谈到了钱蒙叟与杨爱的身世以及虞山的红豆树；更谈到了中国人的生活习惯，和个人的享乐的程度与限界。先生的那一种常熟口音的普通话，那一种流水似的语调，那一种对于无论那一件事情的丰富的知识与判断，真教人听一辈子也不会听厌；我们在那一天晚上，简直忘记了时间；忘记了窗外的寒风，忘记了各人还想去干的事情，一直坐下来坐到了夜半，才兹走下他的那一间厢楼，走上了回家的归路。

自从这一次见面之后，曾先生的印象，便永远新鲜活泼的印入了我的脑里；后来他与虚白先生合译的那本《肉与死》出版了，当印出的那一天，我就得到了一册赠送本；这一本三百多页的大著，因为是曾先生所竭力推荐的作品，书到的晚上，我一晚不睡，直读到了早晨的八点。

先生的忏悔录的《鲁男子》，因为全书的计划很大，到现在也仍还是一部未完的大作品；我在当时正想翻读的当儿，又因一转念，等出完了之后再读不迟，终于搁了下来。事后追想起来，何以那时候会偷懒到这一个地步，不于曾先生的生前，精读一下他这部晚年的巨著，当面去和他讨论讨论？现在虽则悔恨到了万分，可已经是驴鸣空吊，无补于实际了。

曾先生所特有的一种爱娇，是当人在他面前谈起他自己的译著的时候那一脸欢笑。脸上的线条，当他微笑的时候，表现得十分的温和，十分的柔热，使在他面前的人，都能够从他的笑里，感受到一种说不出的像春风似的慰抚。有一次记得是张若谷先生，提起了他的《鲁男子》里的某一节记叙，先生就露现了这一种笑容；当时在他左右的人，大约都不曾注意及此，我从侧面，看见了他的这一脸笑，觉得立时就掉入了别一个世界，觉得他的笑眼里的光芒，是能于夏日发放清风,暗夜散播光明似的;这一种感想,我不知道别人的是不是和我的一样。

二十年的春天,是老太夫人八十,曾先生六十的寿辰,同时也是他第三位公子新婚的日子;上海的一批朋友,大家是约好去常熟拜寿道喜的,我因为不在上海,终于错过了这一次游常熟的机会。等淘美他们回来之后,大家说起这一次常熟之游,还是谈得津津有味,对我说:"可惜只缺少了你们夫妇的同行,曾老先生是十分希望你们去的。"这一回喜事过后,曾先生的身体,似乎就不十分康健了;其后真美善也闭了店;先生的踪迹,只在苏州、常熟的两处养病闲居,不常到上海来了,这中间我并且又迁到了杭州;嗣后一直到接先生的讣报为止,终于没有第二次再见先生一次面的机遇。不过现在虽和先生的灵榇远隔千里,我只教闭上眼睛,一想起先生,先生的柔和的丰貌,还很鲜明的印在我的眼帘之上。中国新旧文学交替时代的这一道大桥梁,中国二十世纪所产生的诸新文学家中的这一位最大的先驱者,我想他的形象,将长留在后世的文学爱好者的脑里,和在生前见过他的我的脑里一样。

原载1935年10月16日杭州《越风》半月刊第1期

据《达夫散文集》

怀四十岁的志摩

眼睛一眨，志摩去世，已经有五年了。在上海那一天阴晦的早晨的凶报，福煦路上遗宅里的仓皇颠倒的情形，以及其后灵柩的迎来、吊奠的开始、尸骨的争夺，和无理解的葬事的经营等情状，都还在我的目前，仿佛是今天早晨或昨天的事情。志摩落葬之后，我因为不愿意和那一位商人的老先生见面，一直到现在，还没有去墓前倾一杯酒，献一朵花；但推想起来，墓木纵不可拱，总也已经宿草盈阡了吧？志摩有灵，当能谅我这故意的疏懒！

综志摩的一生，除他在海外的几年不算外，自从中学入学起直到他的死后为止，我是他的命运的热烈的同情旁观者；当他死的时候，和许多朋友夹在一道，曾经含泪写过一篇极简略的短文，现在时间已经经过了五年，回想起来，觉得对他的余情还有许多郁蓄在我的胸中。仅仅一个空泛的友人，对他尚且如此，生前和他有更深的交谊的许多女友，伤感的程度自然可以不必说了，志摩真是一个淘气、可爱，能使你永久不会忘怀的顽皮孩子！

称他作孩子，或者有人会说我卖老，其实我也不过是他的同年生，生日也许比他还后几日，不过他所给我的却是一个永也不会老去的新鲜活泼的孩儿的印象。

志摩生前，最为人所误解，而实际也许是催他速死的最大原因之一的一重性格，是他的那股不顾一切，带有激烈的燃烧性的热情。这热情一经激发，便不管天高地厚，人死我亡，势非至于将全宇宙都烧成赤地不可。发而为诗，就成就了他的五光十色，灿烂迷人的七宝楼台，使他的名字永留在中国的新诗史上。以之处世，毛病就出来了；他的对人对物的一身热恋，就使他失欢于父母，得罪于社会，甚而至于还不得不遗诟于死后。他和小曼的一段浓情，在他的诗里、日记里、书简里，随处都可以看出得来；若在进步的社会里，这一种事情，岂不是千古的美谈？忠厚柔艳如小曼，热烈诚挚若志摩，遇合在一道，自然要发放火花，烧成一片了，那里还顾得到纲常伦教？更那里还顾得到宗法家风？当这事情正在北平的交际社会里成话柄的时候，我就佩服志摩的纯真与小曼的勇敢，到了无以复加。记得有一次在来今雨轩吃饭的席上，曾有人问起我以对这事的意见，我就学了《三剑客》影片里的一句话回答他："假使我马上要死的话，在我死的前头，我就只想做一篇伟大的史诗，来颂美志摩和小曼。"

情热的人，当然是不能取悦于社会，周旋于家室，更或至于不善用这热情的；志摩在死的前几年的那一种穷状，那是一种变迁，其罪不在小曼，不在小曼以外的他的许多男女友人，当然更不在志摩自身；实在是我们的社会，尤其是那一种借名教作商品的商人根性，因不理解他的缘故，终至于活生生的逼死了他。

志摩的死，原觉得可惜得很，人生的三四十前后——他死的时候是三十六岁——正是壮盛到绝顶的黄金年代，他若不死，到现在为止，五六年间，大约我们又可以多读到许多诗样的散文，诗样的小说，以及那一部未了的他的杰作——《诗人的一生》；可是一面，正因他的突然的死去，倒使这一部未完全的杰作，更加多了深厚的回味之处却也是真的。所以在他去世的当时，就有人说，志摩死得恰好，因为诗人和美人一样，老了就不值钱了。况且他的这一种死法，又和罢伦、奢来的死法一样，确是最适合他的身分的死，若把这话拿来作自慰之辞，原也有几分真理含着，我却终觉得不是如此的；志摩原可以活下去，那一件事故的发生，虽说是偶然的结果，但我们若一追究他的所以不得不遭遇惨事的原因，那我在前面说过的一句话，"是无理解的社会逼死了他"就成立了。我们所处的社会，真是一个如何狭量、险恶、无情的社会！不是身处其境，身受其毒的人，是无从知道的。

　　过去的事情，已经过去了；我们在志摩的死后，再来替他打抱不平，也是徒劳的事情。所以这次当志摩的四十岁的诞辰，我想最好还是做一点实际的工作来纪念他，较为适当；小曼已经有编纂他的全集的意思了，这原是纪念志摩的办法之一，此外像志摩文学奖金的设定、和他有关的公共机关里纪念碑胸像的建立、志摩图书馆的发起，以及志摩传记的编撰等等，也是都可以由我们后死的友人，来做的工作。可恨的是时势的混乱，当这一个国难的关头，要来提倡尊重诗人，是违背事理的；更可恨的是世情的浇薄，现在有些活着的友人，一旦钻营得了大位，尚且要排挤诋毁，诬陷压迫我们这些无权无势的文人，对于死者那更加可以不必说了。"侬今葬花人笑痴，他年葬人侬知是谁？"悼吊志摩，或者也就是变相的自悼罢！

原载 1936 年 1 月 1 日《宇宙风》半月刊第 8 期

回忆鲁迅

序言

鲁迅作故的时候，我正飘流在福建。那一天晚上，刚在南台一家饭馆里吃晚饭，同席的有一位日本的新闻记者，一见面就问我，鲁迅逝世的电报，接到了没有？我听了，虽则大吃了一惊，但总以为是同盟社造的谣。因为不久之前，我曾在上海会过他，我们还约好于秋天同去日本看红叶的。后来虽也听到他的病，但平时晓得他老有因为落夜而致伤风的习惯，所以，总觉得这消息是不可靠的误传。因为得了这一个消息之故，那一天晚上，不待终席，我就走了。同时，在那一夜里，福建报上，有一篇演讲稿子，也有改正的必要，所以从南台走回城里的时候，我就直上了报馆。

晚上十点钟以后，正是报馆里最忙的时候，我一到报馆，与一位负责的编辑，只讲了几句话，就有位专编国内时事的记者，拿了中央社的电稿，来给我看了；电文却与那一位日本记者所说的一样，说是"著作家鲁迅，于昨晚在沪病故"了。

我于惊愕之余，就在那一张破稿纸上，写了几句电文："上海申报转许景宋女士：骤闻鲁迅噩耗，未敢置信，万请节哀，余事面谈。"

第二天的早晨，我就踏上了三北公司的靖安轮船，奔回到了上海。

鲁迅的葬事，实在是中国文学史上空前的一座纪念碑，他的葬仪，也可以说是民众对日人的一种示威运动。工人，学生，妇女团体，以前鲁迅生前的知友亲戚，和读他的著作、受他的感化的不相识的男男女女，参加行列的，总有一万人以上。

当时，中国各地的民众正在热叫着对日开战，上海的知识分子，尤其是孙夫人蔡先生等旧日自由大同盟的诸位先进，提倡得更加激烈，而鲁迅适当这一个时候去世了，他平时，也是主张对日抗战的，所以民众对于鲁迅的死，就拿来当作了一个非抗战不可的象征；换句话说，就是在把鲁迅的死，看作了日本侵略中国的具体事件之一。在这个时候，在这一种情绪下的全国民众，对鲁迅的哀悼之情，自然可以不言而喻了；所以当时全国所出的刊物，无论那一种定期或不定期的印刷品上，都充满了哀吊鲁迅的文字。

但我却偏有一种爱冷不感热的特别脾气，以为鲁迅的崇拜者、友人、同事，既有了这许多追悼他的文字与著作，那我这一个渺乎其小的同时代者，正可以不必马上就去铺张些我与鲁迅的关系。在这一个闹热关头，我就是写十万百万字的哀悼鲁迅的文章，于鲁迅之大，原是不能再加上以毫末，而于我自己之小，反更足以多一个证明。因此，我只在《文学》月刊上，写了几句哀悼的话，此外就一字也不提，一直沉默到了现在。

现在哩！鲁迅的全集，已经出版了；而全国民众，正在一个绝大的危难底下抖擞。在这伟大的民族受难期间，大家似乎对鲁迅个人的伤悼情绪，减少了些了，我却想来利用余闲，写一点关于鲁迅的回忆。若有人因看了这回忆之故，而去多读一次鲁迅的集子，那就是我对于故人的报答,也就是我所以要写这些断片的本望。

廿七年八月十四日在汉寿

和鲁迅第一次的相见,不知是在那一年那一月那一日,——我对于时日地点,以及人的姓名之类的记忆力,异常的薄弱,人非要遇见至五六次以上,才能将一个人的名氏和一个人的面貌连合起来,记在心里——但地方却记得是在北平西城的砖塔儿胡同一间坐南朝北的小四合房子里。因为记得那一天天气很阴沉,所以一定是在我去北平,入北京大学教书的那一年冬天,时间仿佛是在下午的三四点钟。若说起那一年的大事情来,却又有史可稽了,就是曹锟贿选成功,做大总统的那一个冬天。

去看鲁迅,也不知是为了什么事情。他住的那一间房子,我却记得很清楚,是在那两座砖塔的东北面,正当胡同正中的地方。一个三四丈宽的小院子,院子里长着三四株枣树。大门朝北,而住屋——三间上房——却朝正南,是杭州人所说的倒骑龙式的房子。

那时候,鲁迅还在教育部里当佥事,同时也在北京大学里教小说史略。我们谈的话,已经记不起来了,但只记得谈了些北大的教员中间的闲话,和学生的习气之类。

他的脸色很青,胡子是那时候已经有了;衣服穿得很单薄,而身材又矮小,所以看起来像是一个和他的年龄不大相称的样子。

他的绍兴口音,比一般绍兴人所发的来得柔和,笑声非常之清脆,而笑时眼角上的几条小皱纹,却很是可爱。

房间里的陈设,简单得很;散置在桌上,书橱上的书籍,也并不多,但却十分的整洁。桌上没有洋墨水和钢笔,只有一方砚瓦,上面盖着一个红木的盖子。笔筒是没有的，水池却像一个小古董，大约是从头发胡同的小市上买来的无疑。

他送我出门的时候，天色已经晚了，北风吹得很大；门口临别的时候，他不晓说了一句什么笑话，我记得一个人在走回寓舍来的路上，因回忆着他的那一句，满面还带着了笑容。

同一个来访我的学生，谈起了鲁迅。他说："鲁迅虽在冬天，也不穿棉裤，是抑制性欲的意思。他和他的旧式的夫人是不要好的。"因此，我就想起了那天去访问他时，来开门的那一位清秀的中年妇人，她人亦矮小，缠足梳头，完全是一个典型的绍兴太太。

数年前，鲁迅在上海，我和映霞去北戴河避暑回到了北平的时候，映霞曾因好奇之故，硬逼我上鲁迅自己造的那一所西城象鼻胡同后面西三条的小房子里，去看过这中年的妇人。她现在还和鲁迅的老母住在那里，但不知她们在强暴的邻人管制下的生活也过得惯不？

那时候，我住在阜城门内巡捕厅胡同的老宅里。时常来往的，是住在东城禄米仓的张凤举、徐耀辰两位，以及沈尹默、沈兼士、沈士远的三昆仲；不时也常和周作人氏、钱玄同氏、胡适之氏、马幼渔氏等相遇，或在北大的休息室里，或在公共宴会的席上。这些同事们，都是鲁迅的崇拜者，而对于鲁迅的古怪脾气，都当作一件似乎是历史上的轶事在谈论。

在我与鲁迅相见不久之后，周氏兄弟反目的消息，从禄米仓的张、徐二位那里听到了。原因很复杂，而旁人终于也不明白是究竟为了什么。但终鲁迅的一生，他与周作人氏，竟没有和解的机会。

本来，鲁迅和周作人氏哥儿俩，是住在八道湾的那一所大房子里的。这一所大房子，系鲁迅在几年前，将他们绍兴的祖屋卖了，与周作人在八道湾买的；买了之后，加以修缮，他们弟兄和老太太就统在那里住了。俄国的那位盲诗人爱罗先珂寄住的，也就是这一所八道湾的房子。

后来鲁迅和周作人氏闹了，所以他就搬了出来，所住的，大约就是砖塔胡同的那一间小四合了。所以，我见到他的时候，正在他们的口角之后不久的期间。

据凤举他们的判断，以为他们弟兄间的不睦，完全是两人的误解，周作人氏的那位日本夫人，甚至说鲁迅对她有失敬之处。但鲁迅有时候对我说："我对启明，总老规劝他的，教他用钱应该节省一点。我们不得不想想将来，但他对于经济，总是进一个花一个的，尤其是他那一位夫人。"从这些地方，会合起来，大约他们反目的真因，也可以猜度到一二成了。不过凡是认识鲁迅，认识启明及他的夫人的人，都晓得他们三个人，完全是好人；鲁迅虽则也痛骂过正人君子，但据我所知的他们三人来说，则只有他们才是真正的正人君子。现在颇有些人，说周作人已作了汉奸，但我却始终仍是怀疑。所以，全国文艺作者协会致周作人的那一封公开信，最后的决定，也是由我改削过的；我总以为周作人先生，与那些甘心卖国的人，是不能作一样的看法的。

这时候的教育部，薪水只发到二成三成，公事是大家不办的，所以，鲁迅很有功夫教书，编讲义，写文章。他的短文，大抵是由孙伏园氏拿去，在《晨报副刊》上发表；教书是除北大外，还兼任着师大。

有一次，在鲁迅那里闲坐，接到了一个来催开会的通知，我问他忙么？他说，忙倒也不忙，但是同唱戏的一样，每天总得到处去扮一扮。上讲台的时候，就得扮教授，到教育部去，也非得扮官不可。

他说虽则这样的说，但做到无论什么事情时，却总肯负完全的责任。

至于说到唱戏呢，在北平虽则住了那么久，可是他终于没有爱听京戏的癖性。他对于唱戏听戏的经验，始终只限于绍兴的社戏、高腔、乱弹、目连戏等，最多也只听到了徽班。阿Q所唱的那句"手执钢鞭将你打"，就是乱弹班《龙虎斗》里的句子，是赵玄坛唱的。

对于目连戏，他却有特别的嗜好，他有好几次同我说，这戏里的穿插，实在有许许多多的幽默味。他曾经举出不少的实例，说到一个借了鞋袜靴子去赴宴会的人，到了人来向他索还，只剩一件大衫在身上的时候，这一位老兄就装作肚皮痛，以两手按着腹部，口叫着我肚皮痛杀哉，将身体伏矮了些，于是长衫就盖到了脚部以遮掩过去的一段，他还照样的做出来给我们看过。说这一段话时，我记得《月夜》的著者，川岛兄也在座上，我们曾经大笑过的。

后来在上海，我有一次谈到了予倩、田汉诸君想改良京剧，来作宣传的话，他根本就不赞成。并且很幽默的说，以京剧来宣传救国，那就是"我们救国啊啊啊啊了，这行么？"

孙伏园氏在晨报社，为了鲁迅的一篇挖苦人的恋爱的诗，与刘勉己氏闹反了脸。鲁迅的学生李小峰就与伏园联合起来，出了《语丝》。投稿者除上述的诸位之外，还有林语堂氏，在国外的刘半农氏，以及徐旭生氏等。但是周氏兄弟，却是《语丝》的中心。而每次语丝社中人叙会吃饭的时候，鲁迅总不出席，因为不愿与周作人氏遇到的缘故。因此，在这一两年中，鲁迅在社交界，始终没有露一露脸。无论什么人请客，他总不肯出席；他自己哩，除了和一二人去小吃之外，也绝对的不大规模（或正式）的请客。这脾气，直到他去厦门大学以后，才稍稍改变了些。

鲁迅的对于后进的提拔，可以说是无微不至。《语丝》发刊以后，有些新人的稿子，差不多都是鲁迅推荐的。他对于高长虹他们的一集团，对于沉钟社的几位，对于未名社的诸子，都一例的在为说项。就是对于沈从文氏，虽则已有人在孙伏园去后的《晨报副刊》上在替吹嘘了，他也时时提到，唯恐诸编辑的埋没了他。还有当时在北大念书的王品青氏，也是他所属望的青年之一。

鲁迅和景宋女士（许广平）的认识，是当他在北京（那时北平还叫作北京）女师大教书的中间，前后经过，《两地书》里已经记载得很详细，此地可以不必说。但他和许女士的进一步的接近，是在"三一八"惨案之前，章士钊做教育总长，使刘百昭去用了老妈子军以暴力解散女师大的时候。

鲁迅是向来喜欢打抱不平的，看了章士钊的横行不法，又兼自己还是这学校的讲师，所以，当教育部下令解散女师大的时候，他就和许季茀、沈兼士、马幼渔等一道起来反对。当时的鲁迅，还是教育部的佥事，故而总长的章士钊也就下令将他撤职。为此，他一面向平政院控告章士钊，提起行政诉讼，一面就在《语丝》上攻击《现代评论》的为虎作伥，尤以对陈源（通伯）教授为最烈。

《现代评论》的一批干部，都是英国留学生；而其中像周鲠生、皮宗石、王世杰等，却是两湖人。他们和章士钊，在同到过英国的一点上，在同是湖南人的一点上，都不得不帮教育部的忙。鲁迅因而攻击绅士态度，攻击《现代评论》的受贿赂，这一时候他的杂文，怕是他一生之中，最含热意的妙笔。在这一个压迫和反抗，正义和暴力的争斗之中，他与许广平便有了更进一步的认识机会。

在这前后，我和他见面的次数并不多，因为我已经离开了北平，上武昌师范大学文科去教书了，可是这一年（民十三？）暑假回北京，看见他的时候，他正在做控告章士钊的状子，而女师大为校长杨荫榆的问题，也正是闹得最厉害的期间。当他告诉我完了这事情的经过之后，他仍旧不改他的幽默态度说：

"人家说我在打落水狗，但我却以为在打枪伤老虎，在扮演周处或武松。"

这句话真说得我高笑了起来。可是他和景宋女士的认识，以及有什么来往，我却还一点儿也不曾晓得。

直到两年（？）之后，他因和林文庆博士闹意见，从厦门大学回上海的那一年暑假，我上旅馆去看他，谈到了中午，就约他及景宋女士与在座的许钦文去吃饭。在吃完饭后，茶房端上咖啡来时，鲁迅却很热情的向正在搅咖啡杯的许女士看了一眼，又用告诫亲属似的热情的口气，对许女士说：

"密斯许，你胃不行，咖啡还是不吃的好，吃些生果罢！"

在这一个极微细的告诫里，我才第一次看出了他和许女士中间的爱情。

从此之后，鲁迅就在上海住下了，是在闸北去窦乐安路不远的景云里内一所三楼朝南的洋式弄堂房子里。他住二层的前楼，许女士是住在三楼的。他们两人间的关系，外人还是一点儿也没有晓得。

有一次，林语堂——当时他住在愚园路，和我静安寺路的寓居很近——和我去看鲁迅，谈了半天出来，林语堂忽然问我：

"鲁迅和许女士，究竟是怎么回事，有没有什么关系的？"

我只笑着摇摇头，回问他说：

"你和他们在厦大同过这么久的事，难道还不晓得么？我可真看不出什么来。"

说起林语堂，实在是一位天性纯厚的真正英美式的绅士，他决不疑心人有意说出的不关紧要的谎。我只举一个例出来，就可以看出他的本性。当他在美国向他的夫人求爱的时候，他第一次捧呈了她一册克莱克夫人著的小说《模范绅士约翰·哈里法克斯》；但第二次他忘记了，又捧呈了她以这册受批 *John Halifax Gentleman*。这是林夫人亲口对我说的话，当然是不会错的。从这一点上看来，就可以看出语堂真是如何的忠厚老实的一位模范绅士。他的提倡幽默，挖苦绅士态度，我们都在说，这些都是从他的inferiority complex（不及错觉）心理出发的。

语堂自从那一回经我说过鲁迅和许女士中间大约并没有什么关系之后，一直到海婴（鲁迅的儿子）将要生下来的时候，才兹恍然大悟。我对他说破了，他满脸泛着好好先生的微笑说：

"你这个人真坏！"

鲁迅的烟瘾，一向是很大的；在北京的时候，他吸的，总是哈德门牌的拾枝装包。当他在人前吸烟的时候，他总探手进他那件灰布棉袍的袋里去摸出一枝来吸；他似乎不喜欢将烟包先拿出来，然后再从烟包里抽出一枝，而再将烟包塞回袋里去。他这脾气，一直到了上海，仍没有改过，不晓是为了怕麻烦的原因呢？抑或为了怕人家看见他所吸的烟，是什么牌。

他对于烟酒等刺激品，一向是不十分讲究的；对于酒，他是同烟一样。他的量虽则并不大，但却老爱喝一点。在北平的时候，我曾和他在东安市场的一家小羊肉铺里喝过白干；到了上海之后，所喝的，大抵是黄酒了。但五加皮、白玫瑰，他也喝，啤酒、白兰地他也喝，不过总喝得不多。

爱护他，关心他的健康无微不至的景宋女士，有一次问我："周先生平常喜欢喝一点酒，还是给他喝什么酒好？"我当然答以黄酒第一。但景宋女士却说，他喝黄酒时，老要量喝得很多，所以近来她在给他喝五加皮。并且说，因为五加皮酒性太烈，她所以老把瓶塞在平时拔开，好教消散一点酒气，变得淡些。

在这些地方，本可看出景宋女士的一心为鲁迅牺牲的伟大精神来；仔细一想，真要教人感激得下眼泪的，但我当时却笑了，笑她的太没有对于酒的知识。当然她原也晓得酒精成分多少的科学常识，可是爱人爱得过分时，常识也往往会被热挚的真情，掩蔽下去。我于讲完了量与质的问题，讲完了酒精成分的比较问题之后，就劝她，以后，顶好是给周先生以好的陈黄酒喝，否则，还是喝啤酒。

这一段谈话过后不久，忽而有一天，鲁迅送了我两瓶十多年陈的绍兴黄酒，说是一位绍兴同乡，带出来送他的。我这才放了心，相信以后他总不再喝五加皮等烈酒了。

我的记忆力很差，尤其是对于时日及名姓等的记忆。有些朋友，当见面时却混得很熟，但竟有一年半载以上，不晓得他的名姓的；因为混熟了,又不好再请教尊姓大名的缘故。像这一种习惯,我想一般人也许都有,可是,在我觉得特别的厉害。而鲁迅呢,却很奇怪,他对于遇见过一次,或和他在文字上有点纠葛过的人,都记得很详细,很永固。

所以,我在前段说起过的,鲁迅到上海的时日,照理应该在十八年的春夏之交;因为他于离开厦门大学之后,是曾上广州中山大学去住过一年的;他的重回上海,是在因和顾颉刚起了冲突,脱离中山大学之后;并且因恐受当局的压迫拘捕,其后亦曾在广州闲住了半年以上的时间。

他对于辞去中山大学教职之后,在广州闲住的半年那一节事情,也解释得非常有趣。他说:

"在这半年中,我譬如是一只雄鸡,在和对方呆斗。这呆斗的方式,并不是两边就咬起来,却是振冠击羽,保持着一段相当距离的对视。因为对方的假君子,背后是有政治力量的,你若一经示弱,对方就会用无论那一种卑鄙的手段,来加你以压迫。

"因而有一次,大学里来请我讲演,伪君子正在庆幸机会到了,可以罗织成罪我的证据。但我却不忙不迫的讲了些魏晋人的风度之类,而对于时局和政治,一个字也不曾提起。"

在广州闲住了半年之后,对方的注意力有点松懈了,就是对方的雄鸡,坚忍力有点不能支持了;他就迅速的整理行囊,乘其不备,而离开了广州。

人虽则离开了,但对于代表恶势力而和他反对的人,他却始终不会忘记。所以,他的文章里,无论在那一篇,只教用得上去的话,他总不肯放松一着,老会把这代表恶势力的敌人押解出来示众。

对于这一点，我也曾再三的劝他过，劝他不要上当。因为有许多无理取闹，来攻击他的人，都想利用了他来成名。实际上，这一个文坛登龙术，是屡试屡验的法门；过去曾经有不少的青年，因攻击鲁迅而成了名的。但他的解释，却很彻底。他说：

"他们的目的，我当然明了。但我的反攻，却有两种意思。第一，是正可以因此而成全了他们；第二，是也因为了他们，而真理愈得阐明。他们的成名，是烟火似的一时的现象，但真理却是永久的。"

他在上海住下之后，这些攻击他的青年，愈来愈多了。最初，是高长虹等，其次是太阳社的钱杏邨等，后来则有创造社的叶灵凤等。他对于这些人的攻击，都三倍四倍的给予了反攻，他的杂文的光辉，也正因了这些不断的搏斗而增加了熟练与光挥。他的全集的十分之六七，是这种搏斗的火花，成绩俱在，在这里可以不必再说。

此外还有些并不对他攻击，而亦受了他的笔伐的人，如张若谷、曾今可等；他对于他们，在酒兴浓溢的时候，老笑着对我说：

"我对他们也并没有什么仇。但因为他们是代表恶势力的缘故，所以我就做了堂·克蓄德，而他们却做了活的风车。"

关于堂·克蓄德这一名词，也是钱杏邨他们奉赠给他的。他对这名词并不嫌恶，反而是很喜欢的样子。同样在有一时候，叶灵凤引用了苏俄讥高尔基的画来骂他，说他是"阴阳面的老人"，他也时常笑着说："他们比得我太大了，我只恐怕承当不起。"

创造社和鲁迅的纠葛，系开始在成仿吾的一篇批评，后来一直的继续到了创造社的被封时为止。

鲁迅对创造社，虽则也时常有讥讽的言语，散发在各杂文里；但根底却并没有恶感。他到广州去之先，就有意和我们结成一条战线，来和反动势力拮抗的；这一段经过，恐怕只有我和鲁迅及景宋女士三人知道。

至于我个人与鲁迅的交谊呢，一则因系同乡，二则因所处的时代、所看的书，和所与交游的友人，都是同一类属的缘故，始终没有和他发生过冲突。

后来，创造社因被王独清挑拨离间，分成了派别，我因一时感情作用，和创造社脱离了关系，在当时，一批幼稚病的创造社同志，都受了王独清等的煽动，与太阳社联合起来攻击鲁迅，但我却始终以为他们的行动是越出了常轨，所以才和他计划出了《奔流》这一个杂志。

《奔流》的出版，并不是想和他们对抗，用意是在想介绍些真正的革命文艺的理论和作品，把那些犯幼稚病的左倾青年，稍稍纠正一点过来。

当编《奔流》的这一段时期，我以为是鲁迅的一生之中，对中国文艺影响最大的一个转变时期。

在这一年当中，鲁迅的介绍左翼文艺的正确理论的一步工作，才开始立下了系统。而他的后半生的工作的纲领，差不多全是在这一个时期里定下来的。

当时在上海负责在做秘密工作的几位同志，大抵都是在我静安寺路的寓居里进出的人；左翼作家联盟，和鲁迅的结合，实际上是我做的媒介。不过，左联成立之后，我却并不愿意参加，因为我的个性是不适合于这些工作的，我对于我自己，认识得很清，决不愿担负一个空名，而不去做实际的事务；所以，左联成立之后，我就在一月之内，对他们公然的宣布了辞职。

但是暗中站在超然的地位，为左联及各工作者的帮忙，也着实不少。除来不及营救，已被他们杀死的许多青年不计外，在龙华，在租界捕房被拘去的许多作家，或则减刑，或则拒绝引渡，或则当时释放等案件，我现在还记得起来的，当不只十件八件的少数。

鲁迅的热心于提拔青年的一件事情，是大家在说的。但他的因此而受痛苦之深刻，却外边很少有人知道。像有些先受他的提拔，而后来却用攻击的方法以成自己的名的事情，还是彰明显著的事实，而另外还有些"挑了一担同情来到鲁迅那里，强迫他出很高的代价"的故事，外边的人，却大抵都不晓得了。在这里，我只举一个例：

在广州的时候，有一位青年的学生，因平时被鲁迅所感化而跟他到了上海。到了上海之后，鲁迅当然也收留他一道住在景云里那一所三层楼的弄堂房子里。但这一位青年，误解了鲁迅的意思，以为他没有儿子——当时海婴还没有生——所以收留自己和他住下，大约总是想把自己当作他的儿子的意思。后来，他又去找了一位女朋友来同住，意思是为鲁迅当儿媳妇的。可是，两人坐食在鲁迅的家里，零用衣饰之类，鲁迅当然是供给不了的；于是这一位自定的鲁迅的子嗣，就发生了很大的不满，要求鲁迅，一定要为他谋一出路。

鲁迅没法子，就来找我，教我为这青年去谋一职业，如报馆校对、书局伙计之类；假使是真的找不到职业，那么亦必须请一家书店或报馆在名义上用他做事，而每月的薪水三四十元，当由鲁迅自己拿出，由我转交给这书局或报馆，作为月薪来发给。

这事我向当时的现代书局说了，已经说定是每月由书局和鲁迅各拿出一半的钱来，使用这一位青年。但正当说好的时候，这一位青年却和爱人脱离了鲁迅而走了。

这一件事情，我记得章锡琛曾在鲁迅去世的时候写过一段短短的文章；但事实却很复杂，使鲁迅为难了好几个月。从这一回事情之后，鲁迅就爱说"青年是挑了一担同情来的"趣话。不过这仅仅是一例，此外，因同情青年的遭遇，而使他受到痛苦的事实还正多着哩！

民国十八年以后，因国共分家的结果，有许多青年，以及正义的斗士，都无故而被牺牲了。此外，还有许多从事革命运动的青年，在南京、上海，以及长江流域的通都大邑里，被捕的，正不知有多少。在上海专为这些革命志士以及失业工人等救济而设的一个团体，是共济会。但这时候，这救济会已经遭了当局之忌，不能公开工作了；所以弄成请了律师，也不能公然出庭，有了店铺作保，也不能去向法庭请求保释的局面。在这时候，带有国际性的民权保障自由大同盟，才在孙夫人（宋庆龄女士）、蔡先生（孑民）等的领导之下，在上海成立了起来。鲁迅和我，都是这自由大同盟的发起人，后来也连做了几任的干部，一直到南京的通缉令下来，杨杏佛被暗杀的时候为止。

在这自由大同盟活动的期间，对于平常的集会，总不出席的鲁迅，却于每次开会时一定先期而到；并且对于事务是一向不善处置的鲁迅，将分派给他的事务，也总办得井井有条。从这里，我们又可以看出，鲁迅不仅是一个只会舞文弄墨的空头文学家，对于实务，他原是也具有实际干才的。说到了实务，我又不得不想起我们合编的那一个杂志《奔流》——名义上，虽则是我和他合编的刊物，但关于校对、集稿、算发稿费等琐碎的事务，完全是鲁迅一个人效的劳。

他的做事务的精神，也可以从他的整理书斋，和校阅原稿等小事情上看得出来。一般和我们在同时做文字工作的人，在我所认识的中间，大抵十个有九个都是把书斋弄得乱杂无章的。而鲁迅的书斋，却在无论什么时候，都整理得必清必楚。他的校对的稿子，以及他自己的文章，涂改当然是不免，但总缮写得非常的清楚。

直到海婴长大了，有时候老要跑到他的书斋里去翻弄他的书本杂志之类；当这样的时候，我总看见他含着苦笑，对海婴说："你这小捣乱看好了没有？"海婴含笑走了的时候，他总是一边谈着笑话，一边先把那些搅得零乱的书本子堆叠得好好，然后再来谈天。

记得有一次，海婴已经会得说话的时候了，我到他的书斋去的前一刻，海婴正在那里捣乱，翻看书里的插图。我去的时候，书本子还没有理好。鲁迅一见着我，就大笑着说："海婴这小捣乱，他问我几时死；他的意思是我死了之后，这些书本都应该归他的。"

鲁迅的开怀大笑，我记得要以这一次为最兴高采烈。听这话的我，一边虽也在高笑，但暗地里一想到了"死"这一个定命，心里总不免有点难过。尤其是像鲁迅这样的人，我平时总不会把死和他联合起来想在一道。就是他自己，以及在旁边也在高笑的景宋女士，在当时当然也对于死这一个观念的极微细的实感都没有的。

这事情，大约是在他去世之前的两三年的时候；到了他死之后，在万国殡仪馆成殓出殡的上午，我一面看到了他的遗容，一面又看见海婴仍是若无其事的在人前穿了小小的丧服在那里快快乐乐的跑，我的心真有点儿绞得难耐。

鲁迅的著作的出版者，谁也知道是北新书局。北新书局的创始人李小峰本是北大鲁迅的学生；因为孙伏园从《晨报副刊》出来之后，和鲁迅、启明及语堂等，开始经营《语丝》之发行，当时还没有毕业的李小峰，就做了《语丝》的发行兼管理印刷的出版业者。

北新书局从北平分到上海，大事扩张的时候，所靠的也是鲁迅的几本著作。

后来一年一年的过去，鲁迅的著作也一年一年的多起来了，北新和鲁迅之间的版税交涉，当年成了一个很大的问题。

北新对著作者，平时总只含混的说，每月致送几百元版税，到了三节，便开一清单来报账的。但一则他的每月致送的款项，老要拖欠，再则所报之账，往往不十分清爽。

后来，北新对鲁迅及其他的著作人，简直连月款也不提，节账也不算了。靠版税在上海维持生活的鲁迅，一时当然也破除了情面，请律师和北新提起了清算版税的诉讼。

照北新开给鲁迅的旧账单等来计算，在鲁迅去世的前六七年，早该积欠有两三万元了。这诉讼，当然是鲁迅的胜利，因为欠债还钱，是古今中外一定不易的自然法律。北新看到了这一点，就四出的托人向鲁迅讲情，要请他不必提起诉讼，大家来设法谈判。

当时我在杭州小住，打算把一部不曾写了的《蜃楼》写它完来。但住不上几天，北新就有电报来了，催我速回上海，为这事尽一点力。

后来经过几次的交涉，鲁迅答应把诉讼暂时不提，而北新亦愿意按月摊还积欠两万余元，分十个月还了；新欠则每月致送四百元，决不食言。

这一场事情，总算是这样的解决了；但在事情解决，北新请大家吃饭的那一天晚上，鲁迅和林语堂两人，却因误解而起了正面的冲突。

冲突的原因，是在一个不在场的第三者，也是鲁迅的学生，当时也在经营出版事业的某君。北新方面，满以为这一次鲁迅的提起诉讼，完全系出于这同行第三者的挑拨。而忠厚诚实的林语堂，于席间偶尔提起了这一个人的名字。

鲁迅那时，大约也有了一点酒意，一半也疑心语堂在责备这第三者的话，是对鲁迅的讽刺；所以脸色发青，从座位里站了起来，大声的说：

"我要声明！我要声明！"

他的声明，大约是声明并非由这第三者的某君挑拨的。语堂当然也要声辩他所讲的话，并非是对鲁迅的讽刺；两人针锋相对，形势真弄得非常的险恶。

在这席间，当然只有我起来做和事老；一面按住鲁迅坐下，一面我就拉了语堂和他的夫人，走下了楼。

这事当然是两方的误解，后来鲁迅原也明白了；他和语堂之间，是有过一次和解的。可是到了他去世之前年，又因为劝语堂多翻译一点西洋古典文学到中国来，而语堂说这是老年人做的工作之故，而各起了反感。但这当然也是误解，当鲁迅去世的消息传到当时寄居在美国的语堂耳里的时候，语堂是曾有极悲痛的唁电发来的。

鲁迅住的景云里那一所房子，是在北四川路尽头的西面，去虹口花园很近的地方。因而去狄思威路北的内山书店亦只有几百步路。

书店主人内山完造，在中国先则卖药，后则经营贩卖书籍，前后总已有了二十几年的历史。他生活很简单，懂得生意经，并且也染上了中国人的习气，喜欢讲交情。因此，我们这一批在日本住久的人在上海，总老喜欢到他店里去坐坐谈谈；鲁迅于在上海住下之后，也就是这内山书店的常客之一。

"一二八"沪战发生，鲁迅住的那一个地方，去天通庵只有一箭之路，交战的第二日，我们就在担心着鲁迅一家的安危。到了第三日，并且谣言更多了，说和鲁迅同住的他的三弟巢峰（周建人）被敌宪兵殴伤了，但就在这一个下午，我却在四川路桥南，内山书店的一家分店的楼上，会到了鲁迅。

他那时也听到了这谣传了，并且还在报上看见了我寻他和其他几位住在北四川路的友人的启事。他在这兵荒马乱之间，也依然不消失他那种幽默的微笑；讲到巢峰被殴伤的那一段谣言的时候，还加上了许多我们所不曾听见过的新鲜资料，证明一般空闲人的喜欢造谣生事，乐祸幸灾。

在这中间，我们就开始了向全世界文化人呼吁，出刊物公布暴敌狞恶侵略者面目的工作，鲁迅当然也是签名者之一；他的实际参加联合抗敌的行动，和一班左翼作家的接近，实际上是从这一个时期开始的。

"一二八"战事过后，他从景云里搬了出来，住在内山书店斜对面的一家大厦的三层楼上；租金比较得贵，生活方式也比较得奢侈，因而一般平时要想寻出一点弱点来攻击他的人，就又像是发掘得了至宝。

但他在那里住得也并不久，到了南京的秘密通缉令下来，上海的反动空气很浓厚的时候，他却搬上了内山书店的北面，新造好的大陆新村（四达里对面）的六十几号房屋去住了。在这里，一直住到了他去世的时候为止。

南京的秘密通缉令，列名者共有六十几个，多半与民权保障自由大同盟有关的文化人。而这通缉案的呈请者，却是在杭州的浙江省党部的诸先生。

说起杭州，鲁迅绝端的厌恶；这通缉案的呈请者们，原是使他厌恶的原因之一，而对于山水的爱好，别有见解，也是他厌恶杭州的一个原因。

有一年夏天，他曾同许钦文到杭州去玩过一次；但因湖上的闷热，蚊子的众多，饮水的不洁等关系，他在旅馆里一晚没有睡觉，第二天就逃回到上海来了。自从这一回之后，他每听见人提起杭州，就要摇头。

后来，我搬到杭州去住的时候，也曾写过一首诗送我，头一句就是"钱王登遐仍如在"；这诗的意思，他曾同我说过，指的是杭州党政诸人的无理的高压。他从五代时的记录里，曾看到过钱武肃王的时候，浙江老百姓被压榨得连裤子都没有得穿，不得不以砖瓦来遮盖下体。这事不知是出在那一部书里，我到现在也还没有查到，但他的那句诗的原意，却就系此而言。我因不听他的忠告，终于搬到杭州去住了，结果竟不出他之所料，被一位党部的先生，弄得家破人亡；这一位吃党饭出身，积私财至数百万，曾经呈请南京中央党部通缉过我们的先生，对我竟做出了比敌人对待我们老百姓还更凶恶的事情，而且还是在这一次的抗战军兴之后。我现在虽则已远离祖国，再也受不到他的奸淫残害的毒爪了；但现在仍还在执掌以礼义廉耻为信条的教育大权的这一位先生，听说近来因天高皇帝远，浑水好捞鱼之故，更加加重了他对老百姓的这一种远溢过钱武肃王的德政。

鲁迅不但对于杭州没有好感，就是对他出身地的绍兴，也似乎并没有什么依依不舍的怀恋。这可从有一次他的谈话里看得出来。是他在上海住下不久的时候，有一回我们谈起了前两天刚见过面的孙伏园。他问我伏园住在那里，我说，他已经回绍兴去了，大约总不久就会出来的。鲁迅言下就笑着说："伏园的回绍兴，实在也很可观！"他的意思，当然是绍兴又凭什么值得这样的频频回去

所以从他到上海之后，一直到他去世的时候为止，他只匆匆的上杭州去住了一夜，而绝没有回去过绍兴一次。

预言者每不为其故国所容，我于鲁迅更觉得这一句格言的确凿。各地党部的对待鲁迅，自从浙江党部发动了那大弹劾案之后，似乎态度都是一致的。抗战前一年的冬天，我路过厦门，当时有许多厦大同学曾来看我，谈后就说到了厦大门前，经过南普陀的那一条大道，他们想呈请市政府改名"鲁迅路"以资纪念。并且说，这事已经由鲁迅纪念会（主其事的是厦门星光日报社长胡资周及记者们与厦大学生代表等人）呈请过好几次了，但都被搁置着不批下来。我因为和当时的厦门市长及工务局长等都是朋友，所以就答应他们说这事一定可以办到。但后来去市长那里一查问，才知道又是党部在那里反对，绝对不准人们纪念鲁迅。这事情，后来我又同陈主席说了，陈主席当然是表示赞成的。可是，这事还没有办理完成，而抗战军兴，现在并且连厦门这一块土地，也已经沦陷了一年多了。

自从我搬到杭州去住下之后，和他见面的机会，就少了下去，但每一次我上上海去的中间，无论如何忙，我总抽出一点时间来去和他谈谈，或和他吃一次饭。

而上海的各书店，杂志编辑者，报馆之类，要想拉鲁迅的稿子的时候，也总是要我到上海去和鲁迅交涉的回数多，譬如，黎烈文初编

《自由谈》的时候，我就和鲁迅说，我们一定要维持它，因为在中国最老不过的《申报》，也晓得要用新文学了，就是新文学的胜利。所以，鲁迅当时也很起劲，《伪自由书》《花边文学》集里许多短稿，就是这时候的作品。在起初，他的稿子就是由我转交的。

此外，像良友书店、天马书店，以及生活出的《大学》杂志之类，对鲁迅的稿件，开头大抵都是由我为他们拉拢的。尤其是当鲁迅对编辑者们发脾气的时候，做好做歹，仍复替他们调停和解这一角色，总是由我来担当。所以，在杭州住下的两三年中，光是为了鲁迅之故，而跑上海的事情，前后总也有了好多次。

在他去世的前一年春天，我到了福建，和他见面的机会更加少了。但记得就在他作故的前两个月，我回上海，他曾告诉了我他的病状，说医生说他的肺不对，他想于秋天到日本去疗养，问我也能够同去不能。我在那时候，也正在想去久别了的日本一次，看看他们最近的社会状态，所以也轻轻谈到了同去岚山看红叶的事情。可是从此一别，就再也没有和他作长谈的幸运了。

关于鲁迅的回忆，枝枝节节，另外也正还乡着；可是他给我的信件之类，有许多已在搬回杭州去之先烧了，有几封在上海北新书局里存着，现在又没有日记在手头，所以就在这里，先暂搁笔，以后若有机会，或许再写也说不定。

原载香港1938年《星岛周刊》第2期，未完，后刊1939年3月至9月上海《宇宙风乙刊》和1939年6月至8月新加坡《星洲日报半月刊》

记广洽法师

与广洽法师初次的见面，是在大前年的年底，我从台湾回来，在厦门过年的时候。

那时候，广洽法师在南普陀的学校（佛教会办的，学生都是年轻的小和尚们）教书。这一年的冬天，我们全国上下正为了委员长的西安脱险而充满了欢乐。

我为想和在鼓浪屿日光岩下坐关的弘一法师去一见，曾把当时在《星光日报》当记者的赵家欣君去预探一探弘一法师的意见，第二天，赵家欣君就同广洽法师一道来看我了。

广洽法师俗家在泉州，是弘一法师入室的大弟子。现在中国的法师，严守戒律，注意于"行"，就是注意于"律"的和尚，从我所认识的许多出家人中间算起来，总要推弘一法师为第一。而广洽法师的守律，却是和弘一法师一样的，法师的身体不好，行动和语言，洵洵有儒者气；大劫之后，和他在星家坡的再遇，真是如何的一件值得惊喜的事情！

原载 1939 年 5 月 20 日新加坡《星洲日报·晨星》

据《郁达夫散文集》

为郭沫若氏祝五十诞辰

郭沫若兄，今年五十岁了；他过去在新诗上、小说上、戏剧上的伟大成就，想是喜欢读读文艺作品的人所共见的，我在此地可以不必再说。而尤其是难得的，便是抗战事起，他抛弃了日本的妻儿，潜逃回国，参加入抗战阵营的那一回事。

我与沫若兄的交谊，本是二十余年如一日，始终是和学生时代同学时一样的。但因为中间有几次为旁人所挑拨中伤，竟有一位为郭氏作传记者，胆敢说出我仿佛有出卖郭氏的行为，这当是指我和创造社脱离关系以后，和鲁迅去另出一杂志的那一段时间中的事情。

创造社的许多青年，在当时曾经向鲁迅下过总攻击，但沫若兄恐怕是不赞成的。因为郭氏对鲁迅的尊敬，我知道他也并不逊于他人，这只从他称颂鲁迅的"大哉鲁迅"一语中就可以看出。

我对于旁人的攻击，一向是不理会的，因为我想，假若我有错处，应该被攻击的话，那么强辩一番，也没有用处。否则，攻击我的人，迟早总会承认他自己的错误。并且，倘使他自己不承认，则旁人也会看得出来。所以，说我出卖朋友，出卖郭氏等中伤诡计，后来终于被我们的交谊不变所揭穿。在抗战前一年，我到日本去劝他回国，以及我回国后，替他在中央作解除通缉令之运动，更托人向委员长进言，密电去请他回国的种种事实，只有我和他及当时在东京的许俊人大使三个人知道。

他到上海之后，委员长特派何廉氏上船去接他，到了上海，和他在法界大西路一间中法文化基金委员会的住宅里见面的，也只有我和沈尹默等两三人而已。

这些废话，现在说了也属无益，还是按下不提。总之，他今年已经五十岁了，港渝各地的文化界人士，大家在发起替他祝寿；我们在南洋的许多他的友人，如刘海粟大师，胡愈之先生，胡迈先生等，也想同样的举行一个纪念的仪式，为我国文化界的这一位巨人吐一口气。现在此事将如何进行，以及将从那些方面着手等问题，都还待发起人来开会商量，但我却希望无论和郭氏有没有交情的我们文化工作者，都能够来参加。

原载1941年10月24日新加坡《星洲日报·晨星》
据《郁达夫散文集》

说食色与欲

物质文明有什么罪呢?
欲念又有什么罪呢?

艺术与国家

现在的国家，大抵仍复是以国家为本位的国家。军国主义，国家主义，仍复同从前一样的在流行着。表面上虽则有什么国际联盟、军备限制会议等虚文，但现在实际上在那里从事于政治，思为国家竭忠诚的人，那一个不想把国家弄强大来？所以国富的堆积，和兵力的增加，在开明的今日，还依然是国家的唯一理想。国家因为要达到这兵强国富的目的，就不惜牺牲个人，或牺牲一群人，来作它的手段，所以在国家之前，个人就不能主张他的权利。我们生来个个都是自由的，国家偏要造出监狱来幽囚我们。我们生来都是没有污点，可以从心所欲，顺着我们的意志作为的，国家偏要造出法律来，禁止我们的行动。我们生来都是平等，可以在一家之内如兄如弟的过去的，国家偏要制出许多令典来，把我们一部分的同胞置之上位，要求我们的尊敬和仕奉，同时又把我们一部分的同胞，置之极处，要我们拿了刀去杀他们，或者用了刑具去虐待他们；终究使我们本来是平等的同胞里头，不得不生出许多阶级来。

斯巴达的尊崇蛮武，是国家主义侵食艺术的最初的记录，近世如克郎威儿（Cromwell）的清教徒式的专制，俾斯麦克（Bismarck）的铁血政治，都是表明国家主义与艺术的理想，取两极端的地位。因为艺术的理想，是赤裸裸的天真，是中外一家的和平，是如火焰一般的正义心，是美的陶醉，是博大的同情，是忘我的爱。

第一，我们先把真字拿出来讲罢。艺术的价值，完全在一真字上，是古今中外一例通称的。无论是文学、美术，或音乐，当堕入衰运，流于淫靡的时期，对此下一棒喝的就是"归向自然"，"回到天真"上去的一个标语。大凡艺术品，都是自然的再现。把捉自然，将自然再现出来，是艺术家的本分。把捉得牢，再现得切，将天真赤裸裸的提示到我们的五官前头来的，便是最好的艺术品。赋述山川草木的尉迟渥斯（Wordsworth）的诗，描写田园清景的密莱（Millet）的画，和疾风雷雨一般的悲多纹（Beethoven）的音乐，都是自然的一部分，都是天真，没有丝毫虚伪假作在内的。真字在艺术上是如何的重要，可以不用再说了。现在要说到国家是怎么样呢？在我们日常所知道的情形上看来，国家为要达到它的目的，最忌的是说真话。明明国民是瘦弱得不堪了，偏要使肥者应客，示以绰绰的态度。明明是兵残矢尽了，偏要大开城门，使敌人疑有伏兵，不敢进来。马克阿凡利（Machiavelli）的《君主论》，孙子的兵法，所力说的，就是欺诈两字。号召中原，得天下于马上者，大抵是善用欺诈的无赖之徒。外国史不必去说它，把中国的历史上大家所知道的事实来一看，我们就可以知道真诚者都不得不失败，而成功的都是些虚伪的人。以项王之直率痛快而自刎于乌江，市井无赖的亭长刘季倒得了天下。以仁慈忠厚之刘璋而安身无地，狡狯诈假的刘备，反得独霸西川。宋太祖以狡诈而得天下于孤儿寡妇之手。陈友谅以欺诈不如朱元璋而败死于鄱阳湖上。真诚与诈伪，这便是古代及现代的国家主义，和艺术不能融合的最大要点。

第二，爱和平，是艺术的内包性，艺术与和平实互相为因果的。艺术之发育，大抵在太平之世，艺术的理想是永久的和平。但当黑暗时代，因艺术的复兴，每有惹起大战的惨剧者，这又怎么说呢？是的，这是最易混乱我们视听的一点，不过我们须知战争是黑暗时代的整理，是由黑暗而趋向光明的过渡波浪，艺术是引到光明路上去的一颗明星。所以表面上观察起来，好像这颗引路的明星，倒与兴乱的林禽一样，但实际上战争是必不能免的一种整理事业，却与艺术的理想相反的。因文艺复兴而惹起的宗教战争，因启蒙哲学而发动的革命战争，并不是艺术的理想，不过是艺术为要达到彼岸去的原因，不得不过的一个过程。并且在这过程之中，实际促成战争的主因，还是国家主义的野心，所以战争与和平，便是国家与艺术所持的两极端的理想。

第三，就正义说来，国家所标榜的正义，并不是亘古不变的普通的正义，不过是一种以国家为中心的偏见。两国开战的时候，参战者互相诋斥的根据，不消说是虚伪的正义的呼声了，就是一国内的法律道德，和本来是为保持正义而创设的制度，那一种不完全是欺诈，繁文？我们读过《南华经》的人，大约都该注意到的，庄子不在说么？"窃钩者诛，窃国者侯，侯之门仁义存焉。"盗国的大盗，反而受世人的尊敬，为饥寒所迫，窃取一块面包，倒要被法律问罪。啊啊，现在的法律，都是国家为自家的便利而设的禁令，那里有丝毫正义在内呢？我们读到于俄（Victor Hugo）的《哀史》（*Les Misérables*），和告儿斯渥西（John Galsworthy）的戏剧《正义》（*Justice*），就可以知道国家的法律和法律所标榜的正义为何物了。像这样的法律，像这样的正义，是艺术断不能容认，非要打破不可的。

最后我们要讲到艺术的最大要素，美与感情上去了。艺术所追求的是形式和精神上的美。我虽不同唯美主义者那么持论的偏激，但我却承认美的追求是艺术的核心。自然的美、人体的美、人格的美、情感的美，或是抽象的悲壮的美、雄大的美，及其他一切美的情愫，便是艺术的主要成分。德国人至定美学定义为"Wissenschaft des Schönen und der kunst"（美与艺术的科学），即此我们就可以看出美与艺术的关系如何了。艺术对于我们所以这样重要者，也只因为我们由艺术可以常常得到美的陶醉，可以一时救我们出世间苦（Weltschmerz），而入于涅槃（Nirvana）之境，可以使我们得享乐我们的生活。艺术的第二要素，就是情感，同情和爱情，都是包括在情感之内的。艺术中间美的要素是外延的，情的要素是内在的，拉弗爱儿（Raphael）的Madonna的丰丽的肉体，光艳的色彩，是美的要素的实现；她的灵通透彻的瞳神，由这瞳神而表现出来的情热，是情的要素的结晶。美与情感，对于艺术，犹如灵魂肉体，互相表里，缺一不可的。然则国家对他们的态度如何呢？

　　国家对于"美"完全是麻木的。不管它是达文齐（Da Vinci）的建筑，或是罗潭（Rodin）的雕刻，战争的时候，炮弹飞来，便玉石俱焚，不留灰烬。天然的美景和丛残的古迹，国家因为要达到它自家的目的，掘堑壕，装炮架，便一扫而尽，也有所不辞。现代的国家，虽也注意到都会的美观，设立起美术院、博物馆、公园等装饰品来，但在阿房宫里起居的政治家，那里能够想到在同猪圈似的贫民窟里的一道阳光，便是美的极致，和平寂静的乡村的午后，便是一幅古今来最大的图画呢？与近代的国家主义相依为命的资本主义，更是自然的破坏者。好好的一处山水，资本家要用了他们的恶钱来开发，或在山水隈中，造一个巨大的tank，或在平绿的原头，建一所压人的工场。

这工场，tank的腹中，不但要把天然的美景，吸收得无余，就是附近的居民的财帛和剩余的劳银，也要全部被吸收过去，卒至许多的居民，就不得不妻离子散，变成pauper（贫贱民？），小家庭的和爱的美感，和父子、兄弟、姊妹、夫妻、朋友中间流贯的热情，同时都不得不被一网打尽。所以资本主义和艺术是势不两立的。

艺术是弱者的同情者，是爱情的保护者。没有国境的差别，不问人种的异同。这博大的爱在近代的艺术界上所现出的活剧如何，是大家所知道的。但是国家对于这博大的爱，如何的在逼迫仇视，却是大家所不知道的，国家的法律，系为保护少数强者而设，多数的弱者反不得不受法律的压制。拿破仑杀死了数千万人，人还称他作英雄，Dostojewki的小说里的主人公Raskolnikov为想满足他的纯洁的爱情，杀死了一个人面兽心的动物，国家要罚他的罪。古代的国家且有禁止两国间男女结婚的法律，违反者要处以死刑。我们试思神圣的男女中间的爱情，是不是可以用几条腐朽的法律来规定的？现在幸而这种无常识的法律日渐稀少了，但是以文明先进国自命的英美，在国籍法上，仍旧还留着这种条例。这些爱情上的枷锁，都是因为有国家存在那里，总能发生出来的国际的偏见。要是现在地球上的国家，一时全倒毁下来，另外造成一个完全以情爱为根底的理想的艺术世界的时候，我怕非但这种不通的法律不能存在，就是许多因国际的偏见而发生的误解，也可以一扫而尽哩！国际间的事情，且不必去说它，我们就以中国的情形说吧，"天理国法人情"是中国的传统的概念。大抵的执法者多以情在法后为言，"执法如山"，"铁面无情"，便是执法者的招牌。我们试思在这保护少数强者的法律之下，要把我们的情感杀死，顺凭这万恶的法律来处置我们，是不是可通的事情？又何况乎现在的中国，法律堕落得比前更甚的时候呢？

綜以上所说，现代的国家是和艺术势不能两立的。目下各国的革新运动，都在从事于推翻国家，推翻少数有产阶级的执政，我确信这不断的奋进，必有实现的一天。地球上的国家倒毁得干干净净，大同世界成立的时候，便是艺术的理想实现的日子。

一九二三年六月十七日

原载 1923 年 6 月 23 日《创造周报》第 7 号

据《达夫全集》第 5 卷《敝帚集》

牢骚五种

一 自己的事情

美国的一位肺病诗人，在他的一本不朽的名著 *Walden* 的头上，仿佛有一段说到文人所写的东西，都是写他自己的事情的。实际上连我们最爱的女人身上的毛发有几多，月经有多少等问题都不明白的我们，那里能够真真实实的描写他人的事情呢？不过写自己的事情，有两层危险。第一，你若把你得意的事情、有名的朋友和你的关系等写出来的时候，人家要说你在台房里叫好，自捧自吹。第二，你若把你失意的事情，和无钱花无职业等苦处诉说出来，人家若不说你"弱者弱者，活该活该，你像一个女人，在无聊赖的啼哭。这是靡靡之音，亡国之兆。"就要说你在发牢骚，在骂人。

但我想自捧自吹，虽则是近世中国成名的第一捷径，究竟有点于自家的良心上说不过去。所以我在此地只想写点自家的失败的话，和自家心里想说的话，即使人家说我所发的是"牢骚"，究竟还比"吹牛"高尚些。

小子在一两月前头，在某周刊上写了一点小小的文章，说了几句公道话，竟被几个能在学生时代就受小政客的津贴的高徒侮辱了一场。这一场侮辱，比起现在的大学校长的被缚被打来，总算是文明得很。他们几位受人津贴的大学生，不过向我发了一封匿名信，画了一只狗，把我的名字写在狗身上。我当时看见这封信的时候，竟不知不觉的笑了起来。因为在家里的时候，我的儿子，老受了我的母亲和女人的运动，把小手举起来，骂我"老贼"。我的儿子的这种行动，和我的学生的此番的行为，竟同一个印板印出来的一样。芝兰玉树，桃李葤菲，竟一样的成达了。你说我这"老狗"、"老贼"，该不该掀髯大笑呢？儿子今年四岁了。

本来是肺部不强的我，两三年来，在京华的尘土里，只以 Huren und Saufen 为唯一的消愁之计。霜降前后，因为谋《创造》的复活，回到上海来的一天早晨，竟吐出了两三口鲜血来。我一见血痕，心里真觉得悲喜交集。朋友来吊问我的时候，我就对他们说："赤化了。"到得现在想回北京去静养，又阻于兵匪，不敢出租界一步，大约这一次的赤化，要到明年的春季，才能化白罢？

二　赤化

现在在中国最流行的是"赤化"两字。凡政治上的政敌，互相倾陷，要哀求英美日本的援助的时候，就说对方是"赤化"了。

我想中国人本来都是赤党。有钱有势的人，大家都去捧他，社会上就叫这一个人是"红人儿"。这岂不是赤党么？窑子里的最娇、最有买卖的妓女，叫作红姑娘。捧红姑娘的人，自然都称作赤党。这一次居然有一个红姑娘自家称起大总统来了，这岂不是赤党么？几天前头，从浙江回上海来，看见沪宁杭沪一带的火车站上，满挂了红灯红布，上面写着凯旋的字样。我因为几日来没有看报，以为"五卅事件"起来以后，我们中国竟有一个像拿破仑一样的军人，去灭了英国，灭了日本回来了。后来问问旁人，才晓得这一位凯旋的拿破仑姓孙。我又问他："欢迎他的应该是全国的人民，你我也应该参加在内，何以到现在我还不晓得这一位拿破仑的海外归来呢？"他又说："欢迎他的，就是几个从前欢迎过何丰林、卢永祥、齐燮元的老主顾。这一位拿破仑打的不是英国、日本，仍旧是中国自家的几个不打仗的兵。他的凯旋却是不打仗的凯旋。"看看车站上的红灯红布，想想那些捧红人儿的主顾，我又要说了，这岂不是赤党么？

三 共产

与"赤化"两字相类似的，是"共产"。骂主张稍为新一点的人为共产党，我觉得比一口含糊的骂人家赤化，还要进步一点。在我们中国，在那里实行恶意义的共产的，只有军阀官僚。是谁也知道，谁也曾经说过的。所以我想劝劝攻击共产党的诸君，你们若要攻击，请拿出实力来，把那些军阀先杀个干净再说。几个附和军阀的官僚，也应该给他们一个人一个子弹，因为这些畜生，才是你们所攻击的真正的共产蛋。至于那些光是纸上谈兵、空中画饼的学生们，还不能说他们是共产主义的实行者，尽可由他们去研究共产主义的真义，是在什么地方。

攻击共产主义者的一般的目标，是在中国的共产党在收受俄国人的金钱这一点。若要对此下攻击的说话，那么我想，只有我可以攻击他们。因为我既不是收受俄国人贿买的共产党，又不是受过军阀官僚的运动的小政客，并且也不是有几万家产的"怕共产狂者"。可是话又要说回来了，共产党员，既想在中国做一番事业，当然要一个经济的后援者接济他们。孙中山当日，也曾经受过日本人的金钱的。若能点滴归公，拿了人家接济我们的资财，来做我们良心上所应做的事情，我想也未始不可的。不过在这一个地方，我想提出几个质问，要问问共产党的诸君："你们把你们的头目认清了么？你们以为这头目是在中国可以做一番事业的么？你们的头目，不在做暧昧的事情么？借了自由恋爱的名义而娶姨太太，以共产党的名义而暗地里又受资本家的津贴的事情，一定是没有的么？他到了功成名就的现在，竟居然有反动的危险，你们对此能够安心过去的么？"上举的几个问题，若在良心上按来，你们觉得都可以答覆得过去，那么共产党诸君，你们就是再受些俄国以外的国家的金钱，也没有什么要紧，因为神圣的目的可以使手段也化为神圣。笑骂由人家笑骂，你们但去做你们工作好了。

四 国家主义者，你们的国家在那里？

听说攻击共产党是激烈的，除了军阀官僚以外，还有一派国家主义者。总之不打仗的凯旋也好，主义的战争也好，由我们旁观者看来，觉得诸君都是能干的人，诸君都在社会上露头角，都可以受我们一班没有主义的老百姓的崇拜的。不过崇拜之余，我们清夜扪心，仔细一想，觉得这事情有点奇怪。譬如现在，我们大家一样的寄住在租界上，在坐外国人的电车，在用外国人的电灯，并且有时候拿起笔来写点东西，还在抄袭抄袭外国人的可以扶助我们的主义的文章。现在寄寓在租界上的中国人，差不多生活境况，都是这样的。在这样的状态之下，我们当大谈国家主义之余，若受旁人一问："你们的国家在那儿？"有时恐怕要回答不出话来。虽然有时，当我们穷促的时候，可以大声回答说："我们的国家在章太炎的身上，在宣统皇上的寓里，在我的便便大腹中。"但镇静下来一想，觉得一个章太炎，一个宣统皇帝，一个便便大腹，还有点不大够。那么不得已的时候，只好加一点添头，说张作霖、冯玉祥、李景林、孙传芳、蒋介石等等就是。但是照这样的说来，那么问的人又要说了："既然如此，你们的国家，已经是很好了，你们的主义，已经可以卖钱了，明年你们还打算主张什么呢？"……

国家主义者诸君，我对你们的主义是十分的尊敬的。毫没有讪笑你们的意思，不过我想光是高谈主义，是没有用的。文天祥、史可法，并没有留过学，并没有主张过什么主义。他们因为国家没有了，就挺出身体来硬干。若能回复他们的国家，他们就愿于国家回复之日，退归田里，若不能回复国家，他们情愿干干脆脆的为国家而死。我觉得这些在中国古代的历史上的人物，由我们后人追溯上去，才可奉赠他们一个国家主义者的尊号。现在我们当事功未立之先，就以国家主义者自命，歌于斯吃于斯，坐高车驷马于斯，觉得有点不大对。

我北京有一位朋友说："强者不言，强者是不必有什么主义主张的。虾蟆在田里一天叫到晚，但水蛇一来，不声不响的一口就把它吞了去。"事情须挺身出来硬干才行，不要瓦拉瓦拉的乱嚷。

五 《创造月刊》及丛书

两三年来，于无聊之极，写下来的无聊的东西，足足也有十几万字了。这些东西都散乱的在各种杂志报纸上发表的，人家每问我何以不收集起来出书呢？我当受人家这样的诘问的时候，嘴里虽则是说："这些东西，是不成东西的，没有出书的价值。"但心里却在想："凡我的著作的读者，都是些穷极无聊，和我一样的苦学生。他们连天天坐电车、买面包的钱还不能自给，又那里能使他们再吃一刀痛，抽出几个钱来买书呢？况且出书的利得，都被书贾弄去吸鸦片烟，运动做官，我又何苦为资本家作走狗，去刮削穷学生呢？"因此我近来非但不愿意出书，就是已出的一两本浅薄的东西，都想毁了它们，免得遗臭在人间，受人家的利用。但这一次和上海的几位朋友一说，他们的意见却和我相反。他们以为我们不出书，终有一批比我们更不如的人来出书。穷学生的受刮削，终究是一样的。我们若想救济救济这些目下正在受欺骗受刮削的穷学生，最好是由我们自家来印书出书，图作者和读者的直接交换。我被他们一说，心里也有点动了，所以第一就答应来编辑《创造月刊》，以后想继续的来把已出的丛书，加以改订，未来的丛书，马上付诸手民，无为城的王者，又想活动了。若苍天厚我，使我的痼疾能早一点痊愈，那么我们在《创造月刊》上见面的时期不远了，今天就止于此。

一九二五年十二月十八日，上海

原载 1926 年 1 月 1 日《洪水》第 1 卷第 8 期

如何的救度中国的电影

电影成立的最大根据，就是要通俗，要popular。因为太高深了，太艺术化了，恐怕曲高和寡，销不出去。所以从commercial point of view讲起来，愈通俗愈好，愈能照一定的形式做出来愈好。结果就弄得同美国的那位讽刺滑嘴George Jean Nathan所说的一样，影片有几个金科玉律。他所举的有二十种，现在择其要者说出来，就是：

一、乡下姑娘，要不穿皮鞋、线袜。

二、各种调情的场面，要在海滨的一个危岩上。

三、每个纽约的写字间的窗，看出去总看得见Singer公司的高楼。

四、各投机大商人当接受破产通知的时候，他们的妻女总在开盛大的跳舞夜会。

五、女人都有一样钟爱的动物在她的身边。

六、男子总送情人以珍珠的项饰。

七、无论那一个男人，在结婚以前，是游荡子的时候，迟早总要发现他儿子的未婚妻，就是他放荡当日的私生女。

八、在赌场里，总要有一个人，玩把戏，用药水骰子，或假骨牌等。

九、艺术家到乡下去画画，总要和一个乡下女子恋爱，因而看出他都会里的未婚妻的虚伪来。乡下女子的兄弟，总要对艺术家起反感。

十、每个女人，总在对镜施粉时看见恶人进屋，在镜里现出恐怖的面色来。

十一、西部山中，在大厅里两人相打的时候，总有一个人把灯打暗。

……

G. J. Nathan 所说的美国的这一种电影的定则，不幸在中国的电影里也照样子发生了。就是每个中国的影片，总脱不了卡尔登的跳舞场、西湖的风景、手枪、麻雀牌之类。像这一种刻板的方法于影片的通俗化上，或者很有效力，但是我觉得导演家能少遵奉一点这些死规矩，也未始不可以使观者得到一种清新的感觉，外国人老说中国人是最善抄袭，我觉得中国人的抄袭，还是不高明的。抄袭的妙手，在抄袭其神，而不抄袭其形，现在我们中国的电影，事事在模仿外国，抄袭外国，结果弄得连几个死的定则都抄起来了，这那里还可以讲得上创造，讲得上艺术呢？

通俗化原不是病，不过死化却是病，所以对于电影的通俗化，我不反对，但对于电影的刻板化，我却大不赞成。

从 commercial point of view 讲起来，通俗化原是要紧的，但也须有一个限制，你若死守了几个通俗的原则，照例行去，仍旧以为能事尽矣，那中国的电影，就一辈子也不会有出头的日子。

所以我对于中国现代的电影，有底下的两个要求：

第一，我们所要求的是中国的电影，不是美国式的电影，所以我们与其看大华，卡尔登的跳舞，还不如看乡下扶乩师的请毛元帅。我们要极力的摆脱模仿外国式的地方，才有真正的中国电影出现。房子不必一定要洋房，坐车不必一定要坐汽车。妖妇淫妇不必个个是剪去头发，黑画眼圈的，就是乡下的小脚妇人，穿了乾隆时代的衣服，天天在溪边挑水的女人，她的恶毒淫艳，尽可以追过中西女塾的学生的。

第二，我们要求新的不同的电影，已经看过许多次数，只把几个人面换一换的电影，我们不大愿意去看。我们所要求的，就是死规则的打破。我们要求有originality的，有creative spirit的东西。

我这两个提议，或者有人要反驳我，说，你要看中国的电影么？那么你去看古装影片好了。是的，古装影片，的确是中国特有的，可是现代的中国古装影片，同各戏院里新排的旧剧一比，觉得不但影片不能胜过旧剧，并且有许多戏院里的好处都失掉了。中国现在的古装影片，是大世界小世界的戏院的哑子化，何尝比戏院有一点进步？所以要光是看看红脸的关公和黑脸的张飞，那么我们还是到大小世界去看那些戏子好，何必看电影呢？所以我的要求，中国的古装影片仍旧不能满足。古装影片，也要有创意，不要抄袭戏院里的那些陈腐的俗套才好。即以旧剧而论，梅兰芳的古装，就比往日的进了一步。就是现代的貂蝉、黛玉，电影里的貂蝉、黛玉、杨贵妃等，不能比梅兰芳的更进一步，那么我们非要反对进化的原理不可了。

对于第二种或者有人要说，那么奇形怪状的，譬如汽车会飞、电灯会说话的东西岂不好么？《乌盆记》不就可以满足了么？这也不行的，光是奇怪没有什么理由，那么我们可以到江北大世界去看变戏法，何必来看电影呢？所以新奇（novelty），也要不离realism才行。要realistic同时又要original的出品，才是我所要求的东西。以文章来说，就譬如R. L. Stevenson的《新天方夜谈》之类，才足以当此。

关于电影的知识不多，所以不能说出些可供内行人参考的话来，我只把我所感到的地方，写了这一点要求。

一九二七年九月二十日，在上海

1927年10月1日《银星》第13期

在热波里喘息

因为还有许多未完的稿子想做，所以在一个月前，就定下了独身北上的计划。但一直到六月底止，上海的天气真也凉爽得可爱，因此一捱两捱，就捱到了七月。直至七月中旬将到，而忽然一变，上海竟变成了天天在百度以上的灼热地狱了。在这样的热波里浸着，便吐一口气都觉得累赘，还那里有心想上车雇马，放心行旅呢？所以这几日来，只在小小的寄寓里，脱光了衣服，醉酒酣卧和看书。

第一部看的，是谷崎润一郎的《食蓼之虫》。三数年来，和谷崎的笔墨，疏远得也很长久了。这一次得到了春阳堂发行的这一册小本小说，真使我寝食俱忘，很快乐的消磨了一个午后，和半夜的炎热的时季。文笔的浑圆纯熟，本就是这一位作家的特技，而心理的刻划，周围环境的描摹，老人趣味和江户末期文化心理的分析，则自我认识谷崎，读他的作品以来，从没有见到比这一部《食蓼之虫》更完美的结晶品过。这一部书，以我看来，非但是谷崎一生的杰作，大约在日本的全部文学作品里，总也可以列入到十名以内的地位中去的。我很希望中国的爱读谷崎氏的作品者，马上能够把它翻译出来，来丰富丰富我们中国的翻译文学。

至于这书的内容背景，当然是和他的让妻给友，有点关系的。可是这些实感，并不是使这书所以成为伟大的中心点，即使离开了关于个人的生活关系和趣味来看，它也必然的是日本文学中的一篇美丽谐整的宝石样的东西。

第二部看的，是柳无忌、无非、无垢兄妹三人合作的《菩提珠》小品集，作者们都还不过是二十岁内外的妙龄儿郎，文笔的幼稚，一看就可以看出。可是这幼稚，却是《随园诗话》里所说的不失其赤子之心的诗人的幼稚，读到了他们的话，则自以为阅世较深，年事稍长的我们，也不禁会张口微笑起来，笑纳他们的同小孩子似的憨态。譬如看见了日本人的厚重的木屐，便想教他们走得轻些，免得生活在地球这面的她哥哥的头上，会感到木屐的践踏，这岂不是不失其赤子之心的诗人的幼稚么？

第三部看的，是《现代杂志》的编者施蛰存君的《将军的头》，以史实来写小说，是我在十几年前就想做而未成的工作，现在看到了这四篇东西，我觉得我的理想，却终于被施君来实践了。曾读过我的那篇《历史小说论》的人，或者会记得我之所以想以史实来写小说的原因，历史小说的优点，就在可以以自己的思想，移植到古代的人的脑里去。施君的四篇东西，都是很巧妙的运用着这一个特点的。尤其是《将军的头》神话似的结束，和《石秀》的变态的感到性欲满足的两处地方，使我感到了意外的喜悦。

天时若再热一点起来，说不定看书会更看得多一点，也说不定会勉强出发，上北国去过它一个残夏和初秋。但这一周间，我的唯一的消暑的方法，却只在睡觉和读书，而读过的那三部书的意见，已约略说出在上面了。

一九三二年七月十九日
原载 1932 年 9 月 1 日《现代》第 1 卷第 5 期

说食色与欲

食色性也，这是千真万确的事情。"朱门酒肉朽，野有饿死骨"，所以要有阶级斗争。一边是"后宫佳丽三千人"，"尽日君王看不足"，一边是"石壕村里夫妻别"，"夫戍萧关妾在吴"，所以要革命。然而食色两欲，因为是基本的欲望，满足满足是非常容易的。任你是一个怎样的大食家，只教有斗酒只鸡，三碗白饭，一个大饼，总也可以打得倒了。吃饱之后，就是何曾请客，再也吃不下去的。至于色字，我想无论怎样的精力家，最多十个女人也就可以对付了罢，经历过十个女人之后，就是西施太真，再也挑不起性欲来了。所以原始的基本欲望，是容易对付的；最难对付的，却是超出乎必要之外，有长无已，终而至于非变成病态不可的那一个抽象的欲字。哲学家或名之曰欲念，中国的旧套文章里所说的欲壑，就是这个东西。

照西洋哲学家说来，这一个欲字，是进化的主动力，因为有欲，大家才去做工，发明，贮蓄……然后才有社会，进化，文明……这原也不错，从欲念的好的方面说来，当然是如此的。可是在中国，这好的方面的欲念，反不见发达，而在作长足的进步的，却偏是这欲念所摧生的坏的一方面的事实。中国人因为有欲，所以要去刮地皮，卖官爵，争地盘，×××，弄到后来，变得目的意识也完全忘了，甚而至于倒认手段就是目的。《儒林外史》里的一位吝啬者，到死时不肯断气，只在顾惜油灯里的两根灯草，决不是想像，却是中国社会里常有的事情。正唯其是如此，所以老子要劝人知足，佛家要苦说涅槃，叔本华要绝灭意欲，而罗素在说所有欲的务宜抑制，创造欲的必使增加，才是消灭战争的根本大法。哲人之教，诚然不错，但中国可惜是进化得太早了。

当欧洲产业革命未起来之先，中国在数千年前，就饱满了这些知足无为的大训，所以正应该激励欲念的生长，催发物质的进步的时代，中国倒落得个逍遥自在。及到十九世纪以后，西洋物质文明的绚烂华富，流入了中国，中国人之久苦于无为知足的干枯寂寞者，就一跃而从这极端跳到了那极端。于是江河日下，洪水滔天，我们中国人就成了一个创造由他们（西洋人）去创造，享乐且由我们来享乐的民族。斯般格拉正在愁虑到西洋文化没落的年头，中国要人恰好是穿四十两银子一双的丝袜，开五十两银子一瓶的香槟酒的日子。霹雳一声，日本和其他各帝国主义的军队，堂堂开入了中国，穷苦老百姓，非但食色都无，连一条性命都保持不了了。忧国之士，才议论纷纭，思想起何以彼之能强，我之能弱来。于是守旧者，就说物质文明害了中国，急进者就说先知先觉，先圣先贤，便是造成现代中国积弱的罪魁。两方都说得有理，可是两方似乎都还没有说得全对。

总之，第一是"时机"的问题：中国正因进化得太早，便成了落后得太迟，当应当提倡物质文明的时代，只提倡了些幽灵似的精神文明。第二是"取舍"的问题：西洋物质文明，同时候侵蚀到了东方，而日本却取了它的好的一方面，中国只取了它的坏的一方面，譬如是一个胡桃,日本人取了它的肉,而中国人却只取了它的壳。

物质文明有什么罪呢?欲念又有什么罪呢?

原载1932年12月30日《申报·自由谈》

据《达夫全集》第7卷《断残集》

炉边独语

一

言论自由，在中国还谈不到。据中国民权保障同盟的宣言——中国民众以革命的大牺牲所要求之民权，至今尚未实现，实为最可痛心之事。抑制舆论与非法逮捕杀戮之记载，几为报章所习见；甚至青年男女有时加以政治犯之嫌疑，遂不免秘密军法审判之处分——这样看来则欧洲中世在黑暗时代所给予百姓的人身享有权（habeas corpus），在中国还依然仍旧没有获得。三四千年前周厉王秦始皇当国的时候是如此，三四千年后革命成功的现在也还是如此。试问一个人对于自己的身体，都还不能保有安全，那还有什么言论不言论呢？没有言论的人，是可以存在的，但世上是否可以有一种没有身体的人的？

英国小说家康泊东·麦干荠，最近因为写了一篇回忆录，漏泄了大战中当他在希腊英国情报部服务时候的秘密，被罚了两千元。这事情幸亏是发生在自由主义摇篮地的英国，所以 C. M. 的首级保住了，假使是在中国的话，大家试想想，结果将变成怎么的一个样子？萧伯纳倚老卖老，说英国可以放弃印度，结果也只受了一次殖民地总督的警告，试想想这事情若发生在中国，则又将闹成怎样的结局。

所以我感在目下的中国，要主张争取言论自由，还是主张者的一种奢侈。

二

王薇子先生，以陈紫荷画的《秋风马背图》索题，两三月来，不曾缴卷，现在偶尔翻阅日记，见到了这一件事情，就想出了四句歪诗：

一幅青春失意图，残山剩水认模糊。
秋风马背仙霞岭，载得船娘九姓无？

因为他当时正从福建失意回来，所以便想到了宝竹坡的江山船，这事情是从《李莼客日记》里看来的。

三

偶然翻开王仲翟《烟霞万古楼集》，看见了一首他示三岁儿子善才的诗，觉得有趣之至，抄在下面。

善才生二十五月矣，计识得二百五十余字，示以诗云：
阿爷四岁识千字，一一形书晓其义，
儿今三岁字二百，他日为文定奇特。

人间识字天上嗤，阿爷自误还误儿，儿莫学阿爷！
知书娘道好，至今饿死无人保，
夷齐庙里要香烟，谁捧藜羹到门祷？
阿爷配食两庑去，赖尔门庭来洒扫。
秦皇烧书黑如炭，豫让吞之不当饭，
鱼盐作相盗作将，天下功名在屠贩。
儿不闻，仓颉作字鬼神哭，从此文人食无粟。
又不闻，轩辕黄帝不用一字丁，风后力牧为公卿。

王仲翟奇才不遇，诗像是太史公的文章。曾在杭州武林门外两马塍之间和夫人金秋红结王庵以偕隐，现在已经没有人晓得这王庵的遗址了。友人陈紫荷为他撰过年谱，但因材料不多，中途废止。每谈到"江东余子老王郎，来抱琵琶哭大王"之句，还是慷慨激昂，说总有一天要把这王仲翟的年谱编成。

四

悲哀之词易工，也是自然之势。因为人的感情，快活的时候，是弛放的，悲哀的时候，是紧张的。子食于丧者之侧，未尝饱也，悲哀的感染，比快乐当然更来得速而且切。李后主亡国之后的词，简直是一字一泪，无论何人读了，也不得不为他肠断，比起前期"花明月暗笼轻雾"来，自然是"多少恨昨夜梦魂中"好得多了。还有欣赏文学的心境，中国人与外国人似乎稍微有点不同。外国人就文论文，似乎以倾向于艺术至上主义者为多。譬如英国人读贝伦、奢来之诗，对于诗人们的乱伦悖德的私行，完全置之度外。还有维农的强盗杀人，蓝鲍的色情倒错，在法国都不妨碍他们的大诗人的声誉。而中国人则当读到文天祥、岳武穆的诗歌的时候，首先想起的，却是这些作者的人格的背景。从这一方面说来，又是悲剧比喜剧更容易成功的一个秘诀。严分宜、阮大铖，诗并非不佳，然而没有人去读，就因为他们的人格卑污，不能构成悲壮美的背景的缘故。

原载1933年1月18日、19日《申报·自由谈》
据《达夫全集》第7卷《断残集》

说春游

春天的好处，在于人的不大想吃饭；春天的坏处，在于人的不大想做事。"终日昏昏醉梦间"，这便是春天的神致。醉了做梦，自然是不想吃饭，也不想做事情了，但是例外却也有，墦间乞食的齐人，就是可以破坏这定例的例外。总之春天不是读书天，春服既成，春情初动，踏青扫墓，还愿进香，倒似乎是春天的唯一的正经。李太白的春夜宴桃李园的一序，真正是能够把捉住春天的心理的大块文章，中国颓废诗人的哲学，在此短短一序里，也可以见一斑了。

但是李白也并不是一味出卖颓废的诗人，同时在他的建丑月十五日虎丘山夜宴序里，他也曾说明了他的可以颓废的原委。"方今内有夔龙皋伊，以佐百揆，外有方叔召虎，以守四方，江海之人，高枕无事，则琴壶以宴友朋，啸歌以展霞月，吾党之职也……"回头来一看我们中国目下的现状，却是如何？但远火似乎终于烧不着近水，华北的烽烟，当然是与我们无关，所以沪杭路局，尽可以开游春的特别专车，电影皇后，也可以张永夜的舞场清宴。

说到游，原并不是坏事。《礼记·月令篇》说："仲夏之月，可以远眺望，可以升山陵。"况且孔子北游，喟然而叹，迫二三子之各言其志。太史公游览名山大川，而文章以著。德国中世，子弟之修了修业年期者，必使之出游，以广见闻，所以于修业年限（Lehrjahre）之后，必有游历年限（Wanderjahre）的规定。像这一种游历，是有所得的远游，是点缀太平的人事，原也未可厚非。不过中国到了目下的这一个现状，饿骨满郊而烽烟遍地，有闲有产的阶级，该不该这么的浪费，倒还是一个问题。

虽然，游春可以不忘救国，救国也可以不忘游春，但这句话是真的么？

原载 1933 年 4 月 18 日《申报·自由谈》

据《达夫全集》第 7 卷《断残集》

清新的小品文字

周作人先生，以为近代清新的文体，肇始于明公安、竟陵的两派，诚为卓见。可惜清朝馆阁诸公，门户之见太深，自清初以迄近代，排斥公安、竟陵诗体，不遗余力，卒至连这两派的奇文，都随诗而淹没了。

近来翻阅笔记宋罗大经《鹤林玉露》于卷四第七节中见有这么的一段，先把它抄在下面：

余家深山之中，每春夏之交，苔藓盈阶，落花满径，门无剥啄，花影参差，禽声上下。午睡初足，旋汲山泉，拾松枝，煮苦茗啜之；随意读《周易》《国风》《左氏传》《离骚》《太史公书》，及陶杜诗，韩苏文数篇。从容步山径，抚松竹，与麛犊共偃息于长林丰草间，坐弄流泉，漱齿濯足。既归竹窗下，则山妻稚子作笋蕨，供麦饭，欣然一饱；弄笔窗间，随大小作数十字，展所藏法帖墨迹画卷纵观之。兴到，则吟小诗或草"玉露"一两段，再啜苦茗一杯，出步溪边；邂逅园翁溪友，问桑麻，说粳稻，量晴校雨，探节数时，相与剧谈一饷；归而倚杖柴门之下，则夕阳在山，紫绿万状，变幻顷刻，恍可入目，牛背笛声，两两来归，两月印前溪矣。

看了这一段小品，觉得气味也同袁中郎、张陶庵等的东西差不多。大约描写田园野景，和闲适的自然生活，以及纯粹的情感之类，当以这一种文体为最美而最合。远如陶渊明的《归去来辞》，近如冒辟疆的"忆语"、沈复的《浮生六记》，以及史悟冈的《西青散记》之类，都是如此。日本明治末年有一派所谓写生文体，也是近于这一种的体裁，其源出于俳人的散文记事，而以俳圣芭蕉的记行文《奥之细道》一篇，为其正宗的典则。现在这些人大半都已经过去了。只有斋藤茂吉、柳田国男、阿部次郎等，时时还在发表些这种清新微妙的记行记事的文章。

英国的essay气味原也和这些近似得很，但究因东西洋民族的气质人种不同，虽然是一样的小品文字，内容可终不免有点儿歧异。我总觉得西洋的essay里，往往还脱不了讲理的philosophizing的倾向，不失之太腻，就失之太幽默，没有东方人的小品那么的清丽。说到了英国，我尤其不得不提一提那位薄命诗人Alexander Smith（1830—1867），他们的一派所谓Spasmodic School的诗体，与司密斯的一卷名*Dreamthorp*（亦名《村落里写就的文章》）的小品散文，简直和公安竟陵的格调是异曲同工的作品，不过公安竟陵派的人才多了一点，在中国留下了一个不可磨灭的印迹，而英国的Spasmodic School却只如烟火似的放耀了一次罢了。

原来小品文字之所以可爱的地方，就在它的细、清、真的三点。细密的描写，若不慎加选择，巨细兼收，则清字就谈不上了。修辞学上所说的trivialism的缺点，就系指此。既细且清，则又须看这描写的真切不真切了。中国旧诗词里所说的以景述情、缘情叙景等诀窍，也就在这些地方。譬如"杨柳岸晓风残月"，完全是叙景，但是景中却富有着不断之情；"万里悲秋常作客，百年多病独登台"，意在抒情，而情中之景，也萧条得可想。情景兼到，既细且清，而又真切灵活的小品文字，看起来似乎很容易，但写起来，却往往不能够如我们的所意想那么的简洁周至。倒如《西青散记》卷三里的一节记事：

弄月仙郎意不自得，独行山梁，采花嚼之，作《蝶恋花词》云……（词略）。童子刘刍，翕然投镰而笑曰，吾家蔷薇开矣，盍往观乎？随之至其家，老妪方据盆浴鸡卵，婴儿裸背伏地观之。庭无杂花，止蔷薇一架。风吹花片堕阶上，鸡雏数枚争啄之，啾啾然。

只仅仅几十个字，看看真觉得平淡无奇，但它的细致、生动的地方，却很不容易学得。曾记年幼的时候，学作古文，一位老塾师教我们说："少用虚字，勿用浮词，文章便不古而自古了。"我觉得写小品文字，欲写得清新动人，也可以应用这一句话。

一九三三年七月二十八日

原载1933年10月《现代学生》月刊第3卷第1期
据《闲书》

山水及自然景物的欣赏

自从亚里士多德的文学模仿论创定以来，以为诗的起源是根据于模仿本能的学说，到现在还没有绝迹；论客的富有独断性者，甚至于说出"所有的艺术，都是自然的模仿；模仿得像一点，作品就伟大一点，文学是如此，绘画亦如此，推而至于音乐，舞蹈，也无一不如此"等话来。这句话，虽则说得太独断，太笼统；但反过来说，自然景物以及山水，对于人生，对于艺术，都有绝大的影响，绝大的威力，却是一件千真万确的事情；所以欣赏山水以及自然景物的心情，就是欣赏艺术与人生的心情。

无论是一篇小说，一首诗，或一张画，里面总多少含有些自然的分子在那里；因为人就是上帝所造的物事之一，就是自然的一部分，决不能够离开自然而独立的。所以欣赏自然，欣赏山水，就是人与万物调和，人与宇宙合一的一种谐合作用，照亚里士多德的说法，就是诗的起源的另一个原因，喜欢调和的本能的发露。

自然的变化，实在多而且奇，没有准备的欣赏者，对于他的美点也许会捉摸不十分完全的；就单说一个天体吧，早晨的日出，中午的晴空，傍晚的日落，都是最美也没有的景象；若再配上以云和影的交替，海与山的参错，以及一切由人造的建筑园艺，或种植畜牧的产物，如稻麦牛羊飞鸟家畜之类，则仅在一日之中，就有万千新奇的变化，更不必去说暗夜的群星，月明的普照，或风雷雨雪的突变，与四季寒暖的更迭了。

我们人类，大家都有一种特性，就是喜新厌旧，每想变更的那一种怪习惯；不问是一个绝色的美人，你若与她日日相对，就要觉得厌腻，所以俗语里有"家花不及野花香"的一句；或者是一碗最珍贵最可口的菜，你若每日吃着，到了后来，也觉得宁愿去换一碗粗肴淡菜来下饭；唯有对于自然，就决不会发生这一种感觉，太阳自东方出来，西方下去，日日如此，年年如此，我们可没有听见说有厌看白天晚上的一定轮流而去自杀的人。还有月亮哩，也是只在那么循行自有地球有人类以来的一套老调，初一出，月半圆，月底全没有，而无论那一处的无论那一个人，看了月亮，总没有不喜欢的，当然瞎子又当别论了。自然的伟大，自然的与人类有不可须臾离的关系，就此一点也可以看出来了，这就是欣赏自然景物的人类的天性。

欣赏自然景物的本能，是大家都有的；不过有些人忙于衣食，不便沉酣于大自然的美景，有些人习以为常了，虽在欣赏，也没有欣赏的自觉，因而使一般崇拜自然美的人，得自命为雅士，以为自然景物，就只为了他们少数人而存在的。更有些人，将自然范围限制得很小，以为能如此这般的欣赏，自然景物，就尽在他们的囊中了。下边的四首歌曲，和一张节目，就是这些雅士们的欣赏自然的极致，我们虽则不能事事学他们，但从小处也可以见大，倒未始不是另一种欣赏自然景物的规范。

山居自乐（四季之歌，见乾隆御制《悦心集》）
无名氏

爱山居，春色佳，有桃花有杏花；绿杨深处莺儿啼，天阴草色连云暖，夜静花阴带月斜。兴来时，醉倒茶蘼下；这是俺山中和气，岂恋他金谷繁华？（春）

爱山居，夏日长，抚苍松坐翠篁；南风不用蒲葵扇，放开短发迎朝爽，洗涤尘襟纳晚凉。竹方床，一枕清无汗；这是俺山中潇洒，岂恋他束带矜妆？（夏）

爱山居，秋月清，白蘋洲红蓼汀；芳菲黄菊开三径，风前倚石吹长笛，月下焚香抚玉琴。木兰花，坠露朝堪饮；这是俺山中雅淡，岂恋他人世红尘？（秋）

爱山居，冬景余，掩柴门著道书；红炉榾柮煨山芋，开窗积雪千峰白，绕屋梅花几树疏。兴来时，驴背闲寻句；这是俺山中冷趣，岂恋他车马驰驱？（冬）

明高濂稚尚斋四时幽赏目录

孤山月下看梅花。八卦田看菜花。虎跑泉试新茶。保俶塔看晓山。西溪楼啖煨笋。登东城望桑麻。三塔基看春草。初阳台望春树。山满楼观柳。苏堤看桃花。西泠桥玩落月。天然阁上看雨。（以上春时幽赏。）

苏堤看新绿。东郊玩蚕山。三生石谈月。飞来洞避暑。压堤桥夜宿。湖心亭采莼。晴湖视水面流虹。山晚听轻雷断雨。乘露剖莲涤藕。空亭坐月鸣琴。观湖上风雨欲来。步山径野花幽鸟。（以上夏时幽赏。）

西泠桥畔醉红树。宝石山下看塔灯。满家弄赏桂花。三塔基听落雁。胜果寺月岩望月。水乐洞雨后听泉。资岩山下看石笋。北高峰顶观云海。策杖林园访菊。乘舟风雨听芦。保傲塔顶观海日。六和塔夜玩风潮。（以上秋时幽赏。）

湖冻初晴远泛。雪霁策蹇寻梅。三节山顶望江天雪霁。西溪道中玩雪。山头玩赏茗花。登眺天目绝顶。山居听人说书。扫雪烹茶玩画。雪夜煨芋谈禅。山窗听雪敲竹。除夕登吴山看松盆，雪后镇海楼看晚炊。（以上冬时幽赏。）

（录自《西湖集览》。）

这些原也不免有点过于自命风雅，弄趣成俗之嫌；可是对于有些天良丧尽，人性全无的衣冠禽兽，倒也可以给他们一个警告，教他们不要忘掉自然。我从前在北平的时候，就有一位同事，是专门学法律的人，他平时只晓得钻门路，积私财，以升官发财为唯一的人生乐趣，你若约他上中央公园去喝一碗茶，或上西山去行半日乐，他就说这是浪漫的行径，不是学者所应有的态度。现在他居然位至极品，财积到了几百万了，但闻他唯一娱乐，还是出外则装学者的假面，回家则翻存在英国银行里的存折，对于自然，对于山水，非但不晓得欣赏，并且还是视若仇敌似的。对于这一种利欲熏心的人，我以为对症的良药，就只有一服山水自然的清凉散，到这里，前面所开的那两个节目，倒真合用了；因为山水，自然，是可以使人性发现，使名利心减淡，使人格净化的陶冶工具。我想中国贪官污吏的辈出，以及一切政治施设都弄不好的原因，一大半也许是在于为政者的昧了良心，忽略了自然之所致。

自然景物所包涵的方面，原是极博大，极广阔的；像上面所说的天地岁时，社会人事，静而观之，无一不是自然，无一不可以资欣赏，但这却非要悠闲自得，像朱夫子那样的道学先生才办得到；至于我们这种庸人，要想得到些自然的美感，第一，还是上山水佳处去寻生活，较为直截了当；古今来，闲人达士的游山玩水的习惯的不易除去，甚至于有渴慕烟霞成痼疾的原因，大约总也就在这里。

大抵山水佳处，总是自然景物的美点发挥得最完美、最深刻的地方。孔夫子到了川上，就觉悟到了他的栖栖一代，猎官求仕之非；太史公游览了名山大川，然后才死心塌地，去发愤而著书。从知我们平时所感受不到的自然的威力，到了山高水长的风景聚处，就会得同电光石火一样，闪耀到我们的性灵上来；古人的讲学读书，以及修真求道的必须要入深山傍大水去结庐的理由，想来也就在想利用这一点山水所给与人的自然的威力。

我曾经到过日本的濑户内海去旅行，月夜行舟，四面的青葱欲滴，当时我就只想在四国的海岸做一个半渔半读的乡下农民；依船楼而四望，真觉得物我两忘，生死全空了。后来也登过东海的崂山，上过安徽的黄山，更在天台雁荡之间，逗留过一段时期，每到一处，总没有一次不感到人类的渺小，天地的悠久的；而对于自然的伟大，物欲的无聊之念，也特别的到了高山大水之间，感觉得最切。所以要想欣赏自然的人，我想第一着还是先上山水优秀的地方去训练耳目，最为适当。

从前有一个赞美英国十九世纪的那位美术批评家拉斯肯的人说，

他在没有读过拉斯肯以前,对于绘画,对于蒙勃兰高峰的积雪晴云,对于威尼斯,弗露兰斯的壁画殿堂,犹如瞎子,读了之后,眼就开了。这话对于高深的艺术品的欣赏,或者是真的,但对于自然美,尤其是山水美的感受,我想也未必尽然。粗枝大略的想欣赏自然,欣赏山水,不必要有学识,有鉴赏力的人才办得到的;乡下愚夫愚妇的千里进香,都市里寄住的小市民的窗槛栽花,都是欣赏自然的心情的一丝表白。我们只教天良不泯,本性尚存,则但凭我们的直觉,也就尽够做一个自然景物与高山大水的初步欣赏者了。

原载 1936 年 1 月 19 日《申报·每周增刊》第 1 卷第 3 期

据《闲书》

秋阴蘘记

一　买书者言

前两三年，英国Holbrook Jackson印行了一部*Anatomy of Bibliomania*的大著。这部《爱书狂的解剖》的内容丰富，引证赅博，真可以和Robert Burton的*Anatomy of Melancholy*比比。爱书狂者的心理，古今中外，似乎都是一例的。中国有宋版蝴蝶装、明印绵纸等等的研究，外国人的收藏家，也有不惜花去几万金元，买一册初版（first edition）诗集或文集的人。例如勃朗蒂氏姊妹三人的诗集之由Aylott and Jones发行者，薄薄的一册*Poms* by Currer, Ellis, and Acton Bell可以卖到八九百镑或千镑以上的金洋。原因是因为有一天夏洛蒂忽而发现了爱弥丽的诗稿，姊妹三人就商议着自费来印行一部诗集，恰好伦敦的Aylott & Jones出版业者答应以三十镑的价钱来替她们印刷发行，但一年之后，这部诗集，只卖去了两本。姊妹三人，于送了几本给友人之外，就决定把其余的诗集去售给箱子铺里糊里子去了。但后来却以较好的条件，转让给了Smith & Elder Co.去出版，所以由Aylott & Jones印行的诗集，就可以卖得到那么的高价。

这一种珍本市价的抬高，中国自胡适之做了几篇小说考证之后，风气也流行开来了。现在弄得连一本木版黄纸的《三字经》《百家姓》《龙文鞭影》之类的启蒙书，都要卖到几块大洋一本。所谓国学，成了有钱的人的专门学问，没有钱的人，也落得习些爱皮西提，去求捷径，于是大腹贾的狡猾旧书商，就得其所哉，个个都发起财来了。

前数个月，施蛰存先生曾写过一篇上海滩上买西文旧籍的记事，但根据着我自己的经验来看，则上海滩上的西书旧籍，价钱亦复不贱。每逢看到了一册心爱的旧书，议价不成的时候，真有索性请希脱勒或秦始皇来专一专政的想头。但走到了街上，平心静气的一思索，中国的同胞，饥不得食，寒不得衣的人，还有好几千万在那里待毙，则又觉我辈的买书，也是和资本家们的狂欢醉舞是同样的恶德了。

二　绍兴酒价

中国笔记中，记唐时酒价的，每以"三百青铜钱"，或"美酒斗十千"等诗句为解答，实在不可靠得很，亦犹答黄河水源之从"天上来"三字了局，是一个样子。现在中国流行最广，而色香味并佳的酒，总之是绍兴酒了，而这绍兴酒的价钱，也真奇怪，每家每处，都是不同的。绍兴城里如何，我不晓得，即以北平、天津、汉口、南京、广州、上海等处来说，因地方的不同，而酒价有别，倒还可以说得，甚至在同一地方，于同一酒名之下，价钱还时有上落，这真是怪事了。当然酒的质地和分量的如何，更是另外一个问题。据我的经验说来，杭州的绍兴酒，的确要比别处便宜，这是质地分量上来说的话，至如有几家酒店，挂起几十年陈的一块招牌，动不动就是几元一斤，那却是欺人之谈了。前几日因为落雨，曾在岳墓前大醉过一场，顺口唱来，唱出了"十日秋阴水拍天，湖山虽好未容颠，但凭极贱杭州酒，烂醉西泠岳墓前"的二十八字，也是实写。绍兴酒以东浦、阮社两地的产品为佳，其余的地方，虽也有作坊，但味道总差一点，大约是水的关系。

原载1933年10月15日、16日《申报·自由谈》

谈结婚

前些日子，林语堂先生似乎曾说过女子的唯一事业，是在结婚。现在一位法国大文豪来沪，对去访问他的新闻记者的谈话之中，又似乎说，男子欲成事业，应该不要结婚。

华盛顿·欧文是一个独身的男子，但《见闻短记》里的一篇歌颂妻子的文章，却写得那么的优美可爱。同样查而斯·兰姆也是个独身的男子，而爱丽亚《独身者的不平》一篇，又冷嘲热讽，将结婚的男女和婚后必然的果子——小孩们——等，俏皮到了那一步田地。

究竟是结婚的好呢，还是不结婚的好？这问题似乎同先有鸡呢还是先有鸡蛋一样，常常有人提起，而也常常没有人解决过的问题。照大体看来，想租房子的时候，是无眷莫问的，想做官的时候，又是朝里无裙莫做官的，想写文章的时候，是独身者不能写我的妻的，凡此种种似乎都是结婚的好。可是要想结婚，第一要有钱，第二要有闲，第三要有职，这潘驴邓小闲的五个条件，却也很不容易办到。更何况结婚之后，"儿子自己要来"，在这世界人口过剩，经济恐慌，教育破产，世风不古的时候，万一不慎，同兰姆所说的一样，儿子们去上了断头台，那真是连祖宗三代的霉都要倒尽，那里还有什么"官人请！娘子请！"的唱随之乐可说呢？

左思右想，总觉得结婚也不好的，不结婚也是不好的。中庸之道若在男女婚姻上能适用的话，我倒很想把某先生驳覆林先生的话再来加以吟味，先将同胞们都化成了像魏忠贤一样的中性者来试试看如何？

原载1933年12月9日《申报·自由谈》

苍蝇脚上的毫毛

一 解题

苍蝇脚上，究竟是不是同人类或禽类一样有毫毛，我可不晓得。此地的用这一个题目，意思是在表明微之又微，以至极微的代替形容词。自林语堂宣言了什么苍蝇宇宙以来，老看见有人用了这两字来回敬他；这原是很有趣味的文字的戏弄。但是偶用一次是有趣的文字，你用了两次、三次、四次、五次、六次、七次、八次、九次、十次、十一次、十×次之后，鲜味要失掉的。所以我在这里，首先得说明，并不是在效那第几十几次的颦，将苍蝇拿来作炮架，而说苍蝇的脚就是传染病毒的东西。

二 尚方宝剑

偶尔坐了洋车跑过苏堤，那位年老的洋车夫，在对了三潭印月的退省庵，喟然而作长叹。我问他："为什么？"他说："现在像彭宫保那样有尚方宝剑的刚直的人没有了，所以我们老百姓得吃苦。若像彭宫保那样的人现在有几个，把坏人绰拉绰拉的杀杀干净，岂不痛快。"

我说："彭宫保的有没有尚方宝剑，我不晓得；但是他的先斩后奏的威风，只在安徽用了一次，杀了一个他自己部下的水师军官之奸占人妻而谋杀其夫者。但是现在皇帝没有了,你将怎么办呢？"他想了一想，愤愤的说："皇帝没有了，百姓总有的！" 我又问他："假使你有了尚方宝剑，你头一个想杀什么人？"他说："张寿元！"我问："谁是张寿元？"他说："是他把我们的财产夺去的。"我问："第二个呢？"他说："是某某！"我又问："谁是某某？"他又气愤了起来说："说来说去你还不晓得？这一个大家知道的天下世界最坏的坏人！"我不敢问下去了，因为在他的气性头上，若问他第三个的时候，说不定他就会回转头来，说一声："是坐在车上的你！"

前些日子，有一个教育机关，问我来要一篇告诫学生的文章；我因为和学生生活隔绝得太久了，所以先请了一位大学生、一位中学生、一位小学的高年级生来问他们以同样的问题。

大学生说："压迫学生，佯言不干，而暗弄枪花者斩！造了房子，而虚报账目者斩！把持学校，以学校为衙门者斩！……"他还要说下去，我说："慢来慢来，你要杀的人太多了，且听了第二位说了再讲。"

中学生说："我要斩的人，同大学生的意见一样，不过还要多几个。"

小学生说："更多了，不过从我们的切身问题讲来，是有两种人不得不斩的：一，以学校为发财宝库，不顾学生性命者，不得不斩；二，背后牵线，想造成清一色而舞弊营私者，不得不斩！"

如此说来，尚方宝剑，的确是忙得很。

三　相

　　看相，似乎是中国人的特技，但是外国也有很精练的人。外国的工场管理人，就须备有这一种技能，方称上选。听说他们雇工人的时候，总须相一番面貌，看这一个工人，会不会变成细胞而来煽动罢工。但不知工场管理法的课本里，讲到这条的时候，用的还是柳庄的系统呢，还是麻衣的系统。可见世事总无独而有偶，不但"古已有之"，亦且"中外一律"的了，譬如说"点秀女"罢，外国也有标准美人的投票，外国也有总统的选举；法国革命的初期，并且还把"摸摸乐"脱得精光，抬着行街哩！

四　出气店

　　听说巴黎有一种店，店里陈设着极美丽细致脆薄的器皿，标上价目，旁边摆着一根铁杖，任顾客来敲打捣毁。敲完之后，算一算账，就此付钱了结。这一种店，生意兴隆，老有气愤愤的人跑来，一顿乱打，打得笑逐颜开，付钱而去。这一种店的名目叫作什么，我不晓得，就姑且叫它作出气店罢。英美的大都，据说这一种店是没有的，大约因为言论比较自由，大家都在纸上做文章了，所以可以省去一种特殊的营业。中国则更加自由了，妇女们受了气，可以上野外去号哭，叫花子受了气可以沿路而骂街；而且农村破产，国民经济枯完，这种店当然是开不得发的。可是《论语》却竟模仿了巴黎的企业者而变相的成功了，现在还更有许多攻击《论语》者，目的大约也不外此。总而言之，长歌当哭，幽默当哭，攻击幽默，闲情也当哭，反正是晦气了出气店里的器皿。

一九三四年十二月

原载 1934 年 12 月 16 日《论语》第 55 期

小说与好奇的心理

对于人生或社会的秘密，抱一种好奇的心思，西洋人叫作curious，中国人叫作多事。这多事之心，就是小说作者和读者的共同心理。否则，小说非但将没有读者，就是作者也不会得有。

人生经验不丰富，对世上的事事物物都还抱有着探险心的时候，做小说的兴致格外的来得好，同时读小说的趣味，也特别的来得浓厚。大抵人当三十岁以前，无论社会上属于那一层的男女，多少总带有着一种倾向，所以年轻的读者作者，在无论那一国，总在读书界创作界占据着首位的多数。到了三十以后，娶了妻室，生了儿子，一踏进生活竞争剧烈的战斗场里，对于人生，对于社会，非但不感到兴趣，像在中国的现状之下，恐怕连做人都不想再做。像这一种人，你若想他为《红楼梦》而落泪，替岳老爷抱不平，是办不到的。因为他们晓得，人生不过是这么的一回事。所谓文学，所谓爱情，所谓忠君爱国，都是生活问题解决以后的一种消化dessert course。有了原更好，没有也并不是必要的。

中国有一句话说得好，叫作"人到中年万事休"，所谓万事休者，就是说这一种curiosity消失完了的意思。

不过在外国的作家中，大作品的出来，大抵总在四十岁以后，那又当怎么说呢？这当然也有一个道理。袁子才的诗话里，曾有一处说起诗人不失其赤子之心的地方。这赤子之心，就是 curiosity 的遗留。凡不失此心的人，像英国的哈提、俄国的高尔基、我们的鲁迅一样，到了高年，还会得做年青时候般的梦。

哈提八十岁后，还写情诗，鲁迅的《两地书》是四十以后的书简，高尔基五十岁以后的小说里，写到恋爱的场面，还是活灵活现。

这多事之心，亦即是赤子之心，中国的现代人，特别的消失很早，因此中国就不能如外国一样的有许多大作品出现，所以日本人老是批评我们说，中国民族是富于现实性的。其实呢，却是民族志趣不高、社会环境恶劣，以及教育不普遍、政治不安定的种种原因所促生出来的恶果。

一九三六年七月

原载 1936 年 8 月 1 日福州《文座》第 1 卷第 2 期

我所喜欢的文艺读物

鲁迅：《野草》。

茅盾：《子夜》。

沈从文：《阿丽思漫游中国》。

原载 1936 年 9 月 6 日《小民报·新村·每周文坛》

日记文学

散文作品里头,最便当的一种体裁,是日记体,其次是书简体。

我们都知道,文学家的作品,多少总带有自传的色彩的,而这一种自叙传,若以第三人称来写出,则时常有不自觉的误成第一人称的地方,如贝郎的长诗 *Childe Harold* 里的破绽之类。并且缕缕直叙这第三人称的主人公的心理状态的时候,读者若仔细一想,何以这一个人的心理状态,会被作者晓得得这样精细?那么一种幻灭之感,使文学的真实性消失的感觉,就要暴露出来,却是文学上的一个绝大的危险。

足以救这一种危险,并且可以使真实性确立,使读者于不知不觉的中间受催眠暗示的,是日记的体裁。

我们大家都有过记日记的经验,都晓得在日记里,无论什么话,什么幻想,什么不近人情的事情,全可以自由自在的记叙下来,人家不会说你在说谎,不会说你在做小说,因为日记的目的,本来是在给你自己一个人看,为减轻你自己一个人的苦闷,或预防你一个人的私事遗忘而写的。

日记有此种种便利的特点,所以小说家在初期习作的时候,用日记体裁来写的时候,其成功的可能性,比用旁的体裁来写更多一点。而我们读者,因为第一我们所要求的,是关于旁人的私事的探知(这一种好奇［curiosity］是读小说心理的一个最大动机），所以对于读他人的日记，比较读直叙式的记事文，兴味更觉浓厚。

由我个人的嗜好来讲，我在暇时翻阅旁人的著作的时候，最喜欢读的，是他的日记，其次是他的书简，最后才读他的散文或韵文的作品。以己度人，类推起来，我想无论那一个文艺爱好者，大约是人同此心，心同此理的。

几礼拜来，呻吟在病床上，床头没有书读，从朋友那里借了两部日记来，一部是Henri Frederic Amiel的日记，一部是中国吴毂人祭酒的《有正味斋日记》。亚米爱儿的日记，我从前只读过英译的拔萃，及德文的Rosa Schapire译的更短的几段文字，这一回却得了一部全集，糊里糊涂的翻翻字典，竟帮助我消磨了许多无聊赖的黄昏。

古今中外的文人，以日记传世的很多，就浅陋的我所读过的几家日记说来，如德国近代剧作家Hebbel，英国的日记专家Samuel Pepys，俄国的Dostoyevsky，Tolstoy，中国的李莼客及许多宋遗民明遗民的随笔日录之类，真是数不胜数。然而三十年如一日，中间日日在自己解剖自己，日日在批评文化，日日在穷究哲理，如亚米爱儿的日记，实在是少见的，因为这一个原因，我想就我所读过的记忆中所及的，抄一点出来，向大家来推荐推荐，并且同时可以把日记体的文学来说一说。

作者亚米爱儿，于一八二一年，生在瑞士的Genf。在外国留了七年学——大部分是在德国的大学里——一八四九年去故乡的大学里当美学的教授，一直到一八八一年他死的时候止。他的一生都平淡无奇，少时境遇也还好，天资极高，同学辈都以为他将来是了不得的，然而出乎他们的意料之外，他的一生，除出了几本小品感想文及小诗集后，竟一无所成，到他的死时止，他的事业文章，没有一样可以使人纪念他，使他不朽的。然而他的内心的苦闷，自己解剖的精细，批评的眼光的周密，直到他死后的那部日记发表的时候，才有人晓得。

他是天生的一个忧郁病者，自己怀疑自己，对世界一切，当然更怀疑了。然而到了穷无所归，他却还保留得一丝信仰，他觉得还有一个唯一的神在，可以使我们安身立命，不过这一种矛盾的心理，就是使他一生苦闷的原因，而同时也是救他的灵魂，使他不至于自杀的一个最大理由。

据BertheVadier——*Henri Frédéric Amiel Etudé Biographique*的著者——说来，他的抑郁性，和当时的政局有关，因为他是生于有产阶级的贵族中的，然而心里却在同情于无产阶级，而无产阶级者，又不能信任他，所以他一生不曾与政治发生过关系，虽则处在一八四六年前后的革命世纪里头，但他的孤独，他的无聊，却比任何时代的人还要厉害。这也许是真的，尤其是由我们当这一个举国若狂的时代中，看了两派的投机师的活跃，使我们良心稍为纯正一点的人，一点事情也不能做，一句话也不能说，不得不坐以待亡的状态推想起来，这一种苦闷，这一种dilemma却是千真万真的。

一八五一年三月二十六日

多少伟人杰士，我所认识的，都被死神拉入冥冥中去了。Steffens, Marheinecke, Neander, Mendelssohn, ……学者，艺术家，诗人，音乐家，史学家，旧的时代，死灭过去，新的时代，将有什么产生？几个老者，Schelling, Alexander von Humboldt, Sehlosser, 还在把我们联系在过去的有荣光的时代之中，然而形成伟大的将来者，又是何人？年事将终，不可逃避的运命，若要向我们寻问：你所有的伟大在那里的时候，我们那能够不颤栗惶恐？现在是时候了，是自家振作的时候了，是我们的力量或我们的无聊的暴露的时期了。是你的天才，英气，力量的显现的时期了，你究竟准备好了没有？（大意）

看哟，由苦闷而发的这一种自己鞭挞，是如何的伤心，是如何的可痛！

  一八五一年四月六日
  ……我的心太柔嫩，我的幻想太不安定，我太容易感到失望，我的情感的回响太不容易消灭。我的成就的可能，都被未成就的现实所腐食，而一种成就的必然，只增长了我心身的苦痛。所以现实，目前的事实，事实的必然，总之不可救药的一切，只是使我忧闷，使我苦痛。我的幻想太发达了，思想太精细了，自觉太英敏了，总之是我的性格不强的原故，所以弄得现实的生活，实际生活，与我两不相入。

家庭生活，现世的快乐，他并不是不晓得，但是他的高尚的理想，终于不能使他安闲的得享受这些庸人俗人及投机师所特有的安宁。人生实在是一个危险的东西，是一种争斗。天堂与地狱，只隔了一张纸，恶魔与天神，都存在在一个人的心里的。

一八六〇年五月廿二

我有一种莫名其妙的骄情，总不愿意把我的感情直现出来。可以使人满足的话，自己总不愿意说。……

这一种骄情，实在是使他陷入孤独，使他在世不能成功的一个大原因。

一八六一年三月十七

今天午后，对于死的热望，烧满了我的全身，厌恶之情，生的厌倦，不断的苦闷，征服了我的心身……到墓地里去徘徊，或者可以得到一点安慰，然而也不能够……

一个不安被困的灵魂，想得到慰安，想得到神助，是不可能的，因为他不晓得要往那里去祈求，向那里去寻觅上帝。教会是不中用的，冷冰冰的牧师的说法是不中用的。他们没有同情心，不了解灵敏的感觉，不晓得深沉的苦痛是什么？

像这一类的日记，在全卷内在在皆是，批评宗教，解剖自己，阐明苦闷的心理的记载，若要摘录出来，总有千万条好摘，我不再写下去了。读者若要认识这一位日记作者的大胆的记录，及内心苦闷的全史，请先去看Mrs. Humphrey Ward的英译本，若要看对于Amiel的评论，则Matthew Arnold的批评文集里，有一篇关于他的文章，亚诺儿突说他是一个批评家，却是很适当的评断。

就孤陋寡闻的我看来，像亚米爱儿的这一部日记，大约是可以传到人类绝灭的时候的不朽之作。读他的日记，觉得比读有始有终、变化莫测的小说，还要有趣，所以我说，日记文学，是文学里的一个核心，是正统文学以外的一个宝藏。至于考据学者，文化史学者，传记作者的对于日记的应该尊重爱惜，更是当然的事情，此地可以不必再说。

因为日记文学里头，有这样好的东西在那里，所以我们读者不得不尊重这一个文学的重要分支，又因为创作的时候，若用日记体裁，有前面已经说过的几个特点，所以我们从事于创作时候，更可以时常试用这一个体裁。或者有人要说，我们若要做自叙传，那么用第一人称来做小说就行了，何以必要用日记体呢？这话也是不错。可是我们若只用第一人称来写的时候，说："我怎么怎么，我如何如何，我我我我……"的写一大篇，即使写得很好，但读者于读了之际，闭目一想，"你的这些事情为什么要这样的写出来呢？""你岂不是在做小说吗？"这样的一问，恐怕无论如何强有力的作者也要经他问倒（除非先事预防，在头上将所以要做这一篇自叙小说的动机说明在头上者外）。从此看来，我们可以晓得日记体的作品，比第一人称的小说，在真实性的确立上，更有凭借，更有把握。

上边说过的是日记文学的重要，和我们创作的时候用日记体裁的便利。底下本应该说到除真正的日记以外，作者特以日记的体裁而做的小说及各种作品上去了，但是因为手头的参考书没有，所以只好等下次有机会的时候，再来补作一篇。最后我更想加上一句，就是以日记体写下来的文章，除有始有终的记事文之外，更可以作小品文、感想文、批评文之类，它的范围很广很自由的。现在我手头所有的这一部吴毅人的日记里，就有许多很好的小品写生文在里头。就是那部亚米爱儿的日记里，也有许多很美丽很细腻的散文诗包含着，并不是拘于一格的。此外更有书简体的小说，最浅近普通的例如《少年维特之烦恼》和《穷人》之类，也是和日记体一样的便于创作，富于趣味，但是这一种书简的体裁，我们可以说是日记体的延长，所以关于日记体的作品所说的话，是完全可以应用在书简体的作品上面的。此地不再说了。

一九二七年六月十四日，作于病床上

1927年5月1日《洪水》半月刊第3卷第32期

据《达夫日记集》

日本的娼妇与文士

我们因为在日本住的日子长一点，所以平时交游的日本文士，也比较得多。以常识及平时的谈吐、修养、抱负来看，总以为文士是日本的优秀分子，文人的气节、判断力、正义感，当比一般人强些。但是疾风劲草，一到了中日交战的关头，这些文士的丑态就暴露了。我们原有点被他们欺骗了的后悔，但因此也可以看出日本民族的决不能与世界各伟大民族相并立的痼疾，因此也可以断定日本的抄袭文化，决不能有在世界文化史上一点色彩的运命。矮子登场，弄了一辈子的轻薄小技，终也不过是些沐猴冠者而已。

所以会引起我这一段感慨来的原因，是因为最近读到了《日本评论》三月号上的一篇佐藤春夫的电影故事的创作。

文人的幻想，原不是可以用道义的立场来批评的。文人对于作品中模特儿的引用，原也不是可以由被引用者来提出抗议的。但是，至少至少，对于事实的歪曲、诬蔑，总也应该在一个不超过常识的范围以内才对。使用挑拨离间的策略，也应该不远离开艺术家的立场才对。

让我先来介绍佐藤的那一篇劣作《亚细亚之子》的内容。

有一位姓汪的革命文学家，在十七八年的国民革命军北伐之后，流亡在日本，与他的日本妻子，共过了十余年的放逐的生活，他本来学的是医学，他的妻子，本来是大学里学助产的看护学的。儿女也已长大了，大约两个已经进入了第一高等学校。有一天晚秋的薄暮，他的一个姓郑的中国朋友，忽而到他的寓居去访问他了。这姓郑的使命，就是受了中国最高领袖的密谕，去煽动他回国来作抗日的宣传的。

终于芦沟桥事件勃发了，汪一个人便悄然留下了给妻与子的遗书，逃回了中国。在各地作了许多热烈的抗日的宣传。

最后他发现了自己是被人利用了，作了人家的傀儡，并且也感到了自己是供作了被报复的牺牲。更使他失望的，是他在北伐时代的一位情人，却被他的老友姓郑的骗去作了妾，藏置在杭州的金屋之中。

于是他就翻然变更，要求日本人容许他去作救济华北人民的工作，在北通州造成了一个日本式的医院，在倭寇保护下重迎他的日本妻子到了通州。

这是他那一篇劣作的大意。在这中间他处处高夸着日本皇军的胜利，日本女人爱国爱家的人格的高尚。同时也拙劣的使尽了挑拨我们违反领袖，嗾使我们依附日本去作汉奸的技巧。至于中国人的人格呢，对男人则说是出卖朋友的劣种，如姓郑者之所为，对女人则说是比日本的娼妇还不如，如那一位姓汪的爱人之所为。

介绍了这一篇劣作的内容之后，读者大约总也已经可以明白我这篇短文的主旨了吧！就是：日本的文士，却真的比中国娼妇还不如！

佐藤在日本，本来是以出卖中国野人头吃饭的。平常只在说中国人是如何如何的好，中国艺术是如何如何的进步等最大的颂词。而对于我们私人的交谊哩，也总算是并不十分大坏。但是毛色一变，现在的这一种阿附军阀的态度，和他平时的所说所行，又是怎么样的一种对比！

平时变化莫测的日本女人，如林房雄之类的行动，却是大家都晓得的。在这一个时候，即使一变而做了军阀的卵袋，原也应该，倒还可以原谅。至于佐藤呢，平时却是假冒清高，以中国之友自命的。他的这一次的假面揭开，究竟能比得上娼妇的行为不能？我所说的，是最下流的娼妇，更不必说李香君、小凤仙之流的侠伎了。

当然，日本的文士，也不可以一概说的。我们有我们的理知与判断，我们亦有我们的矜持，我们决不愿意像佐藤似的不分皂白的加以一例的阿谀的谩骂。日本老大家中，如秋田雨雀，如志贺直哉、岛崎藤村等，还是良心不昧的人。中坚作家如鹿地亘及其他的诸非战作家，更加是具有强烈的正义感的文士了。我们对那些军阀的走狗文士，只能以一笑一哭来相向，如对于摇尾或狂言之老犬一样。对于那些真正有世界眼光，有文人气节的作家，应该以全腔的热血来致敬。不分国界，不问人种也。

一九三八年五月九日作

原载 1938 年 5 月 14 日汉口《抗战文艺》第 1 卷第 4 期

獭祭的功用

《谈苑》谓:"李商隐为文,多检阅书册,左右鳞次,如獭祭鱼。"清初毛奇龄的如夫人,也向人指摘她丈夫的隐事,说:"大可作文,完全是抄的书。"獭祭的工夫与趣味,实在是别有天地,不足为外人道的。

宋明以来,文人的笔记,大抵是獭祭之余,用笔偶抄下来的东西居多,像《困学纪闻》《日知录》《读书杂志》等巨著,且成了研究中学者所必读的书,就是由纪文达公作总纂的那部《四库总目提要》,亦何尝不是獭祭的成绩?

其次则轻松一点笔记,如诗话之类,一书之成,也大都是如此的。抗战军兴之前,我也曾于读书之暇,摘录过许多笔记,原稿一半在杭州,半在福州,因为不曾印行,现在也大都散失了,此刻虽再想续做这步獭祭的工夫,可是一则没有时间,再则缺少鱼类,却很难做到了。

不过有许多古人的名句轶事,间或有断片记得的,仍时时在口头脑际出没,若能补充写出,或也缀得成一幅倒翻字纸图,现在先写两段出来试试。

明初有临刑作口占诗者:"鼍鼓三声急,西山日又斜,黄泉无旅店,今夜宿谁家?"监斩官事后报知,受了明太祖的申斥,谓如此大才,何不早告,这诗记得《瓯北诗话》中亦曾记过。因此,又想起人传金圣叹临刑之日,天正大雪,他亦有四句口号的诗:"天公丧母地丁忧,万里江山尽白头。明日太阳来作吊,家家檐下泪珠流。"这比那"少年头不负,老去臭偏遗"的汪老先生,似乎口气还要沉痛一点。

前人说富贵诗,总以"梨花院落溶溶月,柳絮池塘淡淡风"或"舞低杨柳楼西月,歌罢桃花扇底风"为例,我则最赏识唐李德裕的"内官传诏问戎机,载笔金銮夜始归。万户千门皆寂寂,月中清露点朝衣。"和宋周必大的"绿槐夹道杂昏鸦,敕使传宣坐赐茶。归到玉堂清不寐,月钩初上紫薇花。"的两绝,以其融融清雅,有古大臣的风度,并且非看到过皇都壮丽的人,不能赏识。像龚定庵的"各有清名传海内,春来各自典朝衣",华贵处反从清寒一面来写,又是一种作风了。

原载1939年5月9日新加坡《星中日报·星宇》

写作闲谈

一 文体

　　法国批评家说，文体像人；中国人说，言为心声，不管是如何善于矫揉造作的人，在文章里，自然总会流露一点真性情出来。《铃山堂集》的"清词自媚"，早就流露出挟权误国的将来；咏怀堂的《春灯》《燕子》，便翻破了全卷，也寻不出一根骨子（从真善美来说，美与善，有时可以一致，有时可以分家；唯既真且美的，则非善不成）。所以说，"文者人也"，"言为心声"的两句话，决不会错。

　　古人文章里的证据，固已举不胜举，就拿今人的什么前瞻与后顾等文章来看，结果也决逃不出这一铁则。前瞻是投机政客时，后顾一定是汉奸头目无疑；前瞻是夸党能手时，后顾也一定是汉奸牛马走狗了。洋洋大文的前瞻与后顾之类的万言书，实际只教两语，就可以道破。

　　色厉内荏，想以文章来文过，只欺得一时的少数人而已，欺不得后世的多数人。"杀吾君者，是吾仇也；杀吾仇者，是吾君也。"掩得了吴逆的半生罪恶了么？

二　文章的起头

仿佛记得夏丏尊先生的《文章作法》里，曾经说起头的话，大意是大作家的大作品，开头便好，如托尔斯泰的《战争与和平》的开头，以及岛崎藤村的《春》《破戒》的开头等等（原作中各引有一段译文在）。这话我当时就觉得他说的很对（后来才知道日本五十岚及竹友藻风两人，也说过同样的话），到现在，我也便觉得这话的耐人寻味。

譬如，托尔斯泰的《婀娜小史》的起头，说："幸福的家庭，大致都家家相仿佛似的，而不幸的家庭却一家有一家的特异之处"（原文记不清了，只凭二十余年前读过的记忆，似乎大意是如此的）。

又譬如：斯曲林特白儿希的《地狱》（？）的开头，说："在北车站送她上了火车之后，我真如释了重负"云云（原文亦记不清了，大意如此）。

真多么够人回味。

三　结局

浪漫派作品的结局，是以大团圆为主；自然主义派作品的结局大抵都是平淡；唯有古典派作品的悲喜剧，结局悲喜最为分明。实在，天下事决没有这么的巧，或这么的简单和自然，以及这么的悲喜分明。有生必有死，有得必有失，不必佛家，谁也都能看破。所谓悲，所谓喜，也只执着了人生的一面。

以蝼蛄来视人的一生，则蝼蛄微微，以人的人生来视宇宙，则人生尤属渺渺，更何况乎在人生之中仅仅一小小的得失呢？前有塞翁，后有翁子，得失循环，固无一定，所以文章的结局，总是以"曲终人不见"为高一着。

原载1939年11月19日新加坡《星洲日报星期刊·文艺》

关于戏剧演出时之接吻问题

　　本月廿一晚，晨光社为协助"回教徒募药救济中国难民"之故，试演独幕剧《重逢》，剧中演员秦璧（《新国民日报》记者）与徐绵（南洋女中生），为忠于原作剧意起见，实行接吻，本系应有之动作。但听说外间颇有卫道之徒对此在提出抗议，似乎在说演员不应该有此等举动等话。这一种陈腐的见解，还能在开明的现代听到，我却以为是一奇事。

　　当然，在历史上，像这一种守旧的时代，不能说是没有。譬如英国当克林威尔执政的时候，一般热情的清教徒，就根本以戏剧为罪恶。不准看戏，当然是清教徒的戒律之一，甚至当时国内政府，还颁发命令不准演戏。若在这一时代，有人出来主张反对男女同席，或主张男女不准在同一屋顶下住宿，当然也不会被社会所嗤笑，因为固执不通，就是那一时代的特征。

　　至于现代呢？大家都晓得，是注重于现实的时代了，一切迷信，和没有事实根据的精神信条，都应该被淘汰了；尤其是在经过了十九世纪自然主义的洗礼以后的艺术界。

　　当反映现实的近代剧，初次自欧洲翻译过来，在上海北平等大都市里上演的时候（"五四"时代），关于这一个问题，也曾有人提出过。记得有一次，在北平中央公园开会，席上也曾有人提出了这一个问题，有一位卫道的老先生，曾说起中国是礼义之邦，在舞台上不该有此夷狄之行。所以，他主张，以打躬作揖，即男女两演员相对作一个长揖，来代替接吻。他这主张，终于只成了一个笑料，一直传下来活跃在当时出席的人的脑里。

我们试想想，以穿西装，说近代话的一对男女，到了热情激发，势不可遏的时候，要想表现出他们两人热爱之情时，若忽而各自站开，相对而作一恭恭敬敬的长揖，这场面还成为剧的场面么？若系故意开玩笑的滑稽剧，那倒还可以说；若系写实的社会剧，则这一场面，当然是无从说起了。

又有人，从医学的见解立言，说男女演员的实行接吻，恐有碍卫生。这说，似乎比卫道之言，较近理些；但我们以常识来下判断，既然是立在舞台上演剧的同人，则其中决不会有肺病三期，或梅毒麻风上脸的演员，是必然的事实。所以从病的传染这一点上来说，我们认为可能性非常之少。若说接吻是可以传染疾病，则握手也何尝不可以传染。苟从医生的种种预防条规来说话，则我们恐怕要弄到头戴防毒面具，身穿潜水衣服，才能到公共场所去露脸的地步。

总之，我们的意见，是"对艺术，须忠实到底"；若要卫道，应该从新的道德观点来说话。譬如，民族至上，国家至上，就是现在我们这一代人的道德信条，一切的评语，都应从这一立场出发才对。艺术与道德，根本是不冲突的；不过时间与空间有不同，道德的观点，亦应随时随地作演进而已。

原载1940年4月29日新加坡《星洲日报·晨星》

逸流的诗

大道上断续的有几乘空马车来往,车轮的踱踱踱踱的声音,好像是空虚的人生的反响,在灰暗寂寞的空气中散了。

诗人的末路

司考脱兰特的耕农词客彭思（Burns, the Ploughman Bard）在故乡穷得不了，想漂流到谢马衣加（Jamaica）去的时候，有一天叹着对他的将痕说：

"将痕呀，百年之后，他们大约能知道我的真价罢！"

"Jean, one hundred years hence, they'll think main me than they do now."

在生前被一般势利的盲目批评家骂得可怜，终于挹郁而死的薄命诗人克子（Keats），只剩了一句豪语说：

"我想我死后能入英国诗人之列。"

"I think I shall be among the English Poets after my death."

但他的墓铭，仍是一句：

"此间埋着的可怜虫，他的名字是写在水上的！"

"Here lies one whose name was write in water."

深自谦抑的伤心之语。

穷途潦倒，死在施医院里的鬼才汤梦生（Francis Thomason），对他心爱之人说：

"……你跟我来哟！"

千秋万岁，我将护你前行，
你和我将入不朽之域。"

　　"……Come with me;
I will escort thee down the years,
With me thou walk'st immortality."

　　啊啊！古今来的薄命词人，到了途穷日暮谁不是这样的想，但无情岁月，怕已吞没了许多才人的名姓了的罢！我为彭思、克子、汤梦生泣，我更不得不为我所不知道的许多薄命诗人泣！

一九二三年八月十二日

原载 1923 年 8 月 14 日上海《中华新报·创造日》第 21 期

海上通信

晚秋的太阳，只留下一金光，浮映在烟雾空濛的西方海角。本来是黄色的海面被这夕照一烘，更加红艳得可怜了。从船尾望去，远远只见一排陆地的平岸，参差隐约的在那里对我点头。这一条陆地岸线之上，排列着许多一二寸长的桅樯细影，绝似画中的远草，依依有惜别的余情。

海上起了微波，一层一层的细浪，受了残阳的返照，一时光辉起来。飒飒的凉意，逼入人的心脾。清淡的天空，好像是离人的泪眼，周围边上，只带着一道红圈。是薄寒浅冷的时候，是泣别伤离的日暮。扬子江头，数声风笛，我又上了这天涯漂泊的轮船。

以我的性情而论，在这样的时候，正好陶醉在惜别的悲伤里，满满的享受一场 sentimental sweetness。否则也应该自家制造一种可怜的情调，使我自家感到自家的风尘仆仆，一事无成。若上举两事都办不到的时候，至少也应该看看海上的落日，享受享受那伟大的自然的烟景。但是这三种情怀，我一种也酿造不成，呆呆的立在龌龊杂乱的海轮中层的舱口，我的心里，只充满了一种愤恨，觉得坐也不是，立也不是，硬要想拿一把快刀，杀死几个人，才肯甘休。这愤恨的原因是在什么地方呢？一是因为上船的时候，海关上的一个下流的外国人，定要把我的书箱打开来检查，检查之后，并且想把我所崇拜的列宁的一册著作拿去。二是因为新开河口的一家卖票房，收了我头等舱的船钱，骗我入了二等的舱位。

啊啊，掠夺欺骗，原是人的本性，若能达观，也不合有这一番气愤，但是我的度量却狭小得同耶稣教的上帝一样，若受着不平，总不能忍气吞声的过去。我的女人曾对我说过几次，说这是我的致命伤，但是无论如何，我总改不过这个恶习惯来。

轮船愈行愈远了，两岸的风景，一步一步的荒凉起来了，天色也垂暮了，我的怨愤，才渐渐的平了下去。

沫若呀，仿吾、成均呀，我老实对你们说，自从你们下船上岸之后，我一直到了现在，方想起你们三人的孤凄的影子来。啊啊，我们本来是反逆时代而生者，吃苦原是前生注定的。我此番北行，你们不要以为我是为寻快乐而去，我的前途风波正多得很呀！

天色暗了下来了，我想起了家中在楼头凝望着我的女人，我想起了乳母怀中，在那里伊吾学语的孩子，我更想起了几位比我们还更苦的朋友，啊啊，大海的波涛，你若能这样的把我吞咽了下去，倒好省却我的一番苦恼。我愿意化成一堆春雪，躺在五月的阳光里，我愿意代替了落花，陷入污泥深处去，我愿意背负了天下青年男女的肺痨恶疾，就在此处消灭了我的残生。

这些感伤的（sentimental）咏叹，只能博得恶魔的一脸微笑，几个在资本家跟前俯伏的文人，或者将要拿了我这篇文字，去佐他们的淫乐的金樽，我不说了，我不再写了，我等那一点西方海上的红云消尽的时候，且上舱里去喝一杯白兰地吧，这是日本人所说的 Yakezake！

十月五日七时书

昨天晚上，因为多喝了一杯白兰地，并且因为前夜在F.E.饭店里的一夜疲劳，还没有回复，所以一到床上就睡着了。我梦见了一个十五六的少女和我同舱，我硬要求她和我亲嘴的时候，她回复我说：

"你若要宝石，我可以给你rajahs diamond，

你若要王冠，我可以给你世上最大的国家，

但是这绯红的嘴唇，这未开的蔷薇花瓣，

我要保留着等世上最美的人来！"

我用了武力，捉住了她，结果竟做了一个风月宝鉴里的迷梦，所以今天头昏得很，什么也想不出来。但是与海天相对，终觉得无聊，我把佐藤春夫的一篇小说《被剪的花儿》读了。

在日本现代的小说家中，我所最崇拜的是佐藤春夫。他的小说，周作人君也曾译过几篇，但那几篇并不是他的最大的杰作。他的作品中的第一篇当然要推他的出世作《病了的蔷薇》，即《田园的忧郁》了。其他如《指纹》《李太白》等，都是优美无比的作品。最近发表的小说集《太孤寂了》，我还不曾读过，依我看来，这一篇《被剪的花儿》也可说是他近来的最大的收获。书中描写主人公失恋的地方真是无微不至，我每想学到他的地步，但是终于画虎不成。他在日本现代的作家中，并不十分流行，但是读者中间的一小部分，却是对他抱着十二分的好意的。有一次何畏对我说：

"达夫！你在中国的地位，同佐藤在日本的地位一样。但是日本人能了解佐藤的清洁高傲，中国人却不能了解你，所以你想以作家立身是办不到的。"

惭愧惭愧！我何敢望佐藤春夫的肩背！但是在目下的中国，想以作家立身，非但干枯的我没有希望，即使Victor Hugo，Charles

Dickens，Gerhart Hauptmann等来，也是无望的。

沫若！仿吾！我们都是笨人，我们弃康庄的大道不走，偏偏要寻到这一条荆棘丛生的死路上来。我们即使在半路上气绝身死，也同野狗的毙于道旁一样，却是我们自家寻得的苦恼，谁也不能来和我们表同情，谁也不能来收拾我们的遗骨的。呵呵！又成了牢骚了，"这是中国文人最丑的恶习，非绝灭它不可的地方"，我且收住不说了罢！

单调的海和天，单调的船和我，今日使我的精神萎缩得不堪。十二时中，足破这单调的现象，只有晚来海中的落日之景，我且搁住了笔，去看the glorious sun-setting吧！

十月六日 日暮的时候

这一次的航海，真奇怪得很，一点儿风浪也没有，现在船已到了烟台。烟台港同长崎门司那些港一些儿也没有分别，可惜我没有金钱和时间的余裕，否则上岸去住他一二星期，享受一番异乡的exotic情调，倒也很有趣味。烟台的结晶真是东首临海的烟台山。在这座山上，有领事馆，有灯台，有别庄，正同长崎市外的那所检疫所的地点一样。沫若，你不是在去年的夏天有一首在检疫所作的诗么？我现在坐在船上，遥遥的望着这烟台的一带山市，也起了拿破仑在媛来娜岛上之感，啊啊，飘流人所见大抵略同，——我们不是英雄，我们且说飘流人罢！

山东是产苦力的地方，烟台是苦力的出口处。船一停锚，抢上来的凶猛的搭客和售物的强人，真把我骇死，我足足在舱里躲了三个钟头，不敢出来。

到了日暮，船将起锚的时候，那些售物者方散退回去，我也出了舱，上船舷上来看落日。在海船里，除非有衣摆奈此的小说《默示录的四骑士》中所描写的那种同船者的恋爱事体外，另外实没有一件可以慰寂寥的事情，所以我这一次的通信里所写的也只是落日，sun setting，a bend Roethe，etc，etc。请你们不要笑我的重复！

我刚才说过，烟台港和长崎门司一样，是一条狭长的港市，环市的三面，都是浅浅的连山。东面是烟台山，一直西去，当太阳落下去的那一支山脉，不知道是什么名字？但是我想这一支山若要命名，要比"夕阳""落照"等更好的名字，怕没有了。

一带连山，本来有近远深浅的痕迹可以看得出来的，现在当这落照的中间，都只成了淡紫。市上的炊烟，也濛濛的起了，便使我想起故乡城市的日暮的景色来，因为我的故乡，也是依山带水，与这烟台市不相上下的。

日光没了，天上的红云也淡了下去。一阵凉风吹来，使人起一种莫名其妙的哀感。我站在船舷上，看看烟台市中一点两点渐渐增加起来的灯火，看看甲板上几个落了伍急急忙忙赶回家去的卖物的土人，忽而索落索落的滴下了两粒眼泪来。我记得我女人有一次说，小孩子到了日暮，总要哭着寻他的娘抱，因为怕晚上没有睡觉的地方。这时候我的心里，大约也被这一种 Nostalgia 笼罩住了吧，否则何以会这样的落寞！这样的伤感！这样的悲愁无着处呢！

这船今晚上是要离开烟台上天津去的，以后是在渤海里行路了。明天晚上可到天津。我这通信，打算一上天津就去投邮。愿你与婀娜和小孩全好，仿吾也好，成均也好，愿你们的精神能够振刷；啊啊，这样在勉励你们的我自家，精神正颓丧得很呀！我还要说什么？我还有说话的资格么？

十月七日晚八时　烟台舱中

不知在什么时候，我记得你曾说过，沫若，你说："我们的拿起笔来要写，大约是已经成了习惯了，无论如何，我此后总不能绝对的废除笔墨的。"这一种冯妇之习，不但是你免不了，怕我也一样的吧。现在精神定了一定，我又想写了。

昨天船离了烟台，即起大风，船中的一班苦力，个个头上都淋成五色。这是什么理由呢？因为他们都是连绵席地而卧，所以你枕我的头，我枕你的脚。一人吐了，二人就吐，三人四人，传染过去。铤而走险，急不能择，他们要吐的时候就不问是人头人足，如长江大河的直泻下来。起初吐的是杂物，后来吐黄水，最后就赤化了。我在这一个大吐场里，心里虽则难受，但却没有效他们的颦，大约是曾经沧海的结果，也许是我已经把心肝呕尽，没有吐的材料了。

今天的落日，是在七十二沽的芦草上看的，几堆泥屋，一滩野草，野草里的鸡犬，泥屋前的穿红布衣服的女孩，便是今日的落照里的风景。

船靠岸的时候，已经是夜半了。二哥哥在埠头等我。半年不见，在青白的瓦斯光里他说我又瘦了许多。非关病酒，不是悲秋，我的瘦，却是杜甫之瘦，儒冠之害呀！

从清冷的长街上，在灰暗凉冷的空气里，把身体搬上这家旅店里之后，哥哥才把新总统明晚晋京的话，告诉我听。好一个魏武之子孙，几年来的大愿总算成就了，但是，但是只可怜了我们小百姓，有苦说不出来。听说上海又将打电报，抬菩萨，祭旗拜斗的大耍猴子戏。我希望那些有主张的大人先生，要干快干，不要虚张声势的说："来来来！干干干！"因为调子唱得高的时候，胡琴有脱板的危险。中国的没有真正革命起来的原因，大约是受的"发明电报者"之害哟！

几天不看报，倒觉得清净得很。明天一到北京，怕又不得不目睹那些中国特有的承平气象，我生在这样的一个太平时节，心里实在是怕看这些黄帝之子孙的文明制度了。

夜也深了，老车站的火车轮声，也渐渐的听不见了，这一间奇形怪状的旅舍里，也只充满了鼾声。窗外没月亮，冷空气一阵一阵的来包围我赤裸裸的双脚。我虽则到了天津，心里依然是犹豫不定：

"究竟还是上北京去作流氓去呢？还是到故乡家里去作隐士？"

名义上自然是隐士好听，实际上终究是飘流有趣。等我来问一个诸葛神卦，再决定此后的行止罢！

勒勒勒，弟子郁，……

……

……

十月八日夜三时，书于天津的旅馆内

原载 1923 年 10 月 20 日《创造周报》第 24 期

据《达夫全集》第 3 卷《过去集》

零余者

Arm am Beutel, krank am Herzen,
Schleppt ich meine langen Tage.
Armut ist die groesste Plage.
Reichtum ist das hoechste Gut.

不晓在什么时候什么地方看见过的这几句诗，轻轻的在口头念着，我两脚合了微吟的拍子，又慢慢的在一条城外的大道上走了。

袋里无钱，心头多恨，
这样无聊的日子，教我捱到何时始尽。
啊啊，贫苦是最大的灾星，
富裕是最上的幸运。

诗的意思，大约不外乎此，实际上人生的一切，我想也尽于此了。"不过令人愁闷的贫苦，何以与我这样的有缘？使人生快乐的富裕，何以总与我绝对的不来接近？"我眼睛呆呆的注视着前面空处，两脚一步一步踏上前去，一面口中虽在微吟，一面于无意中又在作这些牢骚的想头。

是日斜的午后，残冬的日影，大约不久也将收敛光辉了，城外一带的空气，仿佛要凝结拢来的样子。视野中散在那里的灰色的城墙、冰冻的河道、沙土的空地荒田，和几丛枯曲的疏树，都披了淡薄的斜阳，在那里伴人的孤独。一直在前面大约半里多路前的几个行人，因为他们和我中间距离太远了，在我脑里竟不发生什么影响。我觉得他们的几个肉体，和散在道旁的几家泥屋及左面远立着的教会堂，都是一类的东西，散漫零乱，中间没有半点联络，也没有半点生气，当然更没有一些儿的情感了。

"唉嘿，我也不知在这里干什么？"

微吟倦了，我不知不觉便轻轻的长叹了一声。慢慢的走去，脑里的思想，只往昏黑的方面进行；我的头愈俯愈下了。

——实在我的衰退之期，来得太早了。……像这样一个人在郊外独步的时候，若我的身子忽而能同一堆春雪遇着热汤似的消化得干干净净，岂不很好么？……回想起来，又觉得我过去二十余年的生涯是很长的样子，……我什么事情没有做过？……儿子也生了，女人也有了，书也念了，考也考过好几次了，哭也哭过，笑也笑过，嫖赌吃着，心里发怒，受人欺辱，种种事情，种种行为，我都经验过了，我还有什么事情没有做过？……等一等，让我再想一想看，究竟有没有什么没有经验过的事情了，……自家死还没有死过；啊，还有还有，我高声骂人的情还不曾有过，譬如气得不得了的时候，放大了喉咙，把敌人大骂一场的事情。就是复仇复了的时候的快感，我还没有感得过。……啊啊！还有还有，监牢还不曾坐过，……唉，但是假使这些事情，都被我经验过了，也有什么？结果还不是一个空么？……嘿嘿，嗯嗯。——

到了这里，我的思想的连续又断了。

袋里无钱，心头多恨，
这样无聊的日子，教我捱到何时始尽。
啊啊，贫苦是最大的灾星，
富裕是最上的幸运。

微微的重新念着前诗，我抬起头来一看，觉得太阳好像往西边又落了一段，倒在右手路上的自己的影子，更长起来了。从后面来的几乘人力车，也慢慢的赶过了我。一边让他们的路，一边我听取了坐车的人和车夫在那里谈话的几句断片，他们的话题，好像是关于女人的事情。啊啊，可羡的你们这几个虚无主义者，你们大约是上前边黄土坑去买快乐去的罢，我见了你们，倒恨起我自家没有以前的生趣来了。

一边想一边往西北的走去，不知不觉已走到了京绥铁路的路线上。从此偏东北的再进几步，经过了白房子的地狱，便可顺了通万牲园的大道进西直门去的。苍凉的暮色，从我的灰黄的周围逼近拢来，那倾斜的赤日，也一步一步的低垂下去了，大好的夕阳，留不多时，我自家以为在瞑想里沉没得不久，而四边的急景，却告诉我黄昏将至了。在这荒野里的物体的影子，渐渐的散漫起来，不知从何处吹来的微风，也有些急促的样子，带着一种惨伤的寒意。后面踱踱踱踱的又来了一乘空的运货马车，一个披着光面皮里子的车夫，默默的斜坐在前头车板上吃烟，我忽而感觉得天寒岁暮，好像一个人漂泊在俄国乡下。马车去远了，白房子的门外，有几乘黑旧的人力车停在那里。车夫大约坐在踏脚板上休息,所以看不出他们的影子来,我避过了白房子的地狱,从一块高墈上的地里,打算走上通西直门的大道上去。从这高处向四边一望,见了凋丧零乱排列在灰色幕上的野景,更使我感得了一种日暮的悲哀。

　　——唉唉,人生实在不知究竟是什么一回事?歌歌哭哭,死死生生,……世界社会,兄弟朋友,妻子父母,还有恋爱,啊吓,恋爱,恋爱,恋爱,……还有金钱,……啊啊……

　　　　Armut ist die groesste Plage,
　　　　Reichtum ist das hoechste Gut.

好诗好诗!

　　　　The curfew tolls the knell of parting day,
　　　　The lowing herd winds slowly o'er the lea,
　　　　The ploughman homeward plods his weary way,
　　　　And leaves the world to darkness and to me.

好诗好诗!

　　　　And leaves the world to darkness and to me.

　　我的错杂的思想,又这样的弥散开来了。天空高处,寒风乌乌的响了几下,我俯倒了头,尽往东北的走去,天就快黑了。

远远的城外河边,有几点灯火,看得出来,大约紫蓝的天空里,也有几点疏星放起光来了吧?大道上断续的有几乘空马车来往,车轮的躞躞躞躞的声音,好像是空虚的人生的反响,在灰暗寂寞的空气中散了。我遵了大道,以几点灯火作了目标,将走近西直门的时候,模糊隐约的我的脑里,忽而起了一个霹雳。到这时候止,常在脑里起伏的那些毫无系统的思想,都集中在一个中心点上,成了一个霹雳,显现出来。

"我是一个真正的零余者!"

这就是霹雳的核心,另外的许多思想,不过是些附属在这霹雳上的枝节而已。这样的忽而发现了思想的中心点,以后我就用了科学的方法推想起来:

——我的确是一个零余者,所以对于社会人世是完全没有用的。a superfluous man!a useless man!superfluous!superfluous……证据呢?这是很容易证明的……——

这时候,我的两只脚已经在西直门内的大街上运转。四边来往的人类,究竟比城外混杂得多。天也已经昏黑,道旁的几家破店和小摊,都点上灯了。

——第一……我且从远处说起吧……第一,我对于世界是完全没有用的。……我这样生在这里,世界和世界上的人类,也不能受一点益处,反之,我死了,世界社会,也没有一些儿损害,这是千真万真的。……第二,且说中国吧!对于这样混乱的中国,我竟不能制造一个炸弹,杀死一个坏人。中国生我养我,有什么用处呢?……再缩小一点,嗳,再缩小一点,第三,第三且说家庭吧!啊,对于我的家庭,我却是个少不得的人了。在外国念书的时候,已故的祖母听见说我有病，就要哭得两眼红肿。就是半男性的母亲，当我有一次醉死在朋友家里的时候，也急得大哭起来。此外我的女人，我的小孩，当然是少我不得的！哈哈，还好还好，我还是个有用之人。——

想到了这里，我的思想上又起了一个冲突。前刻发现的那个思想上的霹雳，几乎可以取消的样子，但迟疑了一会，我终究解决不了这个问题的矛盾性。抬起头来一看，我才知道我的身体已被我搬在一条比较热闹的长街上行动。街路两旁的灯火很多，来往的车辆也不少，人声也很嘈杂，已经是真正的黄昏时候了。

——像这样的时候，若我的女人在北京，大约我总不会到市上来飘荡的罢！在灯火底下，抱了自家的儿子，一边吻吻他的小嘴，一边和来往厨下忙碌的她问答几句，踱来踱去，踱去踱来，多少快乐啊！啊啊，我对于我的女人，还是一个有用之人哩！不错不错，前一个疑问，还没有解决，我究竟还是一个有用之人么？——

这时候，我意识里的一切周围的印象，又消失了。我还是伏倒了头，慢慢的在解决我的疑问：

——家庭，家庭，……第三，家庭，……让我看，哦，啊，我对于家庭还是一个完全无用之人！……丝毫没有功利主义的存心，完全沉溺于的盲目之爱的我的祖母，已经死了，母亲呢？……啊啊，我读书学术，到了现在，还不能做出一点轰轰烈烈的事业来，就是这几块钱……——

我那时候两只手却插在大氅的袋内，想到了这里，两只手自然而然的向袋里散放着的几张钞票捏了一捏。

——啊啊，就是这几块钱，还是昨天从母亲那里寄出来的，我对于母亲有什么用处呢？我对于家庭有什么用处呢？我的女人，我不去娶她，总有人会去娶她的；我的小孩，我不生他，也有人会生他的，我完全是一个无用之人吓，我依旧是一个无用之人吓！——

急转直下的想到了这里，我的胸前忽觉得有一块铁板压着似的难过得很。我想放大了喉咙，啊的大叫一声，但是把嘴张了好几次，喉头终放不出音来。没有方法，我只能放大了脚步，向前同跑也似的急进了几步。这样的不知走了几分钟，我看见一乘人力车跑上前来兜我的买卖。我不问皂白，跨上了车就坐定了。车夫问我上什么地方去，我用手向前指指，喉咙只是和被热铁封锁住的一样，一句话也讲不出来。人力车向前面的跑去，我只见许多灯火人类，和许多不能类列的物体，在我的两旁旋转。

"前进！前进！像这样的前进罢！不要休止，不要停下来！"

我心里一边在这样的希望，一边却在恨车夫跑得太慢。

十三年正月十五日

原载1924年6月15日北京《太平洋》第4卷第7号

据《达夫全集》第1卷《寒灰集》

给沫若

沫若：

　　和你分手，是去年十月的初旬，——记不清那一日了，但我却记得是双十节到北京的——接到你从白滨寄出，在春日丸船上写的那封信，是今年四月底边。此后你也没有信来，我也怕写信给你，一直到现在，——今天是七月二十九日——我与你的中间，竟没有书札来往。我怕写信给你的原因第一是：因为我自春天以来，精神物质，两无可观，萎靡颓废，正如半空中的雨滴，只是沉沉落坠。我怕像这样的消息，递传给你，也只能增你的愁怀，决不能使你盼望我振作的期待，得有些微的满足。第二是：因为我想像你在九洲海岸的生涯，一定比苏武当年，牧羊瀚海的情状，还要孤凄清苦，我若忽从京洛，写一纸长书，将中原扰攘的情形，缕缕奉告，怕你一时又要重新感到离乡去国之悲，那时候，你的日就镇静的心灵，又难免不起掀天的大浪。此外还有几种原因，由主观的说来，便是我天性的疏懒，再由客观的讲时，就是我和你共事以后，无一刻不感到的，一种莫名其妙的总觉得对你不起的深情。记得《两当轩集》里有几句诗说：强半书来有泪痕，不将一语到寒温。久迟作答非忘报，只恐开缄亦断魂。……我现在把它抄在这里，聊当作我两三月来，久迟作答的辩解。

五月初——记不清是那一日了，总之是你离开上海之后，约莫有一个多月的光景——我因为我在北京的生活太干寂了，太可怜了，胸中在酝酿着的闷火，太无喷发的地方了，在一天东风微暖的早上，带了一枝铅笔，几册洋书，飘然上了南下的征车，行返上海。当车过崇文门，去北京的内城渐远的时候，我一边从车座里站起来，开窗向后面凝望，一边我心里却切齿的作了底下的一段诅咒："美丽的北京城，繁华的帝皇居，我对你绝无半点的依恋！你是王公贵人的行乐之乡，伟大杰士的成名之地！但是Sodom的荣华，Pompey的淫乐，我想看看你的威武，究竟能持续几何时？问去年的皓雪，而今何处？——But where are the snows of yester-year? ——像我这样的无力的庸奴，我想只要苍天不死，今天在这里很微弱的发出来的这一点仇心，总有借得浓烟硝雾来毁灭你的一日！杀！杀！死！死！毁灭！毁灭！我受你的压榨，欺辱，蹂躏，已经够了，够了！够了！……"那时候因为我坐的一间三等车室内，别无旁客，所以几月来抵死忍着，在人前绝不曾洒过的清泪，得流了一个痛快。沫若，我是一个从来不愿意咒诅任何事物之人，而此次在车中竟起了这样的一段毒念。你说我在这北京过度的这半年余的生活，究竟是痛苦呢还是安乐？具体的话我不说了，这首都里的俊杰如何的欺凌我，生长在这乐土中的异性者，如何的冷遇我等等，你是过来人，大约总能猜测吧！

上车的第二天半夜里到了上海，下车后，即跑上民厚里你我同住过的那间牢房里去，楼底下的厨房内，只有几根柴纵横的散在那里。那一天厨房里的那个电灯泡，好像特别的灰暗，冰冷的电光——虽则是春风沉醉的晚上，但我只觉得这屋内的电灯光是冰冷的——同褪剩的洪水似的淡淡的凝结在空洞的厨板上、锅盖上，和几只破残的碗钵上，在这些物事背后拖着的阴影，却是很浓厚的。进了前间起坐室一看，我和你和仿吾婀娜小孩等坐过的几张椅子，都七坍八败的靠叠在墙边，只有你临行时不曾收拾起的许多破书旧籍，这边一堆，那边一捆的占尽了这间纵横不过二丈来方的前室，前楼的两张床上，帐子都已撤去，地板上铺满了些破新闻纸、校稿的无用者和许多信札的废纸废封。光床上堆在那里的是仿吾的不曾拿去洗的旧衣服和破袜汗衫之类。后楼上，你于送你夫人小孩上日本去后，独自一个在那里写成你的《歧路》和《十字架》等篇的后楼上，正如暴风过后的港湾一样，到处只留着些坍败倒坏的痕迹，一阵霉冷的气味，突然侵袭了我的嗅觉，我一个人不知不觉竟在那张破床床沿上失神默坐了几分钟。那一晚仿吾因为等我不到，上别处去消闷去了。空屋里只有N氏一人，睡在那里候我到来。他说，书局要他们搬家，有许多器具，都已搬走了。他又说，仿吾和他，因为料定我一到上海就要找上这里来，所以是死守着不走的。末了他更告诉我说，在这里已经两个礼拜不举火了，他们要吃饭的时候，是锁着门——因为屋内一个底下人也没有了——跑上外边去吃的。

　　在这间荒废的屋里住了四五天，和仿吾等把周报的结束，与季刊的稿子清整了一下，更在外面与《太平洋》杂志有关的朋友商议了些以后合出周报的事情，我就于全部事务完了的那天早晨坐了沪杭早车回浙江去。

　　这一回的南下，表面上虽则说是为收拾周报，和商议与《太平洋》杂志合作的事情而去，但我的内心，实际上想上南边去看看，有没有机会，可以使我脱离这万恶贯盈的北京，而别求生路。殊不知到上海一看，我的半年余的出亡，使我的去路，闭塞得比《茑萝行》时代更加绝望。不但如此，且有几个寄生在资本家翼下，一边却在高谈革命建国的文人，和几个痛骂礼拜六派的作品，而自家在趣味比《礼拜六》更低的杂志上大作文章，一面又拉了不愿意的朋友，也在这新礼拜六上作小说的方言学者，正在竭力诋毁我和你和仿吾。我看看这种情形，听了些中国文坛上特有的奇闻轶事，觉得当上车时那样痛恨的北京城，比卑污险恶的上海，还要好些。于是我的不如归去的还乡高卧的心思，又渐渐的抬起头来了。

到家的头两天，总算快乐得很，亲戚朋友，相逢道故，家庭之内，也不少融融之乐。好，到了第三天，事件就发生了。

总之是我的女人不好。那一天晚上吃夜饭的时候，我在厅前陪母亲多喝了一杯酒，所以母亲与我都是很快乐的在灯前说笑。我的女人在厨下吃完了晚饭，也抱了龙儿——我的三岁的小孩——过来，和我们坐一起。那时候我和母亲手里正捏了一张在北京的我的侄儿的穿洋服的照片在那里看。我的女人看了照片上的侄儿的美丽的小洋服——侄儿也三岁了——赞美得了不得，便顺口对龙儿说了一句笑话说：

"龙！你要不要这样的好洋服穿？"

早熟的龙儿，虽然话也讲不十分清楚，但虚荣心却已经发达，听了他娘的这句话，便连声的嚷要！要！要！我也同他开玩笑，故意的说了一声"没有！"可怜的这小孩，以为我在骂他，就放声大哭起来。我们三人——母亲和我和我的女人——用尽了种种手段，想骗他不哭，但他却不肯听从。平时非常钟爱他的我的老母，到了后来，也生了气，冷视了他一眼说：

"你这孩子真不听话，穿洋服要前世修来的呀，那里恶诈就诈得到的呢？你要哭且向你的爸爸去哭，我是没有钱做洋服给你穿！"

讲完了话,母亲就走开了。我因为这孩子脾气不好,心里早已觉得不耐烦,及听了母亲的话,更觉得十分的羞恼,所以马上就涨红了脸,伸出手去狠命的向他的小颊上批了两下。粉白的小脸上立刻即胀出了几个手指红印来,他的哭声,也一时狂叫了起来。母亲听了他的狂叫的哭声,赶进来的时候,我的女人,已经流了一脸眼泪,伏着背把龙儿搂在怀中,在发着颤声的安抚他说:

"宝,心肝肉,乖宝……不哭吧……娘不好,……噢!娘……娘不好……噢!总是娘说了一声不好……"

我的女人抱他上楼去后半天,他睡着了方才不哭。后来我上楼去睡的时候,我的女人还含了眼泪,呆坐在床沿上,在守着他睡觉。我脱下了夹衫摸进床去,抱他到灯下来看时,见他脸上红肿得比被打的时候更厉害。我叫我的女人拿开香粉盒来,把他的伤痕上敷上些香粉,她只默默的含着深怨对我看了一眼。我当时因为余怒未息,并且同时心里又起了一种不可名状的后悔,所以就放大了喉音对我女人喝了一声说:

"你怎么不站起来拿!"

手里的龙儿,被我惊醒,又哭了起来。我的女人,急促的闭了一闭眼睛,洒出了两大颗泪滴,马上把香粉盒拿出来放在桌上,从我手里把龙儿夺了过去,而且细声的对我说:

"我抱着,你敷罢!"

这话还没有说完,她又低了头宝宝心肝的叫起来了。我一边替龙儿擦眼泪敷粉,一边心里却在对他央告:

"宝!别哭吧!爸爸不好,爸爸打得太重了,乖宝,别哭吧!才是爸爸不好,没能力挣钱做洋服给你穿。"

这心里的央告，正想以轻微的语言说出来的时候，我的咽喉不知怎么的也梗塞住了，同时鼻子也酸了起来。这事件以后的第三天，上海的某书肆忽而寄来了一封挂号信和一篇小说的原稿，信上说：

"已经答应你的稿费一百元，因为这篇小说描写性欲太精细了，不能登载，只好作为罢论。以后还请先生赐以另外的稿子，本社无任欢迎。"

信上的言语虽然非常恭敬，但我非但替小孩做洋服的钱，和在家里的零用钱落了空，就是想再出去到北京上海来流离的路费也没有了。像这样的情形的故乡，当然不能久住，第二天我把我的女人所有的高价的衣服首饰，全部质入了当铺，得了百余块钱，再出奔至上海。我的女人和龙儿，送我上船的时候，都流着眼泪哭了。但龙儿这一回的哭却不是因为小脸上的痛，虽则他的创痕还没有除去。

重到上海，和仿吾玩了二天，因为他也正在筹划旅费，预备到广东去，所以第二天的晚上我就乘了夜快车回到北京来了。啊啊！万恶的首都，我还是离不了你！离不了你！

这一次到北京之后，已经差不多有两个半月的时间，但这两个半月中间，除为与《太平洋》杂志合作事，少行奔走外，什么事情也不做，什么书也不读，一半大约也因为那拿衣服首饰换来的一百块钱消费得太快，而继续进来的款子没有的原因。啊啊！沫若，再见吧！

一九二四年七月二十九日，北京

原载 1926 年 3 月 16 日《创造月刊》第 1 卷第 1 期

据《达夫全集》第 3 卷《过去集》

一个人在途上

在东车站的长廊下和女人分开以后,自家又剩了孤零丁的一个。频年漂泊惯的两口儿,这一回的离散,倒也算不得什么特别,可是端午节那天,龙儿刚死,到这时候北京城里虽已起了秋风,但是计算起来,去儿子的死期,究竟还只有一百来天。在车座里,稍稍把意识恢复转来的时候,自家就想起了卢骚晚年的作品《孤独散步者的梦想》的头上的几句话。

自家除了己身以外,已经没有弟兄,没有邻人,没有朋友,没有社会了,自家在这世上,像这样的,已经成了一个孤独者了。……

然而当年的卢骚还有弃养在孤儿院内的五个儿子,而我自己哩,连一个抚育到五岁的儿子都还抓不住!

离家的远别,本来也只为想养活妻儿。去年在某大学的被逐,是万料不到的事情。其后兵乱迭起,交通阻绝,当寒冬的十月,会病倒在沪上,也是谁也料想不到的。今年二月,好容易到得南方,静息了一年之半,谁知这刚养得出趣的龙儿,又会遭此凶疾呢?

龙儿的病报，本是广州得着，匆促北航，到了上海，接连接了几个北京来的电报。换船到天津，已经是旧历的五月初十。到家之夜，一见了门上的白纸条儿，心里已经是跳得忙乱，从苍茫的暮色里赶到哥哥家中，见了衰病的她，因为在大众之前，勉强将感情压住。草草吃了夜饭，上床就寝，把电灯一灭，两人只有紧抱的痛哭，痛哭，痛哭，只是痛哭，气也换不过来，更那里有说一句话的余裕？

受苦的时间，的确脱煞过去得太悠徐，今年的夏季，只是悲叹的连续。晚上上床，两口儿，那敢提一句话？可怜这两个迷散的灵心，在电灯灭黑的黝暗里，所摸走的荒路，每凑集在一条线上，这路的交叉点里，只有一块小小的墓碑，墓碑上只有"龙儿之墓"的四个红字。

妻儿因为在浙江老家内不能和母亲同住，不得已而搬往北京当时我在寄食的哥哥家去，是去年的四月中旬。那时候龙儿正长得肥满可爱，一举一动，处处教人欢喜。到了五月初，从某地回京，觉得哥哥家太狭小，就在什刹海的北岸，租定了一间渺小的住宅。夫妻两个，日日和龙儿伴乐，闲时也常在北海的荷花深处，及门前的杨柳阴中带龙儿去走走。这一年的暑假，总算过得最快乐，最闲适。

秋风吹叶落的时候，别了龙儿和女人，再上某地大学去为朋友帮忙，当时他们俩还往西车站去送我来哩！这是去年秋晚的事情，想起来还同昨日的情形一样。

过了一月，某地的学校里发生事情，又回京了一次，在什刹海小住了两星期，本来打算不再出京了，然碍于朋友的面子，又不得不于一天寒风刺骨的黄昏，上西车站去趁车。这时候因为怕龙儿要哭，自己和女人，吃过晚饭，便只说要往哥哥家里去，只许他送我们到门口。记得那一天晚上他一个人和老妈子立在门口，等我们俩去了好远，还"爸爸！爸爸！"的叫了几声。啊啊，这几声的呼唤，是我在这世上听到的他叫我的最后的声音！

出京之后，到某地住了一宵，就匆促往上海。接续便染了病，遇了强盗辈的争夺政权，其后赴南方暂住，一直到今年的五月，才返北京。

想起来，龙儿实在是一个填债的儿子，是当乱离困厄的这几年中间，特来安慰我和他娘的愁闷的使者！

自从他在安庆生落地以来，我自己没有一天脱离过苦闷，没有一处安住到五个月以上。我的女人，也和我分担当着十字架的重负，只是东西南北的奔波漂泊。当然日夜难安，悲苦得不了的时候，只教他的笑脸一开，女人和我，就可以把一切穷愁，丢在脑后。而今年五月初十待我赶到北京的时候，他的尸体，早已在妙光阁的广谊园地下躺着了。

他的病，说是脑膜炎。自从得病之日起，一直到旧历端午节的午时绝命的时候止，中间经过有一个多月的光景。平时被我们宠坏了的他，听说此番病里，却乖顺得非常。叫他吃药，他就大口的吃，叫他用冰枕，他就很柔顺的躺上。病后还能说话的时候，只问他的娘，"爸爸几时回来？""爸爸在上海为我定做的小皮鞋，已经做好了没有？"我的女人，于惑乱之余，每幽幽的问他："龙！你晓得你这一场病，会不会死的？"他老是很不愿意的回答说："那儿会死的哩？"据女人含泪的告诉我说，他的谈吐，绝不似一个五岁的小儿。

未病之前一个月的时候，有一天午后他在门口玩耍，看见西面来了一乘马车，马车里坐着一个戴灰白帽子的青年。他远远看见，就急忙丢下了伴侣，跑进屋里叫他娘出来，说："爸爸回来了，爸爸回来了！"因为我去年离京时所戴的，是一样的一顶白灰呢帽。他娘跟他出来到门前，马车已经过去了，他就死劲的拉住了他娘，哭喊着说："爸爸怎么不家来吓？爸爸怎么不家来吓？"他娘说慰了半天，他还尽是哭着，这也是他娘含泪和我说的。现在回想起来，自己实在不该抛弃了他们，一个人在外面流荡，致使那小小的灵心，常有望远思亲之痛。

去年六月，搬往什刹海之后，有一次我们在堤上散步，因为他看见了人家的汽车，硬是哭着要坐，被我痛打了一顿。又有一次，也是因为要穿洋服，受了我的毒打。这实在只能怪我做父亲的没有能力，不能做洋服给他穿，雇汽车给他坐。早知他要这样的早死，我就是典当强劫，也应该去弄一点钱来，满足他的无邪的欲望，到现在追想起来，实在觉得对他不起，实在是我太无容人之量了。

我女人说，频死的前五天，在病院里，叫了几夜的爸爸！她问他："叫爸爸干什么？"他又不响了，停一会儿，就又再叫起来。到了旧历五月初三日，他已入了昏迷状态，医师替他抽骨髓，他只会直叫一声："干吗？"喉头的气管，咯咯在抽咽，眼睛只往上吊送，口头流些白沫，然而一口气总不肯断。他娘哭叫几声"龙！龙！"他的眼角上，就进流下眼泪出来，后来他娘看他苦得难过，倒对他说：

"龙，你若是没有命的，就好好的去吧！你是不是想等爸爸回来？就是你爸爸回来，也不过是这样的替你医治罢了。龙！你有什么不了的心愿呢？龙！与其这样的抽咽受苦，你还不如快快的去吧！"

他听了这段话，眼角上眼泪，更是涌流得厉害。到了旧历端午节的午时，他竟等不着我的回来，终于断气了。

丧葬之后，女人搬往哥哥家里，暂住了几天。我于五月十日晚上，下车赶到什刹海的寓宅，打门打了半天，没有应声。后来抬头一看，才见了一张告示邮差送信的白纸条。

自从龙儿生病以后连日连夜看护久已倦了的她，又那里经得起最后的这一个打击？自己当到京之后，见了她的衰容，见了她的眼泪，又那里能够不痛哭呢？

在哥哥家里小住了两三天，我因为想追求龙儿生前的遗迹，一定要女人和我仍复搬回什刹海的住宅去住它一两个月。

搬回去那天，一进上屋的门，就见了一张被他玩破的今年正月里的花灯。听说这张花灯，是南城大姨妈送他的，因为他自家烧破了一个窟窿，他还哭过好几次来的。

其次，便是上房里砖上的几堆烧纸钱的痕迹！系当他下殓时烧的。

院子有一架葡萄，两棵枣树，去年采取葡萄枣子的时候，他站在树下，兜起了大褂，仰头在看树上的我。我摘取一颗，丢入了他的大褂斗里，他的哄笑声，要继续到三五分钟。今年这两棵枣树，结满了青青的枣子，风起的半夜里，老有熟极的枣子辞枝自落。女人和我，睡在床上，有时候且哭且谈，总要到更深人静，方能入睡。在这样的幽幽的谈话中间，最怕听的，就是这滴答的坠枣之声。

到京的第二日，和女人去看他的坟墓。先在一家南纸铺里买了许多冥府的钞票，预备去烧送给他。直到到了妙光阁的广谊园茔地门前，她方从呜咽里清醒过来，说："这是钞票，他一个小孩如何用得呢？"就又回车转来，到琉璃厂去买了些有孔的纸钱。她在坟前哭了一阵，把纸钱钞票烧化的时候，却叫着说：

"这一堆是钞票，你收在那里，待长大了的时候再用。要买什么，你先拿这一堆钱去用吧！"

这一天他的坟上坐着，我们直到午后七点，太阳平西的时候，才回家来。临走的时候，他娘还哭叫着说：

"龙！龙！你一个人在这里不怕冷静的么？龙！龙！人家若来欺你，你晚上来告诉娘罢！你怎么不想回来了呢？你怎么梦也不来托一个呢？"

箱子里，还有许多散放着的他的小衣服。今年北京的天气，到七月中旬，已经是很冷了。当微凉的早晚，我们俩都想换上几件夹衣，然而因为怕见他旧时的夹衣袍袜，我们俩却尽是一天一天的挨着，谁也不说出口来，说"要换上件夹衫"。

有一次和女人在那里睡午觉，她骤然从床上坐了起来，鞋也不拖，光着袜子，跑上了上房起坐室里，并且更掀帘跑上外面院子里去。我也莫名其妙跟着她跑到外面的时候，只见她在那里四面找寻什么。找寻不着，呆立了一会，她忽然放声哭了起来，并且抱住了我急急的追问说："你听不听见？你听不听见？"哭完之后，她才告诉我说，在半醒半睡的中间，她听见"娘！娘！"的叫了两声，的确是龙的声音，她很坚定的说："的确是龙回来了。"

北京的朋友亲戚，为安慰我们起见，今年夏天常请我们俩去吃饭听戏，她老不愿意和我同去，因为去年的六月，我们无论上那里去玩，龙儿是常和我们在一处的。

今年的一个暑假，就是这样的，在悲叹和幻梦的中间消逝了。

这一回南方来催我就道的信，过于匆促，出发之前，我觉得还有一件大事情没有做了。

中秋节前新搬了家，为修理房屋，部署杂事，就忙了一个星期。出发之前，又因了种种琐事，不能抽出空来，再上龙儿的墓地去探望一回。女人上东车站来送我上车的时候，我心里尽是酸一阵痛一阵的在回念这一件恨事。有好几次想和她说出来，教她于两三日后再往妙光阁去探望一趟，但见了她的憔悴尽的颜色，和苦忍住的凄楚，又终于一句话也没有讲成。

现在去北京远了，去龙儿更远了，自家只一个人，只是孤零丁的一个人。在这里继续此生中大约是完不了的漂泊。

一九二六年十月五日，在上海旅馆内

原载 1926 年 7 月 1 日《创造月刊》第 1 卷第 5 期（此期衍期出版）

据《达夫全集》第 1 卷《寒灰集》

故事

听说外国人的称中国作"支那",是因为大秦的威力的远播。Chin拼起来是秦字的声音。而拉丁字的地名等末尾,老要加一个A字,所以秦字就一转而作了"支那"。这考据的的确不的确,暂且不去管它。但因为想到了秦字,所以想将秦朝的有一宗故事来说给大家听听。

秦国本来是专讲究武器,年年不断的招募新兵,看百姓不值一钱,只将百姓的辛苦劳力全部压榨出来,只用到打仗杀人等事情上去的一个国家。

恶人强横霸道,在这世上是只会兴盛起来的。所以秦国因它的武器,因它的兵力,因它的种种残酷的诡计,就成了中国一统的大国了。代表这强横霸道的大国的,是一个秦始皇。他非但想把同时代的异己者,杀得干干净净,他并且对于后世千年万年的不附己的人类,也同时想杀得个寸草不留。所以他于统一中国之后,就把全中国的读书人收集了拢来,一刀一个,不问理由,不问皂白,只是同割草似的杀过去。因为有些人告诉他说,读书人是最不好指使,最容易起不平,最能把那些如牛似马的农人呀、工人呀等挑拨起来的一种动物。这告诉他以这些事情的,当然也是个把读书人,他们的所以要献这计的原因,就因为想讨讨秦始皇的好,一面也可以将同行者杀尽,而自己等能够得到专卖的利益。献计者的周到，真可以说是无微不至。他们教秦始皇杀尽了千千万万的读书动物之外，还要把凡是这些读书动物所做所刻所写的东西，都拿来烧成了灰。因为这些东西不烧了，百姓是依旧会感到不平、感到不公，要蹊跷起来的。这些东西若不烧了，后来的子子孙孙，依旧会摇头摆尾的变成读书的动物的。

费了这种种苦心，做了这种种把戏之后，秦始皇满足了，以为以后的牛马似的百姓是再也不会聪明起来，而这天下就可以长长久久的由他及他的子孙享受过去了。教秦始皇做这些事情的读书人也满足了，以为以后的中国，说起读书人就只有他们一家，百姓中间，就只有他们几个是最聪明的了。

秦始皇和这几个读书人就放大了胆，要干什么就干什么，要百姓出多少钱就出多少钱，要杀几个人取乐取乐就杀几个人。百姓果然不敢响了，在路上走路的时候，也不敢互相看一眼。家家户户每家有几个人就老早去准备好几口棺材放在那里。因为几时被皇帝来杀是决不定的，所以他们个个都生也还没有生着，就在那里预备死了，而实际上像他们那样的活着，也还是死了的好，还不如死了倒舒服些。

但是秦始皇和他的几个专卖的读书人似乎也是人，不是别的东西，因为想千年万年活过去的他们，也只上了一回一个茅山道士的当，终于做不成神仙，终于一个一个的死掉了。他们死了之后，国内的许多许多还没有被他们杀了的百姓——自然是杀不尽的，因为无论如何，百姓总是绝对多数，杀了一半，总还有一半剩落，再杀一半的一半，也总还有一半的一半剩落，杀到最后，这剩落的总还是大多数者——就想动起手来。于是就有一个比秦始皇更厉害，杀人杀得更多的人出来了。他四面八方杀了一阵之后，实在觉得杀也杀不尽这许多的。所以就想了一个计策出来,好省他许多力气。他教百姓若完完全全能够听他的话的时候,他就可以不杀他们。所以他就在大家的面前,牵过一只鹿来,教大家说,这是马。若有人敢说一声不是的,当然是一刀。可是他虽则看见大家都在说这是马,这是马,这不是鹿,而由他的聪明的眼睛看将起来,觉得大家的赞声都是空虚而在那里发抖的。所以他又大声的怒叫着说,你们不承认么?你们敢反对么?你们能够证明这不是马么?听了他这怒叫,大家是吓得魂灵儿也没有的了,又那一个敢出来证明呢?

可是在大家的中间,自然是有又聪明又能干的也是专卖的读书人的子孙混着的,这几个专卖的读书人,就乘此机会,出来活动了。第一他们就先对大家说:"这是马,这不是鹿,我可以证明。"说着他们就去牵几只马出来,指给大家看,一边重新高喊着说:"这才是鹿哩!这才是鹿哩!你们谁能够否认我这证明,而出来证明这不是鹿的么?"当然是没有人敢出来证明的。然而光是空玩玩这套把戏,他们还是不满足的,所以他们还要硬指出几个人出来,说是这几个人否认了他们的证明。

时间一年一年的过去了,秦始皇也一个一个的换过了。专卖的读书人,尤其是一代一代的聪明起来了。于是,结果,被杀的百姓,也就一次一次的增加了。

现在是什么朝代,我不晓得,我只晓得上面所述的仿佛是秦朝的,仿佛也是秦朝以后一直一直传下来直传到了现在的故事。

一九二八年十月作

原载 1928 年 11 月 15 日《白华》第 1 卷第 2 期

据《达夫全集》第 6 卷《薇蕨集》

灯蛾埋葬之夜

神经衰弱症，大约是因无聊的闲日子过了太多而起的。

对于"生"的厌倦，确是促生这时髦病的一个病根，或者反过来说，如同发烧过后的人在嘴里所感味到的一种空淡，对人生的这一种空淡之感，就是神经衰弱的征候，也是一样。

总之，入夏以来，这症状似乎一天比一天加重，迁居之后，这病症当然也和我一道的搬了家。

虽然是说不上什么转地疗养，但新搬的这一间小屋，真也有一点田园的野趣。节季是交秋了，往后的这小屋的附近，这文明和蛮荒接界的区间，该是最有声色的时候了。声是秋声，色当然也是秋色。

先让我来说所以要搬到这里来的原委。

不晓在什么时候，被印上了"该隐的印号"之后，平时进出的社会里绝迹不敢去了。当然社会是有许多层的，但那"印号"的解释，似乎也有许多样。

最重要的解释，第一自然是叛逆，在做官是"一切"的国里，这"印号"的政治解释，本尽可以包括了其他种种。但是也不尽然，最喜欢含糊的人类，有必要的时候，也最喜欢分清。

于是第二个解释来了，似乎是关于"时代"的，曰"落伍"。天南北的两极，只教用得着，也不妨同时并用，这便是现代人的智慧。

来往于两极之间，新旧人同样的可以举用的，是第三个解释，就是所谓"悖德"。

但是向额上摩摸一下，这"该隐的印号"，原也摩摸不出，更不必说这种种的解释。或者行窃的人自己在心虚，自以为是犯了大罪，因而起这一种叫作被迫的complex，也说不定。天下泰平，本来是无事的，神经衰弱病者可总免不了自扰。所以断绝交游，抛撇亲串，和地狱底里的精灵一样，不敢现身露迹，只在一阵阴风里独来独往的这种行径，依小德谟克利多斯Robert Burton的分析，或者也许是忧郁病的最正确的症候。

因为背上负着的是这么一个十字架，所以一年之内，只学着行云，只学着流水，搬来搬去的尽在搬动。暮春三月底，偶尔在火车窗里，看见了些浅水平桥，垂杨古树，和几群飞不尽的乌鸦，忽然想起的，是这一个也不是城市，也不是乡村的界线地方。租定这间小屋，将几本丛残的旧籍迁移过来的，怕是在五月的初头。而现在却早又是初秋了，时间的飞逝，实在是快得很，真快得很。

小屋的前面左右，除一条斜穿东西的大道之外，全是些斑驳的空地。一垄一垄的褐色土垄上，种着些秋茄豇豆之类，现在是一棵一棵的棉花也在半吐白蕊的时节了。而最好看的，要推向上包紧，颜色是白里带青，外面有一层毛茸似的白雾，菜茎柄上，也时时呈着紫色的一种外国人叫作lettuce的大叶卷心菜，大约是因为地近上海的缘故吧，纯粹的中国田园，也被外国人的嗜好所侵入了。这一种菜，我来的时候，原是很多的，现在却逐渐逐渐的少了下去。在这些空地中间，如突然想起似的，卑卑立着，散点在那里的，是一间两间的农夫的小屋，形状奇古的几株老柳榆槐，和看了令人不快的许多不落葬的棺材。此外同沟渠似的小河也有，以棺材旧板作成的桥梁也有，忽然一块小方地的中间，种着些颜色鲜艳的草花之类的卖花者的园地也有，简说一句，这里附近的地面，大约可以以江浙平地区中的田园百科大辞典来命名；而在这百科大辞典中，异乎寻常，以一张厚纸，来用淡墨铜版画印成的，要算在我们屋后矗立着的那块本来是由外国人经营的庞大的墓地。

这墓地的历史，我也不大明白，但以从门口起一直排着，直到中心的礼拜堂屋后为止的那两排齐云的洋梧桐树看来，少算算大约也总已有了六十几岁的年纪。

听土著的农人说来，这仿佛是上海开港以来，外国人最先经营的墓地，现在是已经无人来过问了，而在三四十年前头，却也是洋冬至外国清明及礼拜日的沪上洋人的散步之所哩。因为此地离上海，火车不过三四十分钟，来往是极便的。

小屋的租金，每月八元。以这地段说起来，似乎略嫌贵些，但因这样的闲房出租的并不多，而屋前屋后，隙地也有几弓，可以由租户去莳花种菜，所以比较起来，也觉得是在理的价格。尤其是包围在屋的四周的寂静，同在坟墓里似的寂静，是在洋场近处，无论出多少钱也难买到的。

初搬过来的时候，只同久病初愈的患者一样，日日但伸展了四肢，躺在藤椅子上，书也懒得读，报也不愿看，除腹中饥饿的时候，稍微吃取一点简单的食物而外，破这平平的一日间的单调的，是向晚去田塍野路上行试的一回漫步。在这将落未落的残阳夕照之中，在那些青枝落叶的野菜畦边，一个人背手走着，枯寂的脑里，有时却会泅涌起许多前后不接的断想来。头上的天色老是青青的，身边的暮色也老是沉沉的。

但在这些前后没有脉络的断想的中间，有时候也忽然大小脑会完全停止工作。呆呆的立在野田里，同一根枯树似的呆呆直立在那里之后，会什么思想，什么感觉都忘掉，身子也不能动了，血液也仿佛凝住不流似的；全身就如成了"所多马"城里的盐柱；不消说脑子是完全变作了无波纹无血管的一张扁平的白纸。

漫步回来，有时候也进一点晚餐，有时候简直茶也不喝一口，就爬进床去躺着。室内的设备简陋到了万分，电灯电扇等文明的器具是没有的。月明之夜，睡到夜半醒来的时候，床前的小泥窗口，若晒进了月亮的青练的光儿，那这一夜的睡眠，就不能继续下去了。

不单是有月亮的晚上，就是平常的睡眠，也极容易惊醒。眼睛微微的开着，鼾声是没有的，虽则睡在那里，但感觉却又不完全失去，暗室里的一声一响，虫鼠等的脚步声，以及屋外树上的夜鸟鸣声，都一一会闯进耳朵里来。若在日里陷入于这一种假睡的时候，则一边睡着，一边周围的行动事物，都会很明细的触进入意识的中间。若周围保住了绝对的安静，什么声响，什么行动都没有的时候，那在这假寐的一刻中，十几年间的事情，就会很明细的，很快的，在一瞬间开展开来。至于乱梦，那更是多了，多得连叙也叙述不清。

我自己也知道是染了神经衰弱症了。这原是七八年来到了夏季必发的老病。

于是就更想静养，更想懒散过去。

今年的夏季，实在并没有什么大热的天气，尤其是在我这一个离群的野寓里。

有一天晚上,天气特别的闷,晚餐后上床去躺了一忽,终觉得睡不着,就又起来,打开了窗户,和她两人坐在天井里候凉。

两人本来是没有什么话好谈,所以只是昂着头在看天上的飞云,和云堆里时时露现出来的一颗两颗的星宿。

一边慢摇着蒲扇,一边这样的默坐在那里,不晓得坐了多久了,室里桌上的一枝洋烛,忽而灭了它的芯光。

两人既不愿意动弹,也不愿意看见什么,所以灯光的有无,也毫没有关系,仍旧是默默的坐在黑暗里摇动扇子。

又坐了好久好久,天末似起了凉风,窗帘也动了,天上的云层,飞舞得特别的快。

打算去睡了,就问了一声:

"现在不晓得是什么时候了?"

她立了起来,慢慢走进了室内,走入里边房里去拿火柴去了。

停了一会,我在黑暗里看见了一丝火光和映在这火光周围的一团黑影,及黑影底下的半面她的苍白的脸。

第一枝火柴灭了,第二枝也灭了,直到了第三枝才点旺了洋烛。

洋烛点旺之后,她急急的走了出来,手里却拿着了那个大表,轻轻的说:

"不晓是什么时候了,表上还只有六点多钟呢?"

接过表来,拿近耳边去一听,什么声响也没有。我连这表是在几日前头开过的记忆也想不起来了。

"表停了!"

轻轻的回答了一声,我也消失了睡意,想再在凉风里坐它一刻。但她又继续着说:

"灯盘上有一只很美的灯蛾死在那里。"

跑进去一看，果然有一只身子淡红，翅翼绿色，比蝴蝶小一点，但全身却肥硕得很的灯蛾横躺在那里。右翅上有一处焦影，触须是烧断了。默看了一分钟，用手指轻轻拨了它几拨，我双目仍旧盯视住这扑灯蛾的美丽的尸身，嘴里却不能自禁的说：

"可怜得很！我们把它去向天井里埋葬了罢！"

点了灯笼，用银针向黑泥松处掘了一个圆穴，把这美丽的尸身埋葬完时，天风加紧了起来，似乎要下大雨的样子。

拴上门户，上床躺下之后，一阵风来，接着如乱石似的雨点，便打上了屋檐。

一面听着雨声，一面我自语似的对她说：

"霞！明天是该凉快了，我想到上海去看病去。"

一九二八年八月作

原载 1928 年 9 月 20 日《奔流》月刊第 1 卷第 4 期

据《达夫全集》第 6 卷《薇蕨集》

寂寞的春朝

大约是年龄大了一点的缘故罢？近来简直不想行动，只爱在南窗下坐着晒晒太阳，看看旧籍，吃点容易消化的点心。

今年春暖，不到废历的正月，梅花早已开谢，盆里的水仙花，也已经香到了十分之八了。因为自家想避静，连元旦应该去拜年的几家亲戚人家都懒得去。饭后瞌睡一醒，自然只好翻翻书架，检出几本正当一点的书来阅读。顺手一抽，却抽着了一部退补斋刻的陈龙川的文集。一册一册的翻阅下去，觉得中国的现状，同南宋当时，实在还是一样。外患的迭来、朝廷的蒙昧、百姓的无智、志士的悲哽，在这中华民国的二十四年，和孝宗的乾道淳熙，的确也没有什么绝大的差别，从前有人吊岳飞说："怜他绝代英雄将，争不迟生付孝宗！"但是陈同甫的《中兴五论》，上孝宗皇帝的《三书》，毕竟又有点什么影响？

读读古书，比比现代，在我原是消磨春昼的最上法门。但是且读且想，想到了后来，自家对自家，也觉得起了反感。在这样好的春日，又当这样有为的壮年，我难道也只能同陈龙川一样，做点悲歌慷慨的空文，就算了结了么？但是一上书不报，再上，三上书也不报的时候，究竟一条独木，也支不起大厦来的。为免去精神的浪费，为避掉亲友的来扰，我还是拖着双脚，走上城隍山去看热闹去。

自从迁到杭州来后，这城隍山真对我发生了绝大的威力。心中不快的时候、闲散无聊的时候、大家热闹的时候、风雨晦冥的时候，我的唯一的逃避之所就是这一堆看去也并不高大的石山。去年旧历的元旦，我是上此地来过的；今年虽则年岁很荒，国事更坏，但山上的香烟热闹，绿女红男，还是同去年一样。对花溅泪，怕要惹得旁人说煞风景，不得已我只好于背着手走下山来的途中，哼它两句旧诗：

大地春风十万家，偏安原不损繁华。
输降表已传关外，册帝文应出海涯。
北阙三书终失策，暮年一第亦微瑕。
千秋论定陈同甫，气壮词雄节较差。

走到了寓所，连题目都想好了，是《乙亥元旦，读陈龙川集，有感时事》。

一九三五年二月四日

原载1935年2月6日杭州《东南日报·沙发》第2229期
据《闲书》

春愁

说秋月不如春月的,毕竟是"只解欢娱不解愁"的女孩子们的感觉,像我们男子,尤其是到了中年的我们这些男子,恐怕到得春来,总不免有许多懊恼与愁思。

第一,生理上就有许多不舒服的变化;腰骨会感到酸痛,全体筋络,会觉得疏懒。做起事情来,容易厌倦,容易颠倒。由生理的反射,心理上自然也不得不大受影响。譬如无缘无故会感到不安、恐怖,以及其他的种种心状,若焦躁、烦闷之类。

而感觉得最切最普遍的一种春愁,却是"生也有涯"的我们这些人类和周围大自然界的对比。

年去年来,花月风云的现象,是一度一番,会重新过去,从前是常常如此,将来也决不会改变的。可是人呢?号为万物之灵的人呢?却一年比一年的老了。由浑噩无知的童年,一进就进入了满贮着性的苦闷,智的苦闷的青春。再不几年,就得渐渐的衰,渐渐的老下去。

从前住在上海,春天看不见花草,听不到鸟声,每以为无四季变换的洋场十里,是劳动者们的永久的狱。对于春,非但感到了恐怖,并且也感到了敌意,这当然是春愁。现在住上了杭州,到处可以看湖山,到处可以听黄鸟,但春浓反显得人老,对于春又新起了一番妒意，春愁可更加厚了。

在我个人，并且还有一种每年来复的神经性失眠的症状，是从春暮开始，入夏剧烈，到秋方能痊治的老病。对这死症的恐怖，比病上了身，实际上所受的肉体的苦痛还要厉害。所以春对我，绝对不能融洽，不能忍受。年纪轻一点的时候，每思到一个终年没有春到的地方去做人；在当时单凭这一种幻想，也可以把我的春愁减杀一点，过几刻快活的时间。现在中年了，理智发达，头脑固定，幻想没有了。一遇到春，就只有愁虑，只有恐惧。

去年因为新搬上杭州来过春天，近郊的有许多地方，还不曾去跑过，所以二三四的几个月，就完全花去在闲行跋涉的筋肉劳动之上，觉得身体还勉强对付了过去。今年可不对了，曾经去过的地方，不想再去，而新的可以娱春的方法，又还没有发现。去旅行么？既无同伴，又缺少旅费。读书么？写文章么？未拿起书本，未捏着笔，心里就烦躁得要命。喝酒也岂能长醉，恋爱是尤其没有资格了。

想到了最后，我只好希望着一种不意的大事件的发生，譬如"一二八"那么的飞机炸弹的来临，或大地震大革命的勃发之类，或者可以把我的春愁驱散，或者简直可以把我的躯体毁去；但结果，这当然也不过是一种无望之望的同少年时代一样的一种幻想而已。

一九三五年二月十五日

原载1935年3月5日《文饭小品》半月刊第2期

据《闲书》

惜掌之歌

北国的人，欢迎春天，南国的人，至少也不怕春天，只有生长在中部中国的我们，觉得春天实在是一段无可奈何的受难时节；苏东坡说"欲断魂"，陆机说"节运同可悲，莫若春气甚"，而"王孙游兮不归，春草生兮萋萋"，当不只是楚国人的悲哀，因为"吴地月明人倚棹，江村笛好晚登楼"的吟者，也正在啼春怨别，晚上睡不着觉。

今年的春天，尤其狞猛得可怕，这一种热法，这一种Tempo的快法，正像是大艳的毒妇，在张了血腥气的大口要吞人的样子。我已经有两三个星期，感到了精神的异状，心里只在暗暗的担忧，怕神经纤弱，受不了这浓春的压迫。果然前几天阮玲玉自杀了，西湖边上也发现了几次寻自尽的人；大抵疯症总是在春天发作的。

前几天遇见了友人沈尔乔氏，他告诉了我以济良所女择配的经过，告诉了我举行仪式的节目，送了我两张请帖，教我到了那天，一定去参观一下，或者还可以发表一点意见。这原是与节季无关，与我的神经也无大碍的事情。可是到了集团结婚式举行的昨日，天气又是那么的热，太阳又是那么的猛。早晨起来，就有点预感，觉得今天可有点不对，写东西是写不成了。出去也未见得一定可以得到一天的快乐，因为空气沉浊，晴光里似乎含有着雷电的威胁的样子。

十点半钟，到了戏院，人实在挤得太多；先坐在楼上，可真了不得，那里来的这么些个人头，这么些个人的眼睛！你试想想，一层一层堆在那里的，尽是些身体看不见的人头，而人头上又各张着了两只眼睛。我到了这些地方又常要犯一种抽象幻视的毛病的，原因大约是为了年轻的时候教书教得太多的缘故。坐落不久，向四周上下看了几转，这毛病果然发作了；我的近旁，我的脚下，非但不见了人的身体，并且也不见了人头，而悬挂在空中，一张一合在那里堆垒着的，尽是些没有身体也没有头只上下长着毛毛黑黝黝的眼睛。我发起抖来了，身上满身出了冷汗。霞是晓得我有这一种病症的，手招着我，就陪我到了楼底下前排还空着的座上。闭上了眼睛，正想把精神调整一下的时候，耳边又来了几声同野兽远远在怒号似的鸣声。张开眼睛来一看，只看见了一堆肉，向我说话。再仔细一看，又看见这一堆肉上，似乎有猴儿玩把戏时穿的一块棕色的洋呢罩在那里，肉的堆上仿佛更有两块小玻璃在放光。在这里，我的幻视的神经，只捞取了一堆肉，一件大小不配的棕色的洋装，和一个能发音的小小的空洞。

"请你走出去吧！这里不是你坐的，请走出去吧！这里不是你坐的！"

我又发起抖来了，脸色似乎也变了青绿。可是耳神经接受了几句成言语的声音以后，病魔倒是被逐走了，到此我才看出了一个圆脸肥胖穿着西装胸前挂有一块粉红绸的人，他大约是救济院的职员，今天是受了院长之命，来司纠察的。我先告诉他以人挤得太多，楼上的座位于我不宜的理由，后来更告诉他我是被院长请来参加这盛会的；他听了我这哀告，神气更加飞扬了，本来还带有几分劝告语气的词句，立时变成了强迫命令的腔调。脱离了恐怖病和幻视病,回复到常态以后的我,原也是个普通的人,反拨的感情,当然是有的。手掌是举起来了,举到了和腰骨成直角的地位了,就可以伸出去了,眼睛稍稍偏了一偏,我却看见了坐在我边上的霞。

"一样的是人,他也是有父母老婆的人,我若批他一掌,于我原是没有益处,而于他且将成为奇耻大辱。万一他老婆也在这里,使她见了她男人的受此奇辱,岂不要使她失去对丈夫的信仰?"

心里这样想着,我的神经,非但脱出了病态,并且更进入了一种平时不大逢着的镇静谐和的极境。我站了起来,柔婉的将手拍上了他的肩头,并且宽慰他说:

"朋友,我原谅你。我就离开此地,但以后请你也保持着这一种严格守法的精神。"

到了戏院外面,觉得空气虽则稍稍稀薄了一点,但闷人的春霭,仍旧是熏蒸得厉害。

饭前三杯酒一喝,昏昏沉沉有点想睡了,忽而又来了一位新丧老父的朋友,接着又是海外初回的诗人等的来访,大家围坐着谈了半日闲天,天气向晚转凉,头脑既清,而兴致又回复到了二十年前年少无愁的境地。傍晚出去吃酒,在盐桥边更遇见了那位邀我去参加胜会的沈氏,立谈了一下,向他道了贺,我们就上了酒店。

在酒店里,事情又发生了,原因是为了酒的不足,和酒保的狡猾。同去的叶氏,大约是有点醉意了吧,拔出拳头,就演了一出打店。

黄昏起了西北风,在沙石乱飞、微雨洒襟的暗路上走着回来,我用了钱大王欢宴父老时所唱的吴歌拍子,唱出了这么的一曲小调:

我爱惜我侬的手掌,
　　我也顾全了他的面子!
打人出气者谁氏?
　　叶公可是疯子?

三月十七日

原载 1935 年 3 月 20 日《东南日报·沙发》第 2270 期

据《郁达夫全集》

住所的话

自以为青山到处可埋骨的漂泊惯的流人,一到了中年,也颇以没有一个归宿为可虑;近来常常有求田问舍之心,在看书倦了之后,或夜半醒来,第二次再睡不着的枕上。

尤其是春雨萧条的暮春,或风吹枯木的秋晚,看看天空,每会作赏雨茅屋及江南黄叶村舍的梦想;游子思乡,飞鸿倦旅,把人一年年弄得意气消沉的这时间的威力,实在是可怕,实在是可恨。

从前很喜欢旅行,并且特别喜欢向没有火车、飞机、轮船等近代交通利器的偏僻地方去旅行。一步一步的缓步着,向四面绝对不曾见过的山川风物回视着,一刻有一刻的变化,一步有一步的境界。到了地旷人稀的地方,你更可以高歌低唱,袒裼裸裎,把社会上的虚伪的礼节,谨严的态度,一齐洗去。人与自然,合而为一,大地高天,形成屋宇,蠛蠓蚁虱,不觉其微,五岳昆仑,也不见其大。偶或遇见些茅篷泥壁的人家,遇见些性情纯朴的农牧,听他们谈些极不相干的私事,更可以和他们一道的悲,一道的喜。半岁的鸡娘,新生一蛋,其乐也融融,与国王年老,诞生独子时的欢喜,并无什么分别。黄牛吃草,嚼断了麦穗数茎,今年的收获,怕要减去一勺,其悲也戚戚,与国破家亡的流离惨苦,相差也不十分远。

至于有山有水的地方呢，看看云容岩影的变化，听听大浪啮矶的音乐，应临流垂钓，或松下息阴。行旅者的乐趣，更加可以多得如放翁的入蜀道，刘阮的上天台。

这一种好游旅、喜漂泊的情性，近年来渐渐的减了；连有必要的事情，非得上北平上海去一次不可的时候，都一天天的拖延下去，只想不改常态，在家吃点精致的菜，喝点芳醇的酒，睡睡午觉，看看闲书，不愿意将行动和平时有所移易；总之是懒得动。

而每次喝酒，每次独坐的时候，只在想着计划着的，却是一间洁净的小小的住宅，和这住宅周围的点缀与铺陈。

若要住家，第一的先决问题，自然是乡村与城市的选择。以清静来说，当然是乡村生活比较得和我更为适合。可是把文明利器——如电灯自来水等——的供给，家人买菜购物的便利，以及小孩的教育问题等合计起来，却又觉得住城市是必要的了。具城市之外形，而又富有乡村的景象之田园都市，在中国原也很多。北方如北平，就是一个理想的都城；南方则未建都前之南京，濒海的福州等处，也是住家的好地。可是乡土的观念，附着在一个人的脑里，同毛发的生于皮肤一样，丛长着原没有什么不对，全脱了却也势有点儿不可能。所以三年之前，也是在一个春雨霏微的节季，终于听了霞的劝告，搬上杭州来住下了。

杭州这一个地方，有山有湖，还有文明的利器，儿童的学校，去上海也只有四个钟头的火车路程，住家原没有什么不合适。可是杭州一般的建筑物，实在太差，简直可以说没有一间合乎理想的住宅，旧式的房子呢，往往没有院子，顶多顶多也不过有一堆不大有意义的假山，和一条其实是只能产生蚊子的鱼池。所谓新式的房子呢，更加恶劣了，完全是上海弄堂洋房的抄袭，冬天住住，还可以勉强，一到夏天，就热得比蒸笼还要难受。而大抵的杭州住宅，都没有浴室的设备，公共浴场呢，又觉得不卫生而价贵。

所以自从迁到杭州来住后，对于住所的问题，更觉得切身的感到了。地皮不必太大，只教有半亩之宫，一亩之隙，就可以满足。房子亦不必太讲究，只须有一处可以登高望远的高楼，三间平屋就对。但是图书室、浴室、猫狗小舍、儿童游嬉之处、灶房，却不得不备。房子的四周，一定要有阔一点的回廊；房子的内部，更需要亮一点的光线。此外是四周的树木和院子里的草地了，草地中间的走路，总要用白沙来铺才好。四面若有邻舍的高墙，当然要种些爬山虎以掩去墙头，若系旷地，只须植一道矮矮的木栅，用黑色一涂就可以将就。门窗当一例以厚玻璃来做，屋瓦应先钉上铅皮，然后再覆以茅草。

照这样的一个计划来建筑房子，大约总要有二千元钱来买地皮四千元钱来充建筑费，才有点儿希望。去年年底，在微醉之后，将这私愿对一位朋友说了一遍，今年他果然送给了我一块地，所以起楼台的基础，倒是有了。现在只在想筹出四千元钱的现款来建造那一所理想的住宅。胡思乱想的结果，在前两三个月里，竟发了疯，将烟钱酒钱省下了一半，去买了许多奖券；可是一回一回的买了几次，连末尾也不曾得过，而吃了坏烟坏酒的结果，身体却显然受了损害了。闲来无事，把这一番经过，对朋友一说，大家笑了一场之后，就都为我设计，说从前的人，曾经用过的最上妙法，是发自己的讣闻，其次是做寿，再其次是兜会。

可是为了一己的舒服，而累及亲戚朋友，也着实有点说不过去，近来心机一转，去买了些《芥子园》《三希堂》等画谱来，在开始学画了；原因是想靠了卖画，来造一所房子，万一画画，仍旧是不能吃饭，那么至少至少，我也可以画许多房子，挂在四壁，给我自己的想像以一顿醉饱，如饥者的画饼，旱天的画云霓。这一个计划，若不至于失败，我想在半年之后，总可以得到一点慰安。

原载1935年7月1日《文学》月刊第5卷第1号

据《闲书》

记风雨茅庐

自家想有一所房子的心愿,已经起了好几年了;明明知道创造欲是好的,所有欲是坏的事情,但一轮到了自己的头上,总觉得衣食住行四件大事之中的最低限度的享有,是不可以不保住的。我衣并不要锦绣,食也自甘于藜藿,可是住的房子,代步的车子,或者至少也必须一双袜子与鞋子的限度,总得有了才能说话。况且从前曾有一位朋友劝过我说,一个人既生下了地,一块地却不可以没有,活着可以住住立立,或者睡睡坐坐,死了便可以挖一个洞,将己身来埋葬;当然这还是没有火葬,没有公墓以前的时代的话。

自搬到杭州来住后,于不意之中,承友人之情,居然弄到了一块地,从此葬的问题总算解决了;但是住呢,占据的还是别人家的房子。去年春季,写了一篇短短的应景而不希望有什么结果的文章,说自己只想有一所小小的住宅,可是发表了不久,就来了一个回响。一位做建筑事业的朋友先来说:"你若要造房子,我们可以完全效劳。"一位有一点钱的朋友也说:"若通融得少一点,或者还可以想法。"四面一凑,于是起造一个风雨茅庐的计划即便成熟到了百分之八十,不知我者谓我有了钱,深知我者谓我冒了险,但是有钱也罢,冒险也罢,入秋以后,总之把这笑话勉强弄成了事实,在现在的寓所之旁，也竟丁丁笃笃的动起了工，造起了房子。这也许是我的Folly，这也许是朋友们对于我的过信，不过从今以后，那些破旧的书籍，以及行军床、旧马子之类，却总可以不再去周游列国，学夫子的栖栖一代了。在这些地方，所有欲原也有它的好处。

本来是空手做的大事，希望当然不能过高；起初我只打算以茅草来代瓦，以涂泥来作壁，起它五间不大不小的平房，聊以过过自己有一所住宅的瘾的；但偶尔在亲戚家一谈，却谈出来了事情。他说："你要造房屋，也得拣一个日，看一看方向；古代的周易，现代的天文地理，却实在是有至理存在那里的呢！"言下他还接连举出了好几个很有征验的实例出来给我听，而在座的其他三四朋友，并且还同时做了填具脚踏手印的见证人。更奇怪的，是他们所说的这一位具有通天入地眼的奇迹创造者，也是同我们一样，读过哀皮西提，演过代数几何，受过现代高等教育的学校毕业生。经这位亲戚的一介绍，经我的一相信，当初的计划，就变了卦，茅庐变作了瓦屋，五开间的一排营房似的平居，拆作了三开间两开间的两座小蜗庐。中间又起了一座墙，墙上更挖了一个洞；住屋的两旁，也添了许多间的无名的小房间。这么的一来，房屋原多了不少，可同时债台也已经筑得比我的风火围墙还高了几尺。这一座高台基石的奠基者郭相经先生，并且还在劝我说："东南角的龙手太空，要好，还得造一间南向的门楼，楼上面再做上一层水泥的平台才行。"他的这一句话，又恰巧打中了我的下意识里的一个痛处；在这只空角上，我实在也在打算盖起一座塔样的楼来，楼名是十五六年前就想好的，叫作"夕阳楼"。现在这一座塔楼，虽则还没有盖起，可是只打算避避风雨的茅庐一所，却也涂上了朱漆，嵌上了水泥，有点像是外国乡镇里的五六等贫民住的样子了；自己虽则不懂阳宅的地理，但在光线不甚明亮的清早或薄暮看起来，倒也觉得郭先生的设计，并没有弄什么玄虚，和科学的方法，仍旧还是对的。所以一定要在光线不甚明亮的时候看的原因，就因为我的胆子毕竟还小，不敢空口说大话要包工用了最好的材料来造我这一座贫民住宅的缘故。这倒还不在话下，有点儿觉得麻烦的，却是预先想好的那个风雨茅庐的风雅名字与实际的不符。皱眉想了几天，又觉得中国的山人并不入山，儿子的小犬也不是狗的玩意儿，原早已有人在干了，我这样的小小的再说一个并不害人的谎，总也不至于有死罪。况且西湖上的那间巍巍乎有点像先施永安的堆栈似的高大洋楼之以××草舍作名称，也不曾听见说有人去干涉过。多一事不如少一事，九九归原，还是照最初的样子，把我的这间贫民住宅，仍旧叫作了避风雨的茅庐。横额一块，却是因为君武先生这次来杭之便，硬要他伸了疯痛的右手，替我写上的。

一九三六年一月十日

原载 1936 年 2 月 15 日杭州《黄钟》第 8 卷第 1 期

据《闲书》

郁达夫启事

　　王映霞女士鉴：乱世男女离合，本属寻常。汝与君之关系，及搬去之细软衣饰、现银、款项、契据等，都不成问题，惟汝母及小孩等想念甚殷，乞告以住址。

郁达夫谨启

原载 1938 年 7 月 5 日汉口《大公报》

郁达夫启事

达夫前以精神失常,语言不合,致逼走妻映霞女士,并登报招寻启事中,曾误指女士与某君关系及携去细软等事,事后寻思,复经朋友解说,始知出于误会,兹特登报声明,并致歉意。

原载1938年7月10日汉口《大公报》

覆车小记

槟城三宿之后，五日夜渡北海，刚巧是旧历的十五晚上，月光照耀海空，凉风绝似水晶帘底吹来，挥手与送别诸君分袂的时候，心里只觉得快活，何曾有一点恻恻吞声之感？当然依旧是"到处论交齐管鲍，天涯何地不家乡"的故态。

但是别离终竟是别离，或悲或喜的混合剧；当船离码头的一刹那，帘幕便揭开了：一位十五六岁的窈窕淑女，同一位很清秀的青年君子，欢天喜地上了船；船栏外来送的，多是些穿纱衫，围锦绣萨郎——马来装也，但不知是否这两字，亦不知是否如此的发音——套裙的女娇娘。开船的号令响了，机房里起了转动的声音，船上船下，一阵莺声燕语的唧唧喳喳，我原不晓得是在说些什么，推想起来，大约总是"前途珍重，后会有期"等套语吧？或则是"万里之行，从此始矣！"也说不定，在我这老天涯客看来，自然只是极平常的一次离别；但反应到了这淑女的心头，波澜似乎是千重万重的起了，先是莺声发了颤，继是方诸泻了盆，再则终于忍耐不住，跑开了栏杆。到无人的一角，取出手帕来尽情啼哭去了。这一幕，当然是离奇的悲喜剧。

还有回转舞台的第二幕，是表现在上下船的跳板旁边的；一群头上包着红白黑色的布，嘴周围长着黑黑丛丛的毛，脸上也有几位绣着皇天为加上圈儿的花的朋友，向一位身躯硕大的老长者，举起了手，齐声唱出了一曲也是听不明白的离别之歌；这或许是喀里达萨的《萨功塔拉》里的一小节，这也许是太戈尔的《迷鸟》里的一整首，总之是印度的一般人所熟诵的歌曲无疑。这一幕又似是纯粹的喜剧了。

旁观者的我们，自然要做一点剧评。同行的关先生先指那一位淑女说："她既和丈夫在一道，当然是快活的旅行，为什么要这样啼啼哭哭呢？"

"大约是新婚后，来回门（回娘家）的吧！"我的解释。

"那一位印度老长者，颈项里套在那里的花圈是什么意思？"我问关先生。

"他大约是在警界服务的，一定是升了官去赴任的无疑。来送的那些，当然是他的亲戚故旧，或旧日的同僚。"是关先生的回答。

有话则长，无话则短，我们平稳的渡过了海峡，按号数走进了联邦铁路的卧车房；火车也准时间开，我们也很有规则的倒下了床。只是窗门紧闭，车里有点儿觉得闷热，酣睡不成，只能拿出李词佣君赠我的《椰阴散忆》来消夜。读到了榴莲的最后一张，正想重起来拿王绍清的《亚细亚的怒潮》的时候，倦意频催，张口连打了几个呵欠，是睡乡带信来了，迷迷糊糊的不知怎么一来，终便失去了知觉。

这一睡醒来，可真不是诸葛武侯的隆中大梦之相仿！火车跳了三五下，玻璃窗变成了乐器；车箱里的马来小孩子、印度贵妇人，齐声哭了起来。我的身上，忽而滚来了许多行李和衣裳。一二分钟后，喀单当的一声大震。事情却定了局，车子已经横卧在轨道外的桥头草地里了，我们原是买了卧车票来的，而车子似乎也去买了一张，我们睡在它的怀里，它也循环相报的睡入了草地，以后便是旅客们的混乱。关先生赤了脚，携了一件雨衣，七横八竖，先出去打开了车门。我则一点儿经验毫无，只在卧铺底下收拾衣箱，更换衣服；穿上衣服之后，还在打领带的结。关先生是有过经验的，仓皇在门口叫着说："这时候还带什么领带！快出来！快出来！"我却先把行李递了给他。行李取齐，一脚高来一脚低的爬出了车箱后，关先生才告诉我说："你真不晓事，万一电线走电，车箱里出了烟，我们就无生望了；火车出轨，最怕的是这一着！"

爬出车箱来一看，外面的情形，果然是一个大修罗场！五辆车子，东倒一辆，西睡一辆的横冲在轨道两旁的草地里；铁轨断了，飞了，腐朽的枕木，被截作了火柴干那么的细枝；碎石上，草地上，尽是些四散的行李与衣裳，和一群一群的人，还有几声叫痛的声音。天也有点白茫茫的曙了，拿出表来用香烟火一照，正是午前四点四十分钟的样子；以时间来计路程，则去丹绒马林只有一二十分钟，去吉隆坡只有两个钟头不足了；千里之驹，不能一蹶，这可替文生与华脱的创作品，到今天也曳了白。我们除了在荒地的碎石子上坐以待旦而外，另外也一点儿法子都没有。

痛定之后，坐在碎石上候救护车来的中间，我们所怨的，却是那些槟城的鲍叔们，无端送了我们许多食品用品，增加了许多件很重的行李，这时候抛弃了又不是，携带着更不能，进退维谷，只落得一个"白眼看行李，高情怨友生"的局面。因为火车出轨之处，正是一个上不在天，下不在田的中间地带，四旁没有村落，没有人夫，连打一个长途电话的便利都得不到。并且我们又不会讲马来话，不识东西南北的方向，万一有老虎出来，或雷雨直下的时候，我们便只有一条出路了，就是"长揖见阎君"而已。

在这情形下，直坐了四个多钟头，眼看得东方的全白，红日的出来，同车者的一群一群搬往火车龙头前面未损坏的轨道旁边。最后，我们也急起来了。用尽了阴（英）文阳（洋）文的力量，向几个马来路工交涉了许多次，想请他们发发慈悲，为我们搬一搬行李，但不知他们是真的不晓得呢，还是假的不知，连朝也不来朝一下，只如顽石铁头的样子，走过来，又走过去。还是智多星的关老，猜透了这些马来人的心理，于一位年老的马来工人走近我们身边的时候，先显示了他以一个两毫银币，然后指指行李，他伸出手来，接过银币，果然把行李肩上肩头，向前搬了过去。于是转悲为喜的我们，也便高声的议论了起来："银币真能说话，马来话不晓得，倒也无妨！"说着、笑着、行着，走到了未损坏的路轨的边上，恰巧自丹绒马林来接的救护车也就到了。

　　上车后，越山入野，走了几站，于到万挠之先，我们又在车窗里发现了一辆房新民君自吉隆坡赶来救我们而寻我们不着的后追车，又到下一站的时候，我们便下了火车，与房君一道的坐汽车而回了吉隆坡。十二点十分，到吉隆坡后，我们又是天下太平的旅行人了，有郑振文博士旅店的款待，有陈济谋先生压惊洗尘的华筵。上车之前，并且还坐了陈先生的汽车，在吉隆坡市内市外，公园、公共机关、马来庙、中华会馆等处飞视了一巡。第二天早晨六点多钟，我们便是新加坡市上的小市民了。谢天谢地，这一次的火车出轨，总算是很合着经济的原则，以最少的代价而得到了最大的经验，更还要谢谢在槟城在吉隆坡的每一个朋友。因为不是他们的相招，不想去看他们，则这一便宜事情，也是得不着的。

一九三九年一月十一日，星槟日报

原载 1939 年 1 月 11 日《星槟日报》和《星洲日报·晨星》
据《郁达夫全集》

在警报声里

从台儿庄回来的第三天，我们在徐州的花园饭店前面的一家叫作致美楼的饭馆子楼上吃午饭。

淮北的春夏之交，自然日日是朗晴的天气，天上蓝得连一点儿云翳也没有。敌机日日来炸，十字路口的那一个警报钟楼，忙的像似圣诞节前夜的教堂里的悬钟。

一阵紧急警报声过去了，街面上就来一阵人跑车滚的声音，和店铺子上排门的声音，静默到五六分钟，飞机推进机的嗡嗡嗡的声音就来了，接着就是轰隆轰隆的连续的炸弹声，房屋地壳震动一下，嗡嗡嗡的机声再响一下，或则再轰隆隆的炸弹爆裂几下，一次的轰炸也就完了。静候上五分十分钟的时候，老百姓总不必等警报解除的钟声再响，就会从防空壕疏散的走回来。被轰炸的次数愈多，逃飞机的经验也愈足，习以为常，就觉得敌机的施虐也并不足怕。

所以，那一天中午，我们仍在紧急警报声中继续吃我们的饭，谈我们的天。只是当炸弹连续在响的中间，话听不清楚了，大家就只能停止不说话。我们看见屋顶上震落了一串灰来，掉入了菜碗，一碗汤面起了细微圆致的波纹，几只碗因震动之故而互碰了几下。

那一天同我们吃饭的有一位是在孙仿鲁连仲总指挥麾下的池师长

峰城，也就是那位在台儿庄打过一次大胜仗的英雄。他的喉咙是沙哑的，原因是从前在新疆边界打仗的时候，有一颗子弹伤了他的颈项，穿破了他的声带。

他的长方形面孔，不短不长的结实的身体，和他的稳重安详的沙喉咙正能够相配，在警报声里笑着谈着的他的态度，却很奇异的使我想起了扮演张飞的北平那位名伶郝寿臣。

他所告诉我们的，就是台儿庄的一役，也并不是他一个人的功劳。长官指挥的坚决，军民合作的不懈，就是这一次打胜仗的最大凭藉。

台儿庄，本来是只有二三百人家的一个在陇海支线上的小镇，南岸凭一条运河，东西北三面，是有矮矮的土城筑在那里的。火车站在庄的西面，路基离平地高约丈余，到了庄的北面，铁路支线也已到尽头了。村庄的土堡，是筑在铁路的东面的。

三四月的北方乡村，四面都是苍黄的小麦田，在麦浪头上，各处的小村子，或拥着一簇树林，或显着几垛黄里带白的墙头，只教登上稍高一点的地方，就用不着望远镜而都了了可见。台儿庄的东北两方面及西北方的几个村子，全已在前日被敌人于重炮火之下占据了去。那一天，台儿庄亦被占据了一半的晚上（四月二日），将近半夜的时候，池师长底下的两位团长，因为牺牲的太厉害，也有点支持不住的样子。他们到师部来请教师长，说与其全部将血肉牺牲，还不如一时暂退，再图反攻的好。但池师长是已经受了总指挥的命的，总指挥说："你们若在上峰没有退却命令之前而想退却的话，请先来把我杀死！"池师长当然也只能以这最后命令，同样的传给那几位团长。

团长回去了，重新配备了些补充的士兵和武器。同时又下了一道紧急命令，问军中有没有敢死的义勇兵士，能以手榴弹去向西绕道，而一冲敌人的右翼后方。

言下应募的志愿者,有四十七位之多。四十七位义士,于装置好手榴弹、轻机枪、追击炮、大刀、手枪,换上草鞋轻装,渡过运河,沿铁道线向西北迂回出发之后,东面的运河边上,忽然寒水里爬上了一位五十岁左右的乡下的农妇。

她的衣服是被河水浸透了,手上脸上,只在蒸发出因天寒水湿之故的热气。脸上一层像被涂了油似的汗水,汗水下分明现出了因兴奋而胀得红紫的血潮。两眼炯炯,泪珠亦干了,包得紧紧的一张嘴,显示出了她必死的决心。当她在黑暗里一步一跌被带到了有掩蔽物围着的师部的时候,她的第一句话,就连叫着说:"你们的炮打得不准,你们的炮打得不准。"

据她的报告,敌人已从东北面进到了庄的东头的泰山行宫东头庙里了,现在正在挖掘战壕。而我军的大炮,还在向早晨的敌人集中地点轰击,距离泰山行宫,约有大半里路的样子,炮的射程应该改近一点,就可以把敌人的弹药及集中部队打得他片甲不留。至于她自己呢?这几天日日的受了敌人的蹂躏,弄得两条腿都不便行走了,她自己想迟早总不免一死的,所以今晚才下了决心,偷渡过了运河,来报告一下敌人的虚实。池师长令救护队把她送上了后方去后,就依她的话,下令改短了大炮的射程。不出十几发的试射,果然爆炸声和火光将这农妇的报告证实了。

"这真是我们的老圣女祥,大克了,我们要恭祝她的健康!"

我们同志中间的一位盛成先生,在飞机警报戒除的声里,就举起了他那只小小的高粱酒杯。

"还有那四十七位敢死的义士呢?"

我干了一口高粱酒后，急切的想知道知道他们几位的命运。

"他们么？"池师长又张着沙喉，镇定的说，"也完成了他们的任务。"

这四十七位义士，于向西北复转向南，在麦田里绕道的中间，就解决了一小队敌人右翼的哨兵，敌人因为只注意着正面炮火的轰炸，所以，当我们四十七位义士接近他们身边的时候，他们却是面向着东南的居多。等到一大半被解决以后，向前逃的有两个敌哨兵开放信号枪的时候，我们的熟悉地理的义士们已经分散成了两部。一部分赶向了南，接近了台儿庄西北面的土堡，一部分在向东向北的追赶，开放轻机枪和迫击炮；敌人们以为有大队的士兵，从西北抄到他们的右翼后面来了，一阵混乱，西北角竟起了绝大的动摇。同时在正面跟踪了我们大炮弹之后，补充来的生力军也已经冲到了台儿庄前运河的对面。

敌人在黎明之前，开始退却了，我军就在第二天早晨冲到了东岳行宫。

掩护敌人退却的残留部队，和我军对峙到了日暮，才——就了擒和正了法。但是我们的四十七位义士，也牺牲了四十五位。还有两位负着重伤的义士，于那一日午后在被担架抬回来的路上，忽而清醒了一下。

他们问起了台儿庄的有没有被完全克服；问起了同道出发的其他的各位义士。没有经验的一位年轻的服务士兵，将实情一一的告诉了他们。他们先发了一次胜利的欢呼，后来又忽而叫出了一声痛楚，随后就默默的不响了。但等到渡过运河，将要把他们从担架转移上救伤列车的时候，他们两个人各伸出了手，互相紧捏着，而把身体向侧面空地里跳跃了下去。大家着了急，自然忙抢着仍复抬起了他们。但是太迟了，伤口各出了多量的血，他们俩都已经昏睡了过去。

其中的一位，在列车上就殉了义；还有一位，列车送到了徐州战地医院，于清醒转来的时候，只流了几点泪说："请你们快点把我杀死，我们出发的时候，就大家约定好的是决定大家不再回来的。"他在延挨了三日痛楚之后，也就和其他的四十六位义士一道升天去了。

本来常带笑容的池师长，讲到了最后，面部也显出了一种阴戚的表情，那一口沙喉咙，似也低灭了些。

正在大家沉默了一下的当中，忽而十字路口的那一座警报钟又响起来了；我们大家就从座位里跳了起来。大家不约而同的发出了一句愤怒的咒词，并且大声的说：

"我们一定要为义士们复仇！"

"复仇！"

"复仇！"

原载 1939 年 4 月重庆《抗战文艺》第 4 卷第 2 期

据《郁达夫散文集》

水样的春愁
（自传之四）

洋学堂里的特殊科目之一，自然是伊利哇拉的英文。现在回想起来，虽不免有点觉得好笑，但在当时，杂在各年长的同学当中，和他们一样的曲着背、耸着肩、摇摆着身体，用了读《古文辞类纂》的腔调，高声朗诵着皮衣啤、皮哀排的精神，却真是一点儿含糊苟且之处都没有的。初学会写字母之后，大家所急于想一试的，是自己的名字的外国写法；于是教英文的先生，在课余之暇就又多了一门专为学生拼英文名字的工作。有几位想走捷径的同学，并且还去问过先生，外国《百家姓》和外国《三字经》有没有得买的？先生笑着回答说，外国《百家姓》和《三字经》，就只有你们在读的那一本泼剌玛的时候，同学们于失望之余，反更是皮哀排、皮衣啤的叫得起劲。当然是不用说的，学英文还没有到一个礼拜，几本当教料书用的《十三经注疏》《御批通鉴辑览》的黄封面上，大家都各自用墨水笔题上了英文拼的歪斜的名字。又进一步，便是用了异样的发音，操英文说着"你是一只狗"，"我是你的父亲"之类的话，大家互讨便宜的混战；而实际上，有几位乡下的同学，却已经真的是两三个小孩子的父亲了。

因为一班之中，我的年龄算最小，所以自修室里，当监课的先生走后，另外的同学们在密语着哄笑着的关于男女的问题，我简直一点儿也感不到兴趣。从性知识发育落后的一点上说，我确不得不承认自己是一个最低能的人。又因自小就习于孤独，困于家境的结果，怕羞的心，畏缩的性，更使我的胆量，变得异常的小。在课堂上，坐在我左边的一位同学，年纪只比我大了一岁，他家里有几位相貌长得和他一样美的姊妹，并且住得也和学堂很近很近。因此，在校里，他就是被同学们苦缠得最厉害的一个；而礼拜天或假日，他的家里，就成了同学们的聚集的地方。当课余之暇，或放假期里，他原也恳切的邀过我几次，邀我上他家里去玩去；但形秽之感，终于把我的向往之心压住，曾有好几次想决心跟了他上他家去，可是到了他们的门口，却又同罪犯似的逃了。他以他的美貌，以他的财富和姊妹，不但在学堂里博得了绝大的声势，就是在我们那小小的县城里，也赢得了一般的好誉。而尤其使我羡慕的，是他的那一种对同我们是同年辈的异性们的周旋才略，当时我们县城里的几位相貌比较艳丽一点的女性，个个是和他要好的，但他也实在真胆大，真会取巧。

当时同我们是同年辈的女性，装饰入时，态度豁达，为大家所称道的，有三个。一个是一位在上海开店，富甲一邑的商人赵某的侄女；她住得和我最近。还有两个，也是比较富有的中产人家的女儿，在交通不便的当时，已经各跟了她们家里的亲戚，到杭州上海等地方去跑跑了；她们俩，却都是我那位同学的邻居。这三个女性的门前，当傍晚的时候，或月明的中夜，老有一个一个的黑影在徘徊；这些黑影的当中，有不少都是我们的同学。因为每到礼拜一的早晨，没有上课之先，我老听见有同学们在操场上笑说在一道，并且时时还高声的用着英文作了隐语，如"我看见她了！""我听见她在读书"之类。而无论在什么地方于什么时候的凡关于这一类的谈话的中心人物，总是课堂上坐在我的左边，年龄只比我大一岁的那一位天之骄子。

赵家的那位少女，皮色实在细白不过，脸形是瓜子脸；更因为她家里有了几个钱，而又时常上上海她叔父那里去走动的缘故，衣服式样的新异，自然可以不必说，就是做衣服的材料之类，也都是当时未开通的我们所不曾见过的。她们家里，只有一位寡母和一个年轻的女仆，而住的房子却很大很大。门前是一排柳树，柳树下还杂种着些鲜花；对面的一带红墙，是学宫的泮水围墙，泮池上的大树，枝叶垂到了墙外，红绿便映成着一色。当浓春将过，首夏初来的春三四月，脚踏着日光下石砌路上的树影，手捉着扑面飞舞的杨花，到这一条路上去走走，就是没有什么另外的奢望，也很有点像梦里的游行，更何况楼头窗里，时常会有那一张少女的粉脸出来向你抛一眼两眼的低眉斜视呢！

此外的两个女性，相貌更是完整，衣饰也尽够美丽，并且因为她俩的住址接近，出来总在一道，平时在家，也老在一处，所以胆子也大，认识的人也多。她们在二十余年前的当时，已经是开放得很，有点像现代的自由女子了，因而上她们家里去鬼混，或到她们门前去守望的青年，数目特别的多，种类也自然要杂。

我虽则胆量很小，性知识完全没有，并且也有点过分的矜持，以为成日的和女孩子们混在一道，是读书人的大耻，是没出息的行为；但到底还是一个亚当的后裔，喉头的苹果，怎么也吐它不出咽它不下，同北方厚雪地下的细草萌芽一样，到得冬来，自然也难免得有些望春之意；老实说将出来，我偶尔在路上遇见她们中间的无论那一个，或凑巧在她们门前走过一次的时候，心里也着实有点儿难受。

　　住在我那同学邻近的两位，因为距离的关系，更因为她们的处世知识比我长进，人生经验比我老成得多，和我那位同学当然是早已有过纠葛，就是和许多不是学生的青年男子，也各已有了种种的风说，对于我虽像是一种含有毒汁的妖艳的花，诱惑性或许格外的强烈，但明知我自己决不是她们的对手，平时不过于遇见的时候有点难以为情的样子，此外倒也没有什么了不得的思慕，可是那一位赵家的少女，却整整的恼乱了我两年的童心。

　　我和她的住处比较得近，故而三日两头，总有着见面的机会。见面的时候，她或许是无心，只同对于其他的同年辈的男孩子打招呼一样，对我微笑一下，点一点头，但在我却感得同犯了大罪被人发觉了的样子，和她见面一次，马上要变得头昏耳热，胸腔里的一颗心突突的总有半个钟头好跳。因此，我上学去或下课回来，以及平时在家或出外去的时候，总无时无刻不在留心，想避去和她的相见。但遇到了她，等她走过去后，或用功用得很疲乏把眼睛从书本子举起的一瞬间，心里又老在盼望，盼望着她再来一次，再上我的眼面前来立着对我微笑一脸。

　　有时候从家中进出的人的口里传来，听说"她和她母亲又上上海去了，不知要什么时候回来？"我心里会同时感到一种像释重负又像失去了什么似的忧虑，生怕她从此一去，将永久的不回来了。

　　同芭蕉叶似的重重包裹着的我这一颗无邪的心，不知在什么地方，透露了消息，终于被课堂上坐在我左边的那位同学看穿了。一个礼拜六的下午，落课之后，他轻轻的拉了我的手对我说："今天下午，赵家的那个小丫头，要上倩儿家去，你愿不愿意和我同去一道玩儿？"这里所说的倩儿，就是那两位他邻居的女孩子之中的一个的名字。我听了他的这一句密语，立时就涨红了脸，喘急了气，嗫嚅着说不出一句话来回答他，尽在拼命的摇头，表示我不愿意去，同时眼睛里也水汪汪的想哭出来的样子；而他却似乎已经看破了我的隐衷，得着了我的同意似的用强力把我拖出了校门。

到了倩儿她们的门口，当然又是一番争执，但经他大声的一喊，门里的三个女孩，却同时笑着跑出来了；已经到了她们的面前，我也没有什么别的办法了，自然只好俯着首，红着脸，同被绑赴刑场的死刑囚似的跟她们到了室内。经我那位同学带了滑稽的声调将如何把我拖来的情节说了一遍之后，她们接着就是一阵大笑。我心里有点气起来了，以为她们和他在侮辱我，所以于羞愧之上，又加了一层怒意。但是奇怪得很，两只脚却软落来了，心里虽在想一溜跑走，而腿神经终于不听命令。跟她们再到客房里去坐下，看他们四人捏起了骨牌，我连想跑的心思也早已忘掉，坐将在我那位同学的背后，眼睛虽则时时在注视着牌，但间或得着机会，也着实向她们的脸部偷看了许多次数。等她们的输赢赌完，一餐东道的夜饭吃过，我也居然和她们伴熟，有说有笑了。临走的时候，倩儿的母亲还派了我一个差使，点上灯笼，要我把赵家的女孩送回家去。自从这一回后，我也居然入了我那同学的伙，不时上赵家和另外的两女孩家去进出了；可是生来胆小，又加以毕业考试的将次到来，我的和她们的来往，终没有像我那位同学似的繁密。

正当我十四岁的那一年春天（一九〇九，宣统元年己酉），是旧历正月十三的晚上，学堂里于白天给与了我以毕业文凭及增生执照之后，就在大厅上摆起了五桌送别毕业生的酒宴。这一晚的月亮好得很，天气也温暖得像二三月的样子。满城的爆竹，是在庆祝新年的上灯佳节，我于喝了几杯酒后，心里也感到了一种不能抑制的欢欣。出了校门，踏着月亮，我的双脚，便自然而然的走向了赵家。她们的女仆陪她母亲上街去买蜡烛水果等过元宵的物品去了，推门进去，我只见她一个人拖着了一条长长的辫子，坐在大厅上的桌子边上洋灯底下练习写字。听见了我的脚步声音，她头也不朝转来，只曼声的问了一声："是谁？"我故意屏着声，提着脚，轻轻的走上了她的背后，一使劲一口就把她面前的那盏洋灯吹灭了。月光如潮水似的浸满了这一座朝南的大厅，她于一声高叫之后，马上就把头朝了转来。我在月光里看见了她那张大理石似的嫩脸，和黑水晶似的眼睛，觉得怎么也熬忍不住了，顺势就伸出了两只手去，捏住了她的手臂。两人的中间，她也不发一语，我也并无一言，她是扭转了身坐着，我是向她立着的。她只微笑着看看我看看月亮，我也只微笑着看看她看看中庭的空处，虽然此外的动作，轻薄的邪念，明显的表示，一点儿也没有，但不晓怎样一股满足、深沉、陶醉的感觉，竟同四周的月光一样，包满了我的全身。

两人这样的在月光里沉默着相对，不知过了多久，终于她轻轻的开始说话了："今晚上你在喝酒？""是的，是在学堂里喝的。"到这里我才放开了两手，向她边上的一张椅子里坐了下去。"明天你就要上杭州去考中学么去？"停了一会，她又轻轻的问了一声。"嗳，是的，明朝坐快班船去。"两人又沉默着，不知坐了几多时候，忽听见门外头她母亲和女仆说话的声音渐渐儿的近了，她于是就忙着立起来擦洋火，点上了洋灯。

她母亲进到了厅上，放下了买来的物品，先向我说了些道贺的话，我也告诉了她，明天将离开故乡到杭州去；谈不上半点钟的闲话，我就匆匆告辞出来了。在柳树影里披了月光走回家来，我一边回味着刚才在月光里和她两人相对时的沉醉似的恍惚，一边在心的底里，忽儿又感到了一点极淡极淡，同水一样的春愁。

一月五日

原载 1935 年 1 月 20 日《人间世》半月刊第 20 期

据《郁达夫全集》

孤独者
（自传之六）

里外湖的荷叶荷花，已经到了凋落的初期，堤边的杨柳，影子也淡起来了。几只残蝉，刚在告人以秋至的七月里的一个下午，我又带了行李，到了杭州。

因为是中途插班进去的学生，所以在宿舍里、在课堂上，都和同班的老学生们，仿佛是两个国家的国民。从嘉兴府中，转到了杭州府中，离家的路程，虽则是近了百余里，但精神上的孤独，反而更加深了！不得已，我只好把热情收敛，转向了内，固守着我自己的壁垒。

当时的学堂里的课程，英文虽也是重要的科目，但究竟还是旧习难除，中国文依旧是分别等第的最大标准。教国文的那一位桐城派的老将王老先生，于几次作文之后，对我有点注意起来了，所以进校后将近一个月光景的时候，同学们居然赠了我一个"怪物"的绰号；因为由他们眼里看来，这一个不善交际、衣装朴素、说话也不大会说的乡下蠢才，做起文章来，竟也会得压倒侪辈，当然是一份非怪物不能的天大的奇事。

杭州终于是一个省会，同学之中，大半是锦衣肉食的乡宦人家的子弟。因而同班中衣饰美好、肉色细白、举止娴雅、谈吐温存的同学，不知道有多少。而最使我惊异的，是每一个这样的同学，总有一个比他年长一点的同学，附随在一道的那一种现象。在小学里，在嘉兴府中里，这一种风气，并不是说没有，可是决没有像当时杭州府中那么的风行普遍。而有几个这样的同学，非但不以被视作女性为可耻，竟也有熏香傅粉，故意在装腔作怪，卖弄富有的。我对这一种情形看得真有点气，向那一批所谓face的同学，当然是很明显的表示了恶感，就是向那些年长一点的同学，也时时露出了敌意；这么一来，我的"怪物"之名，就愈传愈广，我与他们之间的一条墙壁，自然也愈筑愈高了。

在学校里既然成了一个不入伙的孤独的游离分子，我的情感，我的时间与精力，当然只有钻向书本子去的一条出路。于是几个由零用钱里节省下来的仅少的金钱，就做了我的唯一娱乐积买旧书的源头活水。

那时候的杭州的旧书铺，都聚集在丰乐桥、梅花碑的两条直角形的街上。每当星期假日的早晨，我仰卧在床上，计算计算在这一礼拜里可以省下来的金钱，和能够买到的最经济最有用的册籍，就先可以得着一种快乐的预感。有时候在书店门前徘徊往复，稽延得久了，赶不上回宿舍来吃午饭，手里夹了书籍上大街羊汤饭店间壁的小面馆去吃一碗清面，心里可以同时感到十分的懊恨与无限的快慰。恨的是一碗清面的几个铜子的浪费，快慰的是一边吃面一边翻阅书本时的那一刹那的恍惚；这恍惚之情，大约是和哥伦布当发现新大陆的时候所感到的一样。

真正指示我以做诗词的门径的，是《留青新集》里的《沧浪诗话》和《白香词谱》。《西湖佳话》中的每一篇短篇，起码我总读了两遍以上。以后是流行本的各种传奇杂剧了，我当时虽则还不能十分欣赏它们的好处，但不知怎么，读了之后的那一种朦胧的回味，仿佛是当三春天气，喝醉了几十年陈的醇酒。

既与这些书籍发生了暧昧的关系，自然不免要养出些不自然的私生儿子！在嘉兴也曾经试过的稚气满幅的五七言诗句，接二连三的在一册红格子的作文簿上写满了；有时候兴奋得厉害，晚上还妨碍了睡觉。

模仿原是人生的本能，发表欲，也是同吃饭穿衣一样的强的青年作者内心的要求。歌不像歌诗不像诗的东西积得多了，第二步自然是向各报馆的匿名的投稿。

一封信寄出之后，当晚就睡不安稳了，第二天一早起来，就溜到阅报室去看报有没有送来。早餐上课之类的事情，只能说是一种日常行动的反射作用；舌尖上那里还感得出滋味？讲堂上更那里还有心思去听讲？下课铃一摇，又只是逃命似的向阅报室的狂奔。

第一次的投稿被采用的，记得是一首模仿宋人的五古，报纸是当时的《全浙公报》。当看见了自己缀联起来的一串文字，被植字工人排印出来的时候，虽然是用的匿名，阅报室里也决没有人会知道作者是谁，但心头正在狂跳着的我的脸上，马上就变成了朱红。洪的一声，耳朵里也响了起来，头脑摇晃得像坐在船里。眼睛也没有主意了，看了又看，看了又看，虽则从头至尾，把那一串文字看了好几遍，但自己还在疑惑，怕这并不是由我投去的稿子。再狂奔出去，上操场去跳绕一圈，回来重新又拿起那张报纸，按住心头，复看一遍，这才放心，于是乎方始感到了快活，快活得想大叫起来。

当时我用的假名很多很多，直到两三年后，觉得投稿已经有七八成的把握了，才老老实实的用上了我的真名实姓。大约旧报纸的收藏家，翻起二十几年前的《全浙公报》《之江日报》，以及上海的《神州日报》来，总还可以看到我当时所做的许多狗屁不通的诗句。现在我非但旧稿无存，就是一联半句的字眼也想不起来了，与当时的废寝忘食的热心情形来一对比，进步当然可以说是进了步，但是老去的颓唐之感，也着实可以催落我几滴自伤的眼泪。

就在那一年（一九〇九年）的冬天，留学日本的长兄回到了北京，以小京官的名义被派上了法部去行走。入陆军小学的第二位哥哥，也在这前后毕了业，入了一处隶属于标统底下的旁系驻防军队，而任了排长。

一文一武的这两位芝麻绿豆官的哥哥，在我们那小小的县里，自然也耸动了视听；但因家里的经济，稍稍宽裕了一点的结果，在我的求学程序上，反而促生了一种意外的脱线。

在外面的学堂里住足了一年，又在各报上登载了几次诗歌之后，我自以为学问早就超出了和我同时代的同年辈者，觉得接步就班的和他们在一道读死书，是不上算也是不必要的事情。所以到了宣统二年（一九一〇）的春期始业的时候，我的书桌上竟收集起了一大堆大学中学招考新生的简章！比较着，研究着，我真想一口气就读完了当时学部所定的大学及中学的学程。

中文呢，自己以为总可以对付的了；科学呢，在前面也曾经说过，为大家所不重视的；算来算去，只有英文是顶重要而也是我所最欠缺的一门。"好！就专门去读英文吧！英文一通，万事就好办了！"这一个幼稚可笑的想头，就是使我离开了正规的中学，去走教会学堂那一条捷径的原动力。

清朝末年，杭州的有势力的教会学校，有英国圣公会和美国长老会浸礼会的几个系统。而长老会办的育英书院，刚在山水明秀的江干新建校舍，改称大学。头脑简单，只知道崇拜大学这一个名字的我这毛头小子，自然是以进大学为最上的光荣，另外更还有什么奢望哩？但是一进去之后，我的失望，却比在省立的中学里读死书更加大了。

每天早晨，一起床就是祷告，吃饭又是祷告；平时九点到十点是最重要的礼拜仪式，末了又是一篇祷告。《圣经》，是每年级都有的必修重要课目；礼拜天的上午，除出了重病，不能行动者外，谁也要去做半天礼拜。礼拜完后，自然又是祷告，又是查经。这一种信神的强迫，祷告的迭来，以及校内校节细目的窒塞，想是在清朝末年曾进过教会学校的人，谁都晓得的事实，我在此地落得可以不说。

这种叩头虫似的学校生活，过上两月，一位解放的福音宣传者，竟从免费读书的候补牧师中间，揭起叛旗来了；原因是为了校长褊护厨子，竟被厨子殴打了学膳费全纳的不信教的学生。

学校风潮的发生，经过，和结局，大抵都是一样的；起始总是全体学生的罢课退校，中间是背盟者的出来复课，结果便是几个强硬者的开除。不知是幸呢还是不幸，在这一次的风潮里，我也算是强硬者的一个。

一九三五年二月十九日

原载1935年3月5日《人间世》半月刊第23期

据《郁达夫全集》

海上
（自传之八）

　　大暴风雨过后，小波涛的一起一伏，自然要继续些时。民国元年二月十二，满清的末代皇帝宣统下了退位之诏，中国的种族革命，总算告了一个段落。百姓剪去了辫发，皇帝改作了总统。天下骚然，政府惶惑，官制组织，尽行换上了招牌，新兴权贵，也都改穿了洋服。为改订司法制度之故，民国二年（一九一三）的秋天，我那位在北京供职的哥哥，就拜了被派赴日本考察之命，于是我的将来的修学行程，也自然而然的附带着决定了。

　　眼看着革命过后，余波到了小县城里所惹起的是是非非，一半也抱了希望，一半却拥着怀疑，在家里的小楼上闷过了两个夏天，到了这一年的秋季，实在再也忍耐不住了，即使没有我那位哥哥的带我出去，恐怕也得自己上道，到外边来寻找出路。

　　几阵秋雨一落，残暑退尽了，在一天晴空浩荡的九月下旬的早晨，我只带了几册线装的旧籍，穿了一身半新的夹服，跟着我那位哥哥离开了乡井。

　　上海街路树的洋梧桐叶，已略现了黄苍，在日暮的街头，那些租界上的熙攘的居民，似乎也森岑的感到了秋意，我一个人呆立在一品香朝西的露台栏里,才第一次受到了大都会之夜的威胁。

远近的灯火楼台,街下的马龙车水,上海原说是不夜之城,销金之窟,然而国家呢?社会呢?像这样的昏天黑地般过生活,难道是人生的目的么?金钱的争夺,犯罪的公行,精神的浪费,肉欲的横流,天虽则不会掉下来,地虽则也不会陷落去,可是像这样的过去,是可以的么?在仅仅阅世十七年多一点的当时我那幼稚的脑里,对于帝国主义的险毒,物质文明的糜烂,世界现状的危机,与夫国计民生的大略等明确的观念,原是什么也没有,不过无论如何,我想社会的归宿,做人的正道,总还不在这里。

正在对了这魔都的夜景,感到不安与疑惑的中间,背后房里的几位哥哥的朋友,却谈到了天蟾舞台的迷人的戏剧;晚餐吃后,有人做东道主请去看戏,我自然也做了花楼包厢里的观众的一人。

这时候梅博士还没有出名,而社会人士的绝望胡行,色情倒错,也没有像现在那么的彻底,所以全国上下,只有上海的一角,在那里为男扮女装的旦角而颠倒;那一晚天蟾舞台的压台名剧,是贾璧云的全本《棒打薄情郎》,是这一位色艺双绝的小旦的拿手风头戏;我们于九点多钟,到戏院的时候,楼上楼下观众已经是满坑满谷,实实在在的到了更无立锥之地的样子了。四围的珠玑粉黛,鬓影衣香,几乎把我这一个初到上海的乡下青年,窒塞到回不过气来;我感到了眩惑,感到了昏迷。

最后的一出贾璧云的名剧上台的时候,舞台灯光加了一层光亮,台下的观众也起了动摇。而从脚灯里照出来的这一位旦角的身材、容貌、举止与服装,也的确是美,的确足以挑动台下男女的柔情。在几个钟头之前,那样的对上海的颓废空气,感到不满的我这不自觉的精神主义者，到此也有点固持不住了。这一夜回到旅馆之后，精神兴奋，直到了早晨的三点，方才睡去，并且在熟睡的中间，也曾做了色情的迷梦。性的启发，灵肉的交哄，在这次上海的几日短短逗留之中，早已在我心里，起了发酵的作用。

为购买船票杂物等件，忙了几日；更为了应酬来往，也着实费去了许多精力与时间，终于在一天清早，我们同去者三四人坐了马车向杨树浦的汇山码头出发了，这时候马路上还没有行人，太阳也只出来了一线。自从这一次的离去祖国以后，海外漂泊，前后约莫有十余年的光景。一直到现在为止，我在精神上，还觉得是一个无祖国无故乡的游民。

太阳升高了，船慢慢的驶出了黄浦，冲入了大海；故国的陆地，缩成了线，缩成了点，终于被地平的空虚吞没了下去；但是奇怪得很，我鹄立在船舱的后部，西望着祖国的天空，却一点儿离乡去国的悲感都没有。比到三四年前，初去杭州时的那种伤感的情怀，这一回仿佛是在回国的途中。大约因为生活沉闷，两年来的蛰伏，已经把我的恋乡之情，完全割断了。

海上的生活开始了，我终日立在船楼上，饱吸了几天天空海阔的自由的空气。傍晚的时候，曾看了伟大的海中的落日；夜半醒来，又上甲板去看了天幕上的秋星。船出黄海，驶入了明蓝到底的日本海的时候，我又深深的深深的感受到了海天一碧，与白鸥水鸟为伴时的被解放的情趣。我的喜欢大海，喜欢登高以望远，喜欢遗世而独处，怀恋大自然而嫌人的倾向，虽则一半也由于天性，但是正当青春的盛日，在四面是海的这日本孤岛上过去的几年生活，大约总也发生了不可磨灭的绝大的影响无疑。

船到了长崎港口，在小岛纵横、山青水碧的日本西部这通商海岸，我才初次见到了日本的文化，日本的习俗与民风。后来读到了法国罗底的记载这海港的美文，更令我对这位海洋作家，起了十二分的敬意。嗣后每次回国经过长崎，心里总要跳跃半天，仿佛是遇见了初恋的情人，或重翻到了几十年前写过的情书。长崎现在虽则已经衰落了，但在我的回忆里，它却总保有着那种活泼天真，像处女似的清丽的印象。

　　半天停泊，船又起锚了，当天晚上，就走到了四周如画，明媚到了无以复加的濑户内海。日本艺术的清淡多趣，日本民族的刻苦耐劳，就是从这一路上的风景，以及四周海上的果园垦植地看来，也大致可以明白。蓬莱仙岛，所指的不知是否就在这一块地方，可是你若从中国东游，一过濑户内海，看看两岸的山光水色，与夫岸上的渔户农村，即使你不是秦朝的徐福，总也要生出神仙窟宅的幻想来，何况我在当时，正值多情多感，中国岁是十八岁的青春期里哩！

　　由神户到大坂，去京都，去名古屋，一路上且玩且行。到东京小石川区一处高台上租屋住下，已经是十月将终，寒风有点儿可怕起来了。改变了环境，改变了生活起居的方式，言语不通，经济行动，又受了监督，没有自由，我到东京住下的两三个月里，觉得是入了一所没有枷锁的牢狱，静静儿的回想起来，方才感到了离家去国之悲，发生了不可遏止的怀乡之病。

　　在这郁闷的当中，左思右想，唯一的出路，是在日本语的早日的谙熟，与自己独立的经济的来源。多谢我们国家文化的落后，日本与中国，曾有国立五校，开放收受中国留学生的约定。中国的日本留学生，只教能考上这五校的入学试验，以后一直到毕业为止，每月的衣食零用，就有官费可以领得；我于绝望之余，就于这一年的十一月，入了学日本文的夜校，与补习中学功课的正则预备班。

早晨五点钟起床，先到附近的一所神社的草地里去高声朗诵着"上野的樱花已经开了"，"我有着许多的朋友"等日文初步的课本，一到八点，就嚼着面包，步行三里多路，走到神田的正则学校去补课。以二角大洋的日用，在牛奶店里吃过午餐与夜饭，晚上就是三个钟头的日本文的夜课。

天气一日一日的冷起来了，这中间自然也少不了北风的雨雪。因为日日步行的终果，皮鞋前开了口，后穿了孔。一套在上海做的夹呢学生装，穿在身上，仍同裸着的一样；幸亏有了几年前一位在日本曾入过陆军士官学校的同乡，送给了我一件陆军的制服，总算在晴日当作了外套，雨日当作了雨衣，御了一个冬天的寒。这半年中的苦学，我在身体上，虽则种下了致命的呼吸器的病根，但在知识上，却比在中国所受的十余年的教育，还有一程的进境。

第二年的夏季招考期近了，我为决定要考入官费的五校去起见，更对我的功课与日语，加紧了速力。本来是每晚于十一点就寝的习惯，到了三月以后，也一天天的改过了；有时候与教科书本荧荧相对，竟会到了附近的炮兵工厂的汽笛，早晨放五点钟的夜工时，还没有入睡。

必死的努力，总算得到了相当的酬报，这一年的夏季，我居然在东京第一高等学校的入学考试里占取了一席。到了秋季始业的时候，哥哥因为一年的考察期将满，准备回国来复命，我也从他们的家里，迁到了学校附近的宿店。于八月底边，送他们上了归国的火车，领到了第一次的自己的官费，我就和家庭，和戚属，永久的断绝了连络。

从此野马缰弛,风筝线断,一生中潦倒飘浮,变成了一只没有舵楫的孤舟,计算起时日来,大约与第一次世界大战的开始,差不多是在同一的时候。

原载1935年7月5日《人间世》半月刊第31期

雪夜
(自传之一章)

　　日本的文化，虽则缺乏独创性，但她的模仿，却是富有创造的意义的；礼教仿中国，政治、法律、军事以及教育等设施法德国，生产事业泛效欧美，而以她固有的那种轻生爱国，耐劳持久的国民性做了中心的支柱。根底虽则不深，可枝叶却张得极茂，发明发现等创举虽则绝无，而进步却来得很快。我在那里留学的时候，明治的一代，已经完成了它的维新的工作；老树上接上了青枝，旧囊装入了新酒，浑成圆熟，差不多丝毫的破绽都看不出来了；新兴国家的气象，原属雄伟，新兴国民的举止，原也豁荡，但对于奄奄一息的我们这东方古国的居留民，尤其是暴露己国文化落伍的中国留学生，却终于是一种绝大的威胁。说侮辱当然也没有什么不对，不过咎由自取，还是说得含蓄一点叫作威胁的好。

　　只在小安逸里醉生梦死，小圈子里夺利争权的黄帝之子孙，若要教他领悟一下国家的观念的，最好是叫他到中国领土以外的无论那一国去住上两三年。印度民族的晓得反英，高丽民族的晓得抗日，就因为他们的祖国，都变成了外国的缘故。有知识的中上流日本国民，对中国留学生，原也在十分的笼络；但笑里藏刀，深感着"不及错觉"

的我们这些神经过敏的青年，胸怀那里能够坦白到像现在当局的那些政治家一样；至于无知识的中下流——这一流当然是国民中的最大多数——大和民种，则老实不客气，在态度上、言语上、举动上处处都直叫出来在说："你们这些劣等民族，亡国贱种，到我们这管理你们的大日本帝国来做什么！"简直是最有成绩的对于中国人使了解国家观念的高等教师了。

是在日本，我开始看清了我们中国在世界竞争场里所处的地位；是在日本，我开始明白了近代科学——不问是形而上或形而下——的伟大与湛深；是在日本，我早就觉悟到了今后中国的运命，与夫四万万五千万同胞不得不受的炼狱的历程。而国际地位不平等的反应，弱国民族所受的侮辱或欺凌，感觉得最深切而亦最难忍受的地方，是在男女两性，正中了爱神毒箭的一刹那。

日本的女子，一例的是柔和可爱的；她们历代所受的，自从开国到如今，都是顺从男子的教育。并且因为向来人口不繁，衣饰起居简陋的结果，一般女子对于守身的观念，也没有像我们中国那么的固执。又加以缠足深居等习惯毫无，操劳工作，出入里巷，行动都和男子无差；所以身体大抵总长得肥硕完美，决没有临风弱柳、瘦似黄花等的病貌。更兼岛上火山矿泉独多，水分富含异质，因而关东西靠山一带的女人，皮色滑腻通明，细白得像似磁体；至如东北内地雪国里的娇娘，就是在日本也有雪美人的名称，她们的肥白柔美，更可以不必说了。所以谙熟了日本的言语风气，谋得了自己独立的经济来源，挥别了血族相连的亲戚弟兄，独自一个在东京住定以后，于旅舍寒灯的底下，或街头漫步的时候，最恼乱我的心灵的，是男女两性间的种种牵引，以及国际地位落后的大悲哀。

两性解放的新时代，早就在东京的上流社会——尤其是知识阶级，学生群众——里到来了。当时的名女优像衣川孔雀、森川律子辈的妖艳的照相，化装之前的半裸体的照相，《妇女画报》上的淑女名姝的记载，东京闻人的姬妾的艳闻等等，凡足以挑动青年心理的一切对象与事件，在这一个世纪末的过渡时代里，来得特别的多，特别的杂。伊孛生的问题剧，爱伦凯的恋爱与结婚，自然主义派文人的丑恶暴露论，富于刺激性的社会主义两性观，凡这些问题，一时竟如潮水似的杀到了东京，而我这一个灵魂洁白、生性孤傲、感情脆弱、主意不坚的异乡游子，便成了这洪潮上的泡沫，两重三重的受到了推挤，涡旋，淹没，与消沉。

当时的东京，除了几个著名的大公园，以及浅草附近的娱乐场外，在市内小石川区的有一座植物园，在市外武藏野的有一个井之头公园，是比较高尚清幽的园游胜地；在那里有的是四时不断的花草，青葱欲滴的列树，涓涓不息的清流，和讨人欢喜的驯兽与珍禽。你若于风和日暖的春初，或天高气爽的秋晚，去闲行独步，总能遇到些年龄相并的良家少女，在那里采花，唱曲，涉水，登高。你若和她们去攀谈，她们总一例的来酬应；大家谈着，笑着，草地上躺着，吃吃带来的糖果之类，像在梦里，也像在醉后，不知不觉，一日的光阴，会箭也似的飞度过去。而当这样的一度会合之后，有时或竟在会合的当中，从欢乐的绝顶，你每会立时掉入到绝望的深渊底里去。这些无邪的少女，这些绝对服从男子的丽质，她们原都是受过父兄的熏陶的，一听到了弱国的支那两字，那里还能够维持她们的常态，保留她们的人对人的好感呢？支那或支那人的这一个名词，在东邻的日本民族，尤其是妙年少女的口里被说出的时候，听取者的脑里心里，会起怎么样的一种被侮辱、绝望、悲愤、隐痛的混合作用,是没有到过日本的中国同胞,绝对的想像不出来的。

在东京第一高等学校的预科里住满了一年,像上面所说过的那种强烈的刺激,不知受尽了多少次,我于民国四年(一九一五乙卯)的秋天,离开东京,上日本西部的那个商业都会名古屋去进第八高等学校的时候,心里真充满了无限的悲凉与无限的咒诅;对于两三年前曾经抱了热望,高高兴兴的投入到她怀里去的这异国的首都,真想第二次不再来见她的面。

名古屋的高等学校,在离开街市中心有两三里地远的东乡区域。到了这一区中国留学生比较得少的乡下地方,所受的日本国民的轻视虐待,虽则减少了些,但因为二十岁的青春,正在我的体内发育伸张,所以性的苦闷,也昂进到了不可抑止的地步。是在这一年的寒假考考了之后,关西的一带,接连下了两天大雪。我一个人住在被厚雪封锁住的乡间,觉得怎么也忍耐不住了,就在一天雪片还在飞舞着的午后,踏上了东海道线开往东京去的客车。在孤冷的客车里喝了几瓶热酒,看看四面并没有认识我的面目的旅人,胆子忽而放大了,于到了夜半停车的一个小驿的时候,我竟同被恶魔缠附着的人一样,飘飘然跳下了车厢。日本的妓馆,本来是到处都有的;但一则因为怕被熟人的看见,再则虑有病毒的纠缠,所以我一直到这时候为止,终于只在想像里冒险,不敢轻易的上场去试一试过。这时候可不同了,人地既极生疏,时间又到了夜半;几阵寒风和一天雪片,把我那已经喝了几瓶酒后的热血,更激高了许多度数。踏出车站,跳上人力车座,我把围巾向脸上一包,就放大了喉咙叫车夫直拉我到妓廓的高楼上去。

受了龟儿鸨母的一阵欢迎,选定了一个肥白高壮的花魁卖妇,这一晚坐到深更，于狂歌大饮之余，我竟把我的童贞破了。第二天中午醒来，在锦被里伸手触着了那一个温软的肉体，更模糊想起了前一晚的痴乱的狂态，我正如在大热的伏天，当头被泼上了一身冰水。那个无知的少女，还是袒露着全身，朝天酣睡在那里；窗外面的大雪晴了，阳光反射的结果，照得那一间八席大的房间，分外的晶明爽朗。我看看玻璃窗外的半角晴天，看看枕头边上那些散乱着的粉红樱纸，竟不由自主的流出来了两条眼泪。

"太不值得了！太不值得了！我的理想，我的远志，我的对国家所抱负的热情，现在还有些什么？还有些什么呢？"

心里一阵悔恨，眼睛里就更是一阵热泪；披上了妓馆里的缊袍，斜靠起了上半身的身体，这样的悔着呆着，一边也不断的暗泣着，我真不知坐尽了多少的时间；直到那位女郎醒来，陪我去洗了澡回来，又喝了几杯热酒之后，方才回复了平时的心状。三个钟头之后，皱着长眉，靠着车窗，在向御殿场一带的高原雪地里行车的时候，我的脑里已经起了一种从前所绝不曾有过的波浪，似乎在昨天的短短一夜之中，有谁来把我全身的骨肉都完全换了。

"沉索性沉到底罢！不入地狱，那见佛性，人生原是一个复杂的迷宫。"

这就是我当时混乱的一团思想的翻译。

一九三六年一月末日

原载1936年2月26日《宇宙风》半月刊第11期

致孙荃①

兰坡，我所最爱的兰坡：

　　我昨天在火车上写了一封信给你的，你大约总已接读了。我今天忙了一天，买了一枝参。这枝参我找俞君世奎带上，交给裕号再交给你，大约你见此信的时候，参也可以到了。兰坡我终觉得对你不起，但是我也是没有法子，你但能想想那些坐食在家、不思上达的人就应该原谅我，宥恕我了。我明天坐了日本邮船熊野丸上日本去。若海上无风，考期总可以赶着了。我无论如何总想于三个月后回中国来，等到那时候，再和你说别后的衷曲吧。兰坡，我知道你是苦的。兰坡，你苦的时候，请想想我平时如何待你就对了。"你吃的苦都是我害你吃的，你吃的苦都是为我吃的"，我全知道，我心里全明白的。我请你更忍耐一下，不要太自苦，心里头要请你抱些希望在那里。

　　啊啊，我和你分开的一霎时候，我心里正同刀割的一样。我本来打算趁晚班轮船到杭州，好和你在家多谈一刻，偏又遇着了两位朋友要我趁早班。兰坡吓兰坡，我临行前的时候，心里如何的愤恨，你不是呆子，大约总已经看出来了。我临行的时候，实在想和你再多坐一

---

① 编者注：原文无时间落款，据信封判定时间1922年2月24日。

忽的吓。

　　兰坡，我现在心里乱得很，不知如何下笔，才能把我的心想写得出来。可怜我今天忙了一天，连一刻想你的工夫都没有。你身体千万要保重，我若变了那横山环翠的留法学生，怕要癫杀在外头呢！

　　我明天一早就要上船去，今晚不得不早一点睡。我现在看看我床上的一条花绒毯，白白的被里子和线毯，还禁不住的要心酸，因为花绒毯是你的东西，被里子和线毯是你替我洗的。我我想我想再见你一面……我不能写下去了。

据《郁达夫全集》

致王映霞[①]

映霞：

今天晚上大约又要累我一夜的不睡了，你何以会这样的多心，这样的疑我？你拿一把刀来把我杀了倒安易些，我实在再也受不起这种苦了。

晚饭之前，冒雨去发了那一封信，现在吃完晚饭，坐在灯下吸烟，想起你那封奇怪的信来，我心里真是难过。映霞，怪不得我当时要你ki-s，你不肯了。映霞，我的日记，你要从头至尾的看了才对，你只看了一页两页，就断定我没有真心，那你太冒失了。

映霞，我本想冒雨来看你，向你解释的，但又怕你骂我，骂我不听你的话，所以终于不敢来，可是我的心里吓，真正难受得很！

我们中间，若有缘分，我只希望早些成功，再这样的过去，我怕不能支持了。映霞，你今天究竟为了什么？究竟因为你看见了些什么，要这样的动气？我真莫名其妙，你真不了解我。做人做到这样，我真觉得没趣，映霞，你愿意和我死吗？让我们一块儿死了，倒落得干净，免得再这样的来受熬煎。大约我想你恨我的有两种原因，一，

[①] 编者注：此信写于1927年。

因为日记上记有一段我没有抛离妻子的决心；二，因为我恨你的时候，说了你许多坏话，或者因为我恨你的时候，去找了一位名之音的朋友。她和我丝毫没有关系，不过在无聊的时候，去找她谈谈话罢了。至于我的决心，现在一时实在是下不了，一时实在是行不出去，因为她将要做产了。可是将来我一定可以做到的，并且在未做到之先，你也尽可以不睬我，这又何必这样的生气呢？这也值得这样的生气么？映霞，我对你真没有法子，没有法子，可以使你相信，但我想根本还是因为你还不十分爱我的缘故。你若爱我，那我的做错的事情，或者少有一点不对的事情，就不会使你说出这样的话来了。

映霞，我在等你的回信。

达夫
三月十一日晚上

据《达夫书简》，1982年5月天津人民出版社版

致王映霞①

映霞，亲爱的映霞：

你托光赤转来的信和快信，都已接着了，我一共接到了你两封信，而给你的信，这却是第四封了。你母亲的见解，也不能说她错，因为她没有见过我，不了解我家庭的情形，所以她的怪你太大意，也是应该的。不过映霞，只教你的心坚，我的意决，我们俩人的事情，决不会不成功，我也一定想于今年年内，把这大事解决。我对于你，是死生不变的，要我放弃你，除非叫我先把生命丢掉才可以，映霞，你若也有这样的决心，那么我们还怕什么呢？

现在杭州事未大定，火车也不大通，我决不至于冒失的到杭州来看你，等你把你母亲那里的话讲通了以后，我再听你的命，你要我什么时候来，我就可以来。

我的北京的女人，要她不加你我的干涉，承认我们的结婚，是一定可以办得到的，所怕的就是你母亲要我正式的离婚，那就事实上有点麻烦，要多费一番手续。映霞，我想你母亲若能真正爱你，总不至于这样的顽固罢！

---

① 编者注：此信写于1927年。

映霞，我们两人精神上早已经是结合了，我想形式上可以不去管它的，我只希望能够早一日和你同居，我就早一日能得到安定。

我现在正在动手翻译书，只教时势一平，我的这本书译得成功，那我们两人组织小家庭的经费就有了。以后的事情，可以交给我们的朋友来代替我们解决，譬如光赤、华林诸人，都可以帮我们的忙的，只教你我两人的心不变就好了。今晚我也想早睡，不再写了。

四月六日午后十一点钟

据《达夫书简》，1982年5月天津人民出版社版

致王映霞[1]

上海赫德路嘉禾里1442　　王宅
王铁儒先生

杭州旅次余寄
十月廿四日晚上发

霞：今日到此刻止，还未接你来信，知家中无事可报之故。我今日去浙江大学图书馆看书，在路上忽而遇着泼妇孙氏，和一不识之少年男子及熊儿三人。他们并没有见我，大约是二哥没有说出来，万不想我会在杭州也。他们是常上杭州来的无疑，所以我们要迁居异地的话，杭州是不适当的，总以他省之交通不甚便利者为第一。我今日又想写而未成，大约自明日起，当加速度的做它好来。

绒小衫裤四件和围巾一，都已取到，勿念。《现代》的事情如何了？钱有无送来？若他们不来拿，则请送上《东方》徐某处，稿费有七元千字，当有一百四十元左右好拿，如何请你自己决定。你的耳疗，千万须慎重医治，恩娘说，系爬耳爬了太多之所致，不爬则不会

---

[1] 编者注：此信写于1932年。

生也。爹爹生日将届,送礼事如何?我这里身边还有十八元余。等你于阳历廿六(阴历廿七)晚上,若没有将钱汇出的信到,我想去送他们十元再说。

英生

下午书。

(廿二日信已到。)接到信后又改过。

据《达夫书简》,1982年5月天津人民出版社版

村居日记

（1927年1月1日至31日）

一九二七年一月一日，在上海郊外，艺术大学楼上客居。

自一九二六年十一月三日起，到十二月十四日止，在广州闲居，日常琐事，尽记入《劳生日记》《病闲日记》二卷中。去年十二月十五，自广州上船，赶回上海，作整理创造社出版部及编辑月刊《洪水》之理事。开船在十七日，中途阻风，船行三日，始于汕头。第四天中午，到福建之马尾（为十二月廿一日）。翌日上船去马尾看船坞，参谒罗星塔畔之马水忠烈王庙，求签得第二十七签；文曰："国泰民安，风调雨顺，山明水秀，海晏河清。"是日为冬至节，庙中管长，正在开筵祝贺，见了这签诗，很向我称道福利。翌日船仍无开行消息，就和同船者二人，上福州去。福州去马尾马江，尚有中国里六十里地。先去马江，换乘小火轮去南台，费时约三小时。南台去城门十里，为闽江出口处，帆樯密集，商务殷繁，比福州城内更繁华美丽。十二点左右，在酒楼食蠔，饮福建自制黄酒，痛快之至。一路北行，天气日日晴朗，激刺游兴。革命军初到福州，一切印象，亦活泼令人生爱。我们步行入城，先去督军署看了何应钦的威仪，然后上粤山去瞭望全城的烟火。北望望海楼，西看寺楼钟塔，大有河山依旧，人事全非之感。午后三时，在日斜的大道上，奔回南台，已不及赶小火轮了，只好雇小艇一艘，逆风前进，日暮途穷，小艇频于危急者四五次，终于夜间八点钟到船上，饮酒压惊。第二天船启行，又因风大煤尽，在海上行了二个整天，直至自福州开行后的第四日，始到上海，已经是一年将尽的十二月二十七了。

到上海后，又因为检查同船来的自福建运回之缴械军队，在码头远处，直立了五小时。风大天寒，又没有饮食品疗饥。真把我苦死了。那一天午后到创造社出版部，在出版部里住了一宵。

第二天廿八，去各处访朋友，在周静豪家里打了一夜麻雀牌。廿九日午后，始迁到这市外的上海艺术大学里来。三十日去各旧书铺买了些书，昨天晚上又和田寿昌蒋光赤去俄国领事馆看"伊尔玛童感"的跳舞，到一点多钟才回来宿。

这艺术大学的宿舍，在江湾路虹口公园的后边，四面都是乡农的田舍。往西望去，看得见一排枯树，几簇荒坟，和数间红屋顶的洋房。太阳日日来临，窗外的草地也一天一天的带起生意来了，冬至一阳生也。

昨晚在俄国领事馆看"伊尔玛童感"的新式跳舞，总算是实际上和赤俄艺术相接触的头一次。伊尔玛所领的一队舞女，都是俄国墨斯哥国立跳舞学校的女学生，舞蹈的形式，都带革命的意义，处处是"力"的表现。以后若能常和这一种艺人接近，我相信自家的作风，也会变过。

今天是一九二七年的元日，我很想于今日起，努力于新的创造，再来作一次《创世纪》里的耶和华的工作。

中午上出版部去，谈整理部务事，明日当可具体的决定。几日来因为放纵太过，头脑老是昏迷，以后当保养一点身体。

革命军入浙，孙传芳的残部和国民革命军第二十九军在富阳对峙。老母在富阳，信息不通，真不知如何是好。

今日风和日暖，午后从创造社回来独坐在家里，很觉得无聊，就出去找到了华林，和他同去江南大旅社看了一位朋友。顺便就去宁波饭馆吃晚饭，更在大马路买了许多物件，两人一同走回家来。烧煮龙井茶饮后，更烤了一块桂花年糕分食。谈到八点钟，华林去了，我读William H. Davies的*The Autobiography of a Supertramp*及其他的杂书。心总是定不下来，啊啊，这不安定的生活！

十点左右，提琴家的谭君来闲谈，一直谈到十二点钟才就寝。

一月二日，晴，日曜，旧历十一月廿九日。

早晨八点钟就醒了，想来想去，倍觉得自己的生涯，太无价值。

此地因为没有水，所以一起来就不能洗脸。含了烟卷上露台去看朝日，觉得这江南的冬景，实在可爱。东面一条大道，直通到吴淞炮台，屋旁的两条淞沪路轨，返映着潮红的初日，在那里祝贺我的新年，祝贺我的新生活。四周望去，尽是淡色的枯树林，和红白的住宅屋顶。小鸟的鸣声，因为量不宏多，很静寂，很萧瑟。

有早行的汽车，就在南面的江湾路上跑过，这些都是附近的乡村别墅里的阔人的夜来淫乐的归车，我在此刻，并不起嫉妒他们、咒诅他们的心思。

前几日上海的小报上，载了许多关于我的消息行动，无非是笑我无力攫取高官，有心甘居下贱的趣语，啊啊，我真老大了吗？我真没有振作的希望了吗？伤心哉，这不生不死的生涯！

十时左右上出版部去，略查了一回账，又把社内的一个小刊物的问题解决了。

午后去四马路剃发，见了徐志摩夫妇，谈浙杭战事，都觉伤心。

在马路上走了一回。理发后就去洗澡。温泉浴室真系资本家压榨穷人血肉的地方，共产政府成立的时候，就应该没收为国有。

晚上在老东明饮酒吃夜饭，醉后返寓，看《莲子居词话》，十二时睡觉。

三日，星期一，旧历十一月三十日，晴朗。

晨五时就醒了，四顾萧条，对壁间堆叠着的旧书，心里起了一种毒念。譬如一个很美的美人，当我有作有为的少日，她受了我的爱眷，使我得着了许多美满的饱富的欢情，然而春花秋月，等闲度了，到得一天早晨，两人于夜前的耽溺中醒来，嗒焉相对，四目空觑，当然说不出心里还是感谢，还是怀怨。啊啊，诗书误了我半生荣达！

起火烧茶，对窗外的朝日，着实存了些感叹的心思。写了三数页文章，题名未定，打算在第六期的月刊上发表。十时左右，去出版部，议昨天未了的事情。总算结了一结过去的总纠葛，此后是出版部重兴的时机了。

《洪水》第二十五期的稿子，打算于后天交出，明日当在家中伏处一天。

在出版部吃中饭，饭后出去看蒋光赤、徐葆炎兄妹，及其他的友人，都没有遇见，买了一本记Wagner的小说名*Barrikader*，是德国Zdenko Von Kraft做的，千九百二十年出版。看了数页，觉得作者的想像力很丰富，然而每章书上，总引有Wagner的自传一节，证明作者叙述的出处，我觉得很不好，容易使读者感到disillusion的现实。四点钟左右，坐公共汽车回家，路上遇见了周勤豪夫妇。周夫人是我所喜欢的一个女性，她教我去饮酒，我就同她去了，直喝到晚上的十点钟才回家睡觉。

四日，星期二，阴历十二月初一，晴爽。

早起看报，晓得富阳已经开火了，老母及家中亲戚，正不知逃在何处，心里真不快活。

早膳后读《莲子居词话》后两卷，总算读完了。感不出好处来，只觉得讨论韵律，时有可取的地方而已。有几首词，却很好，如海盐彭仲谋《茗斋诗余》内的《霜天晓角》(《卖花》用竹山《摘花》韵)：

睡起煎茶，听低声卖花。留住卖花人问，红杏下，是谁家？
儿家花肯赊，却怜花瘦些。花瘦关卿何事，且插朵，玉搔斜。

《寻芳草》（和稼轩韵）：

　　这里一双泪，却愁湿，那厢儿被。被窝中，忘却今夜里，上床时，不曾睡。
　　睡也没心情，搅恼杀。雪狸撺戏。怎月儿，不会人儿意。单照见，阑干字。

无锡王苑先（一元）《芙蓉舫集》中之《醉春风》：

　　记得送郎时，春浓如许，满眼东风正飞絮。香车欲上，揾着啼痕软语，归期何日也。休教误。
　　忽听疏砧，又惊秋暮。冷落黄花澹无绪。半帘残月，和着愁儿同住。相思都尽了，休重铸。

《绮罗香》（用梅溪词韵《将别西湖》）：

　　对月魂销，寻花梦短，此地恰逢春暮。绝胜湖山，能得几回留住。吊苏小，红粉西陵，咏江令，绿波南浦。看纷纷，油壁青骢，六桥总是断肠路。
　　重来楼上凝眺，指点斜阳外，扁舟归渡。过雨垂杨，换尽旧时媚妩。牵愁绪，双燕来时，萦别恨，一莺啼处，为情痴，欲去还留，对空樽自语。

十时顷，剧作家徐葆炎君来，与谈至午后一点，出访华林，约他同到市上去闲步。天气晴暖，外面亦没有风，走过北四川路伊文思书铺，买了几本好书。

  Austin Dobson： *Samuel Richardson*.

  J. H. E. Crees： *George Meredith*.

  Trotzky： *Literature and Revolution*.

用了二十元钱。又到酒馆去喝酒，醉后上徐君寓，见了他的妹妹，真是一个极忠厚的好女子，见了她我不觉对欺负她的某氏怨愤起来，啊啊，毕竟某氏是一个聪明的才子。晚上在周勤豪家吃饭，太觉放肆了，真有点对周太太不起。吃完了晚饭，和华林及徐氏兄妹出来，在霞飞路一家小咖啡馆，吃了两杯咖啡，到家已经十一点钟了。

  五日，星期三，十二月初二，晴。

  午前醒来又是很早，起火煮茶后，就开始看《洪水》第二十五期稿子，于午前看毕，只剩我的《广州事情》及《编辑后》五千字未做了。一二日内，非做成交出不可。交稿子后，就去各地闲走，在五芳斋吃中饭。饭后返寓，正想动手做文章，来了许多朋友，和他们杂谈了半天，便与周勤豪夫妇去伊家夜膳，膳后去看Gogol's *Tallas Bulba*电影。十一时余，从电影馆出来，夜雾很大，醉尚未醒，坐洋车归。在床上看日人小说一篇，入睡时为午前一点。

六日，星期四，初三日，晴。

午前雾大，至十二时后，始见日光。看葛西善藏小说二短篇，仍复是好作品，感佩得了不得。昨天午后从街上古物商处买来旧杂志十册，中有小说二三十篇。我以为葛西的小说终是这二三十篇中的上乘作品。

有人来访，谈创造社出版部内部整理事宜，心里很不快乐，总之中国的现代青年，根底都太浅薄，终究是不能信任，不能用的。

吃饭后去创造社出版部，又开了一次会，决定一切整理事情自明朝起实行。从创造社出来，走了许多无头路，终于找到了四马路的浴室，去洗了一个澡，心身觉得轻快了一点。洗澡后，又上各处去找逃难的人民，打算找着母亲和二哥来，和他们抱头痛哭一场，然而终于找不到。自十六铺跳上电车的时候，天色已阴森森的向晚了。在法大马路一家酒馆里喝得微醉，回家来就上床入睡，今天觉得疲倦得很。

七日，星期五，阴，十二月初四。

早晨醒来，觉得头脑还清爽，拿起笔来就写《广州事情》，写了四千多字，总算把《洪水》二十五期的稿子写了了。一直到午后一点多钟，才拿了稿子上创造社出版部去。和同人开会议新建设的事情。到三点钟才毕。回家来的路上，买了三瓶啤酒，夜膳前喝完了两瓶。读了两三篇日文小说，晚上又出去上旧书铺闲看，买了两三本小说。一本是Beresford的 *Revolution*，想看看英国这一位新进作家的态度看。

晚上看来看去，读了许多杂书，想写小说，终觉得倦了。明朝并且要搬回创造社出版部去住，所以只能不做通宵的夜工，到十二点钟就睡了。

八日，星期六，初五，雨大风急。

晨七时即醒，听窗外雨滴声，倍觉得凄楚。半生事业，空如轻气，至今垂老无家，栖托在友人处，起居饮食，又多感不便，啊，我的荃君，我的儿女，我的老母！

本欲于今日搬至创造社出版部住，因天雨不果。午前读日人小说一篇，赴程君演生招宴，今晚当开始编《创造》第六期。

想去富阳，一探母亲消息，因火车路不通，终不能行。写信去问人，当然没有回信。战争诚天地间最大的罪恶，今后当一意宣传和平，救我民族。

汉口英人，又欺我们的同胞，听说党军已经把英租界占领了，不知将来如何结果，大约总还有后文。

在陶乐春和程君等聚餐后，已近四点钟了，到邓仲纯的旅馆去坐了一个多钟头。这时候天已放晴，地上的湿气，也已经收敛起来，不过不能见太阳光而已。

和华林在浴堂洗了澡，又上法界去看徐葆炎兄妹。他们的杂志《火山月刊》停刊，意思要我收并他们到《创造》《洪水》中来，我马上答应了他们。

回来的时候，已经是十一点钟，在炉边和谭君兄妹谈了一会杂天，听窗外的风声很大，十二点就寝。

九日，日曜，初六，阴晴，西北风，凉冷。

早晨起来，就写小说，一直写到午后二点多钟，才到创造社出版部去。看信件后，仍复出来走了一趟。天色阴沉，心里很不快活。

三点半钟回到寓舍，正想继续做小说，田汉来了。坐谈了半点多钟，他硬要和我出去玩。

先和他上一位俄国人家里去，遇见了许多俄国的小姐太太们。谈尽三四个钟头，就在他们家里吃俄国菜。七点左右，叫了一乘汽车，请他们夫妇二人去看戏。十点前戏散，又和那两位俄国夫妇上大罗天去吃点心和酒。到十一点钟才坐汽车返寓。这一位俄国太太很好，可惜言语不通。

十日，月曜，初七，晴爽。

早晨起来，觉得天气太好，很想出去散步。但那篇小说还没有做完，第六期《创造》月刊也没有编好，所以硬是坐下来写，写到午后二点多钟，竟把那篇小说写完了，名"过去"，一共有万二千字。

出去约华林上创造社出版部去。看了许多信札，又看了我女人的来书，伤心极了。她责备我没有信给她，她说在雪里去前门寄皮袍子来给我，她又说要我买些东西送归北京去。我打算于《创造》六期编完后，再覆她的信。

在酒馆和华林喝了许多酒，即上法界一位朋友那里去坐。他说上海法科大学要请我去教德文，月薪共四十八元，每一礼拜六小时，我也就答应了。

七点前后，在一家清真馆子里吃完晚饭，便上恩派亚戏园去看电影。是一个历史影片，主演者为John Barrymore，情节还好，导演也好，可惜片子太旧了。明天若月刊编得好，当于午后三点钟去Carlton看 *Merry Widow* 去。

今天的一天，总算成绩不坏，以后每天总要写它三千字才行。月刊编好后，就要做《迷羊》了。这一篇小说，我本来不想把它做成，但已经写好了六千多字在这里，做成来也不大费事。并且由今天的经验看来，我的创作力还并不衰，勉强的要写，也还能够写得出来，且趁这未死前的两三年，拼它一拼命，多做些东西罢！

未成的小说，在这几月内要做成的，有三篇：一，《蜃楼》；二，《她是一个弱女子》；三，《春潮》。此外还有广东的一年生活，也尽够十万字写，题名可作"清明前后"，明清之际的一篇历史小说，也必须于今年写成才好。

为维持生活计，今年又必须翻译一点东西。现在且把可翻译或必翻译的书名开在下面：

一，杜葛纳夫小说 *Rudin*，*Rauchen*，*Frühlings Wogen*.

二，Lemontov's *Ein Held unserer Zeit*.

三，Sudermann's *Die Stille Mühle*.

四，Dante's *Das neue Leben*.

此外还有底下的几种计划：

一，做一本文学概论。

二，扩张小说论内容，作成一本小说研究。

三，做一本戏剧论。

四，做一部中国文学史。

五，介绍几个外国文人如Obermann作者Sénancour，Amiel，George Gissing，Mark Rutherford，James Thomson（B.V.），Clough，William Morris，Gottfried Keller，Carlyle等，及各国的农民文学。

Thoreau's *Walden* 也有翻译介绍一番的必要。

十一日，星期二（旧历十二月初八）。

昨晚因为想起了种种事情，兴奋得很，一直到今日午前三点多钟，不能睡觉。天上的月亮很好，我的西南窗里，只教电灯一灭，就有银线似的月光流进来。

今天起来，已经是很迟了，把《创造》月刊第六期的稿子看了一遍，觉得李初梨的那篇戏剧《爱的掠夺》很好。月刊稿一共已合有六七万字了，我自己又做了一篇《关于编辑，介绍，以及私事等等》附在最后，月刊第六期，总算编好了。午后二点多钟，才拿到出版部去交出。

在出版部里，又听到了一个恶消息，说又有两三人合在一处弄了我们出版部的数千块钱去不计外，还有另外勾结一家书铺来和我们捣乱的计划。心里真是不快活，人之无良，一至于此。我在出版部里等候了好久，终没有人来，所以于五点前后，郁郁而出，没有法子，只好去饮酒。喝了许多白干,醉不成欢,就到Carlton去看*Merry Widow*的影片,看完了影片,已经是七点多了,又去福建会馆对门的那家酒馆,喝了十几碗酒,酒后上周家去坐谈两小时,入浴后回来,已经是半夜了。

十二日,晴快,星期三(旧历十二月初九)。

早晨起来后,就上华林那里去吃咖啡。太阳晒得和暖,也没有寒风吹至,很想尽情的玩它一天,华林的老母和徐葆炎、倪贻德、夏莱蒂三人,接着来了,我就请他们去市内吃饭,一直吃到午后三点,才分手散去。

从饭馆出来,又买了些旧书,四点前后,上出版部去。看了信札,候人不来,就又出去上徐葆炎那里,把他们的稿子拿了,和一位旧相识者上法大马路去喝酒。

酒后又去创造社,和叶某谈判了一两个钟头,心里更是忧郁,更觉得中国人的根性的卑劣,出来已经是将戒严的时候了——近日来上海中国界戒严,晚上八九点钟就不准行人往来——勉强的同那一位旧相识者上新世界去坐了半夜,对酒听歌,终感不出乐趣。到了十二点钟,郁郁而归,坐的是一路的最后一次电车。

十三日,星期四,虽不下雨,然多风,天上也有彤云满布在那里,是旧历的十二月初十了。

昨晚上接到邮局的通知书，告我皮袍子已由北京寄到，我心里真十分的感激荃君。除发信告以衷心感谢外，还想做一篇小说，卖几个钱寄回家去，为她做过年的开销。

中午云散天青，和暖得很，我一个人从邮局的包裹处出来，夹了那件旧皮袍子，心里只在想法子，如何的报答我这位可怜的女奴隶。想来想去，终究想不出好法子来。我想顶好还是早日赶回北京去，去和她抱头痛哭一场。

午膳后去出版部，开拆了许多信件以后，和他们杂谈，到午后四点钟，才走出来。本想马上回家，又因为客居孤寂，无以解忧，所以就走到四马路酒馆去喝酒。这时候夜已将临，路上的车马行人，来往得很多。我一边喝酒，一边在那里静观世态。古人有修道者，老爱拿一张椅子，坐在十字街心，去参禅理，我此刻仿佛也能了解这一种人的心理了。

喝完了酒，就去洗澡，从澡堂出来，往各处书铺去翻阅最近的出版物。在一种半月刊上，看见了一篇痛骂我做的那篇剧本《孤独的悲哀》的文字。现在年纪大了，对于这一种谩骂，终究发生不出感情来，大约我已经衰颓了罢，实在可悲可叹！怀了一个寂寞的心，走上周勤豪家去。在那里又遇到了张傅二君，谈得痛快。又加以周太太的殷勤待我，真是难得得很。在周家坐到十点前后，方才拿了两本旧书——这是我午后在街上买的——走回家来，坐车到北四川路尽头，夜色苍凉，我也已经在车上睡着了，身体的衰弱，睡眠的不足，于此可见。

十四日，星期五，晴暖如春天。

午前洗了身，换了小褂裤，试穿我女人自北京寄来的寒衣。可惜天气太暖，穿着皮袍子走路，有点过于蒸热，走上汽车，身上已经出汗了。王独清自广东来信，说想到上海来而无路费，嘱为设法。我与华林，一清早就去光华为他去交涉寄四十元钱去。这事也不晓能不能成功，当于三日后，再去问他们一次，因为光华的主人不在。从光华出来，就上法界尚贤里一位同乡孙君那里去。在那里遇见了杭州的王映霞女士，我的心又被她搅乱了，此事当竭力的进行，求得和她做一个永久的朋友。

中午我请客，请她们痛饮了一场，我也醉了，醉了，啊啊，可爱的映霞，我在这里想她，不知她可能也在那里忆我？

午后三四点钟，上出版部去看信。听到了一个消息，说上海的当局，要来封锁创造社出版部，因而就去徐志摩那里，托他为我写了一封致丁文江的信。晚上在出版部吃晚饭，酒还没有醒。月亮好极了，回来之后，又和华林上野路上去走了一回。南风大，天气却温和，月明风暖，我真想煞了王君。

从明天起，当做一点正当的情，或者将把《洪水》第二十六期编起来也。

十五日，星期六（旧历十二月十二）。

夜来风大，时时被窗门震动声搅醒。然而风系自南面吹来，所以爽而不凉，天上已被黑云障满了，我怕今天要下雨或雪。

午前打算迁入创造社出版部去住，预备把《洪水》二十六期来编好。

十时前后去创造社出版部，候梁君送信去，丁在君病未起床，故至十二时后，方见梁君拿了在君的覆信回来。在君覆信谓事可安全，当不至有意外惨剧也。饭后校《洪水》第二十五期稿，已校毕，明日再一校，后日当可出版。

午后二点，至Carlton参与盛家孙女嫁人典礼，遇见友人不少，四时顷礼毕，出至太阳公司饮咖啡数杯。新郎为邵洵美，英国留学生，女名盛佩玉。

晚上至杭州同乡孙君处，还以《出家及其弟子》译本一册，复得见王映霞女士。因即邀伊至天韵楼游，人多不得畅玩，遂出至四马路豫丰泰酒馆痛饮。王女士已了解我的意思，席间颇殷勤，以后当每日去看她。王女士生日为旧历之十二月廿二，我已答应她送酒一樽去。今天是十二月十二，此后只有十日了，我希望廿二这一天，早一点到来。今天接北京周作人信，作答书一，并作致徐耀辰、穆木天及荃君书。荃君信来，嘱我谨慎为人，殊不知我又在为女士颠倒。

今天一天，应酬忙碌，《洪水》廿六期，仍旧没有编成功，明日总要把它编好。

王映霞女士，为我斟酒斟茶，我今晚真快乐极了。我只希望这一回的事情能够成功。

十六日，星期日（十二月十三），雨雪。

昨晚上醉了回来，做了许多梦。在酒席上，也曾听到了一些双关的隐语,并且王女士待我特别的殷勤,我想这一回,若再把机会放过,即我此生就永远不再能尝到这一种滋味了,干下去,放出勇气来干下去吧!

窗外面在下雪,耳畔传来了许多檐滴之声。我的钱,已经花完了,今天午前,就在此地做它半天小说,去卖钱去吧!我若能得到王女士的爱,那么恐怕此后的创作力更要强些。啊,人生还是值得的,还是可以得到一点意义的。写小说,快写小说,写好一篇来去换钱去,换了钱来为王女士买一点生辰的礼物。

午后雪止,变成了凉雨。冒雨上出版部去谈了一会杂天,三时前后出来街上,去访问同乡李某,想问问他故乡劫后的情形何如,但他答说"也不知道"。

夜饭前,回到寓里,膳后徐葆炎来谈到十点钟才去。急忙写小说,写到十二点钟,总算写完了一篇,名"清冷的午后",怕是我的作品中最坏的一篇东西。

十七日,星期一,十四,阴晴。

午前即去创造社出版部。编《洪水》第二十六期,做了一篇《无产阶级专政和无产阶级的文学》,共有二千多字。编到午后,才编毕,天又下微雨了,出至四马路洗澡,又向酒馆买小樽黄酒二,送至周勤豪家,差佣人去邀王女士来同饮,饮至夜九时,醉了,送她还家,心里觉得总不愿意和她别去,坐到十点左右,才回家来。

十八日，星期二，十五，阴晴。

因为《洪水》已经编好，没有什么事情了，所以早晨就睡到十点多钟。孙福熙来看我，和他谈到十二点钟，约华林共去味雅酒楼吃午饭。

饭后至创造社，看信件，得徐志摩报，说司令部要通缉的，共有百五十人，我不晓得在不在内。

郭爱牟昨有信来，住南昌东湖边三号，有余暇当写一封长信去覆他。张资平亦有信来，住武昌鄂园内。

三四点钟，又至尚贤坊四十号楼上访王女士，不在。等半点多钟，方见她回来，醉态可爱，因有旁人在，竟不能和她通一语，即别去。

晚上在周家吃饭，谈到十点多钟方出来。又到尚贤坊门外徘徊了半天，终究不敢进去。夜奇寒。

十九日，星期三，十六，快晴。

天气真好极了，一早起来，心里就有许多幻想，终究不能静下来看书做文章。十时左右，跑上方光焘那里去，和他谈了些关于王女士的话，想约他同去访她，但他因事不能来，不得已只好一个人坐汽车到创造社出版部去看信札去。吃饭之后，蒋光赤送文章来了，就和他一道去访王女士。谈了二个钟头，仍复是参商咫尺。我真不能再忍了，就说明了为蒋光赤介绍的意思。

午后五点多钟和蒋去看电影。晚饭后又去王女士那里，请她们坐了汽车，再往北京大戏院去看Elinor Glyn's *Beyond the Rock*的影片。

十一时前后看完影片出来，在一家小酒馆内请她们喝洒。回家来已经是午前一点多钟了。写了一封给王女士的短信，打算明天去交给她。

今晚上月亮很大，我一个人在客楼上，终竟睡不着。看看千里的月华，想想人生不得意的琐事，又想到了王女士临去的那几眼回盼，心里只觉得如麻的紊乱，似火的中烧，啊啊，这一回的恋爱，又从此告终了，可怜我孤冷的半生，可怜我不得志的一世。

茫茫来日，大难正多，我老了，但我还不愿意就此而死。要活，要活，要活着奋斗，我且把我的爱情放大，变作了对世界，对人类的博爱吧！

二十日，星期四（旧历十二月十七），晴。

早晨十点前起床，方氏夫妇来，就和他们上创造社去。天气晴快，一路走去，一路和他们说对于王女士的私情。说起来实在可笑，到了这样的年纪，还会和初恋期一样的心神恍惚。

在创造社出版部看信之后，就和他们上同华楼去吃饭，钱又完了，午后和他们一道去访王女士的时候，心里真不快活，而忽然又听到了她将要回杭州的消息。

三四点钟从她那里出来，心里真沉闷极了。想放声高哭，眼泪又只从心坎儿上流，眼睛里却只好装着微笑。又回到出版部去拿钱，遇见了徐志摩，谈到五点钟出来。在灰暗的街上摸走了一回，终是走投无路。啊啊，我真想不到今年年始，就会演到这一出断肠的喜剧，买了几本旧书，从北风寒冷的北四川路上走回家来，入室一见那些破旧书籍，就想一本一本的撕破了它们，谋一个"文武之道，今夜尽矣"的舒服，想来想去，终究是抛不了她，只好写一封信，仍旧摸出去去投邮。本来打算到邮局为止的，然而一坐汽车，竟坐到了大马路上。吃了咖啡，喝了酒，看看时间，还是八点多一点儿，从酒馆出来，就一直的又跑上她那里去，推门进去一看，有她的同住者三四人，正在围炉喝酒，而王女士却躲在被窝里暗泣。惊问他们，王女士为什么就这样的伤心？孙太太说："因为她不愿离我而去。"我摸上被窝边上，伸手进去拉她的手，劝她不要哭了，并且写了一张字条给她。停了三五分钟，她果然转哭为笑了。我总以为她此番之哭，却是为我。心里十分的快乐，二三个钟头以前的那一种抑郁的情怀，不晓消失到那里去了。

从她那里出来，已经是十一点钟。我更走到大世界去听了两个钟头的戏，回家来已经是午前的两点钟了。

啊啊！我真快乐，我真希望这一回的恋爱能够成功，窗外北风很大，明天——否否——今天怕要下雪，我到了这三点多钟，还不能入睡。我只在幻想将来我与她的恋爱成就后的事情，老天爷呀老天爷，我情愿牺牲一切，但我不愿就此而失掉了我的王女士，失掉了我这可爱的王女士。努力努力，奋斗奋斗！我还是有希望的呀！

二十一日，星期五（旧历十二月十八日），晴。

完了，事情完全被破坏了，我不得不恨那些住在她周围的人。今天的一天，真使我失望到了极点。

早晨一早起来，就跑上一家她也认识，我也认识的人家去。这一家的主人，本来是人格不高，也是做做小说之类的人，我托他去请她来。天气冷得很，太阳光晒在大地上，竟不发生一点效力出来。我本想叫一乘汽车去的，这几天因为英界电车罢工，汽车也叫不到。坐等了半点多钟，她只写了一个回片来说因病不能来，请我原谅。

已经是伤心了，勉强忍耐着上各处去办了一点事情，等到傍晚的六点左右，看见街上的电灯放光，我就忍不住的跑上她那里去。一进她的房，就有许多不相干的人在那里饮酒高笑。他们一看见我，更笑得不了，并且骗我说她已经回杭州去了。实际上她似乎刚出外去，在买东西。坐等了二个钟头，吃完晚饭，她回来了，但进在别一室里，不让我进去。我写给她的信，她已经在大家前公开。我只以为她是在怕羞，去打门打了好几次，她坚不肯开。啊啊！这就是这一场求爱的结束！

出了她们那里，心里只是抑郁。去大世界听妓女唱戏，听到午前一点多钟，心里更是伤悲难遣，就又去喝酒，喝到三点钟。回来之后，又只是睡不着觉，在室内走走，走到天明。

二十二日，星期六（十二月十九日），晴，奇寒。

冒冷风出去，十一点前后，去高昌庙向胡春藻借了一笔款。这几日来，为她而花的钱，实在不少，今日袋里一个钱也没有，真觉得穷极了。匆匆说了几句话，就和厂长的胡君别去，坐在车上，尽是一阵阵的心酸，逼我堕泪。不得已又只好上周家去托周家的佣人，再上她那里去请她来谈话。她非但不来,连字条也不写一个,只说头痛,不能来。

午后上志摩那里去赴约,志摩不在。便又上邵洵美那里去,谈了两三个钟头天。

六点到创造社出版部。看了些信,心里更是不乐,吃晚饭之后,只想出去,再上她那里去一趟。但想想前几回所受的冷遇,双脚又是踌躇不能前进。在暮色沉沉的街上走了半天,终究还是走回家来。我与她的缘分,就尽于此了,但是回想起来,这一场的爱情,实在太无价值,实在太无生气。总之第一只能怪我自家不好,不该待女人待得太神圣,太高尚,做事不该做得这样光明磊落,因为中国的女性,是喜欢偷偷摸摸的。第二我又不得不怪那些围在她左右的人,他们实在太不了解我,太无同情心了。

啊啊,人生本来是一场梦,这一次的短话,也不过是梦中间的一场恶景罢了,我也可以休矣。

二十三日,星期日,阴晴(十二月二十日)。

晚上又睡不着,早晨五点钟就醒了。起来开窗远望,寒气逼人。半边残月,冷光四射,照得地上的浓霜,更加凉冷。倒了一点凉水,洗完手脸,就冲寒出去,上北火车站去。街上行人绝少,一排街灯,光也不大亮了。

因为听人说,她于今天返杭州去,我想在车上再和她相会一次。等了二点多钟,到八点四十分,车开了,终不见她的踪影。在龙华站下来,看自南站来的客车,她也不在内。车又开了,我的票本来是买到龙华的,查票者来,不得已,只能补票到松江下来。

在松江守候了两点钟,吃了一点点心,去杭州的第二班车来了,我又买票到杭州,乘入车去遍寻遍觅,她又不来。车里的时光,真沉闷极了,车窗外的野景萧条,太阳也时隐时出,野田里看不见一个工作的农民,到处只是军人,军人,连车座里,也坐满了这些以杀人为职业的禽兽。午后五点多钟,到了杭州,就在一家城站附近的旅馆内住下,打算无论如何,总要等候她到来,和她见一次面。

七点钟的一次快车,半夜十二点的夜快车到的时候,我都去等了,倒被守站的军士们起了疑心,来问我直立在站头有何事情,然而她终究不来。

晚上上西湖去,街上萧条极了,湖滨连一盏灯火也看不见,人家十室九空,都用铁锁把大门锁在那里。

我和一位同乡在旅店里坐谈,谈到午前二点,方上床就寝,然而也一样的睡不着。

二十四日,星期一,阴晴(十二月廿一日)。

早晨九点钟起来,我想昨天白等了一天,今天她总一定要来了,所以决定不回富阳,再在城站死守一日。

车未到之前,我赶上女师她所出身的学校去打听她在杭州的住址。那学校的事务员,真昏到不能言喻,终究莫名其妙,一点儿结果也没有。

到十二点前,仍复回去城站,自上海来的早快车,还没有到。无聊之至，踏进旧书铺去买了五六块钱的旧书，有一部《红芜词钞》，是海昌嵩生钟景所作，却很好。

午后一点多钟，上海来的快车始到，我捏了一把冷汗，心里跳跃不住，尽是张大了眼，在看下车的人，有几个年轻的女人下车来，几乎被我错认了迎了上去，但是她仍复是没有来。

气愤之余，就想回富阳去看看这一次战争的毒祸，究竟糜烂到怎么一个地步，赶到江干，船也没有，汽车也没有，而灰沉沉的寒空里，却下起雪来了。

没有办法，又只好坐洋车回城站来坐守。看了第二班的快车的到来，她仍复是没有，在雪里立了两三个钟头，我想哭，但又哭不出来。天色阴森的晚了，雪尽是一片一片的飞上我的衣襟来，还有寒风，在向我的脸颊上吹着，我没有法子，就只好买了一张车票，坐夜车到上海来了。

午前一点钟，到上海的寓里，洗身更换衣服后，我就把被窝蒙上了头部，一个人哭了一个痛快。

二十五日，星期二（十二月廿二日），晴。

早晨仍复是不能安睡。到八点后起了床。上创造社出版部去，看了许多的信札。太阳不暖不隐，天气总算还好，正想出去，而叶某来了，就和他吵闹了一场，我把我对青年失望的伤心话都讲了。

办出版部事务，一直到晚上的七时，才与林微音出去。先上王女士寄住的地方去了一趟，终究不敢进去。就走上周家去，打算在那里消磨我这无聊的半夜。访周氏夫妇不在，知道他们上南国社去了，就去南国社,喝了半夜的酒,看了半夜的跳舞。但心里终是郁郁不乐,想王女士想得我要死。

十二点后,和叶鼎洛出来,上法界酒馆去喝酒。第一家酒不好,又改到四马路去痛饮。

到午前的两点,二人都喝醉了,就上马路上去打野鸡。无奈那些雏鸡老鸭,都见了我们而逃,走到十六铺去,又和巡警冲突了许多次。

终于在法界大路上遇见了一个中年的淫卖,就上她那里去坐到天明。

廿六日,星期三,旧历十二月廿三,晴。

从她那里出来,太阳已经很高了。和她吃了粥,又上她那里去睡了一睡。

九点前后和她去燕子窠吸鸦片,吸完了才回来,上澡堂去洗澡。

午饭前到出版部,办事直办到晚上的五点,写了两封信,给荃君和岳母。

回到寓里来,接到了一封嘉兴来的信,系说王女士对我的感情的,我又上了当了,就上孙君那里去探听她的消息。费了许多苦心,才知道她是果于前三日回去,住在金刚寺巷七号。我真倒霉,我何以那一天会看她不见的呢?我又何以这样的粗心,连她的住址都不曾问她的呢?

二十七日，星期四，旧历十二月廿四，晴。

昨天探出了王女士的住址，今晨起来，就想写信给她。可是不幸午前又来了一个无聊的人，和我谈天，一直谈到中午吃饭的时候。

十二点前到出版部去，看了许多信札，午饭后，跑上光华去索账。管账的某颇无礼，当想一个法子出来罚他一下才行。午后二点多钟，上周勤豪家去，只有周太太一个人在那里和小孩子吃饭。坐谈了一会，徐三小姐来了。她是友人故陈晓江夫人徐之音的妹妹。

晚上在周家吃饭，饭后在炉旁谈天，谈到十点多钟。周太太听了我和王女士恋爱失败的事情，很替我伤心，她想为我介绍一个好朋友，可以得点慰抚，但我总觉得忘不了王女士。

二十八日，星期五（十二月廿五），天气晴朗可爱，是一个南方最适意的冬天。

早晨十点前后，华林来看我，我刚起床，站在回廊上的太阳光底下漱口洗牙齿。和华林谈了许多我这一次的苦乐的恋情，吃饭之前，他去了。

我在创造社吃午饭，看了许多信，午后真觉得寂寥之至。仿吾有信来，说我不该久不作书，就写了一封快信给他。无聊之极，便跑上城隍庙去。一年将尽，处处都在表现繁华的岁暮，这城隍庙里也挤满了许多买水仙花、天竺的太太小姐们。我独自一个，在几家旧书摊上看好久，没有办法，就只好踏进茶店的高楼上去看落日。看了半天，吃了一碗素面，觉得是夜阴逼至了，又只得坐公共汽车，赶回出版部来吃晚饭。

晚饭后，终觉得在家里坐不住，便一直的走上周家去。陈太太实在可爱之至，比较起来，当然比王女士强得多，但是，但是一边究竟是寡妇，一边究竟还是未婚的青年女子。和陈太太谈了半夜，请她和周勤豪夫妇上四马路三山会馆对面的一家酒家去吃了排骨和鸡骨酱，仍复四人走回周家去。又谈到两点多钟，就在那里睡了。上床之后，想了许多空想。

今天午前曾发了一封信给王女士，且等她两天，看看有没有回信来。

周太太约我于旧历的除夕（十二月廿九），去开一间旅馆的大房间，她和陈太太要来洗澡，我已经答应她了。

二十九日，星期六（十二月廿六），晴爽。

午前十时从周家出来，到创造社出版部。看了几封信后，就打算搬家，行李昨天已经搬来了，今天只须把书籍全部搬来就行。

午后为搬书籍的事情，忙了半天，总算从江湾路的艺术大学，迁回到了创造社出版部的二楼亭子间里。此后打算好好的做点文章，更好好的求点生活。

晚上为改修创造社出版部办事细则的事情，费去了半夜工夫。十点后上床就寝，翻来覆去，终究睡不着，就起来挑灯看小说。看了几页，也终于看不下去，就把自己做的那一篇《过去》校阅了一遍。

三十日，星期日，阴晴。

今天是旧历的十二月二十七日，今年又是一年将尽了，想起这一年中间的工作来，心里很是伤心。

早晨七八点钟，见了北京《世界日报》副刊编辑的来信，说要我为他撑门面，寄点文字去。我的头脑，这几日来空虚得很，什么也不想做，所以只写了一封信去覆他，向他提出了一点小小的意见。第一诫他不要贪得材料，去挑拨是非；第二教他要努力扶植新进的作家；第三教他不要被恶势力所屈伏，要好好的登些富有革命性的文字。

午前整理书籍，弄得老眼昏迷，以后想不再买书了，因为书买得太多，也是人生的大累啊！

今天空中寒冷，灰色的空气罩满了全市，不晓得晚上会不会下雪。寒冬将尽了，若没有一天大雪来点缀，觉得也仿佛是缺少一点什么东西似的。

我在无意识的中间，也在思念北京的儿女，和目前问题尚未解决的两个女性，啊，人生的矛盾，真是厉害，我不晓得那一天能够彻底，那一天能够做一个完全没有系累的超人。

午后出去访徐氏兄妹，给了他们五块钱度岁，又和他们出去，上城隍庙去喝了两三点钟的茶。回来已经快六点钟了，接到了一封杭州王女士的来信。她信上说，是阴历十二月廿二日的早晨去杭州的，可惜我那一天没有上北火车站去等候。然而我和她的关系，怕还是未断，打算于阴历正月初二三，再到杭州去访她去。写了一封快信，去问她的可否，大约回信，廿九的中午总可以来，我索性于正月初一去杭州也好。

夜饭后,又上周家去,周太太不在家,之音却在灯下绣花,因为有一位生人在那里,她头也不抬起来,然而看了她这一种温柔的态度,更使我佩服得了不得。

坐了两三刻钟,没有和她通一句话的机会,到了十点前几分,只好匆匆赶回家来,因为怕闸北中国界内戒严,迟了要不能通行。临去的时候,我对她重申了后天之约,她才对我笑了一笑,点了一点头。

路过马路大街,两旁的人家都在打年锣鼓,请年菩萨。我见了他们桌上的猪头三牲及檀香红烛之类,不由得伤心入骨,想回家去,啊啊,这漂泊的生涯,究竟要到何时方止呢!

回家来又吃酒面,到十一点钟,听见窗外放爆竹的声音,远近齐鸣,怀乡病又忽然加重了。

一月三十一日,旧历十二月廿八,星期一。

一九二七年的一月,又过去了,旧历的十二月小,明天就是年终的一日。到上海后,仍复是什么也不曾做,初到的时候的紧张气氛,现在也已经消失了,这是大可悲的事情,这事情真不对,以后务必使这一种气氛回复转来才行。我想恋爱是针砭懒惰的药石,谁知道恋爱之后,懒惰反更厉害,只想和爱人在一块,什么事情也不想干了。

早晨一早起来,天气却很好,晴暖如春,究竟是江南的天候,昨日有人来找我要钱,今天打算跑出去,避掉他们,听说中美书店在卖廉价,很想去看看。伊文思也有一本John Addington Symonds的小品文,今天打算去买了来。以后不再买书,不再虚费时日了。

午前早饭也不吃,就跑了出去,在五芳斋吃了一碗汤团,一碟汤包，出来之后，不知不觉就走上中美书店去了。结果终究买了下列的几本书：

The Heir，by V. Sack vill-West.

Nocturne， by Frank Swinnerton.

Liza of Lambeth， by W. Somerset Maugham.

The Book of Blanch， by Dorothy Richardson.

In the Key of Blue， by John Addington Symonds.

Studies in Several Literatures， by Peck.

一共花了廿多块钱，另外还买了一本Cross著的*Development of the English Novel*，可以抄一本书出来卖钱的。

午后，出版部的同人都出去了，我在家里看家。晚上听了几张留声机器片，看日本小说《沉下去的夕阳》。

一月来的日记，今天完了，以后又是新日记的开始，我希望我的生活，也能和日记一样的刷新一回，再开一个新纪元。

一九二七年一月三十一日，在上海的出版部内

据《达夫日记集》，1935年7月上海北新书局版

断篇日记二

（1927年8月1日至11月8日）

一九二七年八月一日

……

在出版部吃中饭，饭后又上北四川路的内山书店去。佐藤尚未从南京返沪，是以又陪佐藤夫人上大马路去买了半天的东西。

……

（据于听《郁达夫风雨说》）

八月二日

……

中午的时候，独清、伯奇、仿吾等全到齐，又开了半天会，议创造社出版部改组事。正在开议，接到映霞的信两封。午饭过后，忽来了一个自称暗探者，先说要检查书，后来又说要拘人，弄得出版部的伙计们逃散一空。最可恶的，就是司会计的那个人，把出版部的金钱全部拿走了。

午后大家不敢回出版部去,我在外面托人营救,跑了半天。

(据于听《郁达夫风雨说》)

八月三日

……结合在一起,大家非议我,说我不负责任,不事预防,所以弄出这样的事情来。我气极了,就和他们闹了一场,决定与创造社完全脱离关系。

……

(据于听《郁达夫风雨说》)

一九二七年八月十八日,星期四,晴,但也很热(七月廿一)。

蒋介石下野后,新军阀和新政客又团结了起来,这一批东西,只晓得争权利,不晓得有国家,恐怕结果要弄得比蒋介石更坏。总之是我们老百姓吃苦,中国的无产阶级,将要弄得死无葬身之地了。

午前太阳已经晒得很可怕了,在虹口日本菜馆吃早饭后,又上法界的旧书铺去买了两本书,一本是 Somerset Mangham's *The Moon and Sixpence*,一本是 *Poems*, by Adam Lindsay Gordon,另外还有一本 *Diaries of Court-ladies of Old Japan*,盖系更科日记和泉式部日记、紫式部日记的英译。

回来看了半天 The Moon and Sixpence，同乡汪君来谈，说要于今夜回浙江去，就托他带了一盒烟和一封信去给映霞，叫她于明早坐快车来沪，我好上南站去等她。

午后在寓不出，看了几本英文小说的批评。晚上又上内山书店去坐谈，归途遇见了一位小朋友，他约我于明天早晨来访，因为他要为我介绍几位朋友。

八月十九日，星期五（阴历七月廿二）晴，热。

午前，那位小朋友和他的友人来谈，决定出一个周刊的事情，刊物名"民众"，是以公正的眼光，来评现代的社会革命的。约定于星期六的晚上，在兴华菜馆吃晚饭，再议详细的事情。

中午去南站候自杭州来的车，车到了而映霞却不来，懊恼之至。从车站回来，道经西门，去旧书铺买了一本 The Foundations of English Literature，by Fred Lewis Patten。

从西门走回家来，已经是午后三四点钟了，又遇见了那位小朋友来投请帖，同时也看见了映霞写给我的一张名片，说她已来上海，住在三马路一家旅馆内。

傍晚出去访映霞，为她去北站搬了些寄存着的行李，在快活林吃晚饭。

八月二十二日，星期一（七月廿五），晴。

早晨起来，就有几位朋友来访，得到了许多消息，大约上海市民有欢迎孙传芳来沪的事情，研究系又在活动了。谈《民众》周刊的事情，大致已经决定，于九月一号出版。

午前十一点和映霞出去吃早午餐，回来买了一部Darley的诗集，这是十九世纪英国的一个小天才，可惜他的名声不彰，空的时候，当为他介绍一下。

午后去印刷所，谈出周刊事，大约每期需印刷费、纸费八十多块。

晚上去出席聚餐会，遇见了许多人，其中尤其以冰心女士为我所欲见的一个。她的印象，很使我想到当时在名古屋高等学校时代的一个女朋友。

十点后，喝醉了酒回来睡觉。

八月二十七日，星期六（八月初一日），晴。

天气还热。早晨就出去买了几本书，一本是E. M. Forster著的小说*A Passage to India*。

午后回来，又发现我的衣裳被窃，这一回是第二次了。明明知道是同住的人对面某所偷，但因为没有证据，所以不好对他说话。共计前后被窃两次，偷去衣服，价值五十多元。我很可怜他，但也不敢公然把钱给他，所以只好任他来偷。

今天南京被孙传芳兵夺去，听说蒋孙又有合作消息，军阀的肝肺,真和猪狗一样。

晚上在四马路大新街一家新开的北京菜馆请客,菜也坏,招呼也不好。

《民众》周报,改出旬刊,预定于九月五号出创刊号,明天要做七千字的一篇文章。

八月三十一日

……我在这八月里,又是一点儿成绩也没有,以后当更加努力,更加用功。……

(据于听《郁达夫风雨说》)

九月二日,星期五,晴而不常(八月初七),热。

天气还是很热,中午时候,下了一阵雨,总算凉了许多。王母昨日自杭州逃难来沪,三十一军早在杭州奸淫房掠了。

午后在振华旅馆和她们闲谈到夜。

晚上余泽鸿同学来谈,作文章到翌日午前五点,把《民众》稿子全部做好了。我作了一篇《发刊词》,一篇《谁是我们的同伴者》。

九月三日，星期六，晴而不常（八月初八），雨，凉。

天气凉了，是这几次下了雨的原因。

午前只睡了两个钟头，去送王母搬家至民厚里，中午回来，睡了两个钟头。

午后又做了一篇《农民文艺的提倡》，约千余字。邵洵美氏来访，和他一道去创造社拿了几本书送他，后又和他上雪园去吃饭。

晚上倦极，十点钟上床睡觉。

九月六日，星期二，（八月十一），晴爽。

天气自昨晚晴起，真正变成了很好的秋天了，早晨起来，看见了悠久的天空，又作了许多空想。

午前来客不绝，午后睡了一觉，起来已经是四点钟了。把Madame de Cottin的*Elizabeth*读完，内容很简单，叙述也很朴素，当是家庭间的好读物。

女主人公Elizabeth是流人夫妇之女。她四岁的时候，跟她父母被流到西伯利亚去。三人相依为命，夫妇父女母女中间的爱情，真是天上天下找不到譬喻的好。Elizabeth渐渐长大，才知道了她们父女三人的地位。平时见了她父亲的垂头丧气，她就私下起了决心，想徒步上京城圣彼得堡去谒见皇帝，求他的赦免。在流所过了十二年，终究遇到了Tobolsk的总督De Smoloff的儿子。他有一次救了她父亲的性命，因此就到他们的配所去了一次。Elizabeth就以往京城求皇帝赦免的事情和他商议。后来，Smoloff去京城作禁卫军，她也跟了一位神父徒步去圣彼得堡。途中吃尽了千辛万苦，带她去的神父，在半路上死了，她好容易到了墨斯哥，正遇着新皇帝Alexander在墨京行加冠之礼。她于行加冠式之日，上御前去代父求饶，羽林军里走出来一位青年将校，就是De Smoloff总督的儿子。后来她父母终得了皇帝的赦免，仍复回到波兰的故国去做代王，De Smoloff少将就和她结了婚。

因为这书的情节简单，而又很含有教训的意思，所以在十九世纪前半，一时曾风行过。但是以艺术的价值来讲，这书远不及*Paul and Virginia*的浑成自然，描写也没有St. Pierre那么的美丽。

九月十一日，星期日（八月十六），晴爽。

晨起回到老靶子路寓居，又有周君等来访，系来催《民众》的稿子的。

译Storm's *Marthe und ihre Uhr*到午，回哈同路去吃饭。饭后睡午觉未成，就出来上四马路购鞋洗澡。

晚上仍在哈同路宿。

九月十二日，星期一（八月十七），晴爽。

午前五时半起床，坐头次电车回到老靶子路来。街上的店家都还未起，日光也只晒到了许多高楼的屋顶。到寓居后闭门译书，译到中午，将*Marthe und ihre Uhr*译完，共有四千字的光景。

中饭在饭店弄堂里一家小馆子里吃的，上开明书店的新书铺去了一趟。

午后想睡觉，又遇见了汪静之，就和他一道去看美术联合展览会，见了许多画家。

晚饭上哈同路去吃，八点前回来，看见月亮大得很，东方的光明，正未可限量，看我们的努力如何，或者可以普照大地。

晚上想作《民众》第二期的文章，但写不成功。

九月十四日，星期三（八月十九），晴，热。

仿佛是要下雨的样子。午前光赤来，托我为他卖诗稿，但卖来卖去卖了一天，终于卖不出去。

午前中又写了一篇《乡村中的阶级》，共一千五百多字，总算把《民众》第二期编好了。

乘电车去哈同路的途上，遇见了一位文学青年，告诉我一段诗人王某，如何的和两人共谋，当作一位富室的公子，将一位有夫之妇略有几个钱的妇人，设法吊上，然后敲剥她的金钱，弄得她的妆奁卖尽。这一位诗人，也是我的朋友，平时却老说什么"不幸"、"恋爱"、"牺牲"的，不知道他竟会卑陋至此。他的诗叫什么"死之前"，也没有一读的价值。

九月二十日，星期二（八月廿五），晴爽。

读报知道唐生智的原形毕露了，这一种毒物，要拿他来斩肉酱。

南京国民政府，党部又改换了一批新的投机师进去，在最近宣布就职，成立了。几日来没有看报，这一批东西竟闹得这样了。

午前在家里坐着，写了一篇《如何的救度中国的电影》，寄给良友的《银星》杂志。发了一封信给开明，又将 *A Waitress* 的译文抄了一本副本，寄给《小说月报》去了。

午后读《老残游记》，愈觉得它笔墨的周到老练。从前在十七八岁时候，曾经读过一次，觉不到它的好处，现在年纪大了，看起来真是入味，犹如前次再读《儒林外史》的时候一样，可见得年龄阅历和欣赏了解，有绝大的关系。此后想更把从前当娱乐品读过的许多中外小说，再来细心重读一遍。

十月二日，星期日，（九月初七），晴爽。

午前为《民众》四期做了一篇《俄英若交战》。看见无政府主义者等发行的杂志《革命》周报上，有一篇批评我与《民众》的文章。

午饭前去内山书店，买了两本书，一本是《社会意识学（idealogie）概论》，一本是《大正文学十四讲》。

午后做了一篇《关于〈风月传〉》，系应北新书局之索，做新式标点《风月传》的序文的，大约先要在《周报》上发表一下，傍晚过北四川路，买了一本 *Life and Art*, by Thomas Hardy 和一本 *Blind Maro's Buff*, by Louis Hémon。Louis Hémon的小说，实在做得好，可惜原书买不到，所以只能读他的英译。我已读过一册他的*M. Ripois and The Nemesis*，还有他的名著*Maria Chapdelaine*却还没有读过，总要去买到它来一读。

晚上在陶乐春吃晚饭，是北新老板请的客。回来的时候，天上的新月一弯，早已西沉。苍苍的天盖里，只有些灿烂的星光在那里微笑。

十月四日，星期二（九月九日），阴雨。

昨天天气闷热，今天果然下雨了，头痛，心里也有点难过，大约是伤了风。

午前帮映霞她们从楼下搬到了楼上，中饭前出去拿了日本《大调和》杂志寄来的二百五十块钱，大买了一天书：

R. L. Stevenson：*Amateur Emigrant*；*Silverado Squatiers*.

Laurido Brunn：*Van Zantens Inselder*；*Verheissung Heimwärts*.

Louis Hémon：*My Fair Lady*.

James Stephens：*Deirdre*.

Edward Booth：*Fondie*.

Liam O'Flaherty：*Spring Sowing*.

午后雨很大，在途上遇见了几位学生，他们多问我以《民众》旬刊的事情，不可不好好的干一下，使他们年轻的学生，有所指归。

晚上头痛，读今天所买的各种小说，打算译一点出来。

托汪某汇了一百块钱去富阳，系叫荃君作两月用费的，作给荃君的信。

十月五日，星期三（九月初十日），阴雨。

午前觉天色阴闷，所以在家不出，将《过去集》校稿第二、三两篇读了一遍。

十一点左右，送校稿去闸北，回来的时候遇了大雨，顺便过北四川路书铺，又买了一本Lytton Strachey's *Books and Characters*。

午后睡了一觉午觉。午睡醒来，有北新书局的请客单到来，请我去吃夜饭。

六时余到四马路去赴约，席上遇见了鲁迅及景宋女士诸人，谈了半宵，总算还觉得快活。

昨夜来似乎伤风加重了，今天一天心绪不佳。晚饭后在四马路闲步，买了一本文芸阁的《云起轩词钞》。

十月六日，星期四（九月十一日），阴雨，天气很闷。

午前头痛，心里想吐，勉强为《人道》写了一篇文章，名"人权运动"，不上千字。

中午请鲁迅等在六合居吃饭。饭后去访许杰，送以日记一册，及《人道》的文章一篇。归途在旧书铺里买了几本美国作家Carl Van Vechten及Hergesheimer的小说和另外的几本什书。

Joseph Hergesheimer： *The Happy End.*

Carl Van Vechten： *The Blind Bow-Boy.*

Ren'ce M. Deacon： *Bernard Shaw.*

Swinburne： *A Note on Charlotte Brontë.*

自十月十日去杭州以后，至今日（十一月八日）止，中间将一月，因事务忙乱，没有工夫记日记。这中间只续做了五千余字的《迷羊》，翻译了一篇Liam O'Flaherty的小说*Spring Sowing*，译名"最初的播种"。

《迷羊》（*Stray Sheep*）自十一月一日起，连续在北新书局的《北新》半月刊上登载，预计在三个月中间，写它成功，大约可以写成六七万字。

译稿 *Spring Sowing* 送登《民众》第六期,大约将收入《奇零集》内。

外间大有人图侬，因为《民众》被认为C.P.的机关杂志之故。然而我们的努力却不会因此而少怯，打算将《民众》改名《多数者》，以英文*The Mass*为标题，改由一家书店印行，大约自十期起，可以公开销售了。

大前天，昨天，一时兴会到来，写了两篇滑稽小说，名"二诗人""滴笃声中"，大约可以写十多篇，集合起来出一部书。

这一回在杭州住了八天，遇着天气的骤变寒冷，就于十九那天赶回上海。到上海后，又将二十天了，买了许多书，读了许多小说。这中间觉得最满意的是Emile Zola的一篇小说*The Girl in Scarlet*，系*Rougon Macquart*丛书的第一册，写法国大革命时Rougon Macquart一族的阴谋诡计，和兄弟诸人不同的性质。背景在法国南部的Plassans，以革命热情家Miete（女孩）和Sylve're（男孩）二人为开场收束的人物。她和他的爱情纯洁，变幻颇多，两人终为革命而死，其间有Rougon Piérre阴险的凶谋，有Adelaide变态的性欲，实在是一部很大的小说，有翻译的价值的。

自昨天起天气又忽而变寒,晚上又要盖重衾了。然而太阳依旧照在空中,天色也一碧到底。

今天是旧历十月十五日(阳历十一月八日),星期二,我今后打算再努力一点,在这两个月里,写成它一两部小说。

午前在家不出,读Bartsch著的 *Elizabeth Koeth*,打算作《迷羊》的参考。

午后去街上闲步,买了些新出的小说,以英美新作家者为最多。

据《郁达夫全集》

遗嘱

余年已五十四岁，即今死去，亦享中寿。天有不测风云，每年岁首，例作遗言，以防万一。

自改业经商以来，时将八载，所得盈余，尽施之友人亲属之贫困者，故积贮无多。统计目前现金，约二万余盾；家中财产，约值三万余盾。"丹戎宝"有住宅草舍一及地一方，长百二十五米达，宽二十五米达，共一万四千余盾。凡此等产业及现款金银器具等，当统由妻何丽友及子大雅与其弟或妹（尚未出生）分掌。纸厂及"齐家坡"股款等，因未定，故不算。

国内财产，有杭州官场住宅一所，藏书五百万卷，经此大乱，殊不知幸存否。国内尚有子三：飞、云、苟，虽无遗产，料已长大成人。地隔数千里，欲问讯亦未由及也。余以笔名录之著作，凡十余种，迄今十余年来，版税一文未取，若有人代为向出版该书之上海北新书局交涉，则三子之在国内者，犹可得数万元。然此乃未知之数，非确定财产，故不必书。

乙酉年元旦

原载 1947 年 8 月 1 日《文潮月刊》第 3 卷第 4 期

来自作家榜的礼物

畅销全国的"作家榜经典文库™"
是公认的高品质图书
只选取经典中的经典
只签约顶级诗人作家
只为中国新一代读者
翻译值得反复阅读的全球经典名著
帮助读者汲取古今中外的文化智慧

海明威等了64年的中文译本终于来了
中国先锋作家鲁羊倾情翻译口碑爆棚

扫一扫作家榜
免费读电子书

法国政府教育骑士勋章得主树才
译自法国伽利玛出版社1945年权威定本

扫一扫作家榜
免费读电子书

村上春树读了两遍,强烈推荐
诗人译者徐淳刚荣获波比小说奖

扫一扫作家榜
免费读电子书

策　划 ｜ 大星文化
出　品 ｜

联合出品 ｜  CDI-CHINA 中云

出 品 人 ｜ 吴怀尧　何三坡
　　　　　　邵　飞　周公度
联合出品 ｜ 孙　波　俞　昊　秦　龙

产品经理 ｜ 田　靓
封面设计 ｜ 大星文化
封面绘图 ｜ 李光珍
内文插图 ｜ 梁昌正　黄珊珊
内版设计 ｜ 陈　芮
特约印制 ｜ 朱　毓

投稿邮箱　|　dxwh@vip.126.com

采购热线　|　021-60839180

官方微博　|　@大星文化　@中国作家富豪榜

作家榜官网　|　www.zuojiabang.cn

作家榜官方微博　|　@中国作家富豪榜（每天都在免费送经典好书）

扫一扫关注微信号　|　作家榜（zuojiabang）　作家榜经典淘宝店

图书在版编目(CIP)数据

孤独是一朵莲花 / 郁达夫著. -- 杭州：浙江文艺出版社, 2017.12
(作家榜经典文库)
ISBN 978-7-5339-5162-7

Ⅰ.①孤… Ⅱ.①郁… Ⅲ.①中国文学－现代文学－作品综合集 Ⅳ.①I216.2

中国版本图书馆CIP数据核字(2017)第311525号

责任编辑：瞿昌林

孤独是一朵莲花
郁达夫 著

全案策划
大星（上海）文化传媒有限公司

出版发行
浙江文艺出版社 [www.zjwycbs.cn]
杭州市体育场路347号　邮编 310006
浙江省新华书店集团有限公司　经销
上海盛通时代印刷有限公司　印刷

2017年12月第1版　2018年3月第2次印刷
889毫米×1194毫米　32开本　13.5印张　8插页
印数：20001-28000　字数：265千字
书号：978-7-5339-5162-7
定价：46.00元

版权所有　侵权必究
（如有印装质量问题影响阅读，请联系021-60839180调换）